www.penguin-verlag.de

POLLY HARPER

Silver Springs

Thunder in Your Soul

ROMAN

PENGUIN VERLAG

Penguin Random House Verlagsgruppe FSC® N001967

1. Auflage 2024
Copyright © 2024 by Penguin Verlag
in der Penguin Random House Verlagsgruppe GmbH,
Neumarkter Straße 28, 81673 München
Redaktion: Hannah Jarosch
Umschlaggestaltung und -abbildung: www.buerosued.de
Satz: GGP Media GmbH, Pößneck
Druck und Bindung: GGP Media GmbH, Pößneck
Printed in Germany 2024
ISBN 978-3-328-11128-3
www.penguin-verlag.de

Liebe Leser*innen,

dieses Buch enthält potenziell triggernde Inhalte.
Deshalb findet sich auf S. 460 eine Triggerwarnung.
Achtung: Diese enthält Spoiler für das gesamte Buch.
Wir wünschen allen das bestmögliche Leseerlebnis.

Polly Harper und der Penguin Verlag

PLAYLIST

Coldplay – *The Scientist*
Sia – *Chandelier*
James Arthur – *Lose My Mind*
Hollow Coves – *Coastline*
Ben Folds – *Gracie*
P!nk – *What About Us*
Bruno Mars – *The Lazy Song*
Big and Rich ft. Gretchen Wilson – *Fake I.D.*
Benson Boone – *Beautiful Things*
Olivia Newton John – *Hopelessly Devoted To You*
Kodaline – *All I Want*
Paloma Faith – *Only Love Can Hurt Like This*
Keane – *Somewhere Only We Know*
Florence + The Machine – *Never Let Me Go*

Für meinen Mann,
der mit mir durch die stürmischsten Zeiten
und die hellsten Sonnenstrahlen tanzt.
Danke für alles, mein Herz.
Ich liebe dich.

PROLOG

Hazel

In Silver Springs war es nie ruhig. Selbst mitten in der Nacht, wenn die Kinder und Betreuer in den niedlichen Blockhütten schliefen, war das Feriencamp am Ufer des Silver Lake erfüllt von den Klängen der Natur. Grillen zirpten im Schilf, Frösche quakten, und hoch oben in den Bäumen gurrte irgendwo ein Käuzchen. Trotzdem hielt ich den Atem an, während wir durch das finstere Dickicht schlichen, und zuckte zusammen, sobald unter der Sohle meines rechten Chucks ein trockener Zweig knackte.

»Psst.« Die warme Hand, die meine Finger sanft umschloss, drückte zu und sofort rauschte mein Puls noch weiter in die Höhe. Es war seine Berührung, die diese Reaktion in mir auslöste, nicht die Angst davor, erwischt zu werden.

Auch Neo fürchtete sich nicht. Er blieb stehen, schaute über seine Schulter zu mir zurück und grinste. Ich konnte im Licht des aufgehenden Mondes nicht viel von ihm erkennen. Aber ich wusste, dass sich gerade zwei Grübchen tief in seine Wangen bohrten und seine silbergrauen Augen vor Übermut funkelten.

»Alles okay?«, raunte er mir zu.

»Ja.« Ich presste die Lippen zusammen, um nicht zu lachen, legte meine Hand auf seinen flachen Bauch und gab ihm einen Schubs. Seine Muskeln, die ich den ganzen Tag über heimlich bewundert hatte, damit niemand merkte, wie verrückt ich nach ihm war, spannten sich an, und meine Handflächen wurden feucht vor Nervosität. Ich konnte es kaum erwarten, ihn endlich wieder zu spüren.

Neo ging weiter und zog mich sachte durch das Gestrüpp, während er die Zweige beiseiteschob, die uns im Weg waren. Nach ein paar weiteren atemlosen Schritten gelangten wir zu dem Maschendrahtzaun, der das Feriencamp umschloss.

Meine Eltern, denen Silver Springs gehörte, würden mich umbringen, wenn sie wüssten, dass wir an einer Stelle den Zaunpfahl gelockert hatten, um uns nachts aus dem Camp zu stehlen. Aber zum Glück hatten sie keine Ahnung davon.

Genauso wenig hatten sie bisher mitgekriegt, dass ich mich bis über beide Ohren in einen Campteilnehmer verliebt hatte. Schließlich gab es immer irgendeine Krise, die bewältigt werden musste. Da konnte man unmöglich seine sechzehnjährige Tochter im Auge behalten.

Früher hatte mein älterer Bruder Reed diesen Job übernommen, aber der hatte vor ein paar Wochen seinen Schulabschluss gemacht und tingelte gerade mit ein paar Freunden durchs Land, weshalb uns glücklicherweise niemand im Weg stand.

Neo ließ meine Hand los, packte den Zaunpfahl und hob ihn aus der Verankerung, woraufhin ein schmaler Spalt entstand. Ich schlüpfte als Erste hindurch, bevor er mir folgte. Da er wesentlich größer und breiter war als ich, kostete es ihn etwas mehr Mühe, sich durch den Spalt zu zwängen. Anschließend schob er den Zaunpfahl zurück und schaute auf mich hinab.

Mein Magen flatterte.

Selbst nach all den Wochen, die Neo bereits im Camp war, konnte ich immer noch nicht so richtig glauben, dass dieser wahnsinnig coole Typ meine Gefühle tatsächlich erwiderte. Aber so war es.

Uns beiden hatte ein kurzer Blick gereicht, und es war, als wäre ein Blitz direkt in unsere Seelen gekracht. Er hatte nicht nur meine, sondern auch Neos Welt komplett erschüttert, und obwohl wir beide wussten, dass wir nur eine begrenzte Zeit zusammen hatten, waren wir beide machtlos gewesen. Wir hatten es gerade mal drei Tage ausgehalten, bevor wir der Anziehung nicht länger widerstehen konnten.

»Wollen wir weiter?«, fragte Neo leise, und seine warme Stimme ließ meinen Nacken prickeln.

Anstelle einer Antwort sprang ich in seine Arme.

Neo fing mich auf, als hätte er meine Bewegung vorausgeahnt, und hob mich ein Stück höher, damit ich meine Beine um seine schlanke Hüfte legen konnte. Sobald ich mit ihm auf Augenhöhe war, presste ich meine Lippen auf seine.

Ein raues Stöhnen entwich seiner Kehle, bevor er begierig unseren Kuss vertiefte. Seine Zunge tauchte in meinen Mund und umspielte meine.

Ich hatte bisher noch nicht viele Jungen geküsst. Aber keiner hatte mich je so geküsst wie Neo. Es war, als würde er seine ganze Seele in unsere Küsse legen. Sie schmeckten nach Sommer und Sehnsucht und Glück. Ich konnte nicht genug davon bekommen.

Meine Fingerspitzen tanzten über die dunkelblonden Stoppeln auf seinem Kopf, woraufhin er erschauerte.

Neo war Leistungsschwimmer und hatte einen Großteil seines Lebens im Salt Lake City Sport Complex verbracht. Entsprechend gut ausgeprägt waren seine Muskeln. Es kostete ihn keinerlei Anstrengung, mich festzuhalten. Das einzige Problem war, dass ich ihn in dieser Position nicht ausziehen konnte. Dabei wollte ich ihn ganz dringend Haut an Haut spüren. Ich tupfte ihm einen Kuss auf die Lippen, ehe ich mich zurückzog und ihn zufrieden anschaute. »*Jetzt* können wir weiter.«

Sein verschleierter Blick klärte sich etwas. Dann stapfte er einfach los.

Kichernd wackelte ich mit den Beinen. »Lass mich runter. Ich kann selbst laufen.«

»Vergiss es, Baby.« Neo verstärkte seinen Griff. »Ich freue mich seit dem Aufwachen auf diesen Moment. Ich werde dich erst wieder loslassen, wenn ich es unbedingt muss.«

Seufzend schlang ich die Arme um seinen Nacken. »Ich habe dich auch vermisst.«

»Erklär mir noch mal, warum wir niemandem sagen können, dass wir zusammen sind«, verlangte er, während er in gemächlichem Tempo weiterging.

Ich zog eine Braue hoch. »Weil meine Eltern dich hochkant aus dem Camp schmeißen würden, wenn sie wüssten, dass du ihrer Prinzessin die Unschuld geraubt hast.«

Normalerweise reichte die Anspielung auf Sex aus, um Neos Aufmerksamkeit in eine bestimmte Richtung zu lenken, aber heute funktionierte es nicht.

»Das ist total lächerlich«, brummte er und blieb stehen, weil wir angekommen waren. »Wir sind beide alt genug.«

»Trotzdem will ich es lieber nicht riskieren.« Ich hauchte ihm einen weiteren Kuss auf den Mundwinkel, bevor ich an

ihm hinabrutschte. »Uns bleibt sowieso schon so wenig Zeit.«
Kummer zog meinen Brustkorb zusammen.

Ein Schatten huschte über Neos Gesicht, doch dann schüttelte er entschieden den Kopf. »Wir denken nicht an das Ende des Sommers, schon vergessen?«

Ja, das hatten wir uns versprochen. Aber manchmal konnte ich einfach nicht anders. »Ich werde es hassen, wenn wir uns nicht mehr jeden Tag sehen.«

»Ich genauso.« Neo legte seine großen Hände an meine Wangen, bog meinen Kopf zurück und fing meinen Blick ein. Nichts als Liebe schimmerte in seinen sturmgrauen Augen. »Aber wir werden telefonieren und uns schreiben und Wege finden, uns so oft wie möglich zu treffen. Salt Lake City ist ja nicht am Ende der Welt.«

Das vielleicht nicht, trotzdem lag Neos Heimatstadt fast sechshundert Meilen von Silver Springs entfernt. Ich hatte Angst vor der Distanz. Und vor der Zukunft.

Neo seufzte. »Guck nicht so traurig, Baby. Das bricht mir das Herz.«

Ich zwang meine Mundwinkel in die Höhe, aber ich wusste, dass mir nur eine groteske Grimasse gelang.

»Einfach wunderschön«, stellte Neo todernst fest, woraufhin ich doch lachen musste.

Seine Augen blitzten auf, ehe er einen Schritt zurücktrat und seinen Rucksack abnahm. Er zog eine Picknickdecke heraus und breitete sie auf einem schmalen Wiesenstück aus. Es lag zwischen zwei größeren Felsbrocken direkt am Seeufer, und wegen des Gebüschs, durch das wir gekommen waren, war der gesamte Bereich vor neugierigen Augen geschützt. Man konnte ihn nur vom See aus einsehen.

Neo hatte mich hier gleich an seinem ersten Tag im Camp

entdeckt, als er trainiert hatte. Er war zu mir geschwommen, hatte sich neben mich gesetzt, und wir hatten geredet. Und obwohl wir im Grunde nichts Besonderes getan hatten, war dies einer der schönsten Nachmittage meines Lebens gewesen.

Eigentlich war der Platz hier immer mein Zufluchtsort gewesen, wenn es mir im Camp zu trubelig wurde. Aber nun gehörte er uns beiden.

Wir ließen uns zusammen auf der Decke nieder, und Neo zog mich mit einem wohligen Seufzen in die Arme. Sofort legte sich die Beklommenheit, die ich eben noch empfunden hatte, und wurde durch ein Gefühl von Frieden ersetzt.

Gedankenversunken wickelte Neo sich eine meiner braunen Locken um die Fingerspitzen und schaute zu dem klaren Nachthimmel empor. »Ich will, dass du in der ersten Reihe sitzt, wenn ich bei den Olympischen Spielen antrete.«

Aus dem Mund eines anderen Jungen hätten diese Worte wie eine verrückte Träumerei geklungen. Aber nicht bei Neo. Er hatte schon etliche landesweite Wettbewerbe gewonnen und unzählige Streckenrekorde aufgestellt. Deshalb hegte ich keinen Zweifel daran, dass er es eines Tages bis zu den Olympischen Spielen schaffen würde. Ich lächelte. »Und wirst du auch gewinnen?«

»Definitiv.« Seine Hand wanderte hinab zu meinem Hintern. »Wenn es so weit ist, könntest du einen Siegestanz für mich aufführen. Vielleicht in einem der durchsichtigen Röckchen, in denen du immer tanzt.«

Ich schnaubte belustigt. »Ich tanze nicht *immer* in durchsichtigen Röckchen.«

»Aber ziemlich oft«, wandte er grinsend ein und zwickte mich in den Po.

Mit einem Quieken schoss ich hoch und krabbelte auf ihn, bis ich der Länge nach auf ihm lag. Ich konnte sein Herz spüren, das in schnellem Takt gegen meine Brust donnerte.

»Ich hätte dir diese Fotos niemals zeigen sollen«, sagte ich, obwohl ich es in Wahrheit keine Sekunde bereute. Dazu hatte ich mich viel zu sehr an seiner Bewunderung erfreut, als er festgestellt hatte, dass uns nicht nur diese wahnsinnige Anziehung, sondern auch die Leidenschaft für einen bestimmten Sport verband. Nur war es bei mir eben nicht Schwimmen, sondern Modern Dance.

Ich trainierte seit meinem fünften Lebensjahr, um es irgendwann in eine der großen Dance Companies zu schaffen. Das war mein Traum, und genau wie Neo war ich ziemlich zuversichtlich, dass ich es schaffen würde.

»Machst du Witze?«, murmelte er, während seine Hand unter mein Top glitt. Sofort breitete sich eine Gänsehaut auf meinem Körper aus. »Diese Bilder sind der Hammer. Genau wie du.«

Sein Kompliment trieb mir die Hitze in die Wangen, während ich daran dachte, wie ich zum ersten Mal für ihn getanzt hatte. Danach hatte Neo mich mit großen Augen angestarrt. Er hatte kein Wort gesagt, sondern mit mehreren entschlossenen Schritten den Abstand zwischen uns überwunden und mich geküsst. Seither waren wir unzertrennlich, obwohl wir uns im Campalltag zurückhielten und uns nur wie platonische Freunde benahmen. Ich wunderte mich regelmäßig, dass die Leute uns das abkauften, aber bis auf Dotty, die herzensgute Küchenfrau, hatte noch niemand Verdacht geschöpft.

»Jede Dance Academy wird sich um dich reißen«, sagte Neo mit unerschütterlicher Zuversicht.

Lächelnd fuhr ich die Konturen seiner Wangenknochen nach. »Und du willst wirklich mitkommen?«

»Ich werde sein, wo du bist. Schließlich kann ich überall trainieren, wenn ich erst mal in den US-Kader berufen wurde.« Er spannte die Bauchmuskeln an und richtete sich auf, hielt aber dicht vor meinen Lippen inne. »Ich werde auch bei jedem deiner Auftritte in der ersten Reihe sitzen.«

Allein die Vorstellung ließ reines Glück durch meine Adern pulsieren. »Und wirst du nur eine Badehose tragen, während du mich feierst? Ich meine, das wäre ja nur fair, wenn ich dich in *meinem* Sportoutfit unterstützen soll.«

»Was immer du willst, Baby.« Kleine Sterne tanzten in seinen Augen. Seine Lippen verzogen sich zu einem spöttischen Grinsen. »Es sei denn, ich lenke dich zu sehr mit meinem Wahnsinnskörper ab. Ich will ja nicht, dass du stolperst.«

»Wie rücksichtsvoll von dir«, schnurrte ich, während ich mein Gewicht auf ihm verlagerte. Dabei rieb ich mit meinem Bauch über seine Erektion.

Neo stöhnte. »So bin ich.«

»Wahnsinnig, *wahnsinnig* rücksichtsvoll«, bestätigte ich, beugte mich hinab und saugte an der erhitzten Haut unter seinem Kiefer.

Sein Becken schoss reflexartig nach oben, sein Griff wurde fester. »Hazel.«

Es klang wie Fluch und Segen zugleich. Ich liebte es, dass er genauso heftig auf mich reagierte wie ich auf ihn. Lust zog sich in meinem Unterleib zusammen und ließ meinen Körper vor Sehnsucht brennen.

Unsere Lippen fanden sich erneut. Doch diesmal war unser Kuss nicht spielerisch oder zärtlich, sondern tief und leidenschaftlich. Er war ein Spiegel all unserer Hoffnungen und Träume – und unserer Liebe.

Es waren nur zwei Jahre bis zu unserem Highschool-Abschluss. Wir würden das schaffen. Und dann würde uns nichts mehr trennen.

Nie wieder.

KAPITEL 1

Neo

Zehn Jahre später ...

Nur wenige Fahrzeuge kamen mir entgegen, als ich die schmale Landstraße am Fuß der Rocky Mountains entlangfuhr. Meine einzigen Begleiter waren die alten Bäume, die sich rechts und links von mir erhoben und wohltuenden Schutz vor der Nachmittagssonne spendeten, und die Gedanken, die in meinem Kopf kreisten.

Eigentlich war ich niemand, der ans Schicksal glaubte, denn das Leben hatte mich gelehrt, dass hauptsächlich harte Arbeit der Schlüssel zum Erfolg war.

Ich für meinen Teil hatte jahrelang geackert wie ein Tier. Mit neunzehn war ich ins Schwimmteam des Nationalkaders berufen worden. Ich beherrschte alle vier Stile in Perfektion, hatte diverse Altersklassenrekorde aufgestellt und wieder gebrochen, und in meinem Apartment türmten sich die vergoldeten Medaillen und Pokale wie in El Dorado.

Sechs Jahre später war ich auf dem Höhepunkt meiner sportlichen Karriere gewesen – und dann hatte eine unaufmerksame Wende nicht nur meine Sehnen im linken Knie, sondern auch meine Träume zerfetzt.

Obwohl die OP und die anschließenden Rehas inzwischen Monate zurücklagen, kämpfte ich noch immer mit den Folgen meiner Verletzung. Deshalb hatte Coach Collins nicht lange gefackelt und seinen *Goldfisch* – wie er mich zuvor liebevoll genannt hatte – vor ein paar Wochen aus dem Team geschmissen.

»Gönn dir eine Pause, Neo«, hatte er gesagt. »Du hast so viel erreicht.«

Nein, verdammt noch mal. Das hatte ich nicht.

Ich hatte von olympischem Gold geträumt, seit ich denken konnte. Trotzdem hatte Collins mich einfach abserviert, weshalb ich nun wie ein Fisch auf dem Trockenen zappelte und mein Möglichstes tat, um nicht an der Waldluft zu ersticken, die meine Lungenflügel weitete, während ich den Blinker setzte und auf den Schotterweg in Richtung Silver Springs abbog.

Wie gesagt, ich glaubte nicht ans Schicksal.

Trotzdem hätte das Timing gar nicht besser sein können, als ich vor gut einer Woche zufällig die Stellenanzeige des Camps im Internet entdeckt hatte. Sie suchten einen Schwimmcoach, und ein zynischer Teil von mir war natürlich sofort darauf angesprungen. Denn auch wenn ich keine Rekorde mehr aufstellte – Schwimmen konnte ich, und ich brachte auch genug Erfahrung mit, da ich schon einige Kids in den Saisonpausen unterrichtet hatte.

Es gab nur eines, das mich hatte zögern lassen: Hazel Dixon.

Selbst nach zehn Jahren zog sich alles in mir schmerzhaft zusammen, wenn ich an das wilde bildschöne Mädchen dachte, das ich einst so leidenschaftlich geliebt und nur wenige Wochen nach dem Camp so bitter enttäuscht hatte.

Ich hatte keine Ahnung, was aus ihr geworden war. Aber ich ging davon aus, dass sie wie ich ihren Träumen gefolgt war und nach der Highschool einen Platz an einer renommierten Tanzschule ergattert hatte. Vermutlich hatte sie inzwischen ein Engagement in einem professionellen Ensemble und kam nur noch selten nach Hause, um ihre Eltern zu besuchen. Sie würde nicht da sein, wenn ich nach Silver Springs zurückkehrte.

Sicher würde es sich erst mal etwas merkwürdig anfühlen, ohne sie im Camp zu sein. Andererseits bot Silver Springs mit seiner idyllischen Kulisse am Fuß der Rocky Mountains direkt am See ideale Voraussetzungen, um den Kopf freizukriegen. Davon abgesehen brauchte ich endlich eine sinnvolle Aufgabe, weil ich sonst verdammt noch mal durchdrehte.

Das war das Problem mit ehrgeizigen Träumen: Wenn sie zerplatzten, dann stand man urplötzlich vor dem Nichts. Und damit meinte ich: absolut gar nichts.

Jahrelang hatte mich der Rausch des Sieges immer höhergetrieben. Jetzt klaffte da nur noch ein Loch in meiner Brust. Eine Leere, die mir selbst Angst einjagte.

Der Parkplatz kam in Sicht und lenkte mich zum Glück von meinen tristen Gedanken ab. Da stand ein Pärchen dicht an einen Pick-up gelehnt. Die beiden waren so sehr miteinander beschäftigt, dass sie meine Ankunft erst bemerkten, als ich meinen Wagen in einer Parkbucht abstellte.

Ich atmete tief durch und stieg aus. Wie üblich musste ich die Zähne zusammenbeißen, als ein scharfer Schmerz durch mein linkes Knie schoss. Ich war stundenlang gefahren und hatte unterwegs nur wenige Pausen eingelegt. Doch wie ich es mir antrainiert hatte, ignorierte ich das Stechen, beugte mich vor und holte meine Reisetasche von der Rückbank.

Obwohl der Sonntag bereits zur Neige ging, war es selbst im Schatten der Bäume noch drückend warm, und ich freute mich jetzt schon auf einen Sprung in den kühlen See.

Lächelnd ging ich auf das Pärchen zu. »Hi. Ich bin Neo Barnes.«

»Ah«, sagte der Kerl erfreut. Offenbar war er der Mann, den ich suchte: Reed Dixon, Teamleiter des Camps. Hazels Bruder.

Er war mir auf Anhieb sympathisch, als er meine Vermutung bestätigte und sich und seine Freundin Estelle vorstellte. Wir schüttelten uns die Hände, und plötzlich war ich froh, dass wir uns nie persönlich getroffen hatten, denn auch wenn die Geschichte mit mir und Hazel der Vergangenheit angehörte, schien Reed mir nicht der Typ zu sein, der besonders nachsichtig mit Kerlen umging, die seiner kleinen Schwester das Herz brachen.

Reed reichte nicht ganz an meine Größe heran, aber sein kräftiger Körperbau zeugte davon, dass er es gewohnt war, hart zu arbeiten. Seine Haare, die ihm verwuschelt vom Kopf abstanden, besaßen den gleichen satten Braunton wie Hazels, aber seine Augen waren grün, nicht haselnussbraun, und ihre Gesichtszüge ähnelten sich zum Glück auch nicht besonders. Es wäre schräg gewesen, diesen Mann anzuschauen und dabei andauernd an das Mädchen zu denken, das ich aufgegeben hatte. Ich hoffte, ich würde ihren Verwandtschaftsgrad bald vergessen.

Reeds blonde Freundin musterte mich aufmerksam aus ihren blauen Augen, als wollte sie abschätzen, ob ich auf Ärger aus war.

Ich konnte es ihr nicht verdenken. Meine Haare waren kurz geschoren, weil ich es so gewohnt war, und ein schwarzes Tattoo wand sich von meinem rechten Handgelenk bis hinauf zu meiner Schulter. Zusammen mit meinem durchtrainierten Körper wirkte ich manchmal ein bisschen furchteinflößend auf die Leute, aber ich war ein Lamm.

Meistens jedenfalls.

»Schön, dass du da bist«, sagte Reed freundlich.

»Ich freue mich auch.« Neugierig sah ich mich um. Zwar konnte ich vom Parkplatz aus das Camp nur begrenzt einsehen, aber ich hatte die Bilder auf der veralteten Webseite aufmerksam studiert. Deshalb wusste ich, dass das Verwaltungsgebäude mit seinem Speisesaal und den Kreativwerkstätten noch immer Dreh- und Angelpunkt des Camps bildete. Direkt dahinter befand sich ein Versammlungsplatz, um den ein Rundweg führte. Von diesem gingen kleinere Pfade zu sechs Gruppenhäusern ab, in denen je zwölf Kids und ein Betreuer wohnten.

Die jüngsten Gruppen im Alter von acht bis zehn Jahren waren nach Säugetieren benannt, wobei die Mädchen *Rotluchse* und die Jungs *Graufüchse* hießen. Als Nächstes kamen zwei Vogelarten für die Elf- bis Dreizehnjährigen. Die Mädchen waren *Steinkäuze*, die Jungs *Weißkopfadler*. Zu guter Letzt kennzeichneten zwei Amphibienarten die älteste Altersstufe von vierzehn bis sechzehn: die *Ochsenfrösche*, zu denen ich damals auch gehört hatte, und die *Tigersalamander*.

Neben den Gruppenunterkünften gab es kleinere Gebäude, die als Gästehäuser vermietet wurden oder in denen zusätzliche Crewmitglieder untergebracht waren, und dann natürlich noch den großen Bungalow direkt am See, in dem Hazel früher mit ihrer Familie gewohnt hatte. »Hier hat sich ja nicht viel verändert.«

Reed blinzelte überrascht. »Du warst schon mal hier?«

»Ja.« Ich winkte ab, obwohl ich alles andere als gleichgültig war. Meine Rückkehr ins Camp nahm mich mehr mit, als ich erwartet hatte. »Ist aber ewig her. Kommt mir vor wie ein ganz anderes Leben.«

Eines, in dem *sie* mein ganzes Denken bestimmt und meine Träume gefährlich ins Wanken gebracht hatte ...

»Tja, diesmal bist du derjenige, der die Ansagen macht«, fuhr Reed unbekümmert fort und versetzte mir gleich den nächsten Schock. »Meine Schwester hat die Verträge in ihrem Büro. Wenn du kurz wartest, könnt ihr gleich den Papierkram erledigen, und danach zeigt sie dir alles.«

»Alles klar.«

Keine Ahnung, wie ich es schaffte, ihm zu antworten, denn mit einem Mal hatte jegliche Luft meine Lunge verlassen.

Seine Schwester.

Sie war *hier*?

Ich war noch dabei, diese Information zu verdauen, als Reed auch schon einen Pfiff ausstieß. Ich folgte seinem Blick.

Und da war sie.

Wir schauten uns an – und plötzlich war alles wieder da. Das wilde Leuchten in ihren haselnussbraunen Augen, das helle Lachen in meinem Ohr, ihre Lippen auf meiner Haut ...

Ein Kribbeln rauschte durch meine Adern, ließ jeden meiner Muskeln erstarren. Schon damals hatte mich dieses Mädchen schier um den Verstand gebracht. Jetzt war sie eine Frau, aber wie es schien, besaß sie noch immer dieselbe berauschende Macht über mich.

Sie war in einigen Metern Entfernung abrupt neben ihrem Begleiter stehen geblieben und starrte mich an, als hätte sie einen Geist gesehen.

Mir ging es genauso. »Hazel?«

Ihr Name rollte heiser von meinen Lippen, lockte noch mehr Erinnerungen hervor, gegen die ich mich einfach nicht wehren konnte. Meine Beine setzten sich wie von selbst in Bewegung, und ich ging langsam auf sie zu.

»Ihr kennt euch?«, fragte Reed, doch diesmal reagierte ich nicht, denn meine Aufmerksamkeit war allein auf die Frau gerichtet, die ich einmal geliebt hatte.

»Was machst du hier?«, fragte ich, unfähig, meinen Schock zu verbergen. Ich hatte nicht damit gerechnet, sie nach all den Jahren wiederzusehen. Aber nun stellte ich fest, dass ich mich ehrlich darüber freute. Vielleicht sollte ich meine Meinung zum Thema Schicksal spontan überdenken.

Meine Mundwinkel wanderten in die Höhe und zum ersten Mal seit Wochen, wenn nicht sogar Monaten, spürte ich ein aufrichtiges Lächeln auf meinen Lippen. »Ich dachte, du bist inzwischen am Broadway oder bei irgendeiner Dance Company und tourst durch Europa?«

Hazel zuckte zusammen. »Was willst du hier?«

Die Schärfe in ihrer Stimme verpasste meiner Euphorie sofort einen Dämpfer, und ich fühlte mich wie ein Vollidiot, weil ich für den Bruchteil einer Sekunde tatsächlich gehofft hatte, meine Wiedersehensfreude würde auf Gegenseitigkeit beruhen. Was offenbar nicht der Fall war.

Angespannt zeigte ich auf Reed. »Er hat mich eingestellt. Ich bin der neue Schwimmcoach.«

Hazel schaute kurz zu ihrem Bruder, der bestätigend nickte. Panik flackerte in ihren Augen auf, und erst jetzt fiel mir auf, wie blass sie war. Sie schüttelte entschieden den Kopf. »Das war ein Missverständnis. Du bist nicht der Richtige für den Job. Gute Heimfahrt.«

Bevor ich noch etwas erwidern konnte, hatte sie sich bereits umgedreht und marschierte davon.

Wie vom Donner gerührt schaute ich ihr nach.

»Okay, was war das?«, fragte Reed und verschränkte die Arme vor der Brust.

Frustriert rieb ich mir über das Gesicht. Ich würde ihm sicher nicht erklären, welche Art von Beziehung ich damals mit seiner Schwester gehabt hatte, und erst recht nicht, wie die Sache ausgegangen war. Schließlich war ich nicht lebensmüde.

»Wir haben uns hier im Camp angefreundet, als wir noch Kinder waren, uns aber danach aus den Augen verloren. Anscheinend ist sie deshalb irgendwie sauer auf mich.«

Und das war offenbar noch milde ausgedrückt. Vermutlich sollte ich froh sein, dass sie mir nicht mit Anlauf in die Eier getreten hatte.

Der Kerl, der mit ihr zum Parkplatz gekommen war, verzog spöttisch die Lippen. »Na, dann würde ich mal vorschlagen, du klärst das. Andernfalls kannst du diesen Job vergessen.«

Mir sackte der Magen bis in die Knie. »Reed hat mich bereits eingestellt«, protestierte ich, hielt aber plötzlich inne.

Fuck! Ich hatte noch keinen Vertrag.

»Ich würde es wirklich gern sehen, dass du bleibst, Mann«, sagte Reed. Offenbar kaufte er mir meine Erklärung ab. Sonst hätte er mich wohl rausgeschmissen. »Aber die Sache läuft nur, wenn meine Schwester einverstanden ist.«

Ich nahm es ihm nicht übel, dass er sich auf ihre Seite schlug. Wahrscheinlich hätte ich dasselbe an seiner Stelle getan.

Mein Blick wanderte in die Richtung, in die Hazel gegangen war.

So wie sie auf mich reagiert hatte, standen meine Chancen wohl eher schlecht, dass sie ihre Meinung änderte. Sie hatte ja

jedes Recht, wütend auf mich zu sein. Aber jetzt war ich hier –
und ich wollte nicht wieder gehen.

Silver Springs war mir schon wie eine Rettungsboje erschienen, als ich glaubte, sie wäre *nicht* hier. Jetzt war dieses Camp
praktisch zu einem kompletten Rettungsboot mutiert. Das
würde ich auf keinen Fall aufgeben.

Entschlossen straffte ich die Schultern. »Ich kläre das.«

»Na dann, komm mit«, sagte der Typ fröhlich. »Ich bringe
dich zum Büro der Geschäftsleitung.«

»Ist es noch dort, wo es früher war?«, fragte ich knapp.

Reed nickte. »Genau.«

»Erster Stock, die letzte Tür auf der rechten Seite«, fügte Estelle hilfreich hinzu.

»Danke.« Mit einem dumpfen Aufprall landete meine Reisetasche auf dem Boden. »Ich kenne den Weg.«

Ich warf den dreien einen flüchtigen Blick zu, ehe ich Hazel
hinterherstapfte. Mit jedem Schritt rauschte mein Puls lauter
in meinen Ohren vor Aufregung und Ungeduld. Ich konnte es
nicht erwarten, unter vier Augen mit ihr zu sprechen. Gleichzeitig hatte ich jedoch keine Ahnung, wie ich sie davon überzeugen sollte, meinem Aufenthalt hier zuzustimmen. Eine
simple Entschuldigung würde wohl nicht ausreichen, und erklären konnte ich es nicht, ohne unsere Vergangenheit erneut
aufzuwühlen. Trotzdem musste ich es versuchen.

Mit energischen Schritten hielt ich auf die Eingangstür
zum Verwaltungsgebäude zu, als fröhliches Kindergeschrei
meinen Blick zum Seeufer lenkte. Geradeaus führte der Weg
direkt zur Strandwiese, wo mir eine Gruppe Kinder entgegenkam. Dahinter sah ich gerade noch, wie Hazel hinter dem
Bungalow am Seeufer verschwand, in dem sie früher mit ihrer
Familie gelebt hatte. Sie war gar nicht in ihrem Büro.

Sofort folgte ich ihr, und meine Knie wurden ein wenig weich, als mir klar wurde, in welche Richtung sie lief. Ob es unseren speziellen Ort noch immer gab?

Ich überquerte den Versammlungsplatz, und meine Aufmerksamkeit blieb bei dem Fenster hängen, durch das Hazel sich in jenem Sommer fast jede Nacht rausgeschlichen hatte, damit wir Zeit miteinander verbringen konnten. Jetzt klebten kleine blaue Fische an den Scheiben. Ich fragte mich, wer wohl in ihrem alten Zimmer wohnte. Doch als ich das Seeufer erreichte, verlor ich den Gedanken aus dem Fokus.

Direkt vor mir befand sich der Lagerfeuerplatz, an dem sich die Campgemeinschaft abends versammelte. Links breitete sich die Strandwiese aus. Sie war so gut wie leer. Nur ein paar Teenager chillten etwas weiter weg in der Sonne, und einige Kids tummelten sich nicht weit entfernt auf dem Bootssteg.

Ich bog rechts ab und ging an einem Baumstamm vorbei, der hinter dem Bungalow als Sitzbank diente. Dahinter erwartete ich das verwilderte Waldstück, durch das wir früher geschlichen waren. Doch stattdessen erhob sich dort ein weiteres Wohngebäude. Der Zaun und die großen Gesteinsbrocken waren fort, die Holunderbüsche zurückgeschnitten, und das kleine Wiesenstück – unser spezieller Ort – war von Unkraut überwuchert.

Zerstört.

Mein Magen krampfte sich zusammen, als ich Hazel inmitten der hohen Gräser stehen sah. Sie hatte die Arme um ihren Oberkörper geschlungen und starrte hinaus auf den See. Sie so unglücklich zu sehen, tat weh.

Denn ich war der Grund dafür.

Weil ich hier einfach auftauchte und alte Wunden aufriss.

Trotzdem näherte ich mich ihr langsam auf wackligen Beinen. »Hazel?«

Erschrocken fuhr sie zu mir herum. Jeder Kummer verschwand aus ihrer Miene. Stattdessen loderte Zorn in ihren Augen auf. »Was willst du noch hier? Ich hatte dir gesagt, du sollst wieder gehen.«

Ihr scharfer Ton schnitt mir wie eine Damastklinge mitten durchs Herz. Beschwichtigend hob ich die Hände. »Ich bin hier, um mich zu entschuldigen.«

Sofort schüttelte sie den Kopf, woraufhin ihre wilden braunen Locken in alle Richtungen flogen. Sie trug ihr Haar kürzer als früher, nur noch schulterlang. »Du wirst meine Meinung nicht ändern. Also tu uns beiden den Gefallen und verschwinde einfach.«

Ganz sicher nicht.

Ich blieb in zwei Metern Abstand zu ihr stehen, fest entschlossen, mir Gehör zu verschaffen. »Es tut mir leid, dass ich damals so plötzlich Schluss gemacht und mich nie wieder gemeldet habe, aber …«

»Stopp!« Für den Bruchteil einer Sekunde kehrte ihr Schmerz zurück, doch er wurde schnell wieder durch Zorn ersetzt. »Ich will es nicht hören, Neo.«

»Komm schon, Hazel. Wir müssen darüber reden«, beschwor ich sie, weil ich noch nicht bereit war aufzugeben. »Ich weiß, dass ich dich wahnsinnig verletzt habe. Aber damals, da … da hatte ich keine andere Wahl, verstehst du?«

Fuck! Das klang total armselig.

Hazel schien das genauso zu sehen, denn sie stieß eine Mischung aus Lachen und Schnauben aus. »Natürlich nicht. Deine Träume waren dir schließlich immer wichtiger als alles andere.«

Ich hätte ihr widersprechen können. Aber Tatsache war, dass es stimmte. Der Sommer im Camp sollte mir eine kleine Auszeit von dem Leistungsdruck bieten, bevor der Spaß mit der neuen Saison erst richtig losging. Aber ich hatte nicht mit Hazel Dixon gerechnet. Geschweige denn mit der Heftigkeit, mit der ich mich in sie verlieben würde.

Nach meiner Rückkehr nach Salt Lake City hatte ich wochenlang in den Seilen gehangen, war demotiviert und unkonzentriert vor Sehnsucht nach diesem Mädchen gewesen, dem ich mein Herz, meinen Körper und meine Seele geschenkt hatte.

Sie mochte glauben, dass sie mir gleichgültig gewesen war. Aber das stimmte nicht. Im Gegenteil. Mir hatte diese Beziehung so viel bedeutet, dass alles andere unwichtig für mich geworden war.

Mein lethargischer Zustand hatte weder meinen Eltern noch meinem Trainer sonderlich geschmeckt, daher hatten sie mich so lange beackert, bis ich schließlich einknickte und den Kontakt zu Hazel abbrach. Die Entscheidung war mir nicht leichtgefallen, und ich hatte mich wie ein Schwein gefühlt, als ich ihre Nummer blockiert und jede Verbindung zu ihr gekappt hatte. Aber wie alles in meinem Leben hatte ich es durchgezogen. Ich hatte sie geopfert, um ein Champion zu werden.

»Es tut mir leid«, wiederholte ich, denn dass ich ihr wehgetan hatte, bedauerte ich mehr als alles andere. Unglücklich betrachtete ich ihr Gesicht. Selbst nach all den Jahren war es immer noch vertraut, obwohl ihre kindlichen Züge verschwunden waren. »Wir waren jung. Ich dachte, mit einem radikalen Cut kämen wir beide schneller darüber hinweg und ...«

»Es reicht!«, unterbrach Hazel mich erneut. Abgrundtiefe Verachtung erschien in ihrer Miene. »Ich kann nicht fassen, dass du hier nach all den Jahren auftauchst und es wieder einmal nur um *dich* geht.«

Mir brach der Schweiß aus. »So ist das doch gar nicht ...«

»Ach, wirklich?« Ein bitteres Lächeln hob ihre Mundwinkel. »Ich habe dir jetzt mehrfach mitgeteilt, dass ich dich weder hier haben noch mit dir sprechen will – und trotzdem bestehst du darauf, dass ich mir deine *Entschuldigung* anhöre. Ich habe keinen Schimmer, woher dein plötzliches Interesse kommt. Aber weißt du was? Es interessiert mich auch nicht. Es gibt nichts, was du sagen oder tun könntest, um meine Meinung zu ändern. Du hast keinen Platz in unserem Leben. Weil du ihn ganz einfach nicht verdienst. Was immer du suchst, hier wirst du es nicht finden.« Sie ging an mir vorbei, ohne mich eines weiteren Blickes zu würdigen. »Fahr nach Hause, Neo.«

KAPITEL 2

Neo

Das Blut rauschte mir in den Ohren, während ich Hazel völlig überfordert nachschaute. Das Bedürfnis, ihr hinterherzulaufen, war überwältigend. Aber wie es schien, konnte ich ihr wohl noch hundertmal erklären, dass es mir leidtat, wie ich sie damals behandelt hatte, sie würde nicht einknicken. Warum sollte sie auch? Ich hatte ihr versprochen, dass wir eine Fernbeziehung gemeinsam meistern würden, und nicht mal einen lausigen Monat durchgehalten.

Sie hatte so heftig am Telefon geweint, hatte mich *angefleht*, uns nicht aufzugeben.

Aber ich hatte es trotzdem getan.

Natürlich wäre es gelogen, zu behaupten, dass ich danach nie wieder an sie gedacht hätte. Das wäre weit entfernt von der Wahrheit gewesen. Trotzdem hatte ich sie kein einziges Mal angerufen. Nicht einmal in meinen dunkelsten, verzweifeltsten Momenten.

Frustriert rieb ich mir über das Gesicht. Ich hatte keinen Schimmer, was ich jetzt machen sollte. Mit eingezogenem Schwanz gehen oder beten, dass sich Hazels Wut bald legte?

Letzteres war wohl mehr als unwahrscheinlich. Andererseits war ihr Temperament eine der Eigenschaften, die mich am meisten an ihr fasziniert hatten. Sie tat alles mit Leidenschaft.

Tanzen, lachen, lieben.

Und offensichtlich auch hassen.

Absolute Hoffnungslosigkeit überrollte mich. Ich war so froh über die bevorstehende Auszeit in Silver Springs gewesen. Aber Hazel würde mir nicht erlauben zu bleiben. Nicht einmal dann, wenn ich ihr versprach, mich von ihr fernzuhalten und einfach nur meinen Job zu machen …

Geschrei erklang vom Bootssteg aus und riss mich aus meinen Überlegungen. Dort standen vier jüngere Kinder, die ein weiteres Kind anfeuerten, das gerade mit beachtlicher Geschwindigkeit durchs Wasser pflügte.

»Los, Maila!«, schrie ein Mädchen und klatschte aufgeregt in die Hände. »Du schaffst es!«

Neben ihr stand ein Junge, der nicht älter als neun oder zehn Jahre alt war und konzentriert auf die Stoppuhr in seiner Hand starrte. Wie die anderen Kids trug er eine Badehose, nur hatte er außerdem ein Hemd an, das eigentlich viel zu schick für ein Feriencamp war.

Neugierig trat ich näher und verfolgte, wie das Mädchen mit erstaunlicher Präzision auf die rote Schwimmboje zuhielt, die etwa hundert Meter vom Steg entfernt im Wasser trieb. Selbst von hier aus konnte ich erkennen, wie viel Potenzial in diesem Mädchen schlummerte. Ich war mir sicher, dass ich ihr was beibringen könnte.

Ihr und den anderen Kids.

Ich mochte Kinder, schon immer. Obwohl ich selbst keine hatte, weil dafür neben meinen Karriereplänen einfach kein

Platz gewesen war, war Vater werden etwas, worauf ich in meinem Leben nicht verzichten wollte. Aber ich war erst Mitte zwanzig. Ich hatte noch Zeit.

»Hey, Mann!« Der Kerl, der Hazel zuvor begleitet hatte, kam auf mich zu. Er trug abgewetzte Jeans und ein kariertes Hemd, und er hatte sich sein längeres braunes Haar im Nacken zusammengebunden. Sein Lächeln war offen und freundlich. »Hast du Hazel nicht gefunden?«

Doch, aber sie will mich nicht hier haben.

Fuck!

»Wenn sie nicht im Büro ist, ist sie wahrscheinlich schon zu Hause«, fuhr der Kerl fort und deutete zum Bungalow. »Sie wohnt gleich dort drüben.«

»Alles klar«, sagte ich, obwohl ich mir immer noch nicht meinen nächsten Schritt überlegt hatte.

»Kein Problem.« Er zeigte grinsend auf sich selbst. »Ich bin übrigens Quill. Reed und Estelle sind gerade erst aus Seattle zurückgekommen und wollen erst mal ihren Kram auspacken. Deshalb habe ich deine Tasche ins Verwaltungsgebäude gebracht, bis du mit Hazel alles geklärt hast.«

Ich nickte. »Okay. Danke.«

Abermals erklang Gekreische vom Steg aus. Drei der vier Kinder jubelten und applaudierten. Der Junge mit der Stoppuhr war ein bisschen von ihnen abgerückt und zog den Kopf ein, als wäre ihm das wilde Getose zu viel. Die kleine Schwimmerin hatte die Boje erreicht und platschte mit ihren Händen jauchzend auf das Wasser.

Quill lachte. »Ah! Wie es scheint, hat Maila endlich einen weiteren Silver-Lake-Rekord geknackt.«

Eine Rekordjägerin also. Das überraschte mich nicht.

»Sie hat eine gute Technik«, meinte ich, während ich faszi-

33

niert das Mädchen beobachtete. Mit ihrer Begeisterung erinnerte sie mich an mich selbst als kleiner Junge.

Quill nickte neben mir. »Sie ist ein Naturtalent. Wir kriegen sie kaum aus dem See raus.«

»Das kann ich mir vorstellen«, erwiderte ich, unfähig, die Kleine aus den Augen zu lassen. Sie schwamm mit langen Zügen zurück zum Steg, kletterte geschickt die Leiter hoch und riss sich lachend Badekappe und Schwimmbrille vom Kopf, woraufhin sich eine dunkle Lockenpracht bis auf ihre schmale Hüfte ergoss. Sie trug einen blauen Sportbadeanzug mit gelben Neonstreifen, die in der Sonne schimmerten, als sie mit ihren Freunden im Kreis tanzte.

Ihrer Schwimmtechnik nach zu urteilen hätte ich sie auf zwölf oder dreizehn geschätzt. Aber sie schien wesentlich jünger zu sein. »Wie alt ist sie?«

»Maila ist neun«, antwortete Quill und stieß einen leidgeprüften Seufzer aus, als sie Anlauf nahm und mit angehockten Beinen erneut in den See sprang. »Ich sollte mal lieber zusehen, dass sie aus dem Wasser kommt. Nicht dass ihr doch noch Schwimmhäute wachsen.«

Obwohl mir eigentlich nicht danach zumute war, platzte ein Lachen aus mir heraus, denn den Spruch hatte ich mir früher auch oft anhören dürfen.

Quill zwinkerte mir zu. »Bis dann.«

Er ging davon, während ich vollkommen zwiegespalten zurückblieb. Einerseits wollte ich Hazel nicht noch weiter bedrängen, denn sie hatte absolut recht: Es war egoistisch von mir, ihre Gefühle zu übergehen. Andererseits erinnerte mich die Euphorie dieses kleinen Mädchens daran, warum ich überhaupt hierhergekommen war. Ich wollte auch andere Kinder für den Schwimmsport begeistern und endlich nicht mehr über mein eigenes Versagen nachdenken müssen. Davon abgesehen brauchte Silver Springs dringend einen Schwimmcoach. So hatte es in der Anzeige gestanden, und Reeds Mails nach zu urteilen, war ich die beste Option, die sie hatten, weil mir das geringe Gehalt vollkommen schnuppe war.

Verbissen musterte ich den Bungalow. Hazel kochte dadrinnen wahrscheinlich immer noch vor Wut, weil ich plötzlich wieder in ihr Leben geplatzt war. Ich verstand das. Wirklich. Gleichzeitig aber fühlte es sich völlig falsch an, wieder zu gehen, ohne mich mit ihr ausgesprochen zu haben.

Meine Füße setzten sich erneut in Bewegung, und bevor ich entschieden hatte, ob das wirklich eine gute Idee war, stieg ich die Stufen zu Hazels Bungalow hoch, trat auf die Veranda und klopfte.

Mein Herz krachte gegen meine Rippen, als wollte es gleich aus meiner Brust springen. Ich lauschte angestrengt, ob sie mich hereinbat. Aber nichts regte sich.

Vielleicht sollte ich es doch noch mal in ihrem Büro versuchen …

Entschlossen marschierte ich zum Verwaltungsgebäude. Ich ignorierte meine Sporttasche, die im Eingangsbereich bei einer kleinen Sitzgruppe stand, und schaute mich neugierig um.

Hier hatten sich definitiv ein paar Dinge verändert. Das seltsam anmutende Ocker an den Wänden war einem fröhlichen Gelb gewichen. Auch der Speisesaal, den ich durch eine doppelflügelige Glastür erkennen konnte, schien ein paar Upgrades erhalten zu haben. Geradeaus führte eine breite Treppe in die obere Etage, die ich nun erklomm, um noch einmal mein Glück bei Hazel zu versuchen.

Ich betrat eine Galerie, die mit einem Billardtisch und einer Leseecke mit riesigen Sitzsäcken ausgestattet war. Auch diesen Bereich hatte es zu meiner Zeit noch nicht gegeben, und ich konnte mir gut vorstellen, dass er abends gern von den Teenies in Beschlag genommen wurde, wenn es am See zu dunkel war.

Ich nahm den langen Gang, der zu einigen Büros- und Gruppenräumen führte. Ganz am Ende auf der linken Seite befand sich das Büro der Campleitung. Sowie ich vor die Tür trat, stolperte mein Herz. Ich fühlte mich wie auf dem Startblock, kurz bevor das Signal ertönte. Dann klopfte ich an.

»Ja?«, erklang Hazels Stimme aus dem Inneren.

Eine Mischung aus Erleichterung, weil ich sie gefunden hatte, und Panik, weil sie mich erneut zurückweisen könnte, machte sich in mir breit.

Jetzt hieß es alles oder nichts.

Ich atmete tief durch und zwang meinen Puls zur Ruhe, dann drückte ich die Tür auf und betrat ihr Büro.

Hazel saß hinter einem rustikalen Schreibtisch, das Fenster mit einem traumhaften Ausblick über den Silver Lake in ihrem Rücken. Sobald sie mich sah, schoss sie von ihrem Stuhl hoch. »Was machst du noch hier?«

Angespannt schloss ich die Tür und trat vor sie. »Es tut mir leid, Hazel. Aber ich kann nicht einfach wieder verschwinden.«

»Doch, du kannst.« Sie warf mir einen spöttischen Blick zu. »Setz dich einfach in dein verdammtes Auto, gib Gas und schau nie wieder zurück. Du hast das schon einmal geschafft. Ich bin mir sicher, du kriegst es wieder hin.«

Langsam schüttelte ich den Kopf. »Das werde ich nicht tun. Ich bin hier, um einen Job zu erledigen und …«

»Einen Job?«, unterbrach sie mich vollkommen fassungslos. »Ist das dein Ernst?«

Für den Bruchteil einer Sekunde überlegte ich zu lügen. Aber ich ahnte, dass ich es nur noch schlimmer machte, wenn ich jetzt behauptete, ich wäre gekommen, um mich mit ihr auszusprechen. Immerhin hatte ich meine Überraschung über unser unverhofftes Wiedersehen kaum verbergen können. »Ich habe mich hier beworben, um Kids das Schwimmen beizubringen, und das würde ich noch immer sehr gern tun. Dein Bruder sagte mir, dass ihr dringend Unterstützung braucht und ...«

Bevor ich den Satz zu Ende bringen konnte, flog die Tür auf, und die kleine Rekordbrecherin kam hereingerauscht. Sie hatte lediglich ein Handtuch um ihren Körper geschlungen, unter dem ihr nasser Badeanzug hervorlugte. Wassertropfen perlten aus ihrem braunen Haar, das sich ebenso kringelte wie Hazels. Sie musste direkt vom See hierhergelaufen sein, nachdem Quill sie aus dem Wasser geholt hatte.

»Mom!«

Heilige Scheiße! Hazel war *Mutter*?

Ich kam mir vor, als hätte mich jemand in ein Paralleluniversum geschubst, während ich dieses süße talentierte Mädchen anstarrte.

Sie war so aufgeregt, dass sie mich gar nicht bemerkte. Stattdessen rannte sie freudestrahlend auf Hazel zu. »Ich hab's geschafft! Ich hab Ruby Marks Rekord geknackt. Ich war über eine Sekunde schneller als sie, obwohl sie schon zwölf bei ihrer Bestzeit war. Ist das nicht irre?«

Irre war etwas ganz anderes. Aus der Nähe betrachtet sah Maila nämlich aus wie eine Miniaturversion von Hazel. Ich erinnerte mich gut an die Fotos aus ihrer Kindheit und Jugend, die sie mir damals gezeigt hatte. Die beiden waren sich unglaublich ähnlich und schienen ein sehr inniges Verhältnis zu haben.

Hazels Worte kamen mir wieder in den Sinn. *Du hast keinen Platz in unserem Leben.*

Plural.

Vorhin hatte ich angenommen, sie meinte sich und Silver Springs, ihr Leben hier im Allgemeinen. Nicht im Traum wäre ich auf die Idee gekommen, dass sie sich auf ihre niedliche Tochter bezogen haben könnte.

Ich war noch damit beschäftigt, die Tatsache zu verdauen, dass meine einstige Jugendliebe ein Kind hatte, als Maila sich zu mir umdrehte und überrascht blinzelte.

Unsere Blicke begegneten sich – und plötzlich drohte meine ganze Welt zu kippen.

Sie hatte *meine* Augen.

Grübchen wie ich.

War eine talentierte Schwimmerin.

Quill hatte gesagt, sie war *neun*. Rechnete man noch neun Monate Schwangerschaft hinzu …

Nein! Das konnte einfach nicht sein. Es musste eine andere Erklärung geben. Vor mir war Hazel mit keinem Jungen zusammen gewesen, aber vielleicht kurz nach unserer Trennung?

Allein der Gedanke löste eine Welle der Übelkeit in mir aus. Trotzdem war es möglich. Die Gemeinsamkeiten könnten purer Zufall sein.

Hazel hätte so etwas nicht vor mir verborgen.

Ja, ich hatte sie zutiefst verletzt.

Aber niemals hätte sie mir mein eigenes Kind vorenthalten.

Oder doch?

KAPITEL 3

Hazel

Ich konnte nicht glauben, dass Neo wieder da war. Nach zehn Jahren tauchte er aus dem Nichts auf und stürzte mein behütetes Leben einfach in einen emotionalen Ausnahmezustand.

Natürlich wäre es eine Lüge gewesen, zu behaupten, ich hätte mir nie vorgestellt, wie eine Begegnung mit ihm sein würde. Aber ich hatte weder mit diesem immensen Schmerz gerechnet noch mit Neos Fassungslosigkeit. Genau genommen sah der riesige Kerl in meinem Büro aus, als würde er gleich umkippen, während er Maila anstarrte, als versuchte er, ein hochkomplexes Rätsel zu lösen.

Sturmgraue Augen blickten in sturmgraue Augen.

Es kam mir vor, als würde die Zeit stillstehen.

Neo war wie gelähmt, was keinerlei Sinn für mich ergab. Schließlich war es ja nicht so, als ob er es nicht gewusst hätte.

Ich war heilfroh, dass Maila keinen Verdacht schöpfte. Sie kicherte aufgeregt. »Ups! Sorry für die Störung. Bin gleich wieder weg.«

Mit einer beiläufigen Geste wandte sie sich wieder von Neo

ab, der wie festgefroren mitten in meinem Büro stand und sie nicht aus den Augen ließ.

Er war schon immer groß und gut gebaut gewesen, aber offenbar hatte er noch ein paar Zentimeter und einiges an Muskelmasse zugelegt in den vergangenen Jahren. An seinem Körper schien sich kein Gramm Fett zu befinden. Seine Gesichtszüge waren markanter und dieses Tattoo ... Vorhin auf dem Parkplatz hätte ich beinahe hysterisch aufgelacht. Er sah aus wie mein persönlicher feuchter Traum. Und dann hatten Wut und Entsetzen jede positive Empfindung weggespült. Noch immer brodelte heißer Zorn durch meine Adern. Aber davon durfte Maila nichts mitkriegen.

Ich ignorierte Neo und konzentrierte mich einzig auf meine Tochter, die ungeduldig mein Lob erwartete. Mit einem zittrigen Lächeln zog ich sie an mich. »Ich bin so stolz auf dich, Flipper.«

Ihr nasses Haar befleckte mein Shirt genau über meinen Brüsten.

Na super.

Sie zog den Kopf zurück und grinste zu mir empor. »Jetzt ist Donny Owens dran.«

Einen besseren Grund, mein Büro sofort wieder zu verlassen, hätte Maila mir gar nicht liefern können, denn ich wollte sicher nicht, dass Neo hier gleich die große Daddy-Bombe platzen ließ. Aber Mailas Lippen waren blau, und sie zitterte nicht nur vor Aufregung, sondern weil sie ihren Körper bis an seine Grenzen getrieben hatte. Deshalb musste ich ihren Eifer notgedrungen bremsen. Zärtlich kämmte ich mit den Fingerspitzen durch ihr feuchtes Haar. »Feier erst mal deinen heutigen Sieg. Owens kannst du dir morgen vornehmen.«

Sie verzog schmollend die Lippen, doch da wir diese Diskussion bereits unzählige Male geführt hatten, versuchte sie gar nicht erst, mit mir zu verhandeln. »Na gut.«

Mit vorgetäuschter Ruhe drückte ich ihr einen Kuss auf die Stirn. »Geh dich umziehen, Schatz. Wir sehen uns gleich beim Abendessen.«

Sie nickte und wandte sich ab, blieb aber noch einmal bei der Statue in meinem Büro hängen. Sie legte den Kopf schief und musterte Neo genauer. Kurz setzte mein Herzschlag aus, weil ich fürchtete, dass sie ihn erkennen würde, doch ihre Miene blieb neutral. »Bist du der neue Schwimmcoach?«

Im Geiste beschwor ich Neo, jetzt nichts Falsches zu sagen. Sein Adamsapfel hüpfte, als er sehr schwer schluckte. Dann nickte er. »Ja.«

Ich biss verärgert die Zähne zusammen, obwohl das immer noch besser war als die Wahrheit. Ich musste ihn loswerden. So schnell wie möglich.

»Cool.« Maila grinste breit. »Ich freu mich schon darauf, mit dir zu trainieren.«

Neo nickte. »Ich mich auch.«

Seine Stimme zitterte, aber er schien sich etwas gefasst zu haben.

»Bis später«, flötete Maila und flitzte aus meinem Büro. Die Tür flog hinter ihr zu und hinterließ nichts als eine übermächtige, erdrückende Stille.

Es kostete mich einige Überwindung, Neo wieder anzusehen. Seine Lippen teilten sich, doch er brauchte mehrere Anläufe, um die Worte zu formen. »Ist sie von mir?«

Dieser Bastard!

Ungläubig starrte ich ihn an. Gleichzeitig brach sich eine ungeheure Wut in mir bahn und ein Schmerz, den ich jahrelang erfolgreich fest in einer Schublade verschlossen hatte, sprengte mein Herz. Es war nichts verglichen mit dem, was ich zuvor empfunden hatte. Diesmal erbebte mein ganzer Körper.

»Wie kannst du es wagen?«, stieß ich mit mühsam beherrschter Stimme hervor, während ich an die verzweifelten Anrufe und Nachrichten dachte, die ich ihm vor all den Jahren geschickt hatte – obwohl er mich bereits Wochen zuvor aus seinem Leben geschmissen hatte.

Anfangs hatte ich überhaupt nicht kapiert, dass ich ein Kind erwartete, und das Ausbleiben meiner Periode, meine Appetitlosigkeit und die Stimmungsschwankungen schlicht auf den Trennungsschmerz geschoben. Es war bereits Ende Oktober gewesen, als ich endlich auf die Idee kam, dass noch etwas anderes dahinterstecken könnte.

»Tut mir leid.« Aufgewühlt fuhr Neo über sein kurz geschorenes Haar. »Das war dämlich.«

»Allerdings«, erwiderte ich kühl. Immerhin wussten wir beide, wer mich damals entjungfert hatte. Auch in der Zeit nach dem Camp, während unserer *Fernbeziehung*, hatte ich nie einen Zweifel daran aufkommen lassen, dass er jeden meiner Gedanken beherrschte und wie wahnsinnig ich ihn vermisste.

Weil ich ihn geliebt hatte.

Ich wäre ihm niemals untreu gewesen.

Kraftlos ließ Neo den Kopf hängen. »Ich ... ich weiß einfach nicht, was ich sagen soll.«

Ich knirschte mit den Zähnen. »Du hattest zehn Jahre Zeit, es dir zu überlegen.«

Verständnislos schaute er mich an. Seine grauen Augen wurden dunkel, fast schwarz. »Wovon zur Hölle redest du?«

Er hatte echt Nerven, hier aufzutauchen und den Ahnungslosen zu spielen. »Hör auf, mich zu verarschen!«

»Das tue ich nicht«, knurrte er. »Ich hatte keine verdammte Ahnung, dass wir … dass es sie gibt.«

»Ach, wirklich?« Ich verzog die Lippen zu einem zynischen Grinsen, um meinen Schmerz zu verbergen. »Dann haben dich meine unzähligen Nachrichten und Mailbox-Monologe also nie erreicht?«

Er presste die Lippen aufeinander. »Ich hatte dich blockiert.«

»Und meine Briefe?«, hakte ich weiter nach, weil ich mir das natürlich längst gedacht hatte. »Ich habe dir Dutzende geschrieben.«

Langsam schüttelte er den Kopf. »Ich habe nie einen Brief erhalten.«

Er wirkte so überzeugend, dass sich tatsächlich kurz Zweifel in mir regten. Doch ich wischte sie grob beiseite. »Hör auf, mich für dumm zu verkaufen! Du wusstest, warum ich damals nach Salt Lake City gekommen bin.«

»Was? Nein!«, widersprach er und schüttelte mit weit aufgerissenen Augen erneut den Kopf. »Ich wusste nicht mal, dass du überhaupt da warst!«

»Tja, da hat mir deine Mom aber etwas anderes erzählt.« Mir wurde übel, wenn ich an das letzte Aufeinandertreffen mit Mrs. Barnes dachte. Es war nur ein paar Wochen vor Mailas Geburt gewesen, und ich hatte meine Selbstachtung ein letztes Mal beiseitegeschoben und versucht, Neo zu kontaktieren.

Wie eine erbärmliche Bittstellerin hatte ich mit kugelrundem Bauch auf der Türschwelle seines Elternhauses gestanden und seine Mutter angefleht, mir zu sagen, wo ich ihn fand. Daraufhin hatte sie mir versprochen, ihn zu mir in das Motel zu bringen, in dem ich voller Hoffnung auf ihn gewartet hatte.

Er war nicht gekommen. Dafür war seine Mom allein aufgetaucht und hatte mir tieftraurig und beschämt erklärt, dass
Neo kein Interesse mehr an mir hatte und sich erst recht kein
Kind anhängen lassen wollte. Ich würde diese Demütigung
niemals vergessen – und auch nicht verzeihen.

Neos Miene war inzwischen eiskalt, seine Hände zu Fäusten
geballt. »Meine Mutter hat nie ein Wort darüber verloren, dass
ihr euch getroffen habt.«

Ein weiterer Stich fuhr mir direkt ins Herz. Neos Mom
hatte sehr bedauert, dass ihr Sohn nichts mehr mit mir zu tun
haben wollte und auch keinen Kontakt zwischen unseren
Familien wünschte. Das hatte sie mir mehrfach versichert,
und sie war absolut überzeugend gewesen. »Ich glaube dir
nicht.«

Neo ignorierte das. »Wieso hast du nicht mit *mir* geredet?«

Das sollte wohl ein Witz sein! »Was denkst du, was ich monatelang versucht habe?«, fauchte ich. »Ich habe *alles* getan, um
dich irgendwie zu erreichen. Aber du wolltest nichts mehr von
mir wissen, erinnerst du dich?«

Er zuckte zusammen, blieb aber stur. »Das ist mir scheiß-
egal! Du hättest es mir trotzdem persönlich sagen müssen.«
Mit einem dumpfen Aufprall landete seine Faust auf seiner
Brust. »*Mir*, Hazel. Und niemandem sonst!«

Dass er mir ernsthaft Vorwürfe machte, war mehr, als ich im
Moment ertragen konnte. Tränen der Wut schossen mir in die
Augen, obwohl ich ihm unter keinen Umständen zeigen wollte,
wie sehr er mich noch immer verletzte. »Du hast entschieden,
dich von mir zu trennen und jeden Kontakt abgebrochen, weil
es so angeblich *leichter* für uns beide war. Dabei hat es dich in
Wahrheit kein Stück interessiert, wie es mir damit ging. Du
hast ausschließlich an dich selbst gedacht – und deine Mutter

hat all das mehr als deutlich bestätigt. Ich hatte keinen Grund, ihre Worte anzuzweifeln.«

Er sog scharf Luft ein. »Was hat sie gesagt?«

Meine Wangen wurden heiß, und ich wich seinem Blick aus. Um keinen Preis der Welt würde ich diese hässlichen Worte jemals wiederholen. Ich atmete tief durch, um mich zu beruhigen. »Es spielt keine Rolle mehr, Neo. Fakt ist, du hattest damals andere Prioritäten, und eine Tochter hätte daran nichts geändert. Wir haben uns damit arrangiert. Maila ist glücklich. Also, bitte, tu uns den Gefallen und fahr einfach wieder nach Hause.«

Neo schwieg lange, während sein Blick unruhig durch mein Büro zuckte. Seine Aufmerksamkeit blieb bei den gerahmten Fotos im Wandregal haften, die verschiedene Momente aus unserem Leben zeigten: mich selbst mit siebzehn, wie ich mein süßes Baby in den Armen hielt; Maila mit zwei Jahren, während sie zusammen mit meinem Vater auf dem Bootssteg saß und angelte; Maila und Reed in der Bunny Farm, die er für sie gebaut hatte und in der mittlerweile sechs Zwergkaninchen hausten; und wieder Maila, beide Arme um meinen Hals geschlungen. Damals war sie sechs und ich gerade Anfang zwanzig gewesen, und es war eines meiner liebsten Bilder von uns beiden, weil wir einander darauf so ähnlich sahen. Unsere braunen Locken flossen ineinander, und wir strahlten um die Wette. Mailas Vorderzahn fehlte. Dennoch hatten unsere Lippen einen ähnlichen Schwung, und auch die Konturen unserer Wangenknochen waren gleich. Nur ihre Augen standen etwas schräger – und sie waren silbergrau.

Schweigend ging Neo nun auf ebenjenes Bild zu. Er betrachtete es gedankenversunken, und obwohl es mir im Grunde egal sein sollte, fragte ich mich, was er gerade fühlte. Seine

Hand zuckte, als wollte er das Bild am liebsten ergreifen. Doch er hielt sich zurück und schaute mich wieder an. Seine Wut war verraucht, nun hob ein unendlich sanftes Lächeln seine Lippen. »Ich habe sie vorhin am See gesehen. Sie scheint ein tolles Mädchen zu sein.«

Ich nickte stumm, weil ich meiner Stimme nicht traute.

Erneut füllte angespanntes Schweigen den Raum. Dann machte er plötzlich einen Schritt auf mich zu. »Ich möchte sie kennenlernen.«

Sofort schnellte mein Puls durch die Decke. »Nein.«

Eine tiefe Falte erschien zwischen seinen Brauen. »Wieso nicht? Ich bin … ihr Vater.«

Die Worte kamen ihm schwer über die Lippen. So, als hätte er sich wirklich noch nie Gedanken um seine Tochter gemacht. Hatte seine Mutter damals doch gelogen?

Sie war so überzeugend gewesen, als sie voller Kummer meine schlimmsten Ängste bestätigt hatte. Andererseits hatte Neo vorhin ehrlich überrascht gewirkt, mich überhaupt in Silver Springs anzutreffen, und der Schock über die Erkenntnis, dass wir eine gemeinsame Tochter hatten, stand ihm immer noch ins Gesicht geschrieben. Hinzu kam, dass er vor ihrer Begegnung nicht einmal nach Maila gefragt hatte. Das war schon seltsam.

»Bitte gib mir eine Chance«, sagte er. »Ich möchte ein Teil ihres Lebens sein.«

Etwas in der Art hatte er schon mal behauptet, als wir beide jung gewesen waren. Er hatte von der großen Liebe gesprochen, die jedes Hindernis überwand, und von einer glücklichen Zukunft, die auf uns wartete – und dann hatte er mir nur ein paar Wochen später brutal das Herz gebrochen. Ich würde einen Teufel tun und zulassen, dass er meiner Tochter dasselbe antat. Ob er nun von ihr gewusst hatte oder nicht.

Entschlossen schüttelte ich den Kopf. »Glaub mir, sie hat genug männliche Bezugspersonen. Sie braucht dich nicht.«

Wir brauchen dich nicht!

Neos Augen wurden schmal. Zweifellos gefiel ihm meine Andeutung nicht, und mir wurde klar, dass ich seinen Wettbewerbshunger damit erst recht anspornte. Aber Maila war kein Pokal, den man gewinnen konnte.

Ich warf ihm ein schmales Lächeln zu. »Du wirst dir eine andere Herausforderung suchen müssen.«

Er zuckte zusammen, als hätte ich ihn geschlagen.

Ich war niemand, der zu Gewalt neigte. Aber hin und wieder hatte ich mir durchaus vorgestellt, wie ich ihm eine schallende Ohrfeige verpasste, weil er mich derart gnadenlos abserviert hatte. Ich hatte geglaubt, inzwischen hätte ich meinen Frieden damit gemacht. Aber nun, da er wieder in Fleisch und Blut vor mir stand und sich sein Blick in meinen bohrte, pulsierte der Schmerz so heiß durch meine Adern, als wäre kein Tag vergangen.

Ich hasste ihn für das, was er mir angetan hatte. Und ich hasste ihn für die Gefühle, die er noch immer in mir weckte, obwohl ich sie schon vor Jahren sorgsam in mir verschlossen hatte.

»Hazel«, sagte er in einem Ton, der sehnsüchtig, fast schon flehend klang. Ich wollte ihn gleich noch mehr hassen. Vor allem als ich den ehrlichen Kummer in seiner Miene sah. »Ich schwöre dir, ich habe nichts von alldem geahnt. Aber jetzt, wo ich von ihr weiß, kann ich unmöglich wieder gehen. Bitte verlang das nicht von mir. Ich tue alles, was du willst ...«

Er hielt inne, auf der Suche nach den richtigen Worten. So unsicher und nervös hatte ich ihn nur zwei Mal erlebt. Einmal, kurz bevor er mir seine Liebe gestanden, und das andere Mal, als wir zum ersten Mal miteinander geschlafen hatten.

Unwillkommene Bilder schossen mir durch den Kopf, die ich sofort verdrängte. Demonstrativ verschränkte ich die Arme. »Ich möchte, dass du Silver Springs verlässt und nie wieder herkommst.«

Die Worte hallten zwischen uns wider wie ein Peitschenschlag.

Früher wäre es für mich undenkbar gewesen, Neo eine Bitte abzuschlagen, weil ich so verdammt verliebt in ihn gewesen war. Ich hätte alles getan, um ihn glücklich zu machen. Aber inzwischen war ich über ihn hinweg und betrachtete die Welt nicht mehr durch eine rosarote Brille.

Meine Sturheit schien Neo nicht zu überraschen. Er musterte mich abwägend und verschränkte ebenfalls die Arme, woraufhin seine Muskeln stärker hervortraten. Ein Detail, das ich wirklich nicht bemerken wollte. Leider tat ich es trotzdem. Es kostete mich enorme Selbstbeherrschung, ihm weiter ins Gesicht und *nicht* auf dieses verdammte Tattoo zu starren, das sich über seinen rechten Arm zog. Die ineinander verschlungenen Linien sahen aus wie tiefschwarze Wellen, die sich auf seiner Haut brachen. Das Motiv hatte etwas Kämpferisches und Unbeugsames an sich. Es passte wirklich perfekt zu dem Jungen, den ich einst gekannt hatte.

»Na schön«, sagte er nach einer Weile. »Wenn du darauf bestehst, reise ich wieder ab.«

Ich wartete auf die Erleichterung, doch sie blieb aus. Vielleicht, weil ein Teil von mir bereits ahnte, dass er es mir nicht so leicht machen würde. Aufgeben lag einfach nicht in seiner Natur.

Prompt neigte Neo den Kopf. »Aber wie genau willst du unserer Tochter erklären, dass du ihr die Gelegenheit genommen hast, mehr Zeit mit ihrem Vater zu verbringen?«

Mein Herzschlag geriet ins Stocken. Trotzdem versuchte ich, mich nicht von seinem Strategiewechsel beeindrucken zu lassen. »Sie wird es nie erfahren.«

»Doch, das wird sie«, entgegnete er, und ein trügerisch freundliches Lächeln erschien auf seinen Lippen. Es war dieselbe Miene, mit der er früher seine Gegner abgeschätzt hatte. »Wie du vielleicht noch weißt, bin ich kein sonderlich geduldiger Mann, aber auf sie *werde* ich warten, und sobald sie alt genug ist, finde ich einen Weg, mit ihr zu sprechen. Ich werde ihr erklären, dass ich sie kennenlernen und in meinem Leben haben wollte, sobald ich von ihr erfuhr – und dass du, der Mensch, dem sie am meisten vertraut hat, genau das aus reinem Egoismus verhindert hast.« Kühle Belustigung blitzte in seinen Augen auf. »Weshalb du im Übrigen kein Stück besser bist als ich.«

Diesmal schaffte ich es nicht, mein Entsetzen zu verbergen. »Das wagst du nicht.«

»Lass es drauf ankommen«, erwiderte er und starrte mich mit einer solchen Kompromisslosigkeit nieder, dass sich mein Magen zusammenkrampfte.

»Ist das dein Ernst?« Meine Wangen wurden heiß vor Zorn. »Nach allem, was passiert ist, tauchst du hier auf und *erpresst* mich?«

»Ich will es nicht tun.« Er zuckte lapidar mit den Schultern, als würde er mir nicht gerade den Boden unter den Füßen wegreißen. »Die Wahl liegt bei dir.«

»Das ist eine beschissene Wahl!«

Neo blieb unbeeindruckt. »Ich bin wegen eines Jobs hergekommen, und ich will ihn durchziehen. Mehr verlange ich nicht.«

Es war schwer, inmitten all der extremen Gefühle, zwischen denen mich dieser Mann hin- und herschleuderte, einen rationalen Gedanken zu fassen. Aber wie durch ein Wunder gelang es mir, mein Temperament zu zügeln und die Sache nüchtern zu betrachten.

In den vergangenen Jahren hatte Maila immer mal wieder etwas über ihren Vater erfahren wollen. Wer er war, ob sie ihm ähnelte und weshalb er nicht bei uns war. Meistens war es mir gelungen, sie abzulenken, aber mir war klar, dass diese Taktik nicht mehr lange funktionieren würde. All diese Fragen quälten sie, und ob es mir gefiel oder nicht, sie hatte ein Recht auf Antworten. Die konnte und wollte ich ihr nicht verwehren. Denn ich war kein bisschen wie Neo. Ich weigerte mich, mir diesen Schuh anzuziehen.

Aber wenn er glaubte, er könnte sich in den nächsten Wochen als Vater aufspielen, hatte er sich geschnitten.

Reed hatte uns erzählt, dass sich der neue Schwimmcoach im Frühjahr eine schwere Knieverletzung zugezogen hatte und deshalb im Moment nicht wettbewerbsfähig war. Also war es nur eine Frage der Zeit, bis seine Wunden heilten, und ich ahnte schon jetzt, wie es danach weiterging: Sobald er vollständig genesen war, würde er alles daransetzen, seine Karriere wieder voranzubringen. Er würde Silver Springs verlassen, und Maila bliebe enttäuscht zurück. Vorausgesetzt, sie wusste, wer er war ...

Und wenn sie es nicht wüsste? Ich könnte es ihr später erklären, wenn sie älter war und meine Beweggründe besser nachvollziehen konnte. Sie wäre vermutlich ein bisschen sauer, weil ich ihr Neos Identität verheimlicht hatte. Aber sie wäre zweifellos wesentlich wütender, wenn Neo ihr sagte, ich hätte ihm den Kontakt verboten.

Ich holte tief Luft. »Also gut. Du kriegst den Job. Unter einer Bedingung.«

Skepsis flackerte in Neos Augen auf. »Und die wäre?«

»Du wirst Maila nicht sagen, in welcher Verbindung ihr zueinander steht. Für sie bist du der neue Schwimmcoach, und das war's.«

Wie erwartet klappte Neo den Mund auf, um zu widersprechen, doch ich hob gebieterisch die Hand. Es tat gut, die Kontrolle über das Gespräch zurückzuerobern.

»Ihr habt den restlichen Sommer, um euch kennenzulernen«, fuhr ich fort. »Ich möchte, dass Maila ohne Erwartungsdruck an eure Beziehung herangeht. Sie neigt dazu, hohe Ansprüche an sich selbst zu stellen.«

Vermutlich hätte ich das nicht erwähnen sollen, denn prompt lächelte Neo verzückt, als verstünde er genau, was ich meinte. Was vermutlich sogar stimmte.

»Und nach dem Sommer?«, fragte er.

Die Versuchung war groß, eine Prophezeiung auszusprechen. Aber ziemlich sicher würde Neo dies als weitere Herausforderung verstehen und alles tun, um mich vom Gegenteil zu überzeugen. Dabei hatten wir beide auf die harte Tour gelernt, wo seine Prioritäten lagen.

Ich lächelte dünn. »Lass uns erst mal die nächsten Wochen abwarten. Vielleicht findet Maila ihren neuen Schwimmcoach ja total ätzend.«

Seine Mundwinkel zuckten. »Vielleicht mag sie mich auch.«

Wahrscheinlich.

Sie war völlig aus dem Häuschen gewesen, als sie erfahren hatte, dass ein Olympiaathlet die Kids im Camp unterrichten würde. Wir nannten sie schließlich nicht ohne Grund *Flipper*. Sie liebte das Wasser ebenso sehr wie ihr Vater, und sie besaß ebenso viel Ehrgeiz und Talent.

Ich unterdrückte ein Seufzen. Hoffentlich beging ich gerade keinen gewaltigen Fehler. »Also haben wir einen Deal?«

Neo zögerte. Es war ihm anzumerken, wie sehr ihm mein Vorschlag missfiel und dass er Maila lieber gleich seine wahre Identität enthüllen wollte. Doch dies war meine Bedingung, und er schien einzusehen, dass ich davon nicht abweichen würde. Deshalb nickte er bedächtig. »Ich werde ihr kein Wort sagen. Versprochen.«

Keine Ahnung, was er damit bezweckte. Immerhin hatte ich längst aufgehört, an seine Schwüre zu glauben.

KAPITEL 4

Neo

Ich hatte eine Tochter.

Tochter.

Tochter.

Tochter.

Das Wort hallte in meinem Kopf wider, während ich auf dem Bett meiner neuen Unterkunft saß, meine gepackte Reisetasche zu meinen Füßen. Ich konnte mich kaum daran erinnern, wie Hazel mir schweigend ein paar Papiere gereicht und mich anschließend aus ihrem Büro hinauskomplimentiert hatte.

Quill hatte mich abgeholt und zum Gästehaus gebracht. Er hatte mir gesagt, ich sollte erst mal in Ruhe auspacken, bevor wir uns später im Speisesaal trafen. Anschließend war er gleich wieder verschwunden, um nach den Jungs zu sehen, die er betreute. Er schien ein netter Kerl zu sein, bodenständig, sympathisch. Wenn ich das richtig mitgekriegt hatte, war er freischaffender Künstler, was zu seinem lässigen Look passte. Allerdings hatte ich nur mit einem halben Ohr zugehört.

Meine Gedanken waren bei Hazel geblieben.

Und bei Maila.

Was für ein wunderschöner Name für diesen kleinen Wirbelwind.

Wobei … so klein war sie gar nicht mehr. Wenn mir etwas diese Tatsache vor Augen geführt hatte, dann waren das all die gerahmten Fotos in Hazels Bücherregal gewesen.

Ich hatte so viel verpasst.

Ihre ersten Worte.

Ihre ersten Schritte.

Ihre ersten Schwimmzüge.

Der Gedanke fachte meinen Zorn an, und ich schoss wieder von meinem Bett hoch. Am liebsten hätte ich meine Faust gegen die nächste Wand gedonnert. Ich war so scheißwütend, dass ich all diese besonderen Momente in Mailas Leben nicht miterlebt hatte. Dass ich keine Rolle in ihrem Leben spielte. Dass ich ein Niemand für sie war.

Ich hatte meinen eigenen Vater angehimmelt und in ihm und meiner Mom stets starke Stützen gesehen. Meine Eltern bildeten das Fundament meiner Karriere, hatten mich von Anfang an zu Trainings begleitet, Sportreisen finanziert und mich bei Wettbewerben angefeuert. Sie waren immer da gewesen, um mich aufzubauen und zu unterstützen. Aber offensichtlich waren sie dabei gewaltig über das Ziel hinausgeschossen. Nicht Hazel, sondern *sie* hatten mich auf das Übelste hintergangen.

Ich glaubte Hazel jedes Wort, das sie über die Briefe, Nachrichten und ihren Besuch gesagt hatte. Sie mochte sich im Laufe der Jahre verändert haben, doch in ihrem Kern erkannte ich nach wie vor ihre Aufrichtigkeit.

Ein Grollen wanderte meinen Hals hinauf, und da ich allein war, hielt ich mich nicht zurück und schrie meinen Frust heraus, denn das war immer noch besser, als diese hübsche kleine

Camphütte zu demolieren, um Dampf abzulassen. Außerdem hätte es mir mein Knie sicher nicht gedankt.

Als ich mich wieder einigermaßen im Griff hatte, überlegte ich, meine Eltern anzurufen und sie zur Rede zu stellen. Aber da ich aktuell viel zu angepisst war, ließ ich es lieber bleiben und begann, meinen Kram auszupacken.

Mein Schlafzimmer war klein, aber behaglich eingerichtet. Die Wände waren in unterschiedlichen Blautönen gestrichen. Meine Lieblingsfarbe. Auch sonst wirkte der Raum aufgrund der hellen Holzmöbel und verschiedener weißer Accessoires einladend. Auf der Kommode für meine Kleidung stand eine Vase mit Trockenblumen, darüber hing eine gerahmte Fotografie von einer Tänzerin.

»Das gibt's doch nicht«, stieß ich aus und ließ beinahe den Stapel Shirts fallen, während ich ungläubig auf das Foto starrte.

Das Gesicht der Frau war unkenntlich, da sie sich im Sprung von der Kamera abgewandt hatte. Aber diesen Körper hätte ich überall erkannt.

Hazel war eine unglaubliche Tänzerin gewesen. Weshalb ich nie daran gezweifelt hatte, dass vor ihr eine ähnlich steile Karriere lag wie vor mir. Manchmal hatte ich mich hinreißen lassen und mir vorgestellt, wie sie die Bühnen auf der ganzen Welt verzauberte. Dabei hatte sie Silver Springs nie verlassen.

Meine Kehle wurde eng, während ich darüber nachdachte, wie es sich für Hazel angefühlt haben musste, so jung Mutter zu werden. Hatte sie zwischen Maila und ihrem Traum geschwankt? Oder hatte sie das Tanzen, ohne zu zögern, für unsere Tochter aufgegeben? Wie war die Schwangerschaft überhaupt für sie verlaufen? Und die Geburt? Und die Zeit mit dem winzigen Baby?

Ich erinnerte mich an eines der anderen Bilder in ihrem Büro. Darauf hielt sie Maila, die nur ein paar Wochen alt gewesen sein konnte, im Arm und strahlte in die Kamera. Ich hatte dieses Bild kaum länger als zehn Sekunden betrachten können, weil es sich wie ein Tritt in die Eier angefühlt hatte.

Mein einziger Trost bestand darin, dass Hazel in ihrer Familie ehrlichen Rückhalt gefunden zu haben schien. Zumindest hatte Reed keinen Zweifel daran aufkommen lassen, wem seine Loyalität galt.

Ein zynisches Grinsen hob meine Lippen. Hazels großer Bruder und ihre Eltern mussten mich für den letzten Dreck halten, weil ich sie mit einem Baby sitzengelassen hatte. Ich würde es jedenfalls tun, hätte ich Geschwister gehabt und jemand hätte ihnen so eine Scheiße angetan.

So gesehen war es vielleicht ganz gut, dass Hazel darauf bestand, niemandem etwas über meine Vaterschaft zu verraten. Immerhin gab das nicht nur Maila die Gelegenheit, mich unvoreingenommen kennenzulernen, sondern auch den anderen. Falls ich es schaffte, Reed von mir zu überzeugen, half er mir nach dem Sommer vielleicht, in Mailas Leben zu bleiben.

Mit Hazels Unterstützung konnte ich wohl eher nicht rechnen. Ich hatte den Schmerz und das Misstrauen in ihren Augen gesehen. Sie konnte sich nicht vorstellen, dass ich eine echte, dauerhafte Beziehung zu unserer Tochter aufbauen wollte. Aber sie kannte mich schlecht, wenn sie wirklich glaubte, dass ich nach diesem Sommer einfach wieder verschwinden würde.

Ich hatte aus meinem Fehler gelernt – auch wenn es mich schmerzte, dass Hazel jetzt das denkbar Schlimmste von mir annahm. Ich hätte sie niemals gegen Maila ausgespielt. Aber ich war verzweifelt genug gewesen, es auf den Bluff ankommen zu lassen. Ich hatte meinen Willen bekommen, und hier war ich nun …

Inzwischen war es kurz vor sechs, und da ich auf keinen Fall zu spät zum Abendessen kommen wollte, verteilte ich meine restlichen Klamotten eilig in der Kommode und beschloss, auf eine Trainingseinheit im Silver Lake zu verzichten.

Im Gästehaus gab es noch ein weiteres, ähnlich eingerichtetes Schlafzimmer sowie ein kleines Wohnzimmer mitsamt einer offenen Küchenzeile, die durch einen Tresen optisch abgetrennt wurde. Eine Kaffeemaschine und ein Wasserkocher standen auf der Arbeitsfläche, daneben hübsch arrangierte Gläser mit Kaffeepads und verschiedenen Teesorten: Minze, Rooibos und Earl Grey. Über Letzteren freute ich mich besonders.

Der kleine Kühlschrank war gefüllt mit Wasser, Saft und Light Beer sowie ein paar Snacks. Außerdem standen auf dem niedrigen Glastisch vor dem Sofa und dem Korbsessel ein kleiner Obstkorb und eine Blumenvase. Daneben lagen ein Flyer von Camp Silver Springs und ein *Herzlich willkommen*-Schildchen. Offenbar hatte sich Silver Springs ziemlich auf den neuen Schwimmcoach gefreut.

Laut Flyer gab es in diesem Sommer sechs Sport- und Kreativangebote für die Kinder: Malen, Skulpturen, Tanzen, Theater, Sportspiele und Survivaltraining. Als wäre das nicht genug, gab es obendrein Coachingangebote von einer ausgebildeten Ergotherapeutin.

Zu meiner Zeit hatten im Camp deutlich weniger Kurse stattgefunden, aber ich schätzte, dass die Arbeit in kleineren Gruppen von Vorteil war, um alle Kids im Blick zu behalten. Damals war das den Betreuern nicht immer gelungen, und Hazel und ich hatten uns mehr als einmal in ihr Zimmer geschlichen, um dort hemmungslos miteinander rumzumachen.

Mir wurde heiß bei der Erinnerung daran, wie wir uns damals in ihrem Bett herumgewälzt hatten, gierig nach den Küssen des anderen und mit ungeduldigen, hektischen Erkundungen. Ich war so verdammt scharf auf sie gewesen, dass ich mich innerhalb kürzester Zeit von einem disziplinierten Leistungssportler in einen hormongesteuerten Teenager verwandelt hatte – und sie hatte es geliebt, mich zu reizen, zu provozieren und aus der Fassung zu bringen.

Es war ihr jedes einzelne Mal gelungen.

Selbst jetzt war ihre Wirkung auf mich noch immer ungebrochen. Andernfalls hätte es mich wohl nicht derart viel Anstrengung gekostet, ihr vorhin ins Gesicht zu sehen statt auf den feuchten Fleck auf ihrem Shirt, der Ansätze eines schwarzen Spitzen-BHs erahnen ließ.

Stöhnend rieb ich mir über das Gesicht. Ich war erst ein paar Stunden in Silver Springs, und schon war meine Welt komplett aus den Fugen geraten. Ich war hergekommen, um mich von diesem zermürbenden Loch in meinem Herzen abzulenken, das das Ende meiner Karriere hinterlassen hatte – und plötzlich war meine Jugendliebe zurück in meinem Leben, und wir hatten eine Tochter.

Eine Tochter!

Ich konnte es immer noch nicht fassen …

Eine Sehnsucht, die mir bisher völlig fremd gewesen war, trieb mich aus dem Gästehaus. Ich ging den Rundweg entlang zum Verwaltungsgebäude, vorbei an dem großen Bungalow, in dem Hazel wohnte.

Nun wusste ich, wem ihr ehemaliges Zimmer gehörte: einem kleinen Mädchen, das das Wasser liebte. Ich fragte mich, was wir noch gemeinsam hatten, und konnte es kaum erwarten, es herauszufinden.

Ich überquerte den Versammlungsplatz und zog die Tür des großen Gebäudes auf, nur um von einer Flutwelle von Geschrei und Geschirrgeklapper begrüßt zu werden.

Im Speisesaal war bereits die Hölle los. Unzählige Kids hatten sich um ein reich befülltes Büfett versammelt und beluden ihre Teller mit Salat, Pommes und panierten Hühnerfilets. Ein herrlich würziger Duft lag in der Luft, und mein Magen zog sich vor Hunger zusammen.

Es war ewig her, seit ich etwas anderes als Proteinshakes und Haferflocken zu mir genommen hatte. Nach meinem Rauswurf aus dem Kader war mir der Appetit sogar gänzlich vergangen. Aber plötzlich, inmitten dieser wilden Kinderschar, lief mir das Wasser im Mund zusammen. Trotzdem hielt ich zuerst nach Maila Ausschau.

Leider konnte ich sie nirgends entdecken. Dafür kam Reed mit einem vollen Teller auf mich zu.

»Neo!« Er lächelte, vollkommen ahnungslos. »Ich hoffe, deine Unterkunft gefällt dir. Hast du alles, was du brauchst?«

Seinem Gesichtsausdruck nach fürchtete er nicht wirklich, dass ich mich unwohl fühlen könnte. Trotzdem nickte ich. »Ja, danke.«

»Großartig.« Reed deutete zum Tresen. »Schnapp dir einen Teller, und hol dir was zu futtern. Dann stelle ich dir den Rest des Teams vor.«

Ich tat wie geheißen und bahnte mir den Weg zum Büfett, wo eine ältere Frau gerade dabei war, ein paar Kids zusammenzufalten, weil sie sich gegenseitig geschubst hatten. Ihrem Ton haftete eine liebevolle Strenge an, die keinen Widerspruch duldete.

Mir rutschte das Herz in die Hose, weil sie auch schon vor zehn Jahren die Chefin in der Küche gewesen war. Die Zeit hatte es gut mit ihr gemeint, denn abgesehen von ein paar Fältchen, die sich tiefer um ihre knallrot geschminkten Lippen in die Haut gruben, hatte sie sich kaum verändert. Ihr hellgraues Haar war noch immer zu einem Bob frisiert, und ihre Augen waren durchdringend wie eh und je.

Gerade starrte sie einen Jungen nieder, der sich vorgedrängelt hatte. »Wenn du es noch mal wagst, jemanden zur Seite zu schubsen, wirst du warten, bis alle fertig sind. Hast du mich verstanden, Tobey?«

Der Junge schien diese Ansage überhaupt nicht cool zu finden, knickte aber sofort ein und senkte reumütig den Kopf. »Ja, Ma'am.«

Sie nickte zufrieden und wandte sich ab, nur um gleich darauf wieder haltzumachen, weil sie mich bemerkte.

Unter ihrem prüfenden Blick schrumpfte ich innerlich zusammen. Soweit ich wusste, hatte nur sie mitbekommen, dass Hazel und ich uns in dem Sommer vor Mailas Geburt verliebt hatten. Hazels Eltern hatten bis zum Schluss höchstens eine Vermutung gehabt. Trotzdem wunderte es mich, dass sie mich nie zur Rechenschaft gezogen hatten. Wäre meine Tochter von irgendeinem dahergelaufenen Typen im Sommercamp geschwängert worden, ich hätte ihn ungespitzt in den Boden gerammt.

Ich war noch dabei zu entscheiden, ob ich die Flucht ergreifen oder mich heldenhaft dem Zorn der Küchenchefin stellen sollte, als hinter mir eine sanfte Stimme erklang.

»Dotty«, sagte Hazel, bevor sie neben mir auftauchte. »Wie ich sehe hast du unseren neuen Schwimmcoach schon kennengelernt.«

Die Augenbrauen der Alten schossen in die Höhe. »Der neue Schwimmcoach?«

»Jepp«, erwiderte Hazel. »Reed hat Neo bis zum Ende des Sommers eingestellt.«

Ihr beiläufiger Ton gefiel mir nicht. Aber ich war klug genug, die Klappe zu halten.

»Bist du zum ersten Mal in der Gegend?«, fragte Dotty, während sie mich nachdenklich musterte. »Du kommst mir bekannt vor.«

Mir brach der Schweiß aus. Ich wollte nicht lügen, aber die Wahrheit würde den Verdacht, der sich spürbar in ihr zusammenbraute, sicher noch erhärten.

Hazel winkte ab. »Das liegt wahrscheinlich an seinem Allerweltsgesicht«, erklärte sie, woraufhin sich prompt mein Ego meldete.

Ich besaß definitiv *kein* Allerweltsgesicht. Das hatte sie vor zehn Jahren sogar mehrfach betont, während sie mit den Fingerspitzen zärtlich die Konturen meines Gesichtes nachfuhr. Außerdem hatte es in den letzten Jahren genügend Agenturen gegeben, die mich für die Vermarktung diverser Sportartikel gebucht hatten. Trotzdem ging ich nicht auf Hazels Spruch ein, sondern streckte Dotty mit meinem charmantesten Lächeln die Hand entgegen. »Freut mich.«

Ohne mich aus den Augen zu lassen, schüttelte sie meine Hand. »Mich auch, Neo.«

Sie wusste, wer ich war. Ich erkannte es an ihrem Blick. Aber ich nahm an, dass sie mich Hazel zuliebe nicht zur Rede stellte, sondern mitspielte.

»Greif zu, Neo«, sagte Hazel und deutete auf das Büfett.

Es gefiel mir nicht, dass sie mich behandelte, als wäre ich ein Fremder. Aber ich wehrte mich nicht dagegen, denn zum einen hatte ich ihr ein Versprechen gegeben, das ich nicht brechen wollte – und zum anderen hatte sie recht.

Was wusste ich schon über ihr Leben?

Ich kannte das Mädchen, das sie einst gewesen war, erinnerte mich an ihre Träume und Gedanken. Aber jetzt war sie eine erwachsene Frau, eine Mutter, die Leiterin dieses Camps. Ich hatte keinen Schimmer, was in ihr vorging, während sie sich an mir vorbeischob, einen Teller nahm und eine Portion Salat darauf schaufelte.

Ihr Atem ging ruhig, ihre Hand zitterte nicht. Es gab nicht das kleinste Anzeichen, dass ich sie nervös machte oder eine andere Emotion in ihr auslöste. Da war nicht mal mehr Wut oder Enttäuschung. Stattdessen wirkte sie vollkommen ungerührt von meiner Gegenwart, während sie sich mit Dotty unterhielt.

Mir war klar, dass ich ihre Ignoranz verdient hatte. Trotzdem kam ich nicht sonderlich gut damit zurecht.

Jemand rief nach Dotty, woraufhin sie uns einen guten Appetit wünschte und davonging. Ich wollte gerade ebenfalls nach einem Teller greifen, als ein Mann dicht an Hazel herantrat. Er drang so weit in ihre Komfortzone ein, dass ich mich unwillkürlich versteifte.

Doch seine Nähe schien sie nicht zu stören. Sie lächelte zu ihm empor. »Hey, Glen. Alles klar?«

Er nickte, während er sie förmlich mit Blicken auszog. »Alles bestens.«

Fuck! Lief da etwa was zwischen den beiden?

Ich musterte den Typen genauer, während Hazel sich bei ihm nach irgendeinem Ausflug erkundigte. Er war nicht ganz so groß wie ich, aber gut in Form und verströmte in seinem Holzfällerhemd und der Cargohose, an der allerlei Klimbim hing, einen rustikalen Charme. Das dunkelblonde Haar war oben etwas länger als an den Seiten und ging in einen gepflegten Bart über. Da er beim Reden völlig auf Hazel fixiert war, dauerte es einen Moment, bis er mich bemerkte. »Oh. Hallo.«

»Ach so.« Hazel winkte beiläufig in meine Richtung. »Glen, das ist Neo, unser neuer Schwimmcoach. Neo, Glen.«

Leider schien Glen ein anständiger Kerl zu sein, denn er streckte mir freundlich die Hand entgegen. »Hey, Mann. Schön, dass du da bist. Meine Jungs sind schon ganz aufgeregt wegen des Rettungsschwimmkurses.«

Ich stieß ein angestrengtes Lachen aus, während ich seine Hand schüttelte. »Wovon redest du?«

»Vom Rettungsschwimmkurs«, wiederholte Glen und schaute zu Hazel, die ihren Teller inzwischen fertig bestückt hatte. »War das nicht Teil der Stellenausschreibung?«

Shit! Das hatte ich ganz vergessen. Eigentlich hatte ich das noch mit Reed klären wollen, bevor ich den Vertrag unterzeichnete. Aber dann war Hazel aufgetaucht, und ich hatte überhaupt nicht mehr daran gedacht.

»Ja, das war eine Bedingung für den Job.« Hazels Lider wurden schmal. »Gibt es damit ein Problem?«

»Nicht direkt.« Ich packte mir wahllos von jeder Speise etwas auf den Teller. »Es ist nur so, dass eine richtige Lifeguard-Ausbildung mehrere Wochen dauert und von ganz anderer Qualität ist, als es hier umsetzbar wäre. Natürlich kann ich den Kids eine Menge beibringen, aber am Ende des Sommers werden sie trotzdem keine Lifeguards sein, die bei der Küstenwache auf einen Job hoffen können.«

»Das ist mir klar«, gab Hazel in trockenem Tonfall zurück. »Uns ging es lediglich darum, dass du ihnen beibringst, wie sie sich im Notfall richtig verhalten.«

Ich war erleichtert, das zu hören. »Dann sind wir uns ja einig. Aber erst will ich sehen, was die Kids überhaupt draufhaben.«

Sie straffte die Schultern. »Die älteren Kids sind gute Schwimmer. Du musst sie nicht erst testen.«

Irgendwie hatte ich den Eindruck, sie widersprach mir nur, um zu widersprechen. Ihr Feuer war also noch nicht ganz erloschen. Meine Mundwinkel zuckten. »Wenn ich mich recht entsinne, habe ich freie Hand beim Coaching, was bedeutet, dass ich den Kids erst beibringe, wie sie andere retten, wenn ich sichergestellt habe, dass sie sich selbst retten können.«

Ihre haselnussbraunen Augen blitzten auf. »Zweifelst du etwa meine Einschätzung an?«

»Keineswegs.« Ich schnappte mir eine Pommes und warf sie mir in den Mund. »Aber ich nehme an, es gibt einen speziellen Grund dafür, warum ihr mitten in der Saison unbedingt einen Schwimmcoach braucht.«

Es war ein Schuss ins Blaue hinein, der vor allem darauf basierte, dass Reed es ziemlich eilig mit meiner Einstellung gehabt hatte. Aber wie es schien, traf ich damit einen Nerv, denn Glen nickte ernst.

»Vergangene Woche ist uns fast ein Kind ertrunken.«

»Glen!«, stieß Hazel entrüstet hervor, während ich scharf die Luft einsog.

Badeunfälle zählten zu den häufigsten Todesursachen weltweit. Hazel wusste das. Vermutlich mied sie deshalb gerade meinen Blick.

»Neo hätte es sowieso erfahren«, sagte Glen, der offensichtlich nicht kapierte, dass er ihr gerade in den Rücken gefallen war. »Deswegen ist er doch hier, oder nicht?«

Klar war ich das. Aber es ärgerte Hazel trotzdem. Zumindest glaubte ich das, bis sie ihn spielerisch in den flachen Bauch knuffte. Ihre Hand blieb ein paar Sekunden länger liegen als nötig. Es war eine subtile Berührung, die weder an Glen noch an mir spurlos vorbeiging.

»Du hast recht«, sagte sie versöhnlich. »Lass uns essen, ja? Ich verhungere gleich.«

Sie stolzierte mit wiegenden Hüften davon, während Glen und ich ihr hinterhersahen.

»Was für eine Frau«, murmelte Glen.

»Seid ihr zusammen oder so?«

Die Frage war raus, bevor ich mich zurückhalten konnte. Es ging mich zwar nichts an, ob Hazel jemanden hatte oder nicht. Aber falls es einen Mann in ihrem und Mailas Leben gab, wollte ich es trotzdem wissen.

Glen lachte, als hätte ich einen unglaublich guten Witz gerissen. Er klopfte mir auf die Schulter. »Ein Gentleman genießt und schweigt.«

Leider verriet mir das trotzdem alles, was ich wissen musste – und ich konnte nicht behaupten, dass ich sonderlich glücklich darüber war.

KAPITEL 5

Hazel

Ich überließ es meinem Bruder, Neo dem Campteam vorzustellen, und widmete mich voller Eifer meinem Abendessen, obwohl mir in Wahrheit kotzübel war. Maila saß draußen auf der Veranda bei ihren Freunden und ahnte nicht, wer gerade dabei war, sich in ihr Leben zu schleichen.

Weil ich es erlaubt hatte.

Ich sagte mir, dass es richtig war, Neo hierbleiben zu lassen und Maila gleichzeitig die Wahrheit vorzuenthalten. Nach außen hin wirkte sie oft tough, aber ich wusste, welche Sorgen sie insgeheim quälten. Sie hatte nicht nur im Wasser Angst, nicht gut genug zu sein. Auch dass sich ihr Vater bisher nie für sie interessiert hatte, machte ihr zu schaffen, obwohl ich das nie explizit gesagt hatte. Andererseits musste man auch kein Genie sein, um zu diesem Schluss zu kommen, nachdem Daddy bereits seit ihrer Geburt mit Abwesenheit glänzte.

Dass Neo nichts von meiner Schwangerschaft und Maila gewusst hatte, war noch immer ein Schock für mich. Schließlich hatte seine Mutter mir bei unserem letzten Gespräch versichert, dass sie mit ihm darüber geredet hatte.

Übelkeit zog meinen Magen zusammen, und ich verdrängte hastig die Erinnerung an dieses niederschmetternde Gespräch, bevor ich vor lauter Frust meinen Teller nach Neo warf, der mir inzwischen schräg gegenübersaß.

Er hatte neben Reed Platz genommen. Dann kamen Estelle, Quill und Glen. Ich saß auf der anderen Seite des Tisches neben Selma, Jade, Brianna und Scott. Es fehlte nur noch Aubrey, unsere Ergotherapeutin, um unser Team komplett zu machen. Wahrscheinlich war sie noch mit einem Einzelcoaching beschäftigt.

Wie nicht anders zu erwarten, waren unsere Leute allesamt außer sich vor Freude über unseren Neuzugang. Besonders Selma, die die Sportspiele durchführte, glaubte offenbar, in Neo einen Seelenverwandten gefunden zu haben. Sie klebte praktisch an seinen Lippen, wann immer er das Wort ergriff.

Ich musste ihm zugutehalten, dass er auf die Fragen nach seiner Schwimmkarriere nur flüchtig einging, weil er sich vermutlich denken konnte, dass ich sicher nicht hören wollte, wie er in der ganzen Welt Medaillen eingesammelt hatte, während ich mich mit siebzehn um ein Neugeborenes kümmerte und zugleich versuchte, meinen Highschool-Abschluss zu schaffen. Aber seine Stimme nervte mich trotzdem.

»Und bedeutet deine Knieverletzung jetzt das Ende deiner Sportkarriere?«, fragte Jade mitfühlend. Sie hatte asiatische Wurzeln und war eine wahnsinnig talentierte Tänzerin, die mit den Kids verschiedene Choreografien einstudierte. Sie beherrschte nahezu jedes Genre: Modern, Hip-Hop, Standardtänze. Diesen Sommer war sie die vierte Saison in Folge dabei, und ich mochte sie nicht nur, weil uns die Leidenschaft fürs Tanzen verband. Ihr kurzes dunkles Haar war von blondierten Strähnchen durchzogen, was ihr etwas Hippes und Unkonventionelles verlieh. Ihre braunen Augen musterten Neo neugierig, während er noch immer nach einer passenden Antwort suchte.

Ich war geneigt, das für ihn zu übernehmen, weil es sowieso nur eine Antwort gab: Seine Karriere war *nicht* zu Ende.

»Jepp«, sagte Neo langsam. Mein Kopf fuhr hoch, bevor ich es verhindern konnte. Unendliche Qual stand in seinen Augen, auch wenn er tapfer lächelte. »Ich schätze schon.«

Selma runzelte die Stirn. »Das verstehe ich nicht. Mit der richtigen Physiotherapie bist du doch im Nu wieder fit.«

»Aber ich werde nie wieder dasselbe Leistungsniveau erreichen«, erwiderte er und schluckte hart. »Was nichts anderes bedeutet, als dass ich den jüngeren, fitteren Athleten hinterherschwimmen würde. Also kann ich es auch gleich lassen.«

Und das von dem Mann, der keine Herausforderung scheute – und dem kein Opfer groß genug war, um sich ihr zu stellen.

Ich stieß ein schnaubendes Lachen aus, woraufhin ich einige irritierte Blicke kassierte. Meine Wangen wurden heiß. »Sorry, verschluckt.«

Eilig senkte ich den Kopf und widmete mich wieder meinem Essen, in dem ich aber hauptsächlich nur noch appetitlos herumstocherte.

»Aber du bleibst trotzdem das Gesicht von *Victor*, oder?«, bohrte Selma weiter.

Glen lehnte sich ein Stück vor. »Meinst du den Sportartikelhersteller?«

»Ja.« Selma stieß ein verzücktes Seufzen aus, bevor sie ihr Handy hervorzog und auf dem Display herumtippte. »Im Frühling gab es diese gewaltige e-Poster-Kampagne auf dem Times Square. Außerdem hingen die Plakate in allen Stores.«

»*Victor* macht auch gute Outback-Sachen«, meinte Glen, während er ein paar Pommes aufspießte.

Leider interessierte sich niemand für die Sportmarke.

Brianna beugte sich über Jade, um etwas auf Selmas Handy zu erkennen, und stieß prompt einen spitzen Schrei aus. »Holy shit! Das warst du?«

Ich spähte zu Neo rüber und zuckte beinahe zusammen, als sich unsere Blicke begegneten. Wahrscheinlich wartete er darauf, dass ich mich ebenfalls auf das Handy stürzte, um den sexy Aquaman zu bewundern. Stattdessen lehnte ich mich mit gelangweilter Miene zurück und verfolgte ungerührt, wie das Handy mit Neos Antlitz hin und her gereicht wurde. Selbst mein Bruder schien beeindruckt, während Estelle belustigt seinen Bauch tätschelte.

Jade stieß einen Pfiff aus, der beinahe mein Trommelfell sprengte. »Ich stehe ja nicht auf Kerle, aber – *lieber Himmel!* – dieses Bild ist echt scharf.«

»Danke«, sagte Neo freundlich. Er klang weder stolz noch verlegen.

»Sieh dir das an, Hazel«, sagte Selma und hielt mir das Handy unter die Nase.

Neo beobachtete mich immer noch, das konnte ich genau spüren.

Deshalb wollte ich erst recht nicht auf dieses blöde Display sehen. Aber wenn ich jetzt ablehnte, warf das sicher Fragen auf. Deshalb überwand ich mich letztlich doch und ließ meinen Blick flüchtig über das Display streifen.

Schlagartig wurde mein Mund trocken. Auf dem Kampagnenbild lehnte Neo lässig an einem Metallgeländer, eine schlichte graue Wand im Rücken, damit auch ja nichts von seinem halb nackten Körper ablenkte. Seine Haut war von einem leichten Schimmer überzogen, der jeden einzelnen definierten Muskel perfekt in Szene setzte. Dabei wirkte die dunkelblaue Badehose, die eigentlich beworben wurde, wie eine lächerliche Nebensächlichkeit. Wenn überhaupt, weckte sie wohl bei jedem Betrachter den Wunsch, ihm den winzigen Stofffetzen vom Leib zu reißen, um das dahinterliegende Geheimnis zu offenbaren.

Ich kannte dieses Geheimnis, hatte es tief in mir gespürt. Mir brach der Schweiß aus, und mein Unterleib zog sich vor Sehnsucht zusammen.

Verdammt noch mal! Ich wollte nicht daran denken.

»Alles in Ordnung, Hazel?«, fragte Quill.

Zum Glück steckte Selma in diesem Moment das Handy weg, und mein Verstand setzte wieder ein.

»Klar.« Ich schob den Stuhl zurück. »Mir ist nach Nachtisch.«

Sofort ließ Glen die Gabel fallen und stand ebenfalls auf. »Gute Idee.«

Ich rang mir ein Lächeln ab, während ich meinen Teller an mich nahm. Es war nicht so, dass ich Glen nicht gern in meiner Nähe hatte. Im Gegenteil. Wir verstanden uns großartig. Außerdem war unsere Affäre längst kein Geheimnis mehr. Aber gerade jetzt wollte ich eigentlich lieber allein sein.

Nur weil ich ihn nicht vor den Kopf stoßen wollte, lehnte ich seine Begleitung nicht ab, sondern trat neben ihn.

»Wir sehen uns später, Leute«, sagte ich, wobei ich sowohl die belustigten Blicke als auch die finstere Miene meines Bruders ignorierte. Reed hieß es nicht gut, dass ich mich gelegentlich mit den Betreuern im Camp einließ. Aber zuweilen war das Leben hier recht einsam, und aus meiner Sicht sprach nichts gegen ein wenig körperliche Zuwendung, wenn sich alle

Parteien im Klaren darüber waren, dass mehr als eine kurzweilige Affäre von meiner Seite aus nicht drin war.

Glen wusste das – und es war okay für ihn. Schließlich plante er im Herbst einen Survivaltrip durch den Yukon im Norden Kanadas, was bedeutete, dass wir ohnehin bald wieder getrennter Wege gehen würden. Warum also nicht ein bisschen Zweisamkeit in lauen Sommernächten genießen?

Das Problem war nur, dass ich gerade wenig Lust auf Intimität verspürte, was ziemlich sicher an dem Schwimmcoach lag, dessen Blick sich gerade in meinen Rücken brannte.

Ich wünschte, ich wäre abgebrühter gewesen. Dann hätte ich vielleicht weniger Skrupel gehabt, Glen in unseren Besprechungsraum zu ziehen, wo wir noch vor ein paar Tagen wild knutschend unsere Mittagspause miteinander verbracht hatten.

Na schön, vielleicht war auch noch ein bisschen mehr passiert als das.

Aber da sich alles in mir dagegen sträubte, Glen zu benutzen, um mich von den finsteren Gefühlen abzulenken, die momentan in mir tobten, steuerte ich die Küche an. Ich schlüpfte am Tresen vorbei und stellte meinen Teller auf einen Geschirrwagen.

Dotty, die mit unserer Küchenhilfe Gina vor der Spülvorrichtung stand und die ersten schmutzigen Teller reinigte, hob den Kopf. In ihren Augen sah ich unzählige Fragen.

Ich hätte ahnen müssen, dass sie sich an Neo erinnern würde. Immerhin hatte sie damals kiloweise Brownies für mich gebacken, um mir über den Schmerz unserer Trennung hinwegzuhelfen. Ihr hatte ich auch als Erstes gebeichtet, dass ich ein Kind erwartete, und sie hatte mir Mut zugesprochen, sowohl meinen Eltern als auch dem Vater des Kindes gegenüber ehrlich zu sein. Sie hatte mich immer unterstützt. Sogar dann, wenn sie meine Meinung nicht teilte.

Während ich zum Kühlschrank marschierte, erinnerte ich mich noch gut an ihre Warnung, Neos Mutter keinen Glauben zu schenken. Sie hatte kein gutes Gefühl bei der Sache gehabt und mir geraten, weiterhin nach Neo zu suchen. Doch ich war zu erschüttert und am Ende meiner Kräfte gewesen. Ich hatte aufgegeben.

War das falsch gewesen?

Ich wusste es nicht. Einerseits schien es plötzlich denkbar, dass wir eine richtige Familie hätten sein können – andererseits hätte es vielleicht gar nichts geändert und Neo hätte mich trotzdem hängen lassen.

Frustriert riss ich die Kühlschranktür auf. Wie üblich stapelten sich dort Dottys sündhaft leckere Brownies.

Ich schnappte mir einen und biss hinein, wobei ich Dottys wissenden Blick geflissentlich ignorierte. Der Geschmack dunkler Schokolade explodierte in meinem Mund und schickte eine Welle von Glückshormonen in mein Gehirn.

Nicht ganz so befriedigend wie Sex, aber besser als nichts.

Hinter mir erklang Glens warmes Lachen. »Du hattest ja wirklich Nachtisch im Sinn.«

»Willst du auch?«, fragte ich mit vollem Mund und hielt ihm mein Kuchenstück entgegen.

Er schüttelte schmunzelnd den Kopf. »Nein, danke.«

Seufzend lehnte ich mich an den Küchentresen und ließ das Naschwerk seine Wirkung tun, während Glen in gebührendem Abstand zu mir stehen blieb und mich aufmerksam musterte. »Du wirkst angespannt.«

Ich zuckte mit den Schultern. »Die letzten Tage waren anstrengend.«

Das war nicht mal gelogen. Mein Bruder und Estelle hatten eine üble Zeit hinter sich, die mit viel Schmerz einherging. Deshalb hatte ich das Camp in der vergangenen Woche allein führen müssen, was nicht ganz komplikationsfrei verlaufen war. Außerdem waren gestern ein Haufen Kinder ab- und angereist, was zusätzlich für Aufregung gesorgt hatte.

Da fiel mir ein, dass ich Glen vermutlich warnen sollte. »Übrigens scheinen deine vier neuen Jungs noch nicht kapiert zu haben, dass sie sich besser an unsere Regeln halten, was die Mädels betrifft.«

Glen runzelte die Stirn. »Eigentlich war ich gestern Abend sehr deutlich.«

»Das war keine Kritik an dir«, erwiderte ich sanft. »Aber so wie die Jenson-Zwillinge und ihre beiden Kumpels heute Nachmittag am See vor Georgie, Kyra und Sophie herumstolziert sind, solltest du sie lieber genau im Auge behalten.«

Natürlich würde ich Selma dasselbe raten, was ihre Schützlinge betraf. Schließlich schwang die Tür in beide Richtungen.

Vor allem Georgie war ziemlich wild. Selma hatte sie bereits beim Rumknutschen erwischt. Inzwischen war ihr Verehrer zwar wieder abgereist, aber offenbar hatte sie keine Zeit verschwendet und bereits einen neuen Fanclub um sich versammelt, der sich natürlich auch um Kyra und Sophie bemühte.

Stöhnend rieb Glen sich über das Gesicht. »Ich hätte die Graufüchse nehmen sollen.«

Seine Verzweiflung entlockte mir das erste ehrliche Lachen, seit Neo Barnes in mein Leben zurückgerauscht war. Vor dem Eintreffen der Kids hatten wir lange im Team diskutiert, wer welche Gruppe übernehmen sollte. Quill, der schon seit etlichen Jahren im Camp dabei war, hatte sich sofort für die Weißkopfadler gemeldet, weil die jüngsten Kids wesentlich früher ins Bett mussten, wohingegen die ältesten kaum zu bändigen waren. Natürlich hatten Glen und Scott, beide neu im Team, nichts dagegen einzuwenden. Aber da Scott erst Anfang zwanzig war, hielten wir es alle für klüger, ihm die Kleinsten zu überlassen.

Ich schob mir den restlichen Brownie in den Mund und klopfte ihm auf die Schulter. »Du bist der Beste für diesen Job.«

Er schnaubte. »Ja, weil die Jungs Scott mit Haut und Haaren gefressen und wieder ausgespuckt hätten.«

Nun, das konnte ich nicht leugnen. Scotts Leidenschaft galt dem Theater. Was die Betreuung der Gruppe betraf, machte er seine Sache zunehmend besser. Aber er musste noch einiges lernen. Jedenfalls hatte er den Teenagern nicht viel entgegenzusetzen, zumal ihn einige sogar um einen Kopf überragten. Da war Glen wesentlich eindrucksvoller, um die kleinen Hormonschleudern in Schach zu halten.

Mit Ende zwanzig war er ein gestandener Mann. Jemand, zu dem man aufschaute und von dem man etwas lernen wollte. Nicht nur im Hinblick auf das Überleben in der Wildnis, sondern ganz allgemein.

Schmunzelnd strich ich über seine breite Brust, ehe ich die Hand sinken ließ. »Dich werden sie jedenfalls nicht kleinkriegen.«

Glen zog eine Braue hoch. »Versuchst du gerade, mich mit Komplimenten zu beschwichtigen?«

»Vielleicht«, gab ich grinsend zu. »Funktioniert es?«

»Schon möglich.« Lust trat in seine Augen, und seine Arme spannten sich an, als könnte er sich nur mit Mühe davon abhalten, mich an sich zu ziehen. »Sollen wir uns ein ruhiges Plätzchen suchen?«

Noch vor wenigen Tagen hätte ich sein wenig subtiles Angebot sehr zu schätzen gewusst. Doch nun sorgte es dafür, dass meine Belustigung verpuffte. Ich trat einen Schritt zurück. »Ein anderes Mal, okay? Ich muss noch etwas erledigen. Sieh du mal nach deinen Jungs.«

Eine kleine Falte trat auf seine Stirn, weil er nicht mit meiner Abfuhr gerechnet hatte. Schließlich gab es keine Notwendigkeit, sich ausgerechnet jetzt zu den Teenies zu gesellen, die vermutlich noch auf der Veranda beim Abendessen saßen. Davon abgesehen stand der weitere Ablauf ohnehin fest. Gleich nach dem Essen wurde ein Lagerfeuer am Seeufer entzündet, und dort hatten sich erst mal alle Kids einzufinden, um die Pläne für den nächsten Tag zu besprechen. Wer danach lieber Billard spielen oder in der Galerie im ersten Stock abhängen wollte, musste das mit seinem Gruppenleiter klären – oder eben warten, bis er da war.

Ich schenkte Glen ein entschuldigendes Lächeln und schob mich an ihm vorbei. Ich schlüpfte durch eine Seitentür, die direkt nach draußen führte, und machte mich auf den Weg zu meinem Bungalow.

Eigentlich war ich kein Feigling, der sich vor Konfrontationen drückte. Aber ich brauchte jetzt dringend einen Moment für mich, um das Chaos in meinem Inneren zu sortieren. Eilig überquerte ich den Versammlungsplatz und stieg wenig später die Stufen zu meinem Bungalow hinauf.

Früher hatte ich hier mit meinen Eltern und Reed gewohnt. Doch inzwischen wohnte mein Bruder in dem kleineren Bungalow nebenan, und Mom und Dad lebten in einem renovierten Gästehaus, wenn sie nicht durch die Weltgeschichte tourten. Aktuell befanden sie sich in Europa, worüber ich wirklich froh war, weil ich mich nicht auch noch mit ihnen auseinandersetzen konnte. Schlimm genug, dass mich meine Vergangenheit gerade überrollte wie ein verdammter Güterzug.

Unser Bungalow war einfach geschnitten. Durch das geräumige Wohnzimmer mit offener Küche gelangte man in einen schmalen Flur, der zu drei weiteren Räumen und dem Bad führte. Maila und ich schliefen in den hinteren Zimmern. Aus dem letzten Raum hatte ich ein Gäste- und Arbeitszimmer gemacht, das ich inzwischen jedoch kaum noch benutzte. Stattdessen stapelten sich Kartons mit allerlei altem Spielzeug, Klamotten und anderem Kram darin.

Ich schüttelte meine Flip-Flops von den Füßen und tappte barfuß durch das Wohnzimmer, vorbei an dem gemütlichen Ecksofa, auf dem ich mich im Herbst gern mit Maila zusammenkuschelte und Teeniekomödien schaute.

Bei dem runden Esstisch blieb ich kurz stehen und sammelte meine Kaffeetasse ein, die ich am Morgen dort vergessen hatte. Normalerweise hätte ich sie nach einem langen Tag einfach in die Spüle gestellt und mich erst am nächsten Morgen darum gekümmert, aber dank der nervösen Energie, die durch meinen Körper summte, würde ich ohnehin nicht zur Ruhe kommen.

Warum also nicht eine Runde putzen?

Ich öffnete eine Playlist auf meinem Handy und koppelte es mit den Lautsprecherboxen. Schon ertönte *Chandelier* von Sia. Der Takt des Liedes hallte in meinen Adern wider, breitete sich in meinen Muskeln aus und überflutete meinen Geist.

Erleichtert hob ich die Arme, drehte eine Pirouette und setzte zu einem Sprung an, bevor ich ins Wohnzimmer rannte, dort abrupt stoppte und ein schmutziges Shirt von Maila vom Sofa pflückte. Zwei weitere Schritte und ich hatte ein Handtuch eingesammelt, das auf der Lehne lag. Wieder drehte ich mich im Kreis bis zum Sessel, wo meine liebe Tochter heute Morgen ihre Pyjamahose hingeworfen hatte.

Vermutlich sah es ziemlich grotesk aus, wie ich durch mein Wohnzimmer tanzte, verschiedene Kleidungsstücke aufsammelte und mich damit zum Wäschekorb drehte. Doch mir hatte *Putztanzen* schon immer geholfen, meine aufgewühlten Gefühle zu beruhigen und meine Gedanken zu sortieren.

Es gab Menschen, die konnten es nicht ausstehen, andauernd dasselbe Lied zu hören. Ich zählte nicht dazu. In Endlosschleife schallte Sia durch mein Haus, sang von dem freiheitsliebenden Partygirl mit den zerbrochenen Träumen, von ihrem falschen Lächeln, Angst und Scham.

Mir waren all diese Gefühle vertraut.

Damals, nachdem Neo mir das Herz gebrochen hatte, war ich genauso gewesen. Ich hatte gelächelt und mich furchtlos gezeigt. Ich hatte so getan, als würde mich das Getratsche meiner Highschool-Freunde nicht fertigmachen, als wäre es mir egal, dass ich meinen Traum von der großen Tanzkarriere vergessen konnte, und als würde ich die Missbilligung meiner Eltern nicht bemerken, weil ich mich standhaft weigerte, ihnen zu verraten, wer der Vater meines ungeborenen Kindes war.

Wie nicht anders zu erwarten, waren meine Eltern ausgeflippt, als sie von meiner Schwangerschaft erfuhren. Sie wollten Mailas Vater unbedingt zur Verantwortung ziehen, und es hatte auch nicht lange gedauert, bis Moms Verdacht auf einen bestimmten Campteilnehmer fiel. Aber ich schämte mich so sehr dafür, auf Neo und seine Versprechen hereingefallen zu sein, dass ich behauptete, ich hätte meine Jungfräulichkeit kurz nach dem Sommer bei einer Party an einen wildfremden Kerl verloren, dessen Namen ich nicht kannte.

Meinem Bruder, der zu diesem Zeitpunkt noch durch die USA getourt war, hatte ich am Telefon dieselbe Story aufgetischt. Natürlich war er kurz davor gewesen, seine Reise abzubrechen und nach Hause zurückzukehren. Aber ich hatte darauf bestanden, dass er sich nicht in meine Angelegenheiten einmischte, und nach langer Diskussion hatte er schließlich aufgegeben.

Zwar hatte das nicht unbedingt dazu beigetragen, die Achtung meiner Familie zurückzuerlangen. Aber zumindest hatten sie danach Ruhe gegeben, und da ich sämtliche Unterlagen über Neo in Moms Büro vernichtet hatte, hatte auch keine Spur mehr zu dem Jungen geführt, der mein Vertrauen in die Liebe grundlegend erschüttert hatte.

Trotzdem hatte ich weiter gelächelt. Ich hatte allen vorgegaukelt, dass ich zurechtkam, obwohl ich innerlich vor Angst und Verzweiflung schrie.

Bis ich Maila zum ersten Mal in den Armen hielt.

Sie hatte alles verändert, mich gerettet.

Ich behauptete nicht, dass die Zeit mit einem Neugeborenen ausschließlich wunderschön war. Im Gegenteil. Es hatte Zeiten gegeben, in denen wollte ich mir das Trommelfell rausreißen, weil sie dermaßen geschrien hatte. An anderen Tagen hätte ich meine Seele an den Teufel verkauft, nur um endlich mal wieder vier Stunden am Stück schlafen zu können. Von den verfluchten Viren, die Maila aus dem Kindergarten anschleppte, ganz zu schweigen.

Aber zum Glück hatte ich Hilfe gehabt. Jede Menge davon.

Als ich erneut eine Pirouette drehte, um vom Esstisch, den ich gerade mit einem feuchten Lappen abgewischt hatte, zum Couchtisch zu tanzen, erstarrte ich mitten in der Bewegung, weil zwei Frauen in der geöffneten Eingangstür standen und mich mit offenen Mündern anstarrten.

»O mein Gott!«, schrie ich und legte mir die Hand auf mein pochendes Herz. »Ihr habt mich fast zu Tode erschreckt.«

Estelle blinzelte. »Wir haben geklopft.«

»Meine Fresse«, murmelte Gina, bevor sie die Tür schloss. »Es schockt mich immer wieder, wie du dich bewegen kannst. Einfach unglaublich.«

Ihr Lob brachte mich zum Lächeln.

Gina arbeitete schon seit drei Jahren im Camp und war Dottys rechte Hand in der Küche. Im Gegensatz zu den Betreuern, die sich nur während der Saison in Silver Springs aufhielten, lebte sie jedoch ganzjährig in einem der Gästehäuser. Obwohl wir ihr leider nicht so viel zahlen konnten, wie ich gern wollte, war Gina zufrieden mit Kost, Logis und ihrem geringen Lohn. Sie fühlte sich wohl hier, sicher – und wir waren inzwischen gute Freundinnen.

Nachdenklich legte sie den Kopf schief, woraufhin ein paar Strähnen ihres Ponys zur Seite fielen und die große wulstige Narbe auf ihrer Stirn offenbarten. Ich hatte Gina nie danach gefragt, weil ich sie zu nichts drängen wollte. Aber mir war klar, dass sie eine üble Vergangenheit mit sich rumschleppte. Glücklicherweise heilte sie von Monat zu Monat mehr.

Sie zeigte mit dem Daumen auf Estelle. »Sie hat gesagt, du bist weiß wie eine Wand geworden, als du den Neuen gesehen hast.«

Innerlich stöhnte ich auf. Ich kannte niemanden, der so ein feines Gespür für andere hatte, gleichzeitig aber aussah wie die Eisprinzessin persönlich. Estelles hellblondes Haar war zu einem hohen Zopf gebunden, und das Make-up um ihre blauen Augen mochte dezenter sein als früher, aber ihr Blick war dennoch so durchdringend, als könnte sie bis auf den Grund meiner Seele schauen.

»Ihr kennt euch also?«, fragte Gina.

Verdammt!

Ich sollte sie abwimmeln. Alle beide. Aber ich rührte mich nicht vom Fleck, während mein Herz gegen meine verschwitzte Brust wummerte. Ich hatte gar nicht gemerkt, wie sehr ich mich beim Tanzen verausgabt hatte. Ich nickte knapp. »Ja, wir hatten bereits das Vergnügen.«

Bei meinem abweisenden Tonfall kniff Gina die Augen zusammen. »Lief da was zwischen euch?«

Verärgert über mich selbst, weil ich meine Gefühle schon wieder nicht im Griff hatte, presste ich die Lippen aufeinander und blieb meinen Freundinnen eine Antwort schuldig.

Estelle runzelte die Stirn und trat einen Schritt näher. »Du kannst mit uns reden, Hazel.«

»Ich weiß.« Obwohl ich ihr Angebot ehrlich zu schätzen wusste, fiel mein Lächeln reichlich verkniffen aus. »Aber das macht alles nur noch komplizierter. Du und Reed, ihr habt euch gerade erst versöhnt. Er würde es nicht gut aufnehmen, wenn er je erfährt, dass du ihm etwas verschwiegen hast, vor allem, wenn es seine kleine Schwester betrifft.«

Gina zog eine Braue hoch. »Na schön. Dann lassen wir die Frage, was zwischen euch passiert ist, mal außen vor und konzentrieren uns auf die Gegenwart.«

Stöhnend warf ich die Hände in die Luft, woraufhin ich mir fast den nassen Lappen ins Gesicht klatschte. »Ich will nicht darüber reden.«

Estelle und Gina tauschten einen Blick. Offenbar hatten sie bereits mit dieser Reaktion gerechnet, denn Gina setzte sich prompt in Bewegung.

»Wir brauchen Wein«, verkündete sie und marschierte zu meinem Kühlschrank, in dem ich für gewöhnlich ein, zwei Flaschen vorrätig hatte, weil Alkohol im Camp selbst natürlich verboten war.

Eigentlich trank ich eher selten, aber ich mochte es, zumindest die Möglichkeit zu haben, abends einen gut gekühlten Sauvignon Blanc zu genießen. Und heute Abend brauchte ich mit Sicherheit ein Glas, um meine Nerven zu beruhigen – oder gleich die ganze Flasche.

Während Gina sich am Korken zu schaffen machte, warf ich den Lappen in die Spüle und holte dann drei Gläser aus dem Schrank. Anschließend nahmen wir alle drei auf dem Sofa Platz, und meine Freundinnen sahen mich erwartungsvoll an.

Ich schnitt eine Grimasse. »Keine Ahnung, was ihr jetzt von mir hören wollt.«

Gina musterte mich besorgt. »Du hast zugestimmt, dass Neo den Job übernimmt. Aber kommst du wirklich damit klar?«

Das würde ich müssen. »Ich werde ihn einfach ignorieren.«

»Und du denkst, das funktioniert?«, fragte Estelle und machte sich keine Mühe, ihre Skepsis zu verbergen, während sie mit der Fingerspitze über den Glasrand fuhr.

Mir fiel auf, dass sie nicht trank, und das aus gutem Grund, wie ich eigentlich wusste. Ich hatte nur nicht daran gedacht, weil ich selbst so durcheinander war. »Möchtest du lieber etwas anderes trinken?«

Sie schüttelte lächelnd den Kopf. »Nein, vielen Dank.«

»Ich kann dir gern eine Cola holen.«

»Hör auf abzulenken.« Mit ihrem eigenen Glas gestikulierte Gina in meine Richtung. »Ich hab die Schwingungen zwischen euch bis in die Küche gespürt. Mir sind fast die Hühnerbrustfilets verbrannt.«

Ja, weil eine Scheißwut in mir brodelte, aber sicher nicht, weil wir heiß aufeinander waren.

»Wahrscheinlich war die Herdplatte zu hoch eingestellt«, erwiderte ich ausweichend und nippte an meinem Wein. Die Säure prickelte auf meiner Zunge, während ich versuchte, zu entscheiden, wie viel ich den beiden erzählen konnte, ohne zu viel zu verraten. Ich seufzte. »Neo war vor ein paar Jahren hier im Camp. Wir sind ein paarmal miteinander im Bett gelandet, und nach dem Sommer ist er weitergezogen. Ich habe nie wieder was von ihm gehört. Da ist nichts mehr zwischen uns.«

Abgesehen von unserer Tochter.

Estelle musterte mich schweigend.

»Sicher, dass er das auch so empfindet?«, hakte Gina nach. »Ich habe euch vorhin beim Abendessen beobachtet. Neo hat dich kaum aus den Augen gelassen, und als du mit Glen zu uns in die Küche gekommen bist, dachte ich, er schnippt gleich an die Decke.«

»Wäre sicher ein sehenswerter Anblick gewesen«, warf Estelle ein.

Obwohl ich wirklich mies drauf war, musste ich lachen. Außerdem half es tatsächlich, mit den beiden darüber zu sprechen, auch wenn vieles ungesagt bleiben musste. Und dann war da natürlich noch dieses winzige Fünkchen Genugtuung, das ich empfand, weil Neo offenbar ebenfalls mit seinen Gefühlen zu kämpfen hatte.

»Auf mich macht er jedenfalls nicht den Eindruck, als würde er sich mit deiner Gleichgültigkeit abfinden«, fuhr Estelle fort und killte damit meine Erheiterung gleich wieder. »Was bedeutet, dass du eine bessere Strategie brauchst, um diesen Sommer heil zu überstehen.«

»Jepp«, stimmte Gina ihr zu. »Mit diesen Sex-Vibes werdet ihr vermutlich keine Freunde.«

Stöhnend rieb ich mir über das Gesicht. »Ich will überhaupt nicht mit ihm befreundet sein. Er soll einfach seinen Job machen und mich in Ruhe lassen.«

»Wie stellst du dir das vor?«, fragte Gina ungläubig. »Silver Springs ist winzig. Selbst wenn er sich von dir fernhalten würde, kannst du ihm weder aus dem Weg gehen noch ihn ignorieren. Immerhin ist er als Schwimmcoach Teil des Teams. Er wird bei jedem Meeting, jeder Mahlzeit und jedem Event dabei sein.«

Ich stieß ein Lachen aus, das fast ein bisschen an Hysterie grenzte. »Also weißt du, du verstehst es wirklich, jemanden aufzubauen.«

Sie verzog das Gesicht. »Ich meine es ja nicht böse. Ich frage mich nur, ob du dir das auch wirklich gut überlegt hast.«

Nein, das hatte ich nicht.

Offensichtlich.

Trotzdem würde ich meine Meinung Maila zuliebe nicht ändern. Deshalb verdrängte ich all die verräterischen Gefühle, bis ich nichts als kalte Gleichgültigkeit empfand. Anschließend warf ich meinen Freundinnen ein beruhigendes Lächeln zu. »Hört mal, ich weiß eure Sorge echt zu schätzen. Aber ich bin über ihn hinweg. Die paar Wochen werde ich schon überstehen.« Erneut trank ich einen Schluck Wein und zwinkerte den beiden süffisant zu. »Und im Zweifel habe ich ja noch Glen. Er muntert mich garantiert gerne auf.«

Gott, das klang total schäbig. Ich wollte im Erdboden versinken.

»Du willst deine Affäre mit Glen fortsetzen?«, fragte Gina überrascht.

»Klar, warum nicht?« Ich zuckte mit den Schultern und versuchte, nicht daran zu denken, wie seltsam die Stimmung vorhin zwischen uns gewesen war. Ich hoffte inständig, dass das bloß an meiner momentanen Überforderung lag. Sonst würde das ein sehr langer, sehr einsamer Sommer werden. »Ich mag Glen.«

»Und er mag dich«, erwiderte Estelle in einem Ton, der deutlich besagte, dass sie noch immer nicht daran glaubte, dass eine Freundschaft plus wirklich funktionieren konnte.

Wenigstens was das betraf, war ich mir meiner Sache jedoch sicher. Glen und ich harmonierten großartig miteinander und hatten bisher viel Spaß gehabt.

Neo Barnes würde mir das nicht versauen.

KAPITEL 6

Neo

Feuchter Dampf hing über dem Silver Lake, als ich ans Ufer trat. Die Luft war kühl, angenehm und frisch. Zwar war die Morgendämmerung bereits angebrochen, aber abgesehen von ein paar Vögeln, die fröhlich ihre Morgenlieder sangen, war noch alles ruhig im Camp und im umliegenden Wald. Auch in dem Bungalow hinter mir, in dem Hazel und Maila vermutlich noch schliefen, regte sich nichts.

Ich rollte meine Schultern und dehnte meine Arme ein wenig, bevor ich mir den warmen Hoodie über den Kopf zog und die Badelatschen von den Füßen streifte. Anschließend watete ich direkt in den See.

Das Wasser empfing mich mit eiskalten Klauen, und ich biss die Zähne zusammen, weil es doch erheblich kühler war, als ich angenommen hatte. Ich hechtete ins tiefere Wasser und tauchte so weit, bis meine Lunge zu bersten drohte. Dann tauchte ich auf und schwamm mit lockeren Zügen los.

Mein Knie stach bei jeder Beugung, doch ich wusste, dass es diesmal nur Phantomschmerzen waren, weil die Stiche weniger tief reichten. Außerdem waren meine Sehnen längst

wieder verheilt und machten sich nur bei extremer Belastung bemerkbar, was hier jedoch nicht der Fall war.

Ich schob meinen Körper weiter durch den See, während ich versuchte, die Erschöpfung aus meinen steifen Gliedern zu vertreiben.

Obwohl mein Bett überaus bequem war, hatte ich letzte Nacht kein Auge zugetan, weil ich darüber nachgegrübelt hatte, wie ich mich Maila am besten nähern könnte.

Schließlich wollte ich gern ihr Vertrauen gewinnen, dabei jedoch kein Aufsehen erregen.

Gestern Abend hatte ich fürs Erste einfach nur neben den Betreuern am Lagerfeuer gesessen und Maila aus der Ferne beobachtet. Selbst wenn ich nicht gewusst hätte, dass sie meine Tochter war, wäre mir dieses lebendige Mädchen sofort aufgefallen. Ihr Lachen war laut und fröhlich, und sie schien in ihrem Freundeskreis den Ton anzugeben. Gleichzeitig kümmerte sie sich aber auch darum, dass jeder mit an Bord war.

Von Jade, die die Rotluchse und damit auch Maila betreute, erfuhr ich, dass Willow, Bailey, Joshua und Bowie ihre besten Freunde im Camp waren. Letzterer war der kleine Junge, der gestern Mailas Zeit am Steg gestoppt hatte. Er schien ihr besonders wichtig zu sein. Deshalb war ich ziemlich erschrocken, dass ausgerechnet er bei einem Kanuwettbewerb in den See gefallen und beinahe ertrunken wäre. Maila hatte ihn gerettet, was mich mit Stolz erfüllte, obwohl ich kein Recht auf diese Empfindung hatte. Immerhin hatte ich nichts zu ihrer Entwicklung beigetragen.

Ich hätte gern noch mehr über meine Tochter erfahren, aber Jade musste fort, um einen Streit zwischen zwei anderen Mädchen aus ihrer Gruppe zu schlichten, und Reed war gleich gegangen, nachdem er das Feuer geschürt hatte.

Hazel war den ganzen Abend über nicht mehr aufgetaucht. Es beruhigte mich allerdings, dass Glen auf der anderen Seite des Feuers saß und Gitarre spielte, während einige jüngere Kids um uns herumhockten.

Gelegentlich ertappte ich mich dabei, wie ich den Survival-coach kritisch musterte und überlegte, was Hazel an ihm gefiel. Mir war klar, dass es mir egal sein sollte. Was Hazel tat, ging mich schließlich nichts mehr an. Aber es ärgerte mich trotzdem, dass dieser Typ sie nackt gesehen hatte.

Ich unterhielt mich mit dem Team über den Campalltag und hörte mir ihre Geschichten an, was es leichter machte, mir ihre Namen zu merken. Unterdessen spielte Maila am Seeufer mit ihren Freunden.

Manchmal spähte sie zu mir herüber und grinste, als würden wir ein Geheimnis teilen – und jedes Mal, wenn sie das tat, schlug mein Herz schneller. Doch ich war nicht mehr dazu gekommen, mich mit ihr zu unterhalten, weil Jade ihre Truppe irgendwann zusammenrief und Maila nach Hause schickte. Daraufhin zog sie auf hinreißende Art eine Schnute und erinnerte mich dabei so sehr an ihre Mutter, dass sich mein Magen aus anderen Gründen zusammenzog.

Selbst jetzt, als ich mein Tempo beschleunigte und immer kraftvoller durch die Wellen pflügte, wurde ich dieses Bild nicht los. Inzwischen hatte ich eine Million Fragen an Hazel, aber ich ahnte, dass es nicht leicht werden würde, ihr die Antworten zu entlocken.

Seufzend hielt ich inne, drehte mich auf den Rücken und ließ mich auf dem kühlen Wasser treiben. In meinen Ohren knackste es, dann wurde jedes Geräusch von Stille verschluckt. Ich schloss die Augen und genoss für einen Moment das Gefühl der Schwerelosigkeit, während ich überlegte, wie ich

Hazel zum Reden bringen könnte. Sie zu bedrängen und mit Fragen zu löchern, schien mir keine gute Idee zu sein. Außerdem war ich mir sicher, dass sie mich abblitzen ließe, wenn ich mich von meiner charmanten Seite zeigte. Also musste ich geduldig sein.

Das Problem war nur, dass ich erstens kein besonders geduldiger Mann war und mir zweitens auch die Zeit dafür fehlte.

Frustriert rollte ich mich wieder in Bauchlage und schwamm mit langen Brustschwimmzügen zum Ufer zurück. Das Sommercamp ging nur noch einen Monat. Nicht mal mehr volle vier Wochen. Das war verdammt wenig Zeit, um Hazels Vertrauen zurückzugewinnen, zehn Jahre aufzuarbeiten und eine Beziehung zu meiner Tochter aufzubauen.

Fuck! Ich …

Eine Bewegung am Ufer lenkte mich von meinen Gedanken ab, und mein Herz machte einen Satz, als ich Maila auf einem Baumstamm hocken sah. Sie trug noch ihren Pyjama, bestehend aus einem T-Shirt mit Snoopy-Aufdruck und lockeren Shorts. Ihr braunes Haar war zu einem Zopf geflochten, aus dem sich allerdings etliche Locken gelöst hatten und ihr zartes Gesicht umschmeichelten. Sie beobachtete mich mit einer Mischung aus Neugier und Faszination.

Da ich die Gelegenheit, allein mit ihr zu sprechen, auf keinen Fall ungenutzt verstreichen lassen wollte, zog ich mein Tempo wieder an und watete kurz darauf aus dem Wasser. »Guten Morgen, Maila.«

Ihre Augen wurden groß. »Du weißt, wie ich heiße?«

Shit! Ich hob das Handtuch auf, das auf dem feuchten Gras lag, und rieb mich grob ab. »Quill hat es mir erzählt. Glückwunsch zu deinem Rekord.«

»Danke.« Nun hoben sich ihre Mundwinkel, und zwei Grübchen bohrten sich in ihre Wangen.

Hazel hatte keine Grübchen.

Aber ich.

Meine Augen begannen zu brennen. Ich warf das Handtuch beiseite und bückte mich nach meinem Hoodie, weil ich sie nicht erschrecken wollte, indem ich plötzlich losheulte. Nachdem ich mir den Pullover übergezogen hatte, deutete ich auf den Baumstamm. »Darf ich mich zu dir setzen?«

»Klar.«

Vorsichtig setzte ich mich neben sie und rieb meine feuchten Hände aneinander, angestrengt auf der Suche nach einem guten Gesprächseinstieg. Schließlich wollte ich unbedingt, dass sie mich sympathisch fand. »Maila …«, sagte ich und versuchte, meine Stimme ganz gelassen klingen zu lassen, damit sie nichts von meiner Nervosität bemerkte. »Ist ein schöner Name.«

Komplimente hörte doch schließlich jedes Mädchen gern, oder?

Sie zog die Beine an und schlang ihre Arme um die Knie. »Maila bedeutet *Kind, das das Wasser liebt,* oder *Meeresstern.*«

Meine Brauen schossen in die Höhe. »Wirklich?«

»Jepp.« Maila grinste und zeigte wieder ihre Grübchen. »Mom sagt, sie wusste schon immer, dass ich eine großartige Schwimmerin werden würde.«

Meine Kehle schnürte sich zu. Ich brachte keinen Ton heraus.

»Weil ich ständig in ihrem Bauch rumgetobt bin und so«, fuhr sie gut gelaunt fort. »Aber sie hatte recht. Ich liebe das Wasser wirklich. Sogar meine Kaninchen sind nach Fischen benannt. Sie heißen alle wie in *Findet Nemo.* Kennst du den Film?«

»Nein. Worum geht es da?«, fragte ich, weil ich annahm, dass es einen bestimmten Grund dafür gab, dass sie ausgerechnet diesen Film mochte.

Einen Moment wirkte sie ein wenig entrüstet, weil ich den Film nicht kannte. Dann versuchte sie, den Inhalt zusammenzufassen. »Also, es geht um Nemo und seinen Dad. Sie sind beide Clownfische und leben in einem Riff. Eines Tages haben die beiden Streit, und Nemo wird von einem Taucher gefangen. Daraufhin durchsucht sein Dad den ganzen Ozean, um seinen Sohn zu finden, und erlebt dabei lauter lustige Sachen.«

Sie lächelte immer noch, doch ich sah die Sehnsucht in ihren silbergrauen Augen. Ob sie sich wünschte, ihr Vater hätte dasselbe getan?

Ich bin hier, wollte ich sagen. *Und hätte jeden verdammten Ozean durchquert, wenn ich von dir gewusst hätte.*

Die Wahrheit traf mich wie ein Faustschlag in den Magen.

Ich brauchte mehrere Anläufe, um etwas zu erwidern. »Klingt nach einem guten Film.«

»Ich kann dir meine DVD leihen«, bot sie beiläufig an.

Es gab zwar einen Fernseher im Gästehaus, aber keinen DVD-Player. Trotzdem nickte ich. »Das wäre klasse.«

»Okay.« Sie warf mir einen kurzen Blick zu. »Onkel Reed hat gesagt, wenn ich dich frage, zeigst du mir vielleicht ein paar Tricks.«

Ihr abrupter Themenwechsel überraschte mich. Dann bemerkte ich das verschlagene Glitzern in ihren Augen. Ich lachte leise. »Eine Hand wäscht die andere, was?«

Auf der Stelle gingen ihre Wangen in Flammen auf, und sie zog den Kopf ein. »Nur wenn du willst.«

Lächelnd lehnte ich mich zu ihr. »Wir können so oft trainieren, wie du möchtest.«

Ihr Kopf fuhr hoch, und sie starrte mich an, als hätte ich ihr gerade die Welt zu Füßen gelegt. »Ehrlich?«

»Na klar.« Pure Freude durchflutete mich bei der Vorstellung, jeden Tag etwas Zeit mit meiner Tochter zu verbringen. Gerade rechtzeitig erinnerte ich mich daran, dass Hazel es sicher nicht gut aufnehmen würde, wenn ich sie dabei überging. »Solange deine Mom einverstanden ist.«

Ein Ausdruck von Entschlossenheit, der mir nur allzu vertraut war, legte sich auf ihre Züge. Sie hüpfte vom Baumstamm. »Ich werde sie gleich fragen.«

»Soll ich hier warten?«

Sie dachte kurz nach, bevor sie den Kopf schüttelte. »Ich muss Mom erst wachkuscheln. Das dauert immer eine Weile.«

Meine Lippen zuckten. »Das ist ein interessantes Wort.«

»Hat Mom erfunden.«

Nein, hatte sie nicht. Ich war es gewesen, weil Hazel beinahe jede Nacht an unserem speziellen Ort am Seeufer nackt in meinen Armen eingeschlafen war, nachdem wir uns geliebt hatten. Sie hatte sich der Länge nach an mich geschmiegt, den Kopf auf meine Brust gebettet, während ich mir ihre langen Locken um den Finger wickelte.

Selbst heute noch erinnerte ich mich genau an dieses ungewohnte Gefühl von Frieden, das ich während dieser stillen Momente empfunden hatte. Erst wenn es an der Zeit war, ins Camp zurückzuschleichen, hatte ich sie mit zärtlichen Küssen bedeckt, gestreichelt und wachgekuschelt.

Ich stellte mir vor, wie unsere Tochter gleich etwas Ähnliches tat, obwohl sie genervt die Augen verdrehte. Aber mich konnte sie nicht täuschen. Sie liebte diese Momente, in denen sie ihre Mom ganz für sich allein hatte.

Ich hatte sie auch geliebt.

»Dann bis später beim Frühstück, ja?«, sagte Maila, bevor sie davonflitzte und die Stufen der hinteren Veranda hochlief.

Sobald sie im Bungalow verschwunden war, machte ich mich ebenfalls auf den Weg. Mein Körper war inzwischen reichlich durchgefroren und verkrampft. Es dauerte eine ganze Weile, bis mir die heiße Dusche Linderung verschaffte. Da heute mein erster offizieller Tag als Schwimmcoach begann, zog ich Schwimmshorts und eine Trainingsjacke an.

Als ich gerade losziehen wollte, klingelte mein Handy. Ich zog es aus der Sporttasche, in die ich auch ein Handtuch und anderes Zeug gepackt hatte, das ich für den Tag am See brauchen würde.

Coach Collins.

Mein Puls beschleunigte sich. Wir hatten das letzte Mal miteinander geredet, als er mir auf seine nüchterne Art mitteilte, dass meine Zeiten zu schlecht waren, um länger für die Nationalmannschaft zu schwimmen, und dass er einem Nachwuchstalent aus Oklahoma eine Chance geben wollte.

Nachdem ich mir monatelang den Arsch in der Reha und mit anschließenden Trainingsprogrammen aufgerissen hatte, hatte mir diese Nachricht den Boden unter den Füßen weggezogen. Eigentlich wollte ich im kommenden Frühling an der Qualifikation für die nächste Olympiade teilnehmen. Daher war meine Reaktion entsprechend ungehalten ausgefallen. Zu sagen, wir hätten uns vor einem Monat im Guten getrennt, wäre noch reichlich übertrieben gewesen.

Wieso rief er plötzlich an? Hatte er seine Meinung geändert und stellte mich doch wieder auf?

Ich konnte nichts gegen die Hoffnung tun, die mich durchflutete, als ich das Gespräch annahm. Trotzdem versuchte ich, vollkommen lässig zu klingen. »Hi, Coach.«

»Hallo, Neo.« Collins war ein hagerer Mann in den Fünfzigern, aber seine Stimme war ebenso eindrucksvoll wie die Rekorde, die er zu seinen Glanzzeiten aufgestellt hatte. »Ich wollte mal hören, wie es dir geht.«

Aufgeregt lief ich im Wohnbereich der Hütte umher. »Mir geht's gut, Coach. Könnte gar nicht besser sein.«

Er schwieg einen Moment. »Ich wollte dir heute Morgen einen Besuch abstatten. Aber deine Nachbarin erzählte mir, du wärst für eine Weile fort.«

Sheila wohnte mit ihrer Freundin in dem Apartment unter mir. Wir hatten normalerweise nicht viel miteinander zu tun, aber ihr vertraute ich am ehesten meinen Briefkastenschlüssel an. Deshalb hatte ich sie vor meiner Abreise gebeten, nach meiner Post zu sehen. Mit Coach Collins hatte ich allerdings nicht gerechnet. »Da haben wir uns knapp verpasst. Ich bin für ein paar Tage unterwegs, brauchte mal einen Tapetenwechsel.«

Ich hielt den Zeitraum absichtlich kurz. Nur für den Fall, dass er mich doch wieder ins Boot holen wollte.

Ein Stich fuhr mir in die Brust, als mir klar wurde, welche Konsequenzen meine Rückkehr in die Nationalmannschaft hätte. Ich war zwar nicht ganz außer Form, aber mit dem Nachwuchs konnte ich längst nicht mithalten. Also würde ich so schnell wie möglich wieder abreisen und mit dem Training beginnen müssen, das ich nach meinem Rauswurf kolossal hatte schleifen lassen. Wie sollte ich das Hazel erklären? Was würde das für meine Beziehung zu Maila bedeuten?

Dass ich mir die Sorgen sparen konnte, begriff ich in dem Moment, als Collins zustimmend brummte. »Gute Entscheidung.«

»Was?«, fragte ich dumpf, obwohl es mir längst klar war. Er

hatte gar nicht vor, mich zurückzuholen. Er meldete sich nur aus Höflichkeit. Damit er kein schlechtes Gewissen haben musste, nachdem er die Träume seines Goldfisches zerschmettert hatte, weil dieser kein Gold mehr holte.

»Dass du dir eine Auszeit nimmst.« Collins seufzte. »Ich denke, das wird dir helfen, eine neue Perspektive für dich zu finden.«

Ich stieß ein abfälliges Schnaufen aus. »Ich *hatte* eine Perspektive.«

»Jeder Athlet kommt eines Tages an den Punkt, an dem er seinen Platz für einen Nachfolger frei machen muss, Neo. Auch ich habe das erlebt. Deshalb ist mir absolut klar, wie enttäuscht du bist«, redete er beschwichtigend auf mich ein. »Aber du hast einen Collegeabschluss an einer renommierten Universität und verfügst über erstklassige Erfahrungen im Leistungssport. Beruflich stehen dir viele neue Wege offen. Du darfst nicht den Mut verlieren.«

Das sollte wohl ein Witz sein! Ich hatte mehr als die Hälfte meines Lebens im Wasser verbracht, immer auf der Jagd nach neuen Rekorden. Ich hatte Hazel geopfert, verdammt noch mal! Und jetzt stand ich hier in einer Holzhütte mit einer zerstörten Karriere, einer wütenden Ex-Freundin und einem Kind, das ich nicht kannte.

Ich fühlte mich wie der letzte Dreck.

»Wissen Sie was, Coach«, presste ich nur mit mühsam beherrschter Stimme hervor. »Sie können sich Ihre Motivationsreden sparen, und Sie müssen auch keine Angst haben, dass Ihr Goldfisch untergeht. Ich weiß, wie man schwimmt. Alles Gute für Sie.«

Bevor ich ihm vor lauter Entrüstung noch eine Beleidigung an den Kopf warf, legte ich auf, feuerte mein Handy auf den

Tresen, schnappte mir meine Sporttasche und stapfte aus der Hütte.

Kontrollierte Atemübungen halfen mir normalerweise immer, meine Aufregung zu bändigen. Aber gerade war ich so von der Rolle, dass ich wesentlich länger brauchte als üblich, um wieder runterzukommen.

Sobald ich mich einigermaßen im Griff hatte, ging ich in den Speisesaal. Die jüngeren Kindergruppen waren bereits da und drängelten sich um das Frühstücksbüfett. Ein Stück entfernt stand Jade vor einem Beistelltisch und füllte reichlich unmotiviert eine Kaffeetasse.

»Guten Morgen«, sagte ich, sobald ich neben sie getreten war.

Sie schenkte mir ein müdes Lächeln. »Hey. Gut geschlafen?«

Ich nahm an, dass sie keine ehrliche Antwort erwartete. »Jepp, und selbst?«

Ein heiseres Lachen platzte aus ihr heraus. »Wenn man zwölf Kinder hütet, kriegt man nie viel Schlaf.«

»Verstehe.« Ich nickte zum Tisch. »Wie wäre es, wenn du dich setzt und ich dir was zu futtern besorge?«

Sie warf einen Blick auf die Kids, die sich gegenseitig bunte Packungen Happy Crush aus den Händen rissen. »Wie könnte ich dieses Angebot ablehnen?«

»Gar nicht.«

Im Grunde tat sie mir damit sogar einen Gefallen, denn wenn ich mich ausreichend beschäftigte, blieb mir keine Zeit, mich länger über Collins zu ärgern. Sie bat mich um Rührei mit knusprig gebratenem Speck, Obstsalat und ein Croissant, ehe sie sich an einen Tisch schleppte, an dem bereits Scott saß. Auch er sah aus, als würde er gleich mit dem Gesicht in seiner Müslischale landen.

Da ich schon mal in der Gegend war, stieß ich einen Pfiff aus, woraufhin die Mädchen und Jungen, die offensichtlich kurz vorm Hungertod standen, erschrocken erstarrten.

»Guten Morgen«, grüßte ich sie freundlich. »Ich bin Neo, euer neuer Schwimmcoach. Wir werden uns nachher noch in Ruhe kennenlernen, und ich freue mich schon darauf. Aber fürs Erste hätte ich gern die Packung.«

Der kleine Junge, der sie gerade in den Händen hielt, rückte seine Trophäe nur widerwillig raus. »Danke.« Mit der freien Hand gestikulierte ich eine Linie. »Stellt euch in einer Reihe auf.«

Ich rechnete nicht wirklich damit, dass sie meiner Anweisung folgten. Doch sie taten es. Ich schnappte mir eine Schüssel, füllte sie mit Happy Crush und gab sie dem Jungen. »Wo die Milch steht, weißt du sicher besser als ich.«

Er nickte und schlüpfte an mir vorbei, während ich bereits die nächste Schüssel füllte, die ich anschließend einem Mädchen überreichte.

Fünf Minuten später war Ruhe am Büfett eingekehrt, und ich konnte endlich Jades Bestellung fertig machen und mir selbst mein Frühstück zusammenstellen. Da ich kein Fan von Kaffee war, goss ich mir eine Tasse Earl Grey auf.

Mit einem voll beladenen Tablett erreichte ich schließlich den Tisch. Jade stöhnte verzückt auf. »Danke.«

»Kein Problem.« Ich schob Scott eine Schale mit Obstsalat hin. »Ein paar Vitamine?«

Er blinzelte verdutzt. »Gern.«

Ehrlich, die beiden wirkten so fertig, dass ich ihnen am liebsten ein Bett gebracht hätte. Aber je mehr sie aßen, umso munterer wurden sie.

Weitere Gruppen erreichten den Speisesaal, und kurz darauf

erschien auch Maila und stürzte auf mich zu. Sie strahlte über das ganze Gesicht. »Mom hat Ja gesagt. Ich darf jeden Nachmittag zwei Stunden mit dir trainieren, wenn ich meine Aufgaben erledigt habe.«

»Das freut mich«, erwiderte ich erleichtert, weil Hazel zugestimmt hatte.

Ich hätte mich gern persönlich bei ihr bedankt, aber sie tauchte nicht zum Frühstück auf. Ich sah sie erst eine halbe Stunde später, als wir uns alle im Konferenzraum zusammenfanden.

»Guten Morgen, Leute. Ich fasse mich heute kurz, weil ich gleich eine Telefonkonferenz habe«, erklärte sie und klappte eine Akte auf. »Irgendwelche besonderen Vorkommnisse gestern Nacht?«

Die Betreuer verneinten einstimmig, woraufhin sich Hazel ein wenig entspannte. »Gut.« Sie lächelte Estelle an. »Wie ihr alle mitbekommen habt, sind Reed und Estelle seit gestern wieder da, was bedeutet, dass Reed wieder die Teamleitung übernimmt. Estelle hat sich bereit erklärt, an einem Marketingkonzept zu feilen, um die Bekanntheit von Silver Springs in den sozialen Medien zu steigern. Dafür braucht sie noch ein paar Fotos. Also bitte tut mir den Gefallen und guckt fröhlich, wenn sie mit der Kamera in euren Kursen vorbeischneit.«

Das Team lachte, während ich Hazel vollkommen fasziniert anstarrte. Schon früher war sie selbstbewusst gewesen, aber nie hatte ich sie auf so eine ruhige, autoritäre Art erlebt. Sie war durch und durch Campleiterin und strahlte eine souveräne Lässigkeit aus, die mir vollkommen neu war.

»Außerdem werden wir uns ab morgen mit der Party am nächsten Freitag beschäftigen«, fuhr sie fort und blätterte in ihren Unterlagen. »Auf dem Plan steht *Midsummer Lights*, und dafür sind natürlich auch eure Ideen gefragt. Wenn ihr Vorschläge hinsichtlich Deko oder Programmpunkten habt, können wir das gern besprechen.« Sie schaute in die Runde, wobei ihr Blick über mich hinwegflog. »Habt ihr sonst noch etwas auf dem Herzen?«

Selma hob die Hand. »Leider ist der Volleyball gestern Nachmittag kaputtgegangen, als er ins Gebüsch geflogen ist.«

»Ich besorge einen neuen«, versprach Hazel und machte sich eine Notiz auf ihrem Block. »Noch etwas?«

Weil ich unbedingt ihre Aufmerksamkeit kriegen wollte, lehnte ich mich ein Stück vor. »Habt ihr Schwimmhilfen da?«

»Keine Ahnung«, erwiderte sie und wandte sich statt an mich an ihren Bruder und Selma. »Haben wir?«

Nachdenklich rieb Reed sich über das Kinn. »Eventuell im Lager.«

Selma nickte. »Ich glaube, da habe ich ein paar Schwimmnudeln gesehen.«

»Okay.« Hazel lächelte sie an. »Bitte sei so lieb und such mal raus, was hilfreich sein könnte. Sonst noch etwas?«

Alle schüttelten den Kopf.

»In Ordnung.« Hazel erhob sich und zeigte mit einer lapidaren Geste auf mich. »Unseren neuen Schwimmcoach habt ihr ja bereits kennengelernt. Sein konkretes Vorgehen erklärt er euch am besten selbst. Ich wünsche euch einen schönen Tag.«

Sie rauschte davon, während sich sämtliche Blicke erwartungsvoll auf mich richteten. Ich hatte keinen Schimmer, was das sollte, denn etwas in der Art hatte ich mit Reed nie besprochen. Da ich gestern allerdings die Klappe recht weit aufgerissen hatte, zog ich jetzt sicher nicht den Schwanz ein. Ich räusperte mich. »Für den Anfang würde ich die Kids gern in kleineren Gruppen testen, damit ich mir ein genaues Bild machen kann, was Technik und Kondition betrifft. Ich denke, jeweils sechs Kinder wäre eine gute Zahl.«

Reed nickte. »Wie lange wirst du dafür brauchen?«

»Ich schätze, etwa eine halbe Stunde pro Gruppe«, antwortete ich. »Wenn ich einen Überblick habe, kann ich die entsprechenden Kurse nach Leistungsniveau zusammenstellen und für die Profis einen Rettungsschwimmkurs anbieten.«

»Klingt super«, erwiderte Reed, doch dann runzelte er plötzlich die Stirn, als er die Kursliste betrachtete, die er vom Schwarzen Brett mitgebracht hatte. »Das ist ein bisschen unübersichtlich. Würdest du noch mal kurz zu meiner Schwester gehen und sie um einen Ausdruck der aktuellen Teilnehmerliste bitten?«

Nichts lieber als das. »Klar, kein Problem.«

»Super.« Reed schaute auf seine Uhr. »Dann würde ich sagen, die erste Hälfte der Rotluchse soll sich um zehn am Ufer bereithalten.«

Er ratterte sechs Namen herunter, die ich jedoch nur am Rande mitbekam, weil ich mit meinen Gedanken bereits bei der geschäftigen Campleiterin war. Sobald alle Details zu den heutigen Tageskursen geklärt waren, entließ Reed uns in den Tag, und ich machte mich auf den Weg zu Hazel.

Ich wurde das Gefühl nicht los, dass sie hinsichtlich der Telefonkonferenz gelogen hatte, um ihre Teilnahme an der Besprechung möglichst knappzuhalten. Als ich kurz darauf an ihre Tür klopfte, war es jedenfalls still im Zimmer.

»Ja?«, rief sie sogleich von der anderen Seite. Offenbar rechnete sie nicht mit mir, denn ihre Stimme klang freundlich. Ich trat ein und sah gerade noch, wie ihr Gesichtsausdruck versteinerte. »Kann ich irgendwas für dich tun?«

Es ging mir tierisch auf den Sack, dass sie derart emotionslos auf mich reagierte. Sie war weder abweisend noch zornig, sondern absolut gleichgültig. Als wäre ich ein Fremder. Ihr Lächeln zerrte an meinen Nerven, deshalb platzte ich mit dem Erstbesten heraus, was mir einfiel, um ihre wirklichen Gefühle aus ihr herauszukitzeln. »Wenn du so fragst, einiges.«

Ihre braunen Augen blieben kalt. »In dem Fall wendest du dich am besten an meinen Bruder. Er ist für die Belange unserer Mitarbeiter zuständig.«

»Ich fürchte, Reed kann mir bei meinen *Belangen* nicht weiterhelfen«, widersprach ich und schlenderte lässig auf sie zu. »Du bist die Einzige, die mir geben kann, was ich brauche.«

Gelassen lehnte sie sich in ihrem Stuhl zurück. »Tja, wie wir beide bereits vor einigen Jahren festgestellt haben, kann ich das nicht.«

Ich wollte ihr widersprechen. Aber es wäre eine Lüge gewesen, das war uns beiden klar. Was nichts anderes hieß, als dass mir mein kleines Spielchen gerade um die Ohren flog. Sie ließ sich nicht aus der Reserve locken. Angespannt fuhr ich mir über das kurze Haar. »Hazel …«

»Ich habe zugestimmt, dass du Maila besser kennenlernst«, unterbrach sie mich tonlos. »Mehr nicht. Also spar dir deine zweideutigen Kommentare, und halte dich von mir fern.«

Ich biss mir auf die Unterlippe und ärgerte mich über mich selbst, weil ich gerade mit dem Kopf durch die Wand gedonnert war, obwohl ich mir eigentlich etwas ganz anderes vorgenommen hatte. »Ich bräuchte bitte die aktuelle Teilnehmerliste.«

Hazel blinzelte, als hätte sie nicht wirklich damit gerechnet, dass ich einen plausiblen Grund für mein Erscheinen hatte. Dann straffte sie die Schultern, beugte sich vor und gab die entsprechenden Befehle in ihren Computer ein.

Das Surren des Druckers war das einzige Geräusch, das die angespannte Stille zwischen uns übertönte. Sie zog zwei Blätter aus dem Papierfach und reichte sie mir über den Schreibtisch. »Hier.«

»Danke.« Ich nahm die Liste entgegen, schaffte es aber nicht, den Raum zu verlassen. Stattdessen musterte ich sie schmerzerfüllt. »Wirst du mir je verzeihen?«

Kurz flackerte etwas in ihren Augen auf, doch sie starrte weiter auf den Monitor. Als sie den Kopf hob und mich ansah, war ihre Miene wieder ausdruckslos. »Du hattest einen Traum, und ich stand ihm im Weg. Also hast du eine Wahl getroffen. Das kann ich dir kaum vorwerfen. Insofern gibt es auch nichts zu verzeihen.«

Bullshit! »Willst du mir gerade ernsthaft weismachen, dass du nicht wütend auf mich bist?«

Sie zuckte mit den Schultern. »Es ist anstrengend, die ganze Zeit wütend zu sein. Ich brauche meine Energie für andere Dinge.«

Das kaufte ich ihr nicht ab. Mein Instinkt riet mir, tiefer zu bohren und die Mauer zu durchbrechen, die sie um sich erschaffen hatte. Doch das Telefon funkte mir dummerweise dazwischen.

»Da muss ich rangehen«, sagte Hazel, griff zum Hörer und nahm das Gespräch an. Ihre Stimme klang laut und viel zu fröhlich. »Camp Silver Springs, Hazel Dixon.« Sie lächelte. »Matty, danke für deinen Rückruf.« Als sie bemerkte, dass ich noch immer vor ihrem Schreibtisch stand, runzelte sie die Stirn. »Bleibst du bitte eine Sekunde dran?«

Ihr Gesprächspartner war offenbar einverstanden, denn Hazel drückte auf eine Taste, vermutlich um Matty in der Warteschleife zu halten. Dann schaute sie mich an. »Ist noch etwas?«

»Danke für die Liste.« Ich schluckte schwer. »Und dafür, dass du dem Training mit Maila zugestimmt hast.«

»Deswegen bist du ja schließlich geblieben«, erwiderte sie tonlos, bevor sie zum Apparat spähte. »Wenn du mich jetzt entschuldigen würdest. Dieses Gespräch ist wichtig.«

Ich nickte. »Wir sehen uns später.«

Ihr Blick besagte deutlich, dass sie nicht sonderlich glücklich über diese Vorstellung war. Aber da ich ohnehin selbst losmusste, um die erste Gruppe auf ihre Schwimmfähigkeit zu testen, verließ ich ihr Büro.

Den ganzen Weg zum Seeufer rang ich das Bedürfnis nieder, gleich wieder umzukehren und Hazel so lange auf den Keks zu gehen, bis ihr Schutzpanzer aus Gelassenheit aufbrach. Wenn ich es schaffte, den Schmerz und die Wut zu befreien, die dahinter lauerten, bekam ich vielleicht eine Chance auf ihre Vergebung.

KAPITEL 7

Neo

Ich musste zugeben, als ich diesen Job angenommen hatte, war ich überzeugt gewesen, dieser Sommer würde recht entspannt verlaufen. Doch dieser Tag belehrte mich zunehmend eines Besseren.

Abgesehen von den privaten Herausforderungen stellte ich nicht ohne eine gewisse Bestürzung fest, dass die meisten Kids gerade mal die Grundlagen beherrschten, um sich über Wasser zu halten.

Bei den Kleinsten war es nur eine Handvoll Kinder, die eine solide Technik besaß, mehr als die Hälfte hatte keine Kondition, und sieben von ihnen paddelten mehr, als dass sie tatsächlich schwammen. Der kleine Bowie traute sich kaum weiter als bis zur Hüfte ins Wasser. Die mittlere Altersstufe teilte sich fifty-fifty in Anfänger und Fortgeschrittene auf. Und sogar bei den Ältesten gab es Kids, die über erschreckend wenig Ausdauer verfügten. Zwar gaben mir ein paar Teenies Anlass zur Hoffnung, aber wirklich happy war ich nicht.

Ich stieß einen Pfiff aus und winkte die letzte Gruppe aus dem Wasser, bevor ich den Bootssteg entlanglief, weil ich von

hier aus eine bessere Sicht hatte. Die sechs älteren Mädchen, die zu den Tigersalamandern gehörten, schwammen zum Ufer, wo drei von ihnen schwer atmend auf die Knie sanken. Zwei weitere strahlten mich erwartungsvoll an. Sie trugen Bikinis, die so knapp waren, dass es mich nicht mehr wunderte, warum die Jungs vorhin so von der Rolle gewesen waren. Allein die Vorstellung, dass meine Tochter irgendwann in so einem Outfit herumlief ...

Was für ein Albtraum.

Ich schaute den beiden ins Gesicht, um mir ihre Namen einzuprägen. »Wie heißt ihr?«

»Ich bin Georgie«, sagte die Linke, hob die Hand und zwinkerte mir kess zu, während sie ihr blau gefärbtes Haar über ihre Schulter zog und die Strähnen auswrang. »Aber meine Freunde nennen mich Blue.«

Okay.

Ich suchte ihren Namen in der Liste und machte mir eine Notiz. »Du hast deine Sache gut gemacht, Georgie. Ich denke, der Fortgeschrittenenkurs wäre ideal für dich.«

Sie nickte eifrig. »In Ordnung.«

»Gut.« Ich lächelte ihre Freundin unverbindlich an. »Und du bist?«

»Kyra«, antwortete das Mädchen mit den pinken Strähnen, die zu ihrem Minibikini passten. Sie war mit Abstand die Beste in der Gruppe gewesen.

»Wenn du Lust hast, würde ich dich mit in den Rettungsschwimmkurs aufnehmen«, sagte ich und schrieb neben ihren Namen ebenfalls eine entsprechende Bemerkung. »Dein Schwimmstil ist sehr sauber und ausdauernd.«

Kyras Wangen nahmen den Farbton ihrer Haarsträhnen an, während sich ihre Freundin kerzengerade aufrichtete.

»Wie bitte?« Georgies Augen blitzten vor Entrüstung. »Wieso bin ich nicht im Rettungsschwimmkurs?«

Innerlich seufzte ich auf. Ich hatte diese Diskussion heute schon etliche Male geführt, weil die Selbsteinschätzung einiger Kids gefährlich falsch war. »Weil du erst noch etwas an deiner Technik feilen und Kondition aufbauen solltest.«

Georgies Augen wurden schmal. »Hä? Was redest du da, Mann? Meine Technik ist super.«

»Sie ist nicht schlecht, aber sie könnte besser sein«, entgegnete ich, weil mir dieses Mädchen durchaus den Eindruck machte, ein bisschen Kritik vertragen zu können.

Doch sie verschränkte trotzig die Arme. »Ich bin gut genug für den Rettungsschwimmkurs.«

Wenn das so weiterging, standen wir morgen noch hier. Ich schüttelte den Kopf. »Tut mir leid, Georgie. Das wird in dieser Woche noch nicht klappen. Aber wenn du dich anstrengst, kannst du sicher bald wechseln.«

Sie schnaubte. »Nein, danke. Da verzichte ich lieber.«

»Wie du willst«, erwiderte ich ungerührt. »Die Fortgeschrittenenkurse sind freiwillig.«

»Na dann.« Ihr Kinn ruckte vor, ehe sie sich an ihre Freundin wandte. »Gehen wir, Pink. Der Typ hat doch eh keine Ahnung.«

Kyra zögerte, entschied sich jedoch, nicht mit ihrer aufgebrachten Freundin zu diskutieren, und huschte an mir vorbei.

»Ich hoffe, du machst morgen mit«, sagte ich so leise, dass Georgie mich nicht hören konnte, die bereits davonstolzierte.

Kyra lächelte mich an, nickte knapp und verschwand.

Die übrigen Damen diskutierten zum Glück nicht weiter herum. Mit Ausnahme von Sophie, die die Zweitbeste gewesen war, steckte ich sie alle in den Fortgeschrittenenkurs.

Ich überlegte, ob ich noch genug Zeit hatte, meine Resultate mit Reed zu besprechen, doch in diesem Moment entdeckte ich Maila.

Mein Herz machte einen freudigen Hüpfer, als ich meine Tochter auf mich zulaufen sah. Sie trug ein Top, Jeansshorts und ein Badehandtuch über der Schulter, darunter blitzte ihr Badeanzug hervor. Ihre Haare waren zusammengebunden, und auf ihrer Stirn klebte eine Schwimmbrille. Unmittelbar vor mir kam sie schlitternd zum Stehen. »Hi.«

»Hey«, begrüßte ich sie lächelnd. »Hattest du Spaß im Survivalkurs?«

Morgens beim Probeschwimmen hatte sie mir kurz erzählt, dass sie sich heute Bowie zuliebe bei diesem Kurs eingeschrieben hatte.

Sie nickte. »Glen ist super. Er hat uns gezeigt, wie man eine Notunterkunft aus Naturmaterialien baut.«

»Klingt spannend«, erwiderte ich und gab mir Mühe, das unangenehme Ziehen in meinem Magen zu ignorieren.

»Ja.« Sie pellte sich aus ihren Klamotten, stützte die Hände in die schmalen Hüften und schaute zu mir auf. »Womit fangen wir an?«

Ich liebte ihren Eifer jetzt schon. Belustigt deutete ich zu der Stelle, wo der See eine Biegung machte. Bis dahin war es zwar ein Stück, aber ich wusste, dass dahinter eine flache Bucht lag, in der mir das Wasser bis zur Brust reichte. Es war ein guter Platz, um ihre Bewegungen zu dirigieren, und gleichzeitig waren wir vor neugierigen Blicken geschützt. An derselben Stelle würde ich morgen auch mit den Nichtschwimmern üben, allerdings würde ich mit ihnen dorthin laufen. »Traust du es dir zu, das Stück zu schwimmen?«

Maila grinste. »Na klar.«

»Okay, dann los.« Ich ließ mein Klemmbrett ins Gras fallen, zog meine Klamotten aus und ging mit ihr zum See. »Falls dir vorher die Kräfte ausgehen, sag mir Bescheid.«

Entschlossenheit flackerte in ihren Augen auf. »Das wird nicht passieren.«

Offen gestanden glaubte ich das auch nicht. Ich hatte sie heute Morgen genau im Wasser beobachtet. Bei ihrer Kondition sollte die Entfernung kein Problem sein.

Die Sonne hatte den See inzwischen ein wenig aufgeheizt. Deshalb stach die Kälte nicht ganz so sehr wie heute Morgen.

Maila watete bis zur Hüfte in den See. Anschließend zog sie sich die Schwimmbrille über die Augen und hechtete ins Wasser. Die Neonstreifen ihres Badeanzugs blitzten auf, bevor sie untertauchte. Offensichtlich wollte sie mich beeindrucken, denn sie legte sofort ein ziemliches Tempo an den Tag. Ich stieß einen Pfiff aus, woraufhin sie irritiert innehielt. »Was ist?«

Mit ruhigen Zügen schwamm ich zu ihr. »Wenn du bei den Temperaturen gleich aufs Ganze gehst, dauert es nicht lange, bis sich deine Muskeln verkrampfen. Geh es locker an, Champ, okay?«

Sie grinste. »Eigentlich nennen mich alle Flipper.«

Jetzt wo sie es erwähnte, fiel mir wieder ein, dass Hazel bei unserer Begegnung im Büro etwas in der Art zu ihr gesagt hatte. Nur hatte ich in diesem Moment viel zu sehr unter Schock gestanden, um auf den genauen Wortlaut zu achten.

Dass ich den Kosenamen meines eigenen Kindes nicht kannte, störte mich. Trotzdem warf ich ihr einen belustigten Blick zu. »Weil du so elegant wie ein Delfin schwimmst?«

Sie kicherte. »Nee. Weil ich früher immer solche Geräusche gemacht hab, wenn ich im Wasser war. Mom fand das so lustig, dass sie mich irgendwann nur noch Flipper genannt hat.«

Ich verspürte ein schmerzhaftes Brennen in meiner Brust. Ich hatte das vergnügte Quietschen meiner Tochter verpasst, kannte sie so wenig. Keine Ahnung, wie ich das alles in ein paar Wochen aufholen sollte, ohne sie permanent mit Fragen zu löchern. Mein einziger Trost war, dass Maila ungeheuer aufgeschlossen und mitteilsam war.

Während wir zu der abgelegenen Bucht schwammen, erzählte sie mir, dass sie Wasser schon immer geliebt hatte, am tiefsten schlief, wenn es draußen regnete, und schon schwimmen konnte, bevor sie Fahrradfahren gelernt hatte. Danach zählte sie mir die Namen ihrer *Fische* auf.

Ich hatte die Bunny Farm heute Morgen schon kurz gesehen und freute mich über ihre Einladung, mir die Fellnasen später zu zeigen. Nicht dass ich mich besonders mit Tieren auskannte oder scharf drauf war, in einem Gehege zu hocken. Aber wenn es mir mehr Zeit mit meiner Tochter verschaffte, war ich dabei.

Wir erreichten die Bucht, und ich musste mich regelrecht zusammenreißen, um meine Neugier zu zügeln und mich auf das Training zu konzentrieren.

Maila entpuppte sich als eine gelehrige Schülerin, die jeden meiner Tipps nicht nur dankbar annahm, sondern auch erstaunlich schnell umsetzte. Wir arbeiteten an ihrer Atemtechnik und ihrer Armhaltung beim Brustschwimmen, bevor wir ein paar Sprints zur Seemitte absolvierten. Und trotzdem hatte sie noch längst nicht genug, als wir uns nach gut einer Stunde wieder auf den Rückweg machten.

Auch ich hätte noch ewig im Wasser bleiben können, aber ich wollte sie nicht überfordern. »Du wirst Muskelkater kriegen«, prophezeite ich ihr, während wir um die Biegung schwammen.

Sie schnaubte und erinnerte mich dabei sehr an ihre Mutter. »Ich weiß gar nicht, was das ist.«

Ich lachte. »Morgen wird die Sache anders aussehen.«

Ihr war anzusehen, dass sie mir nicht glaubte. Dennoch konnte sie das Zittern ihrer Knie nicht ganz verbergen, als wir kurz darauf aus dem Wasser wateten.

Inzwischen hatten sich etliche Kids am Ufer versammelt, chillten auf der Wiese oder spielten Wasserball im See. Mailas Freunde nahmen uns ungeduldig in Empfang.

»Und? Wie war's?«, fragte Joshua und reichte ihr ein Handtuch. Er trug eine quietschbunte Badehose mit witzigem Dino-Aufdruck.

»Super.« Grinsend zeigte Maila auf mich. »Bester Coach.«

Ich zwinkerte ihr zu, zufrieden, weil ihr unsere Trainingseinheit gefallen hatte.

Bowie, der kleine Junge mit den größten Schwierigkeiten im Wasser, war so schüchtern, dass er mir kaum in die Augen sehen konnte. Sein Outfit bestand aus einer Leinenhose, einem blau karierten Hemd und Ledersandalen. Er hätte eher auf eine Gartenparty gepasst als an ein Seeufer und schien sich auch entsprechend unwohl zu fühlen. Die Hände tief in den Hosentaschen vergraben, musterte er mich aus dem Augenwinkel, als wäre er nicht sicher, was er von mir halten sollte.

»Willst du es dir nicht noch mal überlegen, Bowie?«, fragte Maila. »Neo kann dir bestimmt helfen.«

Meine Muskeln verspannten sich. Dass meine Tochter mich mit dem Vornamen anredete, störte mich mehr, als ich erwartet hatte. Deshalb dauerte es einen Moment, bis ich ihre Frage richtig verstand.

Bowies Ohren wurden rot, bevor er stumm den Kopf schüttelte. Er wollte den Schwimmkurs also gar nicht machen.

»Jetzt komm schon, Mann«, sagte Joshua und klopfte Bowie auf die Schulter. »So schlimm ist es echt nicht.«

Die beiden meinten es gut. Aber leider bewirkten sie mit ihrem Zureden genau das Gegenteil bei Bowie, denn er wurde zusehends unruhiger.

Tropfnass deutete ich zum Seeufer. »Bowie, gibst du mir eine Minute?«

Der Kleine schien zwiegespalten. Einerseits wollte er Maila und Joshua sicher entkommen, andererseits hatte er bestimmt keinen Bock darauf, mit mir zu sprechen. Ich machte einen Schritt zurück und war froh, als Bowie mir folgte.

Außer Hörweite zu den anderen setzte ich mich ans Ufer und klopfte neben mich aufs Gras, woraufhin er sich nach kurzem Zögern zu mir gesellte. Während wir auf den idyllischen Silver Lake schauten und die Kids beim Baden beobachteten, überlegte ich, wie ich dieses Problem am besten anging, doch zu meiner Überraschung ergriff Bowie aus eigener Initiative das Wort.

»Ich kann nicht besonders gut schwimmen«, sagte er und senkte beschämt den Kopf.

Dass er das selbst so sah, war zumindest schon mal ein Schritt in die richtige Richtung. »Warum möchtest du dann nicht in meinen Kurs?«

»Wieso sollte ich?« Er zuckte mit den Schultern. »Die anderen werden mich sowieso bloß auslachen.«

Heute Nachmittag hatte keines der Kids Anstalten gemacht, über ihn herzuziehen, obwohl er schon bei jedem lauten Platschen und Gedränge überfordert zurückgewichen war. »Was hältst du davon, wenn wir es allein probieren?«

Bowie warf mir einen skeptischen Seitenblick zu. »Du willst mir auch Einzelunterricht geben?«

Die Art, wie er das sagte, verriet mir, dass sich Mailas Extratraining bereits herumgesprochen hatte. Insofern war es wohl keine schlechte Idee, mehreren Kindern dieses Angebot zu machen, um meine besondere Verbindung zu Hazels Tochter unter dem Radar zu halten. Und Bowie brauchte dringend Unterricht.

»Wenn du dich wohler damit fühlst, können wir das machen.« Mit einer lässigen Geste deutete ich auf das Wasser. »Ich würde mich freuen, dir zu helfen.«

Schweigend rupfte er einen Grashalm ab. Zwar stimmte er meinem Angebot nicht zu, aber wenigstens machte er auch keine Anstalten, vor mir zu flüchten.

»Hattest du schon mal Schwimmunterricht?«, fragte ich vorsichtig.

Bowie dachte einen Moment nach. Wahrscheinlich wog er ab, wie viel er mir erzählen konnte. Dann nickte er. »Sie haben uns immer ins Wasser geworfen.«

Das durfte doch nicht wahr sein.

Ich hatte Mühe, meinen aufkochenden Zorn zu verbergen, da ich diese Technik des *Überlebenstrainings* natürlich kannte. Nicht dass ich sie selbst je praktiziert hätte. Schließlich wusste jeder Vollidiot, dass dies traumatisch für Kinder enden konnte. »Bei uns wird das nicht so laufen.«

Weiteres Rupfen. »Wie würde es denn laufen?«

Ich erzählte ihm, wie ich den Kids früher das Schwimmen beigebracht hatte. Meistens waren sie wesentlich jünger gewesen als Bowie, aber nach dem, was der Junge erlebt hatte, wunderte ich mich auch nicht mehr über seine Zurückhaltung.

Nachdem ich ihm genau erklärt hatte, wie wir die Sache angehen würden, wagte ich es, ihn erneut um sein Vertrauen zu bitten. »Wollen wir es probieren?«

Wieder dachte er sorgfältig nach. Dann nickte er zu meiner unermesslichen Erleichterung. »Okay.«

»Super.« Ich lächelte ihn an, ehe ich mich erhob. »Ich mache nachher gleich den Kursplan fertig. Schau heute Abend einfach noch mal am Schwarzen Brett nach, wann wir uns morgen treffen.«

»Ist gut.«

Nachdem er sich ebenfalls aufgerappelt hatte, kehrten wir zu Maila und Joshua zurück. Hazel war bei ihnen und musterte mich mit ausdrucksloser Miene. Früher hatte ich in ihrem Gesicht wie in einem offenen Buch gelesen, doch jetzt? Nada.

Sie sagte etwas zu Maila, bevor sie sich abwandte und davonging.

»Was ist los?«, fragte ich, sobald ich bei ihr war.

Maila blickte verärgert drein. »Ich kann dir heute doch nicht mehr meine Kaninchen zeigen. Mom hat gesagt, ich hab Tischdienst und muss mich vorher noch umziehen.«

Enttäuschung machte sich in mir breit. Aber ich lächelte trotzdem. »Ich bin ja noch eine Weile hier.«

Das schien ihr nur ein schwacher Trost zu sein. Sichtlich aufgebracht stapfte sie davon, während die Jungs ihr hinterherschauten. Sie beteten sie an, was eine ganze Welle irritierender Gefühle in mir auslöste. Einerseits war da Stolz, andererseits wusste ich nicht so recht mit der Bewunderung der beiden umzugehen.

Maila war neun. Sie interessierte sich doch noch nicht für Jungs, oder?

Frustriert, weil ich schon wieder keinen Schimmer hatte, sammelte ich meine Sachen ein. Da ich nach dem Gespräch mit Bowie längst trocken war, warf ich mir das Handtuch und mein Shirt einfach über die Schulter und verabschiedete mich von den Jungs, ehe ich mich auf den Weg in meine Hütte machte.

Ich hatte die Wiese fast überquert, als neben mir jemand einen Pfiff ausstieß. Irritiert drehte ich den Kopf und bemerkte eine Gruppe von Jugendlichen, die im Gras chillten.

»Holy crap!«, rief Zane, einer der beiden Jenson-Zwillinge, und beäugte mich von Kopf bis Fuß. »Wo kriegt man solche Muckis her, Mann?«

Ich verspannte mich, als mir klar wurde, dass gerade fünf Teenager ungeniert meinen nackten Oberkörper taxierten. Nur Kyra schaute geistesabwesend auf den Schreibblock in ihrem Schoß und interessierte sich nicht weiter für mich.

Georgie, die noch immer diesen glitzernden Stofffetzen trug, der kaum als Bikini durchging, lehnte sich mit funkeln-den Augen zu ihrer Freundin Sophie und flüsterte ihr etwas ins Ohr. Daraufhin kicherte das Mädchen los. Zugleich fingen die Jungs gut gelaunt an, den Durchmesser ihrer Oberarme miteinander zu vergleichen und sich gegenseitig aufzuziehen.

Ich machte, dass ich davonkam – und schaffte es genau zehn Meter weit.

»Neo!« Reed stieg die Stufen der Terrasse herunter, die auch zum Speisesaal führte. »Wie war dein erster Tag?«

»Gut.«

»Das freut mich.« Er seufzte. »Eigentlich wollte ich vorhin mal nach dem Rechten bei dir sehen. Aber es war den ganzen Tag die Hölle los.«

»Kein Problem.« Ich hielt das Klemmbrett in die Höhe. »Ich habe mir ein Bild von den Kids gemacht und insgesamt sechs Kurse eingeteilt: zweimal Anfänger, dreimal Fortge-schrittene nach Alter und Rettungsschwimmen.«

»Klingt super.« Reed überlegte kurz. »Jetzt müssen wir nur noch schauen, wie wir das mit dem restlichen Tagesprogramm kombinieren können.«

Aus den Augenwinkeln bemerkte ich, dass die Gruppe um Georgie mich immer noch anglotzte. Deshalb drehte ich ihnen den Rücken zu. »Spricht eigentlich etwas dagegen, auch Einzelkurse anzubieten?«

Reed zögerte. »Solange du nur so viel arbeitest, wie wir dir zahlen können, ist mir alles recht.«

Sofort wurde ich hellhörig. Steckte das Camp in finanziellen Schwierigkeiten? »Keine Sorge. Ich halte mich an unsere Vereinbarung.«

Reed schien mir ein bisschen zu erleichtert darüber zu sein. Deshalb beschloss ich, die zusätzlichen Schwimmhilfen, die ich für ein gescheites Training benötigen würde, einfach selbst zu kaufen. Mit den paar Schwimmnudeln, die Selma aufgetrieben hatte, kam ich nämlich nicht besonders weit.

»Danke, Mann«, sagte Reed. »Ich muss los, Estelle wartet.«

Ich wollte ihm gerade antworten, als Dotty am oberen Ende der Terrasse auftauchte. »Reed? Ich brauche mal kurz deine Hilfe.«

Er warf mir einen leidgeprüften Blick zu, während er der Küchenchefin antwortete. »Bin sofort da.«

»Ist ganz schön was los hier«, stellte ich belustigt fest.

»Jepp.« Reed grinste. »Aber man gewöhnt sich dran. Wir sehen uns später, ja?«

Er eilte davon, und auch ich setzte meinen Weg fort, um mich für den Abend fertig zu machen. Ich hoffte, Hazel später vielleicht ein paar Antworten über unsere Tochter entlocken zu können. Doch sie erschien weder zum Abendessen noch zum gemeinschaftlichen Lagerfeuer, und auch in den folgenden Tagen bekam ich sie kaum zu Gesicht. Sie blieb auf Abstand.

Unerreichbar.

Genau wie damals.

Nur dass diesmal *sie* diejenige war, die mich fernhielt. Es fühlte sich absolut beschissen an.

KAPITEL 8

Hazel

Mir liefen Tränen über die Wangen, während ich mit angezogenen Beinen auf der Fensterbank in meinem Büro saß und
auf den Silver Lake starrte, in dem Maila und Neo nun jeden
Nachmittag trainierten. Inzwischen war Donnerstag, und gerade kehrten sie aus der Bucht zurück. Sie lachten, während
Maila um Neo herumschwamm und ihm irgendwas erzählte.

Wie nicht anders zu erwarten, war sie jetzt schon ganz ver-
narrt in ihn und redete ohne Unterlass über ihre gemeinsamen
Trainingseinheiten. Manchmal kam es mir fast so vor, als
würde sie die Verbindung zu Neo spüren, obwohl sie keine
Ahnung hatte, wer er wirklich war.

Ich musste ihm zugutehalten, dass er sein Wort bisher gehalten und nichts über seine Vaterschaft verraten hatte und
dass er sich sichtlich Mühe gab, die verlorene Zeit mit ihr
aufzuholen. Aber mitzuerleben, wie er mit unserer Tochter
umging, wie er sie anspornte und zum Lachen brachte ... Es
tat weh.

Plötzlich konnte ich nicht mehr aufhören, mich zu fragen,
was wohl gewesen wäre, wenn er eher von ihr erfahren hätte.

Hätte er um ihretwillen auf seine Träume verzichtet, um bei uns zu sein? Ich war ihm nicht wichtig genug gewesen, aber Maila vielleicht schon.

Der Gedanke sorgte dafür, dass ich eifersüchtig auf meine eigene Tochter wurde, woraufhin ich mich noch schäbiger fühlte als ohnehin schon. Ich wollte nicht derart gehässig empfinden, denn so war ich nie gewesen, und so wollte ich auch nicht sein.

Von dem Moment an, in dem ich Maila in den Armen gehalten hatte, war mir ihr Glück immer am wichtigsten gewesen. Also sollte ich mich doch eigentlich für sie freuen, dass sie eine schöne Zeit mit Neo verbringen konnte. Stattdessen fühlte es sich an, als würde er mir noch einmal das Herz brechen und ich ...

Ein Klopfen erklang, bevor die Tür aufflog. »Hazel, hast du kurz ...«

Quill verstummte abrupt, als er mich entdeckte. Leider war es mir nicht gelungen, mich schnell genug wegzudrehen, weshalb er umgehend fluchte. Mit wenigen Schritten war er bei mir, schob sich auf die Fensterbank und umfing behutsam mein Gesicht, um es zu sich hinzudrehen. Voller Sorge sah er mich an. »Was ist los?«

Ich schniefte. »Nichts.«

Eine kleine Falte erschien auf seiner Stirn. »Das war das jämmerlichste ›Nichts‹, das ich je von dir gehört habe.«

Obwohl ich mich hundeelend fühlte, stieß ich ein heiseres Lachen aus. Eigentlich war Quill der beste Freund meines Bruders, aber wir waren zusammen aufgewachsen und verstanden uns wahnsinnig gut. Tatsächlich hatte es sogar Momente gegeben, in denen ich es ehrlich bedauerte, dass es zwischen uns nie gefunkt hatte. Stattdessen waren wir eher wie Geschwister, wobei Quill wesentlich weniger beschützend und anstrengend war als Reed.

Meistens war er entspannt – aber meine Tränen schienen seine Gelassenheit an ihre Grenze zu bringen. Er seufzte. »Dann rate ich mal ins Blaue hinein: Mailas Vater ist zurück in deinem Leben, was dich nicht nur verwirrt, sondern auch zutiefst verletzt.«

Ich zuckte ertappt zusammen. »Hat Neo dir etwa verraten, wer er ist?«

Quill schnaubte. »Als würde er sich trauen, gegen die Abmachung zu verstoßen, die ihr zweifellos nach eurem Wiedersehen getroffen habt.« Er hob die Hand und wischte mir unendlich sanft die Tränen weg. Abgesehen von Reed war er der einzige Mann, bei dem ich diese Art von Nähe überhaupt zuließ. Nicht einmal Glen hatte es so weit geschafft.

»Ich gehe wohl recht in der Annahme, dass diese Idee, seine wahre Identität zu verheimlichen, nicht auf seinem Mist gewachsen ist?«, fragte Quill, als er die Hand wieder sinken ließ.

Ich war mir nicht sicher, ob es klug war, mit ihm darüber zu reden. Immerhin lagen bei ihm die Dinge genau wie bei Estelle. Reed würde ausflippen, wenn er erfuhr, dass Neo der Mann war, der seine kleine Schwester erst geschwängert und dann sitzen gelassen hatte. Da wäre es nicht sonderlich hilfreich, wenn obendrein herauskäme, dass einer seiner engsten Vertrauten davon gewusst und ihm kein Sterbenswort verraten hatte. Ein Ex-Lover war vielleicht noch vertretbar – die ganze Wahrheit? Eher nicht.

Andererseits war die Katze jetzt eh aus dem Sack, und ich musste dringend mit jemandem darüber reden, bevor ich noch irgendetwas Saudämliches tat. Niedergeschlagen schaute ich wieder aus dem Fenster. »Ich dachte, so wäre es leichter für Maila.«

»Verstehe.«

Emotional zutiefst erschöpft ließ ich den Kopf gegen die Wand in meinem Rücken sinken. »Wie hast du es rausgefunden?«

Quill schnaubte erneut. »Ich bin Künstler, Hazel. Mein Job sind *Details*. Glaubst du, da entgeht mir, dass Flipper und Neo die gleiche sturmgraue Iris besitzen? Dass sich ihre Gesichtszüge erstaunlich ähneln? Oder dass sich diese hübschen Grübchen bei jedem Grinsen in ihre Wangen bohren?«

Ich schnitt eine Grimasse. »Zum Glück sieht nicht jeder so genau hin wie du.«

»Ich bin mir ziemlich sicher, dass Dotty und Grover ihn von früher erkannt haben. Aber dein Bruder ist zum Glück so verknallt in Estelle, dass er es nicht gecheckt hat. Da er Neo noch nicht mit Anlauf in den Arsch getreten hat und Maila sich auch nicht anders verhält als sonst, war es nicht schwer, sich den Rest zusammenzureimen.« Quill zog ein Bein an, stellte den Fuß auf die Fensterbank und schlang den Arm darum. »Du dagegen ... Ich mache mir Sorgen um dich.«

Ich wich seinem bohrenden Blick aus. »Ich komme schon klar.«

»Danach sieht es aber nicht aus.« Quill tippte mir auf die Nasenspitze. »Ich habe dich das letzte Mal weinen sehen, als Maila sich den Zeh gebrochen hat.«

Ich lachte bei der Erinnerung an dieses riesige Drama, das sich vor vier Jahren im Atelier abgespielt hatte. Damals war Maila barfuß an einem Türrahmen hängen geblieben. Sie hatte gebrüllt wie am Spieß, woraufhin ich komplett die Nerven verloren hatte. »Der ganze verdammte Fuß war lila und geschwollen.«

»Es war bloß der kleine Zeh«, korrigierte Quill mich belustigt, ehe er wieder ernst wurde. »Er ist verheilt. Was man von deinem Herzen wohl eher nicht behaupten kann.«

Schon wieder traten mir Tränen in die Augen, während ich aus dem Fenster schaute. Maila und Neo hatten offenbar beschlossen, ihre Trainingseinheit zu verlängern, und spielten Fangen im Wasser. Fast meinte ich, ihr Lachen durch die Fensterscheibe zu hören. »Ich kann ihn nicht mal ansehen, ohne dass ich schreien möchte.«

Quill folgte meinem Blick. »Warum tust du es nicht?«

»Was soll das bringen?« Frustriert rieb ich mir über das Gesicht, bevor ich Quill die ganze Geschichte erzählte. Zu guter Letzt hielt ich auch nicht zurück, welche Motive ich bei Neos Eltern vermutete. »Schätze, sie wollten verhindern, dass er seine Schwimmkarriere an den Nagel hängt, um Teenage-Daddy zu spielen.«

Überrascht sah er mich an. »Dann hat er all die Jahre wirklich überhaupt nichts von Maila gewusst?«

Ich schüttelte den Kopf. »Er hatte keine Ahnung. Also kann ich ihm auch keine Vorwürfe machen, oder? Schließlich bin ich nicht ganz unschuldig an der Situation.«

»Hmm«, machte Quill. »Verzwickte Sache.«

Mein Lachen fiel mehr als nur ein bisschen zynisch aus. »Was du nicht sagst.«

Sein ruhiger Blick durchdrang mich. »Ich denke trotzdem, dass es ein Fehler ist, diesen ganzen Mist in dich reinzufressen. Ich will dir keine Angst einjagen, aber unsere Kollegen werden langsam misstrauisch, weil du dich nur noch in deinem Büro verschanzt.«

»Ich war beschäftigt«, erklärte ich, obwohl wir beide wussten, dass es nur eine Ausrede war. Klar, gerade jetzt, in den Sommermonaten, gab es ständig etwas zu tun, aber es war auch

meine liebste Saison im Jahr. Die Ausflüge, die Feste, die gute
Stimmung – normalerweise verbrachte ich meine Vormittage
mit der Organisation, und ab dem späten Nachmittag nahm
ich mir Zeit für die Kids. Das hatte ich in den letzten Tagen
sträflich vernachlässigt. Ich wusste nicht mal, ob Glen und
Selma ihre hormongesteuerten Teenies in den Griff bekommen hatten.

Quill lächelte mitfühlend. »Sich hier zu verstecken, wird
deinen Schmerz nicht lindern, Hazel.«

Ich warf ihm einen finsteren Blick zu. »Du bist ein blöder
Spielverderber.«

Mit einem leisen Lachen lehnte er sich nach vorn. »Mag
sein, aber du bist kein feiges Hühnchen. Also stell dich deiner
Vergangenheit und rede mit Neo.«

Sofort stellten sich mir die Nackenhaare auf. »Vergiss es.«

»Vielleicht würde es dir helfen«, erwiderte Quill unbeirrt.
»Ich bin überzeugt, ihm ist klar, wie sehr er dich damals verletzt hat. Aber weißt du es auch?«

Ich musste daran denken, wie Neo mich am Montagmorgen
gefragt hatte, ob ich ihm je vergeben könnte. Er hatte traurig
ausgesehen und auch ein bisschen fassungslos, als ich ihm erklärte, dass es nichts zu verzeihen gab. »Er hat seine Entscheidung nie bereut.«

Trotz schwang in meiner Stimme mit, was Quill nicht entging. Er zog eine Braue hoch. »Das bezweifle ich. Außerdem
hat eure Vergangenheit auch bei ihm Narben hinterlassen. Das
kann man deutlich erkennen, wenn man sich die Mühe macht,
richtig hinzusehen.«

Ich schnaubte. »Ich bin mir sicher, es sind eher ein paar
kleine Kratzer, die er unter all den vielen funkelnden Medaillen gar nicht spürt.«

»Ich denke, du irrst dich.« Quill dachte einen Moment nach. »In L.A. gab es diese Frau. Sie war Bildhauerin und … na ja …« Er lächelte traurig. »Ich war heftig in sie verliebt.«

Verblüfft schaute ich ihn an. Davon hatte ich gar nichts gewusst. »Was ist passiert?«

Ein Schleier legte sich über seine Augen. »Sie hatte Probleme, und irgendwann kam der Punkt, an dem ich kapierte, dass ich sie nicht retten konnte. Das konnte nur sie selbst. Also bin ich gegangen.«

So recht wusste ich nicht, was ich davon halten sollte. »Du hast den leichten Weg gewählt.«

»Ich habe den Weg gewählt, der mir *richtig* erschien«, korrigierte er mich leise. »Aber das heißt nicht, dass es mir nicht das Herz zerrissen hat, sie zu verlassen.«

Ich schwieg. Mir war natürlich klar, was er mir damit sagen wollte. Allerdings fand ich nicht, dass sich seine Situation mit Neos vergleichen ließ. Gestern erst hatte ich mich in einem schwachen Moment dazu hinreißen lassen, mir den Verlauf seiner Karriere genauer anzusehen.

Nach seiner Aufnahme in den Kader der Nationalmannschaft hatte Neo unzählige Wettkämpfe auf der ganzen Welt gewonnen. Abgesehen von der Olympiade, die er vor drei Jahren komplett vermasselt hatte, hatte er überall mit Bestzeiten geglänzt und seine Euphorie in jede verdammte Kamera gebrüllt.

Wut fegte meinen Kummer beiseite, und ich konzentrierte mich wieder auf Quill. »Was ist aus deiner Freundin geworden?«

Wieder lächelte er traurig. »Sie lebt inzwischen in einer Künstlerkommune in Florida. Soweit ich weiß, geht es ihr sehr gut dort.«

»Wenn sie dir so viel bedeutet hat, warum besuchst du sie nicht?«, hakte ich nach.

»Weil ich damit nur alte Wunden aufreißen würde.« Quill warf mir einen vielsagenden Blick zu. »So wie Neo bei dir.«

Tja, das ließ sich nicht leugnen. Das Einzige, was ich Neo zugutehalten musste, war, dass er mir nicht absichtlich wehtat. Schließlich war er ebenso schockiert gewesen wie ich, als wir uns bei seiner Ankunft gegenüberstanden. »Ich frage mich, warum er überhaupt hergekommen ist.«

Quill legte den Kopf schief. »Du könntest ihn ja einfach fragen.«

Entschieden schüttelte ich den Kopf. »Auf keinen Fall!«

Eigentlich war Quill ein beeindruckend geduldiger Mann. Aber jetzt schaute er zur Zimmerdecke und atmete sehr tief durch. »Du willst es wahrscheinlich nicht hören, aber manchmal bist du in Sachen Sturheit deinem Bruder wirklich ätzend ähnlich.«

Belustigt streckte ich die Hand nach ihm aus und legte sie an seine Wange. »Danke, dass du dich davon nicht abschrecken lässt.«

»Niemals.« Er beugte sich vor, drückte mir einen Kuss auf die Stirn und stand auf. »Mir ist klar, dass dir diese Vorstellung eine Heidenangst einjagt, aber denk trotzdem darüber nach, mit Neo zu reden. Ein offenes Gespräch kann ziemlich heilsam sein.« Mitfühlend musterte er meine zerknirschte Erscheinung. »Davon abgesehen, schlimmer kann es sowieso nicht mehr werden, oder?«

So gesehen vermutlich nicht.

***

Mein Herz hüpfte wie ein Flummi in meiner Brust umher, als ich an den Zaun der Bunny Farm trat. Der idyllische Anblick, der sich mir dort bot, war verstörend.

Maila und Neo saßen im Gras, einander im Schneidersitz zugewandt, während sechs Zwergkaninchen aufgeregt um sie herumhüpften. Die beiden hatten einfach trockene Kleidung über ihre Badesachen gezogen, weshalb Mailas T-Shirt völlig durchnässt war. Bei den heißen Temperaturen mochte das nicht weiter schlimm sein, aber ich sah es trotzdem nicht gern.

Der goldgelbe Rammler, den Maila am liebsten mochte, stupste fordernd gegen Neos Fingerspitzen. Der wiederum schien sich nicht sonderlich wohlzufühlen und runzelte überfordert die Stirn. »Soll ich jetzt eine Karotte werfen, oder so was?«

Kichernd schüttelte Maila den Kopf. »Quatsch! Er will gestreichelt werden.«

Neo ging mit dem Kaninchen um, als hätte er ernsthaft Angst, es zu zerquetschen. Auch die anderen Fellnasen rückten neugierig näher. Seine Hände wirkten riesig neben den zarten Tieren, und das erstaunte Lächeln, das nun auf seinen Lippen erschien, erinnerte mich so sehr an früher, dass sich meine Brust zusammenkrampfte.

Aber ich kämpfte nicht mehr gegen den Schmerz an, sondern ertrug ihn stumm, während ich die beiden beobachtete.

Nachdem Quill gegangen war, hatte ich kurzerhand eine Entscheidung getroffen. Zum einen, weil es tatsächlich nicht mehr schlimmer werden konnte, und zum anderen, weil ich es leid war, mich zu verstecken.

Estelle und Gina hatten recht gehabt. Es war unmöglich, Neo in Silver Springs aus dem Weg zu gehen, und ihn zu ignorieren funktionierte auch nicht. Zwar glaubte ich nicht daran, dass wir je Freunde werden könnten, aber vielleicht war wenigstens ein höfliches Miteinander drin, bei dem ich nicht jedes Mal den Impuls niederringen musste, ihn anzuschreien oder ihm direkt eine zu scheuern, weil er mich einfach aus seinem Leben geschmissen hatte, als wäre ich Müll, den es zu entsorgen galt.

»Mom?« Mailas alarmierte Stimme riss mich aus dem Wutstrudel, in den ich mich gerade schon wieder hineinmanövrierte. »Alles okay?«

»Ja«, stieß ich hervor und räusperte mich, während ich mich auf meine Tochter konzentrierte. »Mir geht's gut.«

»Sicher?« Maila legte den Kopf schief. Ein Trick, den sie von ihrem Onkel hatte, um ihren forschenden Blick noch eindringlicher wirken zu lassen. »Du siehst aus, als wolltest du gleich jemanden killen.«

Was hatte ich doch für eine kluge Tochter.

Mein Blick huschte zu Neo, der mich ebenfalls aufmerksam musterte. Ich hatte keine Ahnung, was in seinem Kopf vorging, und war mir auch nicht sicher, ob ich es herausfinden wollte. Aber ich ertrug diese angespannte Stimmung zwischen uns einfach nicht mehr.

»Ich will niemanden killen«, sagte ich, ohne ihn aus den Augen zu lassen.

Nicht mehr.

Ein Ausdruck der Überraschung zuckte über seine Züge.

Maila hingegen kicherte fröhlich. »Da bin ich aber froh.« Gut gelaunt tätschelte sie Dorie, die gerade auf ihren Schoß gehüpft war. »Willst du auch reinkommen?«

Wir drei zusammen auf engstem Raum, umgeben von lauter süßen Fellnasen?

Wie eine richtige Familie.

Allein die Vorstellung wühlte mich auf. Eilig schüttelte ich den Kopf. »Ein anderes Mal. Ich muss noch mit Jade über den Tanzact morgen Abend sprechen.«

Maila grinste Neo stolz an. »Meine Mom ist die allerbeste Tänzerin der Welt«, erklärte sie, weil sie natürlich keine Ahnung hatte, dass Neo das längst wusste.

Seine Miene wurde weich, als erinnerte er sich nur zu gut daran. Er sah mich an. »Machst du auch bei der Show mit?«

Ich biss mir auf die Lippen. Es war nicht so, als ob wir gar nicht miteinander geredet hätten in den letzten Tagen. Aber es war immer um das Camp gegangen. Er hatte es nicht noch einmal gewagt, mir eine persönliche Frage zu stellen … oder vielmehr hatte ich ihm keine Gelegenheit dazu gegeben.

»Na klar«, antwortete Maila an meiner Stelle, wohingegen ich mir noch gar nicht sicher war.

Bisher hatte ich zwar an jeder Show teilgenommen, weil ich das Tanzen noch immer liebte und Jade sich über Unterstützung freute. Allerdings machte mich die Vorstellung, nach all den Jahren wieder vor Neo zu tanzen, unerwartet nervös.

Plötzlich musste ich an das erste Mal denken, als ich damals vor ihm getanzt hatte. Er hatte mich herausgefordert, und da ich nicht schüchtern gewesen war, hatten wir uns spätabends ins Tanzstudio geschlichen, wo ich ihm dann die Choreografie zeigte, an der ich gerade arbeitete. Noch heute erinnerte ich mich gut an seinen brennenden Blick. Danach hatten wir uns zum ersten Mal geküsst – und dieser blöde Kuss hatte meine gesamte Welt aus den Angeln gehoben.

Eine Gänsehaut prickelte über meinen Körper, und gleichzeitig schoss mir Hitze in die Wangen. Fast konnte ich wieder fühlen, wie Neo mich mit seinen starken Armen an sich zog, wie seine Zunge tief in meinen Mund tauchte, wie er schmeckte …

126

»Oder, Mom?«, fragte Maila.

Benommen schüttelte ich den Kopf, wobei ich erneut auf Neos sturmgraue Augen traf. Sein Blick war vernebelt, und er biss sich gedankenversunken auf die Unterlippe. Er dachte ebenfalls an unseren Kuss.

O lieber Gott! Dieser Kerl brachte mich wirklich um den Verstand.

»Ich weiß es noch nicht genau«, sagte ich zu Maila, die mich mittlerweile irritiert musterte. Ich wich vom Zaun zurück, zwinkerte ihr aber noch einmal kurz zu. »Deshalb will ich ja mit Jade sprechen.«

»Na gut«, sagte sie zögernd. »Dann sehen wir uns später.«

»Okay.« Mein ganzes Gesicht fühlte sich glühend heiß an, als ich davonging. Aber das war nichts verglichen mit dem Blick, der sich in meinen Nacken brannte.

KAPITEL 9

Hazel

Ich war ziemlich stolz auf mich, dass ich meine erste *normale* Begegnung mit Neo überstanden hatte, ohne mich von meinen Gefühlen komplett verzehren zu lassen. Den kleinen Flashback verbuchte ich als Ausrutscher. Weshalb ich auch kurz darauf Jades Bitte, bei der Tanzaufführung mitzuwirken, zustimmte. Schließlich kannte ich die Choreografie der drei Gruppentänze bereits in- und auswendig. Es wäre unfair von mir, sie und die Kids hängen zu lassen, nur weil mir der Gedanke an Neo im Publikum nicht ganz behagte.

Dennoch beschloss ich, meine Nerven nicht überzustrapazieren und mich auch an diesem Abend vom Lagerfeuer fernzuhalten. Stattdessen machte ich es mir mit einem Glas Wein und meinem Laptop auf dem Sofa gemütlich, um die nächsten Campausflüge zu planen und meine To-do-Liste für *Midsummer Lights* durchzugehen.

Maila war noch draußen mit ihren Freunden unterwegs und wahrscheinlich noch eine ganze Weile beschäftigt. Deshalb rechnete ich mit Glen, als jemand wenig später an meine Tür klopfte.

Bisher hatte ich ihn nie in mein Haus eingeladen, weil ich diese Grenze nicht überschreiten wollte. Aber nachdem ich mich in den letzten Tagen stark zurückgezogen hatte, meldete sich nun mein schlechtes Gewissen, weshalb ich schließlich doch aufstand, um zu öffnen.

Es war nicht Glen.

»Neo.« Ich machte mir gar nicht erst die Mühe, meine Überraschung zu verbergen, weil er einfach hier aufkreuzte. »Was gibt's?«

Er schluckte hart. »Können wir kurz reden?«

Mein erster Impuls war, ihm die Tür vor der Nase zuzuschlagen. Aber da ich nun mal diesen verrückten Entschluss getroffen hatte, irgendein Auskommen mit ihm zu finden, schob ich die Tür weiter auf. »Komm rein.«

Erleichterung huschte über sein Gesicht, bevor er mir ins Innere folgte und sich neugierig umsah. Es hatte sich einiges verändert, seit Maila und ich allein hier wohnten. Vor allem waren die Achtzigerjahre-Möbel meiner Eltern gewichen, und zahlreiche Wände erstrahlten in fröhlichem Blau und waren über und über mit Kinderzeichnungen bespickt.

Schweigend trat Neo vor die Bilder, während ich abwartend hinter ihm stehen blieb. Ich verschränkte die Arme, als könnte das mein blödes Herz daran hindern, lautstark gegen meinen Brustkorb zu hämmern, weil Neo wirklich hier war.

Manchmal fiel es mir immer noch schwer, das zu begreifen.

»Sie ist unglaublich«, sagte er leise, und in seiner Stimme schwang so viel Ehrfurcht mit, dass mir plötzlich Tränen in die Augen traten.

Natürlich war Maila ein tolles Kind, und ich liebte sie mehr als mein eigenes Leben. Aber bis zu diesem Moment war mir nicht klar gewesen, dass mir trotz dieses ganzen Wahnsinns Neos Meinung über sie wichtig war.

Als er sich zu mir umdrehte, lächelten wir uns zum ersten Mal seit Jahren ehrlich an.

»Ich weiß«, sagte ich und imitierte damit mehr das Selbstbewusstsein meiner Tochter, als es tatsächlich zu empfinden.

Neos Mundwinkel zuckten, doch gleich darauf sanken sie langsam wieder herab. Er holte tief Luft. »Ich habe vermutlich kein Recht, dich darum zu bitten, aber würdest du mir vielleicht mehr über die letzten Jahre erzählen?«

Ich runzelte die Stirn.

»Es muss nicht sofort sein«, fuhr er eilig fort. »Aber ich habe so viele Fragen …«

Sein Interesse an Mailas Leben war ein Schock für mich, und plötzlich kam ich mir egoistisch vor, weil ich bisher nur meinen eigenen Kummer gesehen hatte. Dabei hatten die Intrigen seiner Mutter nicht nur mich verletzt, sondern ihm obendrein die Möglichkeit geraubt, selbst zu entscheiden, ob er seine Tochter aufwachsen sehen wollte oder nicht.

Die Sehnsucht in seinem Blick ließ mich vermuten, welche Wahl er in Bezug auf Maila getroffen hätte – und auch wenn es mich kränkte, wäre es wohl ziemlich unfair von mir, ihn dafür zu bestrafen, oder?

Ich beschloss, es einfach hinter mich zu bringen. Wie ein Pflaster, das man in einem Rutsch abriss. »Was willst du wissen?«

Reflexartig trat er einen Schritt auf mich zu. »Alles.«

»Na ja, du musst schon ein bisschen präziser werden. Sonst sitzen wir die ganze Nacht hier.«

Er zog eine Braue hoch, wohl um anzudeuten, dass er damit kein Problem hätte.

Ich verdrehte die Augen. »Das war keine Einladung.«

Neo gab sich keine Mühe, seine Belustigung zu verbergen. »Schon klar.«

Prima, dann waren wir uns ja einig. Ich räusperte mich angestrengt, bevor ich zum Sessel deutete. »Setz dich.«

Er folgte meiner Anweisung, während ich zum Sofa huschte und den am weitesten von ihm entfernten Platz wählte. Anschließend sah ich ihn abwartend an.

Neo stützte die Ellenbogen auf die Knie und verschränkte seine Finger. »Wann hat sie Geburtstag?«

Die Frage traf mich wie ein Fausthieb in den Magen. Irgendwie war ich davon ausgegangen, dass er das längst wüsste. »Hast du sie nicht gefragt?«

Er schüttelte den Kopf. Kummer schimmerte in seinen Augen. »Ich wollte es von dir hören.«

»Warum?«, fragte ich irritiert.

Er zögerte. »Weil du die Mutter meines Kindes bist.«

So wie er das sagte, klang es viel zu bedeutungsvoll. Ich griff nach meinem Weinglas, das ich vorhin beim Aufstehen auf dem Couchtisch abgestellt hatte. »Sie ist am 24. April geboren.«

»Wie war die Geburt?«

Ich warf ihm einen vielsagenden Blick zu. »Schmerzhaft.«

Er schnitt eine Grimasse. »Das ist mir klar. Ich meinte, war jemand bei dir? Gab es Probleme?«

»Nein, nichts dergleichen.« Angespannt fixierte ich das Weinglas in meiner Hand. »Ich lag etwa zwölf Stunden in den Wehen, dann kam sie zur Welt. Mom war die ganze Zeit bei mir.«

Zu hören, dass ich nicht allein gewesen war, schien ihn zu erleichtern. »Wie lange seid ihr in der Klinik geblieben?«

»Eine Woche«, antwortete ich knapp.

Ich dachte nicht gern an die Zeit nach Mailas Geburt zurück, denn im Gegensatz zu einigen anderen Müttern, die ich kannte, war ich nicht verstrahlt vor Glück gewesen. Ich hatte tagelang geweint, weil ich emotional derart überfordert gewesen war. Einerseits war ich natürlich glücklich über mein gesundes süßes Baby gewesen, aber zugleich hatte ich wahnsinnige Angst vor der Zukunft gehabt – und ich hatte Neo vermisst.

Alles hatte sich falsch angefühlt.

Unvollständig.

Neo schien meine innere Abwehrhaltung zu spüren, denn er hakte nicht nach, sondern erkundigte sich stattdessen nach ihren ersten Worten.

Damit fühlte ich mich wesentlich wohler. »Das Übliche: ›Mom‹, ›Baba‹ – damit meinte sie das Wasser – und ›Hi‹.«

Neo lächelte. »Wann hat sie angefangen zu krabbeln und zu laufen?«

»Eigentlich ist sie nie gekrabbelt«, erklärte ich ihm und bekam wieder bessere Laune. »Stattdessen ist sie ständig Richtung Wasser gerobbt. Man konnte sie keine Sekunde aus den Augen lassen, und irgendwann, etwa mit fünfzehn Monaten, stand sie einfach auf und tapste los.«

Neo lehnte sich noch weiter vor, als wollte er kein Wort verpassen. »Einfach so?«

Ich nickte lachend. »Da war dieser Schmetterling, den sie fangen wollte. Natürlich hat sie es gerade mal ein paar Schritte weit geschafft, bis sie auf den Po geplumpst ist, und hat sofort einen Tobsuchtsanfall gekriegt. Sie konnte es noch nie leiden, wenn etwas nicht nach ihrem Kopf ging.«

Diese Erinnerung brachte eine Leichtigkeit mit sich, mit

der ich nicht gerechnet hatte, und ab diesem Moment war es erstaunlich einfach, über die Vergangenheit zu sprechen.

Neo hatte nicht gelogen. Er wollte wirklich jedes Detail über Maila wissen. Ihr Lieblingsessen, die Namen ihrer Kuscheltiere, wie ihre Beziehung zu Reed und meinen Eltern aussah und noch tausend andere Dinge. Gleichzeitig war ich aber auch begierig darauf zu erfahren, was sie Neo alles über sich erzählt hatte und wie er darüber dachte.

Bevor ich es mich versah, führten wir ein erwachsenes Gespräch über unsere Tochter. Nach all dem Schmerz hatte ich nicht geglaubt, dass so etwas je möglich sein könnte. Dass wir wieder zusammen lachen würden.

Es war surreal und schön.

Wir waren so vertieft in unsere Unterhaltung, dass wir beide aufschreckten, als Maila ins Haus gestürmt kam. Als sie Neo im Sessel sitzen sah, blieb sie abrupt stehen. »Hi, was machst du denn hier?«

Ich konnte Neo ansehen, wie sehr es ihm widerstrebte, die Wahrheit zurückzuhalten. Aber er hielt sein Versprechen. »Deine Mom und ich haben uns nur über deine Fortschritte beim Training unterhalten.«

Was eindeutig die richtige Antwort war, um sie abzulenken. Ihre Augen leuchteten auf, und sie reckte stolz ihr Kinn vor. »Und?«

Neo grinste. »Wenn du glaubst, dass ich dich jetzt mit Komplimenten füttere, liegst du falsch, junge Dame. Auch kleine Leistungssportlerinnen brauchen genug Schlaf, um Bestzeiten zu schwimmen.«

Ich wusste nicht, wen seine Antwort mehr verblüffte.

Maila oder mich.

Neo klang ... wie ein Vater.

Meine Hand zitterte ein wenig, als ich das Weinglas auf den Tisch stellte, an dem ich mich während unseres gesamten Gespräches Halt suchend festgeklammert hatte. »Da hat dein Coach recht, Flipper. Es ist schon spät.«

Schon zog Maila eine Schnute. »Aber ich bin noch gar nicht müde.«

Ich stand auf und ging auf sie zu. »Trotzdem war es ein langer Tag, und morgen haben wir auch wieder viel vor.«

Neo verstand den Wink und erhob sich ebenfalls, während ich Maila an mich zog. Ihr vertrauter Geruch nach Seewasser und Himbeershampoo stieg mir in die Nase, als ich sie auf die Stirn küsste. »Mach dich fertig fürs Bett, ja? Ich bin gleich da.«

»Na gut«, brummelte sie und schlurfte los. »Gute Nacht, Neo.«

Er versteifte sich kaum merklich, als sie ihn mit seinem Vornamen ansprach, doch seine Stimme war sanft, als er ihr ebenfalls eine gute Nacht wünschte.

Schweigend schauten wir ihr nach, bis sie im Badezimmer verschwand. Anschließend richtete Neo wieder seine Aufmerksamkeit auf mich. »Danke.«

In diesem einen Wort schwangen so viele Emotionen mit, dass mein Herz seltsame Sachen in meiner Brust anstellte. Eilig wandte ich mich ab und ging zur Tür. Dabei konnte ich Neos Blick auf mir fühlen wie eine zarte Liebkosung.

»Tja, ich hoffe, ich konnte deinen Wissensdurst stillen«, sagte ich, während ich die Tür aufzog.

Neo trat dicht an mich heran und touchierte absichtlich die Grenze meiner Komfortzone. »Nicht mal ansatzweise.«

Ich stieß ein atemloses Lachen aus. »Werd nicht übermütig.«

Er beugte sich zu mir hinab. »Das kann ich nicht versprechen.«

Ein Kribbeln schoss durch meinen Körper, und bevor ich kapierte, was ich tat, hob ich die Hand und legte sie auf seine Brust.

Seine Augen weiteten sich, und fast meinte ich zu fühlen, wie sich sein Puls beschleunigte. Aber das war sicher bloß reines Wunschdenken.

Die Erkenntnis, dass ich mir überhaupt wünschte, eine Wirkung auf ihn zu haben, ließ mich beinahe frustriert aufstöhnen. Jahrelang hatte ich es erfolgreich geschafft, jeden Mann emotional auf Distanz zu halten, um sicherzustellen, dass ich niemals wieder derart tief verletzt wurde. Und plötzlich wurde ich schon nach einem Abend butterweich, sobald er in den Flirtmodus schaltete. Als hätte es all die Jahre voller Wut und Enttäuschung nie gegeben. Dieser Mann war noch immer meine Achillesferse.

Fest entschlossen, mich nicht von ihm einwickeln zu lassen, schubste ich ihn zur Tür hinaus. »Gute Nacht, Neo.«

Sein warmes Lachen vibrierte auch noch in mir nach, nachdem ich längst die Tür hinter ihm geschlossen hatte.

KAPITEL 10

Neo

Ein Lächeln lag auf meinen Lippen, als ich am nächsten Morgen die Kursübersicht am Schwarzen Brett mit meinen Notizen verglich, um sicherzugehen, dass die Pläne übereinstimmten.

Reed und ich hatten lange an einer Strategie gefeilt und uns darauf geeinigt, die Gruppenkurse am Nachmittag stattfinden zu lassen, damit die Kinder wie gehabt an den anderen Aktivitäten teilnehmen konnten.

Neben Bowie und Maila hatten noch sechs weitere Kids Interesse an Einzelstunden signalisiert. Das waren mehr, als ich gedacht hätte, und ich freute mich, dass sie das Angebot wahrnahmen. Außerdem hatte ich neben den normalen Kursen sowieso nicht besonders viel zu tun hier – außer meine Tochter aus der Ferne zu beobachten und Ausschau nach ihrer Mutter zu halten.

Ich hatte mich so lange zurückgehalten, wie ich konnte. Aber als Hazel gestern Abend ein weiteres Mal untergetaucht war und ich das Licht in ihrem Bungalow sah, war meine Geduld am Ende gewesen. Unsere kurze Unterhaltung bei der

Bunny Farm hatte mir den nötigen Mut verliehen, um die Sache durchzuziehen und an ihre Tür zu klopfen.

Bisher hatte ich es keine Sekunde bereut, und ich hoffte, dass es Hazel genauso ging, denn dieser Abend hatte etwas zwischen uns verändert. Ich war nicht so naiv zu glauben, dass sich all ihre Enttäuschung plötzlich in Wohlgefallen auflösen würde. Aber zumindest hegte ich die Hoffnung, dass wir in Zukunft besser miteinander klarkamen und Hazel mir nicht länger auswich.

Hinter mir wurde es laut, als eine Gruppe von Teenagern das Gebäude betrat. Die meisten Mädchen sahen noch ziemlich verpennt aus – was nicht bedeutete, dass sie ihr Styling hatten schleifen lassen. Besonders Kyra und Georgie stachen aus der Menge hervor, weil sie in ihren knappen Glitzeroutfits eher den Anschein erweckten, auf dem Weg in einen Club zu sein, anstatt den Tag in einem Sommercamp zu verbringen.

Kopfschüttelnd wandte ich mich wieder dem Schwarzen Brett zu. Nach dem Frühstück würde ich mit einer Achtjährigen namens Marie trainieren und anschließend mit Pete, der eigentlich schon recht gut schwimmen konnte. Vor der Mittagspause war dann Bowie dran.

Am Rande meines Sichtfeldes tauchte ein blaues Glitzerkleid auf. »Neo?«

Ein Seufzen unterdrückend drehte ich mich zu der kleinen Diva um. »Hallo, Georgie.«

Sie schenkte mir ein schüchternes Lächeln, das ich ihr nicht ganz abkaufte. »Ich wollte dich fragen, ob du mir auch Einzelunterricht geben würdest.«

Ich hob eine Braue. »Hattest du nicht gesagt, du brauchst keinen zusätzlichen Schwimmunterricht?«

Verlegen zog sie die Nase kraus. »Ja, na ja, ich war enttäuscht, dass du mich nicht gut genug für den Rettungsschwimmkurs findest. Aber inzwischen habe ich darüber nachgedacht und würde mich gern verbessern.«

Ihre Einsicht überraschte und freute mich gleichermaßen. »Okay, gut. Ich nehme dich gern noch mit in den Fortgeschrittenenkurs morgen Nachmittag auf.«

»Du hast das falsch verstanden.« Lächelnd hob sie die Hand und zwirbelte eine blaue Haarspitze um ihren Zeigefinger. »Ich möchte bitte Einzelstunden.«

Nachdenklich betrachtete ich die Sechzehnjährige. Es war nicht so, als ob ich keine Kapazitäten mehr frei gehabt hätte, aber ich war mir nicht sicher, wie ernst sie es wirklich meinte. »Die Einzelstunden sind ein Zusatzangebot zu den laufenden Schwimmkursen. Du müsstest schon beides mitmachen.«

Sie schürzte die Lippen, nickte aber nach einem Moment. »Das mache ich.«

»In Ordnung.« Diesmal hielt sich meine Begeisterung über eine neue Schülerin ein wenig in Grenzen. Aber da es mein Job war, musste ich mit allen Kids zurechtkommen. Ich überprüfte kurz auf dem Wochenplan, wo ich sie noch unterbringen konnte. »Heute Nachmittag um vier findet der Gruppenkurs statt. Am Montag können wir dann mit deinem Individualtraining starten.«

»Super, danke.« Sie strahlte mich an, bevor sie mit wiegenden Hüften in den Speisesaal schlenderte.

Ich kritzelte ihren Namen in die entsprechenden Kursblöcke, ehe ich ihr folgte. Wie jeden Morgen herrschte das blanke Chaos im Speisesaal. Der Geräuschpegel war enorm, doch der Duft von Eiern und Speck linderte die akustische Folter etwas.

Hazel saß bereits mit dem Rest des Teams beim Frühstück und lachte gerade über etwas, das Glen zu ihr sagte. Prompt kippte ich kopfüber in ein Wirrwarr aus Gefühlen. Da war einerseits Freude, sie zu sehen, andererseits durchzuckte mich aber auch ein Stich der Eifersucht, weil nicht ich, sondern ein anderer Mann sie zum Lachen brachte.

Keine Ahnung, ob es besser oder schlechter war, dass Glen im Grunde ein cooler Typ war. Er strahlte diese ruhige, gelassene Art aus, die ich insgeheim nur bewundern konnte, da ich eher ein temperamentvolles Gemüt besaß.

Was das betraf, war Maila mir ziemlich ähnlich.

Für eine Neunjährige kannte sie beachtlich viele Flüche, und sie machte sich nur selten die Mühe, ihren Frust zu verbergen, wenn sie sich ärgerte. Sie knurrte, schrie und prügelte auf das Wasser ein, sobald etwas nicht auf Anhieb klappte.

Ähnliche Impulse tobten nun auch durch meinen Körper, während ich in aller Eile meinen Teller belud. Ich trat an den Tisch heran und stellte zumindest nicht ohne eine gewisse Genugtuung fest, dass sich Hazels Wangen ein wenig verdunkelten, als sie zu mir aufschaute.

»Guten Morgen«, sagte ich in die Runde, hielt meine Aufmerksamkeit aber ausschließlich auf sie gerichtet.

»Hey, Mann.« Reed, der am anderen Ende des Tisches saß, winkte mich zu sich. »Wo hast du gestern Abend gesteckt? Wir haben dich beim Lagerfeuer vermisst.«

Hazels Augen weiteten sich vor Schreck. Das gefiel mir zwar nicht, aber ich akzeptierte ihre stumme Bitte und zuckte mit den Schultern. »Ich musste noch ein paar Gespräche führen.«

»Verstehe«, erwiderte Reed, obwohl ich ziemlich sicher war, dass er gar nichts verstand.

Zum Glück kam er nicht mehr dazu, nachzuhaken, weil Estelle sich an Hazel wandte. »Hast du eigentlich die Leuchtfiguren gekriegt, auf die du so scharf warst?«

Hazel nickte zufrieden. »Matty leiht sie uns umsonst. Ich hole die Teile nachher in der Mittagspause bei ihm ab, aber bis Sonntag braucht er sie für eine eigene Veranstaltung zurück.«

»Wann bist du wieder da?«, fragte Jade, während ich mich neben sie setzte und etwas von Dottys luftigem Rührei auf eine Gabel häufte. »Ich wollte nachher noch mal die Tänze mit dir durchgehen.«

Hazel trank einen Schluck Kaffee. »Ich denke, länger als drei Stunden wird es nicht dauern. Gegen vier Uhr schaffe ich.«

Ich schaute zu ihr rüber. »Soll ich dich begleiten?«

Sie blinzelte überrascht. »Musst du nicht.«

»Ich möchte es aber«, schoss ich zurück, und weil Glen plötzlich ziemlich blöd aus der Wäsche guckte, schob ich hinterher: »Ich habe ohnehin noch ein paar Fragen.«

Natürlich ahnte sie, worauf ich hinauswollte, obwohl ich vor den anderen offenließ, was mich konkret interessierte. Ich wollte ihr einen Ausweg lassen, falls ihr das zu viel war. Sie könnte mich einfach an Reed oder einen der anderen Betreuer verweisen. Doch zu meiner Erleichterung zuckte sie mit den Schultern. »Na schön, dann komm eben mit. Ist ja deine Mittagspause.«

Die ich mit *ihr* verbringen würde.

Da konnte ich mir wahrlich Schlechteres vorstellen.

***

Bowies größter Feind war nicht das Wasser, sondern er selbst.

Das hatte ich bereits am Tag des Testschwimmens vermutet, aber als wir nun die Bucht erreichten, fand ich meine Theorie bestätigt. Wir hatten den kurzen Fußweg schweigend zurückgelegt, und Bowie war bei jedem Schritt blasser geworden. Nun war er starr vor Angst, obwohl er sich dem Wasser noch nicht einmal genähert hatte.

Ich legte die mitgebrachten Handtücher beiseite und watete an ihm vorbei ins Wasser. Ich ging nicht weiter als bis zu den Knöcheln, ehe ich mich zu ihm umdrehte. »Was ist das Schlimmste, was dir im Wasser passieren kann?«

Der Junge warf mir einen Blick zu, als wäre das ja wohl mehr als offensichtlich. »Ich kann ertrinken.«

»Stimmt.« Ich legte den Kopf schief. »Und wenn du weißt, was zu tun ist? Glaubst du, das verbessert deine Überlebenschancen?«

Er nickte. »Aber es kann trotzdem schiefgehen.«

»Da hast du recht.« Ich lächelte. »Was ist das Beste, was dir passieren kann?«

Bowie runzelte die Stirn. »Ich schwimme.«

»Was noch?«

Ratlos zuckte er mit den Schultern.

Ich zwinkerte ihm zu. »Du könntest deine Ängste überwinden und vielleicht sogar Spaß haben.«

Wie erwartet wirkte er nicht überzeugt.

»Wir gehen heute nicht weiter als bis zu den Knien rein«, erklärte ich ihm, reichte ihm die Hand und hielt seinen Blick fest. »Erst mal möchte ich nur, dass du dich ganz in Ruhe mit dem Wasser vertraut machst, und ich werde dich dabei auch nicht loslassen. Du entscheidest, wann du deine ersten Schritte allein machen willst.«

Es war erst das zweite Mal, dass ich so weit von vorn anfangen musste. Das andere Mal hatte mich ein sechsjähriges Mädchen mit ähnlich schreckgeweiteten Augen angestarrt. Auch sie hatte ein Trauma erlebt, als sie in den Pool der Nachbarin gefallen war. Wir hatten wochenlang gemeinsam gegen ihre Panik angekämpft und schließlich gewonnen. Ich hoffte, dass ich bei Bowie Ähnliches bewirken konnte, auch wenn mir ein bisschen die Zeit wegrannte.

Der Blick des Jungen flackerte zwischen meinem Gesicht und meiner dargebotenen Hand hin und her.

»Ich lasse dich nicht los«, versprach ich ruhig.

Endlich wagte er den ersten Schritt.

Ich gab keinen Ton von mir, als er seine Sandalen abstreifte, zögernd die Distanz zwischen uns überwand und mich schließlich erreichte. Als er seine winzige Hand in meine legte, lächelte ich ihm aufmunternd zu. »War doch gar nicht so schwer, oder?«

Er schüttelte den Kopf, bevor ich ihm erklärte, wo wir als Nächstes langgehen würden. Und dann taten wir genau das.

Wir spazierten durch das Wasser, und ich trug ihm unterdessen auf, dabei auf seine Sinne zu achten: auf den Druck der Wellen, die gegen seine Beine schlugen; auf den weichen Sand und die kleinen Steinchen unter seinen Fußsohlen; auf die sanfte Brise, die von Osten heranwehte; auf die Sonnenstrahlen, die unsere Haut wärmten.

Nach etwas mehr als zwanzig Minuten löste Bowie sich von mir. Ich lobte seinen Mut und redete ihm gut zu, während ich neben ihm blieb.

Eigentlich hatte ich vorgehabt, es mit diesem wichtigen Schritt für heute gut sein zu lassen. Doch zu meiner Überraschung tastete er sich weiter ins Tiefe vor, bis ihm das Wasser bis zur Hüfte reichte.

Als er ins Schwanken geriet, streckte er keuchend die Hand nach mir aus.

»Ich bin da«, versicherte ich ihm, und wir gingen weiter.

Die ganze Zeit über war ich so auf Bowie konzentriert, dass ich völlig vergaß, auf meine Uhr zu sehen. Als ich es schließlich doch tat, konnte ich mir gerade so einen Fluch verkneifen.

Die Mittagspause war längst angebrochen. Wenn ich mit Hazel zu diesem Kerl fahren wollte, musste ich mich beeilen. Sonst würde sie ohne mich aufbrechen.

»Sehr gut«, lobte ich Bowie und versuchte, meine Stimme entspannt zu halten. »Ich denke, das genügt für heute.«

Der Junge schaute irritiert zu mir hoch. »Wir können noch weitermachen.«

»Du kannst gern heute Nachmittag noch etwas üben, während ich mit Maila trainiere«, bot ich ihm an. »Aber jetzt müssen wir erst mal los. Dotty reißt mir den Kopf ab, wenn ich dich nicht rechtzeitig zum Mittagessen zurückbringe.«

Bowie runzelte die Stirn. »So was würde sie nie tun.«

Überrascht, weil er meine dramatische Umschreibung für bare Münze hielt, schaute ich ihn an. »Das war bloß Spaß.«

»Oh.« Er wurde rot und wandte sich ab, um zum Ufer zurückzukehren. Dort rubbelte er akribisch seine Beine trocken, bevor er in seine Sandalen schlüpfte.

Wie ich hatte er sein Shirt anbehalten, aber da wir nicht tief ins Wasser gegangen waren, war nur der unterste Rand ein wenig nass. Bei der Affenhitze waren unsere Klamotten schon wieder trocken, als wir wenig später das Verwaltungsgebäude betraten.

»Also, sehen wir uns später noch?«, fragte ich Bowie, denn obwohl ich Zeit mit meiner Tochter verbringen wollte, war mir auch dieser kleine tapfere Junge erstaunlich schnell ans Herz gewachsen. Ich wollte unbedingt, dass er seine Furcht verlor.

Er nickte schüchtern.

»Super.« Ich klopfte ihm auf die Schulter, bevor wir in den Speisesaal gingen. Dort blieb der Junge abrupt stehen. Obwohl ich wirklich dringend zu Hazel wollte, hielt ich inne. »Was ist los?«

Unglücklich verzog er das Gesicht, den Blick auf den gut gefüllten Saal gerichtet. Einige Kids rannten zwischen den Tischen hindurch. Andere unterhielten sich lachend. Geschirr klapperte. »Ich hab eigentlich keinen Hunger.«

Das nahm ich ihm nicht ab. »Dein Magen hat aber vorhin ziemlich laut geknurrt.«

»Hm.« Er wich zurück. »Geht aber schon wieder.«

Ich begriff, dass es nicht nur Wasser war, was ihn überforderte, und überlegte fieberhaft, wie ich den Jungen dazu kriegen könnte, sich zur Essensausgabe vorzuwagen. Leider war es nicht gerade hilfreich, dass dort gerade ein Gerangel entstand, das Dotty mit scharfer Zurechtweisung zu unterbinden versuchte. Hungrige Kids waren echt ein Albtraum.

»Soll ich mitkommen?«, fragte ich unsicher.

Er schüttelte den Kopf. »Nein, danke. Ich warte lieber.«

Shit! Ich konnte doch nicht zulassen, dass Bowie hungerte, nur weil ich zu blöd war, das Training pünktlich zu beenden, damit er rechtzeitig beim Essen war.

Da kam Estelle auf uns zu. Auch sie wirkte nicht sonderlich glücklich über den Krach. Aber ihre Miene war voller Zuneigung, als sie Bowie ansah. »Wollen wir uns schnell etwas zu essen holen und uns dann raus auf die Veranda setzen?«

Sie hatte den Satz kaum zu Ende gesprochen, da nickte er schon. Selbst wenn Jade mir an meinem ersten Abend nicht von der besonderen Freundschaft zwischen den beiden erzählt hätte, wäre mir die Verbundenheit zwischen Estelle und dem Jungen sofort aufgefallen. Sie war wirklich etwas Besonderes.

Ich hoffte, Maila und ich hätten eines Tages auch so eine vertrauensvolle Beziehung.

Estelle legte Bowie sanft die Hand auf die Schulter und lächelte mich freundlich an. »Ich übernehme ab hier.«

Ich nickte dankbar. »Hast du Hazel gesehen?«

»Sie ist gerade erst los«, erwiderte sie. »Vielleicht erwischst du sie noch.«

»Danke.« Eilig verließ ich das Gebäude und ging zum Parkplatz. Doch als ich dort ankam, war von Hazel weit und breit nichts zu sehen.

Sie war ohne mich gefahren.

KAPITEL 11

Hazel

Mit einem großen Karton in den Händen trat ich auf das Seeufer zu, wo mein Bruder und der Rest des Teams ihre Freizeit opferten, um das Fest heute Abend vorzubereiten. Im Laufe der Woche hatte Brianna mit den Kindern große Schmetterlinge aus Draht und Papier mit Leuchtfarbe bemalt, die zum größten Teil schon in den Bäumen hingen. Den Rest hängten Brianna und Glen gerade auf. Außerdem hatte Quill in seinem Kurs riesige Drahtfiguren gebastelt und mit Lichterketten umwickelt. Nun waren er und Estelle dabei, sie am Seeufer aufzustellen, während Aubrey und Selma die schwimmenden Wasserlaternen aus Reispapier und Sojawachs abzählten, die die Kinder heute Abend auf dem Silver Lake aussetzen würden. Es war das Highlight des Festes und besaß einen ganz eigenen Zauber. Ich liebte es, wenn die Kerzen über den stillen See flackerten, und konnte mich an diesem Anblick nie sattsehen.

Etwas weiter abseits ging Scott mit seiner Theatergruppe das heutige Stück noch einmal durch, und auch Jade probte die geplanten Tänze mit den Kindern. Als sie mich entdeckte, hellte sich ihre Miene auf.

146

»Da bist du ja«, rief sie mir zu und winkte mich ungeduldig heran.

Demonstrativ hielt ich den Karton höher. »Bin gleich da.«

Ich wandte mich ab, um mich nach meinem Bruder umzusehen und ihn darum zu bitten, sich der Leuchtfiguren anzunehmen. Doch als ich ihn entdeckte, erstarrte ich sogleich.

Reed stand mit Neo und Maila auf dem Bootssteg, und die drei waren ganz offensichtlich bester Laune, während sie die Abgrenzung mit einer Lichterkette verzierten. Vor allem meine Tochter schien zwischen den beiden Männern im siebten Himmel zu schweben. Abwechselnd strahlte sie ihren Onkel und ihren Vater an, und mein Magen zog sich zusammen, weil sich einmal mehr mein schlechtes Gewissen meldete.

Nun, da ich wusste, wie gut Maila und Neo miteinander klarkamen, war es vermutlich nicht fair von mir, ihr und meinem Bruder länger die Wahrheit zu verschweigen. Auf der anderen Seite war es aber doch auch meine Pflicht, meine Tochter, wenn möglich, vor jedem Schmerz zu bewahren, nicht wahr?

Heute Mittag hatte ich mich beinahe sogar darauf gefreut, mit Neo zu Matty zu fahren und unser Gespräch von gestern Abend fortzusetzen. Aber er war gar nicht erst zum Mittagessen aufgetaucht. Vermutlich war ihm etwas anderes plötzlich wichtiger gewesen.

Wieder einmal.

Im Grunde hätte ich es wissen müssen. Trotzdem war die Enttäuschung, die mich durchflutet hatte, bitter gewesen. Ich hatte fast den ganzen Weg bis zu Matty gebraucht, um diesen Druck in meiner Brust wieder loszuwerden. Aber jetzt war er wieder da und bestärkte mich in meinem Entschluss, Neos Identität weiterhin geheim zu halten, denn auch wenn es schwerfiel, das zu glauben – Maila war noch viel sensibler als ich. Sie würde nicht damit zurechtkommen, wenn sich Neos Prioritäten änderten.

Und das würden sie.

Egal, wie großartig er seine Tochter fand. Ich wusste, dass der Punkt kommen würde, an dem er sich neuen Zielen zuwandte und sein Interesse an ihr wieder abnahm.

Ich atmete tief durch, ehe ich zum Steg ging. Neo bemerkte mich als Erster. Sein Lachen verstummte, und er verfolgte aufmerksam jeden meiner Schritte.

»Mom«, rief Maila aufgeregt, als sie mich ebenfalls entdeckte. »Ich hab Onkel Reed und Neo gerade erzählt, wie ich mal unser Badezimmer geflutet habe, damit wir auch einen Pool haben. Erinnerst du dich?«

Ich schnaubte belustigt. »Wie könnte ich das vergessen?«

»Wann war das?«, fragte mein Bruder und versuchte gleichzeitig, eine Lichterkette zu entwirren. »Davon hast du mir nie erzählt.«

»Nach Mailas viertem Geburtstag. Du hast damals noch in Denver studiert.«

Reed sah auf und hob eine Braue. »War das der Grund, warum Mom und Dad ausgezogen sind?«

Kichernd winkte Maila ab. »Nee, das lag an der Trompete.«

Neo runzelte die Stirn. »Du hast Trompete gespielt?«

»Nur ein halbes Jahr oder so.« Sie grinste. »Ich wollte meine Lunge trainieren, solange es im See zu kalt fürs Schwimmen war.«

»Gute Idee«, meinte Neo anerkennend. »Warst du gut?«

Lachend schüttelte Maila den Kopf. »Ich war grottenschlecht.«

Das war keine Untertreibung. Sie hatte meinen Eltern und mir wirklich den letzten Nerv geraubt, weil sie nur quietschende Laute herausbekam und obendrein keinen Ton halten konnte. Da meine Eltern sowieso schon länger mit dem Gedanken gespielt hatten, Maila und mir etwas mehr Freiraum zu geben, kam ihnen diese Ausrede natürlich sehr gelegen.

Mein Bruder ließ die Lichterkette sinken und wuschelte seiner Nichte durch die Locken. »Man kann eben nicht in allem gut sein, Flipper.«

»Hey, ich bin besser als gut«, schoss sie empört zurück, schmiegte sich aber zugleich vertrauensvoll an ihren Onkel.

Neo beobachtete die beiden mit angespannter Miene. Er wirkte hin- und hergerissen zwischen Freude, weil die beiden sich so gut verstanden, und Eifersucht, weil er selbst gern so eine innige Beziehung zu Maila gehabt hätte.

Als hätte er meinen Blick auf sich gespürt, drehte er plötzlich den Kopf in meine Richtung. »Du warst vorhin schon weg, als ich zum Parkplatz kam.«

Er war doch da gewesen?

Mein Magen machte einen Satz. »Ich habe fünf Minuten gewartet, aber du bist nicht aufgetaucht. Deshalb dachte ich, du hättest Wichtigeres zu tun.«

Ein verletzter Ausdruck huschte über sein Gesicht. »Ich *wollte* dich begleiten. Aber ich habe mit Bowie trainiert und die Zeit vergessen.«

Mein Bruder schaute zwischen uns hin und her, bevor er offenbar beschloss, das Thema in eine entspanntere Richtung zu lenken. »Estelle hat mir vorhin erzählt, dass Bowie sehr glücklich mit dem Training heute war. Er glaubt, mit deiner Hilfe kann er seine Angst vor dem Wasser wirklich überwinden.«

Neo lächelte sanft. »Das wird er.«

Ich kannte diesen Ton. Diese absolute Zuversicht. Auch ich hatte ihn schon gehört. Als es um unsere Zukunft ging.

»Klingt gut«, sagte ich und stellte den Karton auf den Boden, um mich von dieser ätzenden Bitterkeit abzulenken, die schon wieder durch mein Inneres wütete. Neo und ich hatten gestern eine gute Unterhaltung geführt. Wir kamen jetzt zurecht. Da sollten solche Gefühle keinen Raum mehr haben. »Hier sind die Figuren drin. Könntet ihr sie bitte aufblasen und auf dem Steg verteilen?«

»Klar, kein Problem«, antwortete Reed. »Wir sind hier sowieso gleich fertig.«

»Prima, danke. Dann bis später.«

Ich machte kehrt, um mich zu Jade zu gesellen.

Die Betreuerin und die Kids, die beim Tanzact mitwirkten, begrüßten mich freudig. Gemeinsam gingen wir noch einmal die Choreografie durch, was mich wie erhofft ablenkte. Endlich wurde es wieder still in meinem Kopf. Ich hoffte, dass das auch während des Festes so bleiben würde.

***

Midsummer Lights war das einzige Fest während des Sommercamps, das erst spät am Abend begann, da wir natürlich eine gewisse Dunkelheit brauchten, um die Leuchtattraktionen erblühen zu lassen. Deshalb aßen wir zunächst in aller Ruhe Abendbrot, bevor die Betreuer mit den Kindern in die Gruppenhäuser ausströmten, um sich für die Party umzuziehen.

Maila wollte sich gern mit ihren Freundinnen zusammen fertig machen. Daher hatte ich nach dem Essen noch etwas Zeit und half Gina mit den Snacks in der Küche, während Dotty einen Kontrollgang durch den Speisesaal machte, um zu überprüfen, ob die eingeteilten Tischdienste ihre Aufgaben anständig erledigt hatten.

»Gestern Abend habe ich noch einen Spaziergang gemacht«, erzählte Gina zusammenhanglos, woraufhin ich sie irritiert anschaute. Sie warf mir einen bedeutungsschweren Blick zu. »Ein gewisser heißer Schwimmcoach kam aus deinem Haus.«

Ich stöhnte auf. »Bitte sag mir, dass du die Einzige warst, die das gesehen hat.«

»Jepp.« Gut gelaunt riss Gina eine Packung Chips auf und kippte sie in eine bereitgestellte Schale. »Aber weißt du, was ich interessant dabei finde?«

»Erleuchte mich«, murmelte ich, während ich Erdnüsse auf verschiedene Snackteller rieseln ließ.

»Ich dachte, dein Zuhause wäre wegen Maila Sperrgebiet für Männer.«

»So ist es ja auch«, erwiderte ich. »Neo und ich, wir haben nur geredet.«

Gina knüllte die Tüte zusammen. »Habt ihr euch ausgesprochen?«

So konnte man das eigentlich nicht nennen. Genau genommen hatten wir beide unsere gemeinsame Vergangenheit während dieses Gespräches komplett ausgeblendet, was vermutlich auch besser war. Wieso noch mehr Salz in die Wunden streuen?

Ich zuckte mit den Schultern. »Mehr oder weniger.«

Seufzend schnappte Gina sich die nächste Tüte. »Also nein.«

Beklommen sah ich meine Freundin an. »Ich weiß nicht, was es bringen soll, die ganze Geschichte noch einmal aufzuwühlen. Sie lässt sich sowieso nicht ändern.«

Gina schürzte die Lippen. »Vielleicht fühlst du dich danach besser.«

Etwas Ähnliches hatte Quill auch gemeint. Aber ich

glaubte einfach nicht daran, dass Neo irgendetwas sagen oder tun könnte, um meinen Schmerz abzumildern. Er war da, und er würde bleiben. Gerade Gina sollte das eigentlich verstehen. Immerhin versteckte sie sich seit über drei Jahren in Silver Springs und machte keine Anstalten, sich ihrer eigenen Vergangenheit zu stellen. Aber ich wollte nicht mit ihr streiten.

»Ich fühle mich ja nicht *schlecht*«, stellte ich klar, denn zumindest dies hatte das Gespräch mit Neo bewirkt. »Außerdem denke ich, wir kommen in Zukunft besser miteinander aus.«

»Freut mich, dass du dich nicht länger in deinem Büro verschanzen musst«, erwiderte Gina spöttisch.

»Sehr witzig.« Ich zog eine Packung Tortilla-Chips heran und schaufelte auf jeden Teller eine Handvoll Maisdreiecke.

»Also, nur damit ich das ganz richtig verstanden habe«, sagte sie langsam. »Du und Neo, ihr seid jetzt was? Freunde? Kollegen? Alte Bekannte?«

Ich stieß ein genervtes Schnaufen aus. »Von allem ein bisschen, würde ich sagen.«

»Und du empfindest absolut gar nichts mehr für ihn?«

»Nein«, erwiderte ich zähneknirschend. »Wieso?«

Mit einem unschuldigen Augenaufschlag schaute meine Freundin zu mir rüber. »Weil das ein oder andere Teammitglied eventuell ein Auge auf deinen scharfen Ex geworfen hat.«

Ich schaffte es nur knapp, nicht zusammenzuzucken. »Wer?«

Gina grinste verschlagen. »Ich bin mir sicher, du kommst von selbst drauf.«

Sonderlich viele Kandidatinnen gab es eigentlich nicht. Jade stand auf Frauen, Brianna war glücklich verheiratet, und Estelle liebte Reed. Demnach blieben nur noch Aubrey, unsere Ergotherapeutin, die unlängst erfolglos versucht hatte, bei meinem Bruder zu landen, Selma, unsere hübsche toughe Sportskanone, und Gina selbst, von der ich wusste, dass sie eine Schwäche für tätowierte Männer hatte. Und Neos Tattoo war ziemlich beeindruckend.

Mein Mund wurde trocken. »Bist du es?«

Gina schnaubte. »Natürlich nicht. Du bist meine Freundin, du Nuss. Ich würde mich niemals an einen Kerl ranmachen, der schon in *dir* war.«

Ein Lachen platzte aus mir heraus. »Danke, G. Das weiß ich echt zu schätzen.«

Sie zwinkerte mir zu, bevor sie die Snackteller und Schalen beäugte. »Sieht noch ein bisschen mager aus. Sollen wir noch gesalzenes Popcorn dazupacken?«

»Gute Idee.« Ich holte drei große Tüten aus dem Lagerraum, während Gina den Müll wegräumte. Als ich zurückkehrte, hatte sich meine Anspannung leider nicht gelegt. »Also, ist es Aubrey oder Selma?«

»Willst du es wirklich wissen?«

Ja. Nein. Keine Ahnung. Ich schnappte mir ein Popcorn und warf es mir in den Mund, obwohl mir eher der Sinn nach einem von Dottys Trostbrownies stand. »Es sollte mir egal sein.«

»Stimmt.« Voller Mitgefühl lächelte Gina mich an. »Zumal du momentan ja selbst wahnsinnig beschäftigt bist.«

»Was meinst du damit?«, fragte ich irritiert. »Glen und ich waren nicht mehr zusammen, seit Neo zurück in mein Leben gerauscht ist.«

Sie runzelte die Stirn. »Als wir kurz nach Neos Ankunft miteinander gesprochen haben, klang es nicht danach, als wolltest du Glen aufgeben, und er hat in den letzten Tagen häufiger erwähnt, dass er bei dir war.«

Entgeistert schüttelte ich den Kopf. »Aber nur, um über seine Jungs oder die Survivaltouren zu sprechen, nicht um zu vögeln.«

»Tja, so klang es aber.«

Gina befüllte die Teller mit dem Popcorn, während ich wie vom Donner gerührt neben ihr stand. Ich konnte nicht glauben, dass Glen solche Gerüchte verbreitete. Das machte mich echt sauer. »Warum tut er so was? Wir waren uns einig, dass wir das Ganze stressfrei angehen – und so was stresst mich total.«

Gina grinste. »Vielleicht wollte er sein Revier markieren?«

»Ich bin doch kein verdammter Baum, den man anpinkeln kann!«

Hinter uns erklang Dottys heiseres Lachen, woraufhin ich erschrocken herumfuhr. Ich hatte mich derart in Rage geredet, dass sie natürlich jedes Wort verstanden hatte. Nun warf sie mir einen amüsierten Blick zu. »Wenn du nicht willst, dass dich jemand anpinkelt, solltest du für klare Verhältnisse sorgen, Herzchen.«

Trotzig verschränkte ich die Arme. »Eigentlich dachte ich, ich hätte genau das getan.«

Dottys Augen wurden schmal, und weil sie seit meiner Kindheit meine engste Vertraute war, blickte sie mühelos bis auf den Grund meiner Seele. »Du weißt selbst, dass sich die Bedingungen grundlegend geändert haben.«

Ich gab es ungern zu, aber sie hatte recht. Neos Auftauchen hatte einfach alles verändert. Inzwischen hatte ich keinen Schimmer mehr, was ich eigentlich wollte.

Und ich verabscheute diese Unsicherheit.

Eigentlich war ich nämlich ziemlich stolz auf die Frau, zu der ich geworden war. Eine Frau, die auch ohne einen Mann bestens klarkam und sicher keinen brauchte, um ihr eigenes Lebensglück zu definieren. Ich hatte Affären, wenn sich eine Gelegenheit ergab und mir der Sinn danach stand.

Zugegeben, es war nicht immer alles nach Plan verlaufen und hatte schon ein- oder zweimal in einem klitzekleinen Drama geendet, aber ich war jedes Mal heil aus der Nummer rausgekommen, weil ich mein Herz geschützt hatte. Diesmal sah die Sache jedoch anders aus. Neo hatte meinen Schutzwall aufgebrochen, und nun fühlte ich mich verletzlicher denn je.

»Hör mal, Hazel«, sagte Gina und musterte mich ernst. »Glen ist kein Mann, der sich von seinem Stolz leiten lässt. Ich glaube, er hat dich wirklich gern.«

Dotty nickte ernst. »Er würde dich jedenfalls nicht als Kollateralschaden betrachten.«

Ich zuckte zusammen, während Gina irritiert zu Dotty schaute. Natürlich wurde sie nicht ganz schlau aus ihren Worten. Aber ich wusste, was Dotty meinte, denn nichts anderes war ich nach der Trennung von Neo schließlich gewesen.

Er hatte gewusst, dass er mir das Herz brach. Trotzdem hatte er es hingenommen, weil ihm seine eigenen Ziele wichtiger gewesen waren. Er wollte keine Kraft in eine Fernbeziehung investieren, wenn er doch all seine Energie brauchte, um Medaillen zu gewinnen. Seine Worte, nicht meine.

Ich schluckte hart. »Ich spreche nachher mit Glen.«

Meine beiden Vertrauten nickten zustimmend. Offensichtlich waren sie der Meinung, dass er eindeutig die bessere Wahl für mich war.

Da wir hier ohnehin fertig waren, zog ich mich mit der Ausrede zurück, mich ebenfalls umzuziehen, und eilte hinauf zum Studio im oberen Stockwerk. Dort waren Jade und die Tanz-

Kids schon dabei, ihre Gesichter mit phosphoreszierendem Make-up zu schminken.

»Hey, könntest du den Rotluchsen bitte mit den Blüten helfen?«, fragte Jade, sobald sie mich bemerkte.

»Klar.« Ich nahm ihr das Schminkset ab, setzte mich auf einen Stuhl und winkte Bailey heran. Sie trug ein hübsches dunkelblaues Kleid, das sie auch schon bei dem Fest vor zwei Wochen angehabt hatte. Nur waren nun noch einige bemalte Papierblüten auf dem Stoff befestigt, die später im Dunkeln leuchten würden. Ich lächelte das Mädchen an. »Du siehst sehr hübsch aus.«

Sie freute sich sichtlich über mein Kompliment, und in der folgenden Stunde genoss ich die aufgeregte, vorfreudige Stimmung der Kinder, die meinem Kopf eine herrliche Grübelpause bescherte.

Schließlich klatschte Jade in die Hände. Sie trug einen schwarzen Ganzkörperanzug mit einem Kreuz auf dem Rücken, der ihre wunderschöne Tänzerinnenstatur betonte. Zusätzlich hatte sie mit fluoreszierender Farbe bunte Wirbel auf den Stoff gemalt. »Seid ihr so weit? Die Show fängt gleich an.«

Die Kinder strebten quietschend zum Eingang, während ich zum Kleiderständer hinüberlief. »Geht schon vor. Ich bin gleich da.«

Mein eigenes Outfit war nicht ganz so figurbetont wie Jades, sondern ein älteres klassisches Tanzkleid in verschiedenen Blautönen. Es war rückenfrei und lag hauteng an meinem Oberkörper an, ging aber ab der Hüfte in einen feinen Satinrock über, der mir bis unter die Knie reichte. Als wir das *Midsummer-Lights*-Fest vor sechs Jahren zum ersten Mal gefeiert hatten, hatte ich hauchdünne Leuchtfäden auf dem Stoff festgenäht, weshalb das Kleid im Dunkeln schimmerte wie ein Wasserfall.

Nachdem ich mich umgezogen hatte, fehlten also nur noch ein wenig Make-up und Haarschmuck. Dann konnte es auch schon losgehen.

Aufregung durchflutete mich, wie jedes Mal vor einem Auftritt. Es war egal, ob ich vor einem oder dreihundert Menschen tanzte. Die Mischung aus Vorfreude und Anspannung ließ meinen Körper vibrieren und mein Herz schneller schlagen.

Wenn man tanzte, offenbarte man immer ein Stück seiner Seele. Deshalb waren dies, abgesehen von den innigen Momenten mit meiner Tochter, die einzigen Augenblicke, in denen ich mir wirklich erlaubte, komplett loszulassen.

Ich drängte meine Gefühle nicht länger zurück, sondern hieß sie willkommen. All das Gute und das Schlechte, das mich ausmachte: die Liebe zu Maila und meiner Familie, der Schmerz einer enttäuschten Liebe, die Hoffnung auf eine glückliche Zukunft und noch viel mehr verband sich in mir, verwob sich mit der Musik und dirigierte meine Schritte. Ich liebte es.

Wären nur nicht die zwei stahlgrauen Augen gewesen, die zweifellos jede meiner Bewegungen verfolgen würden.

KAPITEL 12

Neo

Ich hatte einen ganzen Sommer in Silver Springs verbracht und zahlreiche Feste miterlebt. Aber nie zuvor hatte der Silver Lake derart magisch gewirkt wie an diesem Freitagabend. Überall funkelten Laternen, Lampions und Lichtfiguren. Schmetterlinge leuchteten in den Bäumen, und auf dem Bootssteg wiegten sich die aufgeblasenen Flammensäulen in der sanften Abendbrise. Kinder in glitzernden und schimmernden Klamotten flitzten über das Seeufer oder rangelten bereits um die besten Plätze vor der provisorischen Bühne.

Glen, der sich zwei Leuchtstreifen ins Gesicht gemalt hatte, stand neben zwei großen Musikboxen und checkte den Sound, während sich Scott mit etwa zehn Kids seiner Theatertruppe bereithielt.

Unter tosendem Applaus trat Reed vor die Menge. Er hatte einen leuchtenden Zylinder auf dem Kopf und trug eine Weste mit bunten Kreisen. Wie ein Showmaster breitete er gut gelaunt die Arme aus. »Willkommen zu *Midsummer Lights*!«

Das Publikum brüllte, pfiff und applaudierte, und ich trat

fasziniert näher. Auch die letzten Kinder fanden einen Platz und ließen sich auf die Wiese fallen.

Reed erläuterte die folgenden Programmpunkte: eine fantastische Aufführung von Scotts Truppe, gefolgt von drei Tänzen und dem Anzünden der Wasserkerzen.

Ich blieb hinter der Menge stehen und schaute mich nach Hazel und Maila um. Meine Tochter entdeckte ich sofort. Sie saß neben Bowie und Joshua in der zweiten Reihe. Vor ihr meinte ich, ihre Mutter auszumachen, konnte aufgrund der Dunkelheit allerdings nicht viel erkennen.

Neben mir schnalzte jemand mit der Zunge, woraufhin ich irritiert den Kopf drehte.

Selma trat lächelnd an mich heran. Sie trug ein mit Pailletten besetztes Kleid, das bei jeder Bewegung funkelte. »So geht das nicht, Neo. Wir sind hier auf einem *Lichterfest*.«

Stirnrunzelnd schaute ich an mir herunter. Meine Klamotten bestanden lediglich aus dunklen Jeans und einem eng anliegenden dunkelgrauen Shirt, was offensichtlich nicht dem Dresscode entsprach. Dummerweise hatte ich mir darüber zuvor keine Gedanken gemacht. »Soll ich mir eine Lichterkette umhängen oder so was?«

Selma schüttelte mit einem amüsierten Schmunzeln den Kopf. »Ich hab eine bessere Idee.« Skeptisch verfolgte ich, wie sie ein kleines Etui mit Spezial-Make-up aus ihrer Handtasche zog. »Wie hättest du es gern?«

»Dezent«, erwiderte ich trocken.

Sie lachte und strich dann über meinen tätowierten Oberarm. »Wie wäre es hiermit? Ich könnte ein paar Linien kolorieren.«

Ich nickte, schob meinen Ärmel nach oben und wandte ihr meine Seite zu. »Tob dich aus.«

Es kitzelte, als sie einen Puder mit Lichteffekten auf meine Haut tupfte und begann, mein Tattoo nachzumalen.

Ich wollte Selma nicht ablenken, deshalb ließ ich meinen Blick wieder zur Bühne schweifen, wo Scotts Truppe gerade Aufstellung bezog. Als Reed die Scheinwerfer einschaltete, die vor der Bühne standen, bemerkte ich ein vertrautes Gesicht, das hinter einem kunterbunten Wuschelkopf hervorlugte.

Hazel saß weiter vorn zwischen ein paar Kids und beobachtete mich – und Selma, die fast schon ehrfürchtig, wie mir in diesem Moment auffiel, über meine Oberarmmuskeln fuhr. Hazels Augen blitzten auf, ehe sie sich ruckartig umdrehte und mit dem Publikum verschmolz.

Irritiert fixierte ich die Stelle, an der ich sie gerade noch gesehen hatte. War sie etwa eifersüchtig? Der Gedanke schien mir vollkommen absurd zu sein. Trotzdem konnte ich nicht leugnen, dass er mir gefiel. Denn wenn Hazel eifersüchtig war, empfand sie neben ihrer Wut und Enttäuschung auch noch andere Dinge.

Dinge, die *gut* waren und mir bewiesen, dass ich nicht der Einzige war, der noch immer an diesem unsichtbaren Faden hing und zu ihr hingezogen wurde.

Ich beschloss, meine Theorie später bei der Party zu testen, und richtete meine Aufmerksamkeit fürs Erste auf das nun beginnende Theaterstück.

Scott las irgendeine Fabel über einen Stern vor, der auf die Erde fiel und dort verschiedene Menschen und Tiere auf der Suche nach dem Glück traf. Der Stern – gespielt von einem jungen Steinkauzmädchen namens Flora – schlenderte über die Wiese und rezitierte immer wieder denselben Text, wenn er auf ein verkleidetes Kind traf.

»Weißt du, wo das Glück ist?«

Das Stück war überraschend philosophisch, denn die Antworten der Charaktere fielen sehr unterschiedlich aus: für die Eule war es ein sicheres Winterquartier, für die Bettlerin ein Sack voll Gold, für den Fuchs die gelungene Flucht bei der Jagd, für den Geschäftsmann Erfolg im Job, für die Liebende ihr Liebster, für die Wolfsjungen Freundschaft, für den Clown das Lachen der Kinder.

Schließlich kam der Stern zu der Erkenntnis, dass jeder selbst für sich entscheiden musste, was Glück für ihn bedeutete. *Sein* Glück war seine Familie, und so kehrte er in dem Wissen, das Glück schlussendlich doch gefunden zu haben, zufrieden nach Hause zurück.

Das Publikum tobte vor Begeisterung, als sich die Darsteller stolz verneigten. Ich hingegen stand stocksteif da. Meine Kehle war wie zugeschnürt, und mein Blick wanderte wie von selbst zu meiner Tochter, die inzwischen aufgesprungen war und eifrig klatschte.

»Diesmal hat Scott sich selbst übertroffen«, meinte Selma neben mir anerkennend. Sie war längst fertig damit, mich anzumalen, und hatte das Glitzer-Make-up wieder weggepackt. »Hat es dir gefallen?«

»Ja«, erwiderte ich, selbst ein wenig überrascht. Eigentlich hatte ich nie viel fürs Theater übriggehabt, aber die Inszenierung war schlicht und doch unheimlich eindrucksvoll gewesen, und die Kids hatten sich verdammt gut geschlagen.

Quill tauchte neben uns auf. Sein ganzes Gesicht erstrahlte in einem kunterbunten Mix aus Leuchtfarben, selbst seine Barthaare funkelten. »Na? Hast du dein Glück schon gefunden, Neo?«

Hätte ich es nicht besser gewusst, hätte ich beinahe geglaubt, hinter seiner scherzhaften Frage steckte noch mehr.

Aber er konnte unmöglich wissen, wer ich war. Oder doch? Ich lachte verkrampft. »Ich denke, ich bin auf einem guten Weg.«

Quill grinste verschlagen. »Dann pass auf, dass es dir nicht wieder durch die Finger rinnt. Echtes Glück ist selten, Mann.«

Ich presste die Lippen aufeinander. »Was meinst du mit *wieder*?«

Er zuckte arglos mit den Schultern. »Na, irgendwann wirst du ja schon mal in Ansätzen so etwas wie Glück empfunden haben, oder nicht?«

»Zum Beispiel, als du Gold bei der Weltmeisterschaft geholt hast«, warf Selma ein. »Oder als du zum Schwimmer des Jahres gewählt wurdest.«

Quill zwinkerte mir zu. »Oder als du in den Armen einer hübschen Frau gelegen und einen kurzen Moment lang geglaubt hast, du könntest alles im Leben erreichen.«

Es gab nur eine Frau, bei der ich je so empfunden hatte.

Sogleich wanderte mein Blick wieder nach vorn. Aber Hazel saß nicht mehr im Publikum, sondern stand nun auf der Bühne.

Sie sah umwerfend aus in ihrem schillernden Kleid. Ihre wilden Locken hatte sie mit einem Haarreif gebändigt, an dem weiße Blüten funkelten. Ihre Augen waren bis zu den Schläfen hin mit einem ähnlichen Puder wie das von Selma bedeckt.

Als eine sanfte Melodie einsetzte, begann sie sich zu bewegen. So anmutig, dass ein erstauntes Raunen durch die Menge ging und mir der Atem stockte. Ihr beim Tanzen zuzusehen, war wie ein Trip in die Vergangenheit. Ihre Bewegungen flossen geschmeidig dahin, während sie sich zweimal um die eigene Achse drehte.

Ich erhaschte einen kurzen Blick auf ihren nackten Rücken und ihre durchtrainierten Beine, wann immer ihr Rockteil hochflatterte.

Heilige Scheiße! Sie war purer Sex, obwohl nichts an ihrer Darbietung unangemessen war.

Elegant beugte sie sich nun vor, um eine kauernde Gestalt anzutippen.

Jetzt erst bemerkte ich auch die anderen Mitglieder der Tanzgruppe, die auf der Bühne hockten und mit gesenkten Köpfen auf ihre Einsätze warteten.

Mit einem Lächeln, das fast ihr Make-up überstrahlte, erhob Bailey sich als Erste. Das Publikum klatschte, während sich das Mädchen Hazels Bewegungen anschloss. Ein paar Schritte tanzten sie vollkommen synchron, bevor Bailey in eine Art Freestyle wechselte und Hazel mit weiteren Drehungen zu einem kauernden Jungen auf der anderen Seite der Bühne tanzte.

Unter dem lauter werdenden Beifall des Publikums tippte sie den Jungen an, er erhob sich ebenfalls, und nun tanzten sie zu dritt dieselbe Schrittfolge, bevor die Kids wieder frei performten und Hazel zum nächsten Kind tanzte und es aufweckte.

Und mit jeder Runde wurde der Applaus lauter.

Im Grunde war die Choreografie nicht schwer, aber inmitten der leuchtenden Farben haftete diesem Tanz dennoch ein machtvoller Zauber an. Wobei ich zugeben musste, dass ich nur Augen für eine einzige Tänzerin auf der Bühne hatte.

Ganz zum Schluss erhob sich Jade. Nachdem die Gruppe die synchrone Schrittfolge ein letztes Mal wiederholt hatte, wechselten sie aber nicht in eine freie Improvisation. Stattdessen teilten sich die Kids zu beiden Seiten der Bühne auf.

Die Musik, die zuvor verträumt und spielerisch gewesen war, wechselte in ein schnelleres Stück, wurde kraftvoll und dynamisch. Hazel und Jade vollführten nun eine Art Dance

Battle, und die Kinder, die hinter ihnen standen, ahmten ihre Bewegungen nach.

Das Publikum flippte völlig aus, als die Schrittfolgen immer komplexer und schneller wurden.

Plötzlich warf Hazel den Kopf in den Nacken und lachte.

Frei und wild und wunderschön.

Verlangen loderte durch meine Adern, und mit einem Mal packte mich eine derart starke Sehnsucht, dass ich mich beherrschen musste, um nicht zur Bühne zu stapfen, sie an mich zu ziehen und zu küssen.

Ich bemerkte kaum, wie Quill an mich herantrat. »Du hättest alles haben können«, raunte er mir zu.

Reue, wie ich sie nie zuvor empfunden hatte, zerriss mir fast das Herz. Ich wollte mich umdrehen und ihm eine reinhauen. Obwohl es natürlich nicht seine Schuld war. Meine Wut richtete sich ausschließlich gegen mich selbst.

Dann war der Tanz vorbei und unsere Tochter erneut auf den Beinen.

»Super, Mom«, schrie sie aus Leibeskräften, woraufhin Hazel ihr eine Kusshand zuwarf. »Du bist die Beste!«

Du hättest alles haben können.

Meine Augen begannen zu brennen. Zehn Jahre lang hatte ich mir kaum einen Gedanken an dieses Mädchen erlaubt, das mich für jede andere Frau versaut hatte. Trotzdem hatte ich nie eine andere gewollt.

Nicht so, wie ich sie gewollt hatte.

Und plötzlich war sie zurück in meinem Leben, zum Greifen nah und doch unerreichbar. Meine Kehle schnürte sich zu. »Ist es zu spät?«

Mit einem leisen Lachen schlug Quill mir auf den Rücken. »Das musst du schon selbst herausfinden, Goldfisch.«

Ich fuhr zu ihm herum, doch er entfernte sich bereits. Wie vom Donner gerührt schaute ich ihm nach. Er musste Bescheid wissen. Alles andere ergab gar keinen Sinn.

Selma, die seine letzten Worte offenbar nicht verstanden hatte, stieß einen schrillen Pfiff neben mir aus, um ihre Begeisterung für den Auftritt kundzutun.

Ein neues Lied setzte ein, und zu meiner Verwunderung standen nun alle Kinder auf, während Reed sich zwischen Hazel und Jade auf die Bühne quetschte. Die Kids stellten sich ebenfalls in einer Reihe auf und begannen, in einem steten Rhythmus zu klatschen.

»Und jetzt alle«, rief Hazel gut gelaunt. »Macht es mir einfach nach.«

Verblüfft schaute ich zu, wie die Kids mehr oder weniger synchron eine einfache Schrittfolge ausführten. Sie lachten und schienen eine Menge Spaß zu haben.

Neben mir versuchte Selma ebenfalls aufgekratzt, die Schritte nachzutanzen. Sie besaß erstaunlich wenig Rhythmusgefühl dafür, dass sie eigentlich sehr sportlich war. Aber das schien sie nicht zu stören. Sie hüpfte einfach weiter auf der Stelle und grinste mich so fröhlich dabei an, dass ich zwangsläufig mitlachte.

»Tanz mit!«, forderte sie mich auf.

Schmunzelnd schüttelte ich den Kopf. »Keine Chance.«

»Ach, komm schon. Das ist lustig.« Sie holte Schwung und stieß mich mit ihrer Hüfte an.

Ich bewegte mich keinen Millimeter. Stattdessen richtete ich meine Aufmerksamkeit wieder nach vorn und fing gerade noch Hazels mörderischen Blick auf, bevor sie sich abwandte.

Ein Lachen kribbelte meine Kehle hinauf. Sie war tatsächlich eifersüchtig.

Mir war klar, dass ich mich darüber nicht derart freuen sollte. Aber ich tat es trotzdem, denn in Verbindung mit Quills Worten war das alles an Ermutigung, was ich noch brauchte.

Sobald der Camptanz vorbei war, drängte ich mich vor in Richtung Bühne. Doch der nächste Programmpunkt machte es mir unmöglich, Hazel abzupassen und in Ruhe mit ihr zu reden. Reed wies die Kinder an, sich in ihren Gruppen zusammenzufinden und sich um ihre Betreuer zu scharen, die sich am Seeufer postiert hatten. Bei jedem stand eine Box mit Kerzen, die an die Kinder verteilt wurden.

Reed reckte den Kopf und winkte auch mich heran. »Komm schon, Neo. Alle dürfen sich was wünschen.«

Das klang ein bisschen zu schön, um wahr zu sein.

Andererseits, was konnte es schon schaden?

Am Ufer gesellte ich mich zum Rest des Campteams. Estelle, Dotty, ihr Mann Grover, Gina und Aubrey nahmen eine Wasserlaterne von Reed entgegen, bevor ich ebenfalls eine erhielt. Sie bestand aus dünnem Wachs, das wie Blütenblätter geformt war. In deren Mitte befand sich eine Verdickung mit einem Docht, ähnlich einem Teelicht.

Zu meiner Freude zündete Hazel die Laternen der übrigen Erwachsenen an, da die Betreuer mit ihren jeweiligen Gruppen beschäftigt waren.

Reed und Estelle setzten als Erste ihre beiden brennenden Laternen neben Hazel ins Wasser. Ich war als Letzter an der Reihe und beobachtete schweigend, wie Hazel ein paar nette Worte mit Dotty tauschte, bevor sie ihre Laterne ebenfalls entzündete.

»Willst du dir einen Wunsch von Mom erschleichen?«, fragte Maila plötzlich neben mir. Offenbar hatte sie ihre Kerze bereits losgeschickt, und nun grinste sie zu mir hoch. Ihr Gesicht zierten leuchtende Spiralen und in ihren Locken steckten phosphoreszierende Haarsträhnen in unterschiedlichen Blauabstufungen. Sie sah aus wie eine kleine glitzernde Wassernymphe.

Ich stutzte für einen Moment, weil ich nicht recht wusste, wie ich ihren Kommentar deuten sollte. Mir hatte niemand so genau erklärt, wie das mit den Wunschkerzen eigentlich funktionierte. Aber ich nahm einfach mal an, dass sich Maila bloß einen Scherz erlaubte und nicht wirklich glaubte, dass ich ihre Mutter um etwas bitten wollte. Wie eine zweite Chance zum Beispiel. Trotzdem war ich neugierig. »Denkst du, deine Mom wäre bereit, mir einen Wunsch zu erfüllen?«

Kichernd schüttelte Maila den Kopf. »Mom behauptet immer, ich bin die Einzige, die sie rumkriegt.«

Das hatte sie *mir* auch mal gesagt. Allerdings in einem anderen Kontext.

»Aber es klappt auch nicht immer«, fuhr Maila fort, bevor sie ein äußerst theatralisches Seufzen ausstieß. »Sie kann echt streng sein.«

Interessiert lehnte ich mich vor. »Welche Bitte hat sie dir denn verwehrt?«

Zu meiner Überraschung flackerte Empörung über ihr Gesicht. »Sie will nicht, dass ich in White Oak trainiere. Dabei haben die ein super Schwimmteam dort.«

»Warum nicht?«, fragte ich verdutzt, denn dass Maila Talent besaß, stand völlig außer Frage. Und davon war ich nicht nur überzeugt, weil ich ihr Vater war.

Sie wich meinem Blick aus. »Weil sie keine Lust hat, mich ständig zu fahren. White Oak ist ziemlich weit weg.«

Ich wollte sie gerade fragen, ob es keine Schwimmteams in der Nähe gab, als Aubrey, die vor mir stand, weiter vorrückte, um ihre Kerze entzünden zu lassen.

»Ach, egal.« Maila legte mir eine Hand auf den Unterarm, reckte sich auf die Zehenspitzen und stemmte sich hoch.

Unwillkürlich hielt ich den Atem an. So nah war mir meine Tochter noch nie gewesen. Nicht einmal bei den Schwimmtrainings berührte ich sie, weil ich für sie ja noch immer ein Fremder war.

»Viel Glück mit deinem Wunsch«, raunte sie mir zu. »Ich hoffe, er erfüllt sich.«

Wärme sickerte durch meinen Brustkorb. »Danke.«

»Du bist dran.« Sie drehte den Kopf und grinste ihre Mutter an, die uns mit unverhohlenem Misstrauen beobachtete. Dann flitzte sie davon.

Hazel hielt eine lange Stabkerze in der einen Hand und schützte mit der anderen die Flamme. Aus der Nähe betrachtet sah sie sogar noch hinreißender aus. Wie die Königin der Wassernymphen – und ich war vollkommen verzaubert.

Ich streckte ihr mit klopfendem Herzen meine Wasserlaterne entgegen. »Ich wünsche mir …«

»Nicht«, unterbrach sie mich leise. »Dein Wunsch gehört nur dir allein.«

Langsam trat ich einen Schritt auf sie zu. »Und wenn er noch jemanden betrifft?«

Ihre Augen weiteten sich, als sie verstand, worauf ich hinauswollte. Dann stieß sie ein kühles Lachen aus. »In dem Fall würde ich dir erst recht raten, die Worte für dich zu behalten.«

»Glaubst du, sie könnten sich erfüllen?«, fragte ich hoffnungsvoll.

Sie schnaubte. »Du müsstest eigentlich am besten wissen, dass es wenig bringt, lediglich eine Kerze anzuzünden, wenn man sich etwas von Herzen wünscht.«

Ich sah ihr fest in die Augen. »Und du müsstest wissen, dass ich bereit bin, sehr hart für meine Wünsche zu kämpfen.«

Sie schlug die Augen nieder. »Das ganze Spektakel hier ist eher metaphorisch gemeint.«

»Ich werde nichts unversucht lassen.«

Sie zuckte mit den Schultern. »Tu, was immer du willst.«

Ich senkte die Stimme. »Ist das ein Angebot?«

»Davon träumst du wohl«, erwiderte sie schriller, als sie wahrscheinlich beabsichtigt hatte, denn sie presste sogleich die Lippen aufeinander.

Ich lehnte mich weiter vor, fing ihren Blick ein. »Jede. Verdammte. Nacht.«

Fassungslos starrte sie mich an, während ich die Laterne höherhielt.

»Teilst du bitte deine Flamme mit mir, Hazel«, raunte ich ihr in einem Ton zu, der ihr noch mehr Farbe ins Gesicht trieb.

Gott, ich hatte den Schlagabtausch mit ihr vermisst.

»Hör auf damit«, knurrte sie, entzündete aber vorsichtig den Docht. Dabei huschten ihre Augen mein nachgemaltes Tattoo hinauf, das nun ebenfalls im Dunkeln leuchtete.

»Ich habe gerade erst angefangen«, erklärte ich leise, trat neben sie und bückte mich, um die Laterne auf das Wasser zu setzen. Ich gab ihr einen sanften Schubs, und sie gesellte sich zu den unzähligen anderen, die bereits auf dem Silver Lake schwammen.

Der Anblick erfüllte mich mit Ehrfurcht. Auch die übrige Campgemeinschaft war verstummt und bewunderte das Lichtermeer, während im Hintergrund *Coastline* von Hollow Coves lief.

Was für ein perfekter Song für diesen perfekten Moment.

Danach erklang ein schnellerer Popsong, und Jubel brach aus. Einige Kids begannen, an Ort und Stelle zu tanzen, andere stürmten das Snack-Büfett, das Dotty, Grover und Gina aufgebaut hatten, und wieder andere – darunter auch Maila und ihre Freunde – setzten sich in kleinen Gruppen ans Ufer und unterhielten sich gut gelaunt.

Ich drehte mich nach Hazel um, weil ich fand, dass wir unser Gespräch unbedingt fortführen sollten.

Leider stand sie nicht mehr hinter mir.

Verärgert über mich selbst, weil ich mich hatte ablenken lassen, reckte ich den Kopf und holte scharf Luft, als ich Hazel entdeckte. Sie stand bei Glen und flüsterte ihm etwas ins Ohr, woraufhin er freudestrahlend nickte.

Man musste wirklich kein Genie sein, um seine Gedanken zu erraten.

Bevor ich kapierte, was ich da eigentlich tat, hatte ich mich bereits in Bewegung gesetzt. Ich war mir sicher, dass Hazel bemerkte, dass ich mich näherte. Denn sie zupfte an Glens Shirt und lief los, ohne auf ihn zu warten. Er stolperte ihr hinterher.

Ich hatte sie fast erreicht, als mir meine Beine plötzlich den Dienst versagten und ich abrupt stehen blieb.

Fuck! Was sollte ich überhaupt zu ihr sagen? Dass sie Glen bitte *nicht* vögeln sollte, auch wenn er ganz in Ordnung war? Dass es mich verletzen würde? Dass sie mir lieber verzeihen und mir noch eine Chance geben sollte? Nach allem, was ich ihr angetan hatte?

Sie würde mich auslachen.

Und nichts anderes hatte ich verdient.

Ein Abend, an dem wir uns nett über unsere Tochter unterhalten hatten, machte schließlich nicht wieder rückgängig, wie sehr ich ihr mit meinem Egoismus wehgetan hatte, und zwar ganz unabhängig von Maila. Es war nur die Kirsche auf der Sahnetorte, dass sie die Schwangerschaft und die Erziehung unserer Tochter ganz allein hatte bewältigen müssen, ohne dass ich sie in irgendeiner Weise unterstützt hatte.

Weder emotional noch persönlich, nicht mal finanziell.

Verdammte Scheiße! Daran hatte ich bis jetzt noch gar nicht gedacht. Kinder waren kostspielig, und auch diese Last hatte Hazel ganz allein getragen. Dabei hätte ihr wenigstens Unterhalt für Maila zugestanden.

Stattdessen hatte sie alles ohne mich auf die Reihe gekriegt. Sie hatte mich überwunden und ihr Leben weitergelebt – und kaum gestand ich mir ein, dass ich sie noch immer begehrte, wollte ich irgendeinen absurden Anspruch auf sie erheben?

Dazu hatte ich kein Recht.

Ehrlicherweise hatte ich bisher auch nicht sonderlich viel getan, um ihre Vergebung überhaupt zu erlangen. Ich war passiv geblieben und hatte mit Ausnahme von gestern Abend einfach abgewartet, ob sie von sich aus auf mich zukam. Aber was, wenn sie aus meinem Verhalten schlussfolgerte, dass es mir allein um Maila ging und mir unsere gemeinsame Vergangenheit vollkommen egal war?

Plötzlich fühlte ich mich, als hätte jemand mit bloßen Händen meinen Brustkorb aufgerissen, ein bisschen darin rumgewühlt und mein verkümmertes Herz zerquetscht. Ich bekam keine verdammte Luft mehr.

Hazel schlug den Weg ein, der hinter dem Steg zur Sport-Area führte. Dort wären sie und Glen zweifellos ungestört, um all die Dinge zu tun, an die ich nicht mal denken wollte.

Kurz bevor sie und Glen hinter der Böschung verschwanden, schaute sie über die Schulter zurück, als wollte sie sichergehen, dass ich ihr nicht folgte.

Unsere Blicke trafen sich. Ihre Miene war ausdruckslos, und was immer sie in meinem Gesicht las, ließ sie unberührt. Sie wandte sich wieder ab und verschwand. Glen streckte bereits die Hand nach ihr aus, und ich konnte nichts tun, um sie aufzuhalten.

In meinem ganzen Leben war ich noch nie so vernichtend geschlagen worden.

KAPITEL 13

Ich war in Glens Gegenwart noch nie so verkrampft gewesen. Dabei hatte er absolut nichts falsch gemacht. Es lag allein an mir – und daran, dass ich den gequälten Ausdruck auf Neos Gesicht einfach nicht aus meinem Kopf kriegte. Sicher hatte er sich schnell zusammengereimt, weshalb Glen und ich uns von der feiernden Campgemeinschaft entfernt hatten.

Noch vor zwei Wochen hätte er damit vermutlich recht gehabt. Aber egal, wie viele Argumente dafürsprachen, meine lockere Affäre mit Glen weiter durchzuziehen, ich konnte es nicht.

Vorsichtig schaute ich zu ihm hoch, während er schweigend neben mir herging. Jemand hatte ihm zwei leuchtende Streifen auf die Wangen gemalt, weshalb er aussah wie ein Krieger. Zusammen mit seinem zerzausten Haar verlieh ihm der Look etwas Verwegenes.

Als er bemerkte, dass ich ihn beobachtete, drehte er den Kopf und deutete lächelnd auf eine Bank am hinteren Rand der Sport-Area. »Sollen wir uns dort drüben hinsetzen?«

Da die Bank weit genug entfernt war, sodass niemand unser Gespräch mit anhören würde, stimmte ich zu.

»Du siehst übrigens sehr hübsch aus«, meinte Glen.

Ich lächelte befangen. »Danke, du auch.«

Belustigt schaute er an sich hinab. Wie üblich trug er eine Cargohose und ein kariertes Holzfällerhemd. »Freut mich, dass dir mein Partyoutfit gefällt.«

Mit einem leisen Lachen ließ ich mich auf die Bank fallen. Ich versuchte, meine Knie anzuziehen, allerdings hinderte mich mein Rock daran. Deshalb überkreuzte ich nur die Beine, bevor ich mich zu ihm umdrehte. Ich war noch auf der Suche nach den richtigen Worten, als er auch schon seufzte.

»Du musst es mir nicht erklären«, sagte er. »Ich habe mitgekriegt, wie ihr euch anseht.«

Einerseits war ich erleichtert, andererseits hatte ich ein schlechtes Gewissen, weil Glen seine Enttäuschung deutlich anzumerken war. »Tut mir leid.«

»Muss es nicht. Du konntest ja nicht wissen, was passieren würde, als die Sache mit uns anfing.« Er musterte mich von der Seite. »Ich hätte dich nur nicht für eine Liebe-auf-den-ersten-Blick-Frau gehalten.«

»Das bin ich auch nicht«, erwiderte ich, weil ich ihn nicht auch noch belügen wollte. »Neo und ich, wir kennen uns von früher.«

Er runzelte die Stirn. »Ich nehme an, eure Beziehung war nicht bloß freundschaftlich?«

»Nein.«

»Verstehe«, erwiderte er leise und rieb die Hände aneinander, als wüsste er nicht, was er sonst damit tun sollte. Dann drehte er plötzlich den Kopf. »Und willst du ihn immer noch?«

Mein Lachen klang falsch und schrill. »Nein.«

Glen wirkte nicht überzeugt. »Bist du dir sicher?«

»O ja, allerdings!« Eigentlich dachte ich, ich hätte mich inzwischen besser im Griff. Aber allein die Vorstellung, mich jemals wieder auf Neo einzulassen, ließ mein Inneres erglühen. Vor Zorn, natürlich. »Ich hasse ihn.«

»Könntest du dir vorstellen, mich je zu hassen?«, fragte Glen nachdenklich.

Irritiert runzelte ich die Stirn. »Nein, natürlich nicht.«

Er nickte, als würde ihn meine Antwort nicht überraschen. »Warum nicht?«

»Weil du ein anständiger und großartiger Mann bist«, erwiderte ich sofort, denn was das betraf, teilte ich Ginas Meinung. Glen würde mich niemals vorsätzlich verletzen. Er war einfach ein … netter Kerl.

Er lächelte. »Und weil du mich nicht liebst.«

Mir gefiel nicht, welche Richtung diese Unterhaltung nahm, auch wenn er nicht vorwurfsvoll klang. »Ich hatte dir gesagt, was ich dir bieten kann.«

Und Liebe hatte definitiv nicht auf der Speisekarte gestanden.

»Schon klar.« Mit einem frustrierten Stöhnen rieb er sich über das Gesicht und verschmierte dabei etwas Leuchtfarbe. »Ich dachte nur, du hättest deine Meinung vielleicht geändert. Immerhin war es ziemlich gut zwischen uns.«

Das stimmte. Es war gut gewesen. *Bevor* Neo auf der Bildfläche erschienen war. Aber selbst wenn nicht, hätte das an meiner Einstellung nichts geändert. »Ich mag dich sehr, Glen, und ich habe unsere Zeit genossen.«

Doch jetzt war sie vorbei.

Er nickte und schenkte mir ein betrübtes Lächeln, ehe er sich zu mir hinüberlehnte und mir einen Kuss auf die Wange drückte. Anschließend stand er auf, schob seine Hände in die

Hosentaschen und betrachtete mich. »Hass und Liebe sind zwei starke Emotionen, Hazel, und sie liegen nicht selten so nah beieinander, dass man sie kaum voneinander unterscheiden kann. Vielleicht gibst du dir selbst die Chance, herauszufinden, wo die Grenze wirklich liegt. Falls es überhaupt eine gibt.«

Entgeistert starrte ich Glen an. Er war ein Survivalcoach, ein Überlebenskünstler und Adrenalinjunkie. Wir hatten uns nicht nur im Bett gut verstanden, sondern auch reichlich Spaß dabei gehabt, seine Abenteuer auszuwerten. Aber diese tiefgründige, nachdenkliche Seite von ihm war mir völlig neu.

Als hätte Glen meine Gedanken erraten, hoben sich seine Mundwinkel zu einem schiefen Grinsen. »Wenn du es dir in Bezug auf uns anders überlegst, du weißt, wo du mich findest.«

Er zwinkerte mir zu, drehte sich um und ging davon, während ich benommen auf der Bank sitzen blieb.

Es dauerte eine ganze Weile, bis ich mich dazu aufraffen konnte, ihm zu folgen, was vor allem daran lag, dass ich erfolglos versuchte, meine eigenen Gefühle zu sortieren. Einerseits war ich natürlich erleichtert, dass Glen das Ende unserer Affäre locker nahm. Andererseits verwirrten mich seine Worte zutiefst.

Nach allem, was zwischen Neo und mir vorgefallen war, hätte ich definitiv Grund dazu, nichts als blanken Hass für ihn zu empfinden. Aber wenn ich an ihn dachte, stellte sich dieses Gefühl beim besten Willen nicht ein.

War ich wütend? Aber hallo!

Nur war *Hass* vielleicht doch ein wenig zu absolut, denn ich wünschte ihm ja auch nicht die Pest an den Hals. Tatsächlich tat es mir sogar leid für ihn, dass seine Sportkarriere so ein abruptes Ende genommen hatte. Ich konnte mir nicht mal im Ansatz vorstellen, wie schwer das für ihn sein musste.

Als ich mich gegen meine eigene Tanzkarriere entschieden und meine Bewerbung am Boston Conservatory zurückgezogen hatte, hatte ich es aus Liebe zu meiner Tochter getan. Weil ich lieber Zeit mit ihr als weit entfernt in einem Tanzstudio verbringen wollte. Ich hatte diese Entscheidung keine Sekunde bereut, während ich ihr beim Aufwachsen zusah.

Neo dagegen blickte auf eine ruhmreiche Karriere zurück, die völlig überraschend geendet hatte. Nun stand er vor dem Nichts. Hatte er Pläne nach dem Sommer? Und wieso zum Teufel interessierte mich das überhaupt?

Verwirrt und überfordert spielte ich mit dem Gedanken, mich an der feiernden Campgemeinschaft vorbeizuschleichen und direkt nach Hause zu gehen. Aber stattdessen blieb ich auf der Wiese stehen und hielt inmitten des zauberhaften Lichtermeers Ausschau nach einem leuchtenden Tattoo.

»Suchst du jemand Bestimmtes?«, fragte Quill, der nicht weit von mir entfernt lässig an einem Baum lehnte.

Mein Stolz verbot es mir, seinen Namen auszusprechen. Aber da Quill mich viel zu gut kannte, Glen sich direkt vor mir mit Brianna unterhielt und Maila mit ihren Freunden am Ufer zusammensaß, war es wohl auch nicht schwer zu erraten.

»Er ist schon in seine Hütte gegangen.« Quill schlenderte auf mich zu und bedachte mich mit einem vielsagenden Blick. »Irgendetwas hat ihm gehörig die Freude am Fest versaut.«

Ein mulmiges Gefühl breitete sich in meinem Inneren aus, während ich an sein unglückliches Gesicht dachte. Trotzdem gab ich mich gleichgültig. »Was ich tue, geht ihn nichts mehr an.«

Seufzend schüttelte Quill den Kopf. »Du kannst dich vielleicht selbst belügen, aber mich nicht. Redet endlich Klartext, sonst werdet ihr noch an den Wunden krepieren, die ihr euch gegenseitig zufügt.«

»Sehr dramatisch«, kommentierte ich trocken.

»Aber durchaus zutreffend.«

Obwohl ich es wirklich gern getan hätte, konnte ich ihm in diesem Punkt leider nicht widersprechen.

***

Da die meisten Campteilnehmer zwei oder vier Wochen, wenn nicht sogar den ganzen Sommer über in Silver Springs blieben, reisten am Samstagmorgen nur eine Handvoll Kinder ab. Vor allem betraf das die Rotluchse und Graufüchse, weil die Kleinsten nicht so lange von ihren Eltern getrennt sein wollten. Das Gute daran war, dass sich der Abschiedsschmerz dadurch in Grenzen hielt und wir nur zwei Schlafräume, die Bäder und die Toiletten putzen mussten.

Unmittelbar nach Abfahrt des Busses trommelten Jade und Scott ihre Gruppen zusammen und brachen kurz darauf zu einer nahe gelegenen Tropfsteinhöhle auf, um die Kids von ihrem Kummer abzulenken. Maila schloss sich ihnen an.

Quill, Glen, Selma und Brianna sorgten in den Gruppenhäusern der älteren Kinder bereits für Ordnung. Derweil begannen Gina, Dotty und ich unsere Putztour bei den Rotluchsen. Mein Bruder kümmerte sich zusammen mit Grover und Estelle um die angefallenen Reparaturen.

Aubrey war die Einzige, die sich weigerte, bei dieser Aktion mitzumachen, weil dies nicht Bestandteil ihrer Arbeitsvereinbarung war. Ich gab es ungern zu, aber während ich auf allen vieren im Badezimmer der Rotluchse herumkroch und die Fliesen schrubbte, bereute ich es besonders, sie statt einer neuen Reinigungskraft eingestellt zu haben.

Aubrey mochte eine gute Ergotherapeutin sein, aber sie war

weder team- noch kritikfähig. Dieser zusätzliche Service, der für Silver Springs eine Bereicherung hätte bedeuten sollen, entwickelte sich zusehends zu einer finanziellen Belastung, da Aubrey viel zu viele Einzelcoachings durchführte und entsprechend abrechnete, anstatt in Gruppen zu arbeiten. Ich musste dringend mit ihr darüber reden. Aber da sie an den Wochenenden freihatte, würde das bis Montag warten müssen.

Neo half auch nicht mit. Bei ihm vermutete ich allerdings, dass er gar nichts von der Aktion wusste. Zum ersten Mal seit seiner Ankunft in Silver Springs hatte er eine Mahlzeit ausfallen lassen und war gar nicht erst zum Frühstück erschienen.

Während ich mich von dem nunmehr glänzenden Boden aufrappelte, redete ich mir ein, dass das nichts mit mir zu tun hatte. Vielleicht wollte er heute einfach mal ausschlafen oder in die Stadt fahren oder etwas außerhalb des Camps unternehmen. Sicher ging er mir nicht absichtlich aus dem Weg.

Oder doch?

»Wir sind hier durch«, rief Dotty und kam hinter mir aus dem Schlafraum der Kinder.

»Super.« Mir rann der Schweiß in Strömen über den Rücken, weil ich mich so angestrengt hatte und sich die Hitze in der Holzhütte staute. Mit einem lauten Seufzer zog ich mir die Gummihandschuhe von den nassen Händen und schaute auf meine Uhr. Schon fast Mittag. Wir hatten doch länger gebraucht als gedacht. Ich wandte mich an meine Küchenfeen. »Macht euch ruhig schon mal ans Mittagessen. Ich kümmere mich um die Graufüchse.«

»Sicher?«, fragte Gina hinter Dotty.

»Klar.« Ich schmunzelte. »Schließlich will sich niemand von uns später mit schlecht gelaunten, hungrigen Kindern auseinandersetzen. Außerdem kann Reed mir mit dem Rest helfen.«

Da vor allem ersteres Argument nicht von der Hand zu weisen war, kehrten Dotty und Gina schleunigst in die Küche zurück, während ich mit Eimer und Putzzeug bewaffnet in die Nachbarhütte ging.

Zu meiner Verwunderung schallte dort *The Lazy Song* von Bruno Mars lautstark durchs Haus, und jemand pfiff ziemlich schief dazu mit.

»Reed?«, rief ich, bevor ich den Eimer abstellte und den hintersten Schlafraum ansteuerte. »Seid ihr schon fertig mit den Repara…«

Ich verstummte, weil nicht mein Bruder, sondern Neo vor dem Doppelstockbett auf der rechten Seite stand und wieder und wieder über die Decke im oberen Bett strich. Die laute Musik stammte von seinem Handy, das auf dem Tisch in der Mitte des Raumes lag. Er war so darauf konzentriert, keine Falte zu hinterlassen, dass er mich erst mit einiger Verzögerung bemerkte. Er drehte den Kopf und lächelte. »Oh, hey.«

Seine Stimme klang sanft, kein bisschen verärgert oder gar vorwurfsvoll.

»Hi.« Entgeistert starrte ich ihn an. »Was machst du hier?«

Er antwortete nicht sofort, sondern unterzog mich einer eingehenden Musterung. Ich hatte mir die Haare auf dem Hinterkopf zusammengesteckt, trug ein Tanktop und alte, abgerockte Jeansshorts. Beides zeigte ziemlich viel meiner feuchten Haut, was Neo ebenfalls aufzufallen schien, denn seine silbergrauen Augen flammten auf.

Ich kannte diesen Blick. Schließlich hatte ich ihn oft genug beobachtet, wenn sein Verlangen erwachte. Schlagartig wurde mir noch heißer. »Neo?«

Ein Muskel zuckte an seinem Kiefer, ehe er sich ruckartig

abwandte. »Aktuell versuche ich, die Bettdecke glattzustreichen. Aber sie ist ziemlich stur.«

»Brauchst du Hilfe?«, fragte ich zögerlich.

»Nein, danke. Ich bin hier sowieso fertig. Dann kann ich den Rest des Zimmers putzen.«

»Du … du musst das nicht tun«, stammelte ich.

»Ich weiß.« Er zupfte noch einmal an der Decke. »Aber ich habe heute sowieso nichts Besseres vor. Reed meinte, ihr könntet hier ein bisschen Unterstützung gebrauchen, und es macht mir wirklich nichts aus.«

»Seit wann das denn?«, platzte ich heraus, denn ich erinnerte mich noch sehr gut an eine Diskussion zwischen Neo und seinem Betreuer. Damals hatte der großspurige Teenager erklärt, dass Putzen reine Zeitverschwendung wäre, weil ohnehin alles wieder schmutzig wurde. Dabei hatte er es einfach gehasst, den Lappen zu schwingen, wie er mir später zwischen Gelächter und Küssen gestanden hatte.

Dasselbe freche Grinsen wie damals hob auch jetzt seine Lippen. »Ich schätze, seit ich erwachsen geworden bin und eingesehen habe, dass ein bisschen Hygiene gelegentlich nicht schaden kann.«

Ein Kichern entwich meiner Kehle. »Was für eine überaus weise Erkenntnis.«

»Ja, oder? Ich war richtig stolz auf mich, als ich draufkam.«

»Das kann ich mir vorstellen.« Weil ich seine Hilfe tatsächlich gut gebrauchen konnte, lehnte ich sie nicht ab. »Dann bringe ich dir am besten gleich sauberes Wasser. Ich will deinen Eifer ja nicht bremsen.«

Er lachte leise. »Ist gut. Danke.«

Das untere Bett wartete noch auf einen frischen Bezug, um den Neo sich kümmerte, während ich den Eimer füllte und einen Schuss Zitronenreiniger hinzugab. Als ich zu ihm zurückkehrte, hing er kopfüber im unteren Bettteil und reckte mir seinen Hintern entgegen.

Eine anständige Frau hätte den Eimer hingestellt und sich wieder zurückgezogen. Aber was Neo Barnes betraf, war ich noch nie sonderlich diszipliniert gewesen.

Deshalb ließ ich mir einen Moment Zeit, seine traumhafte Kehrseite zu bewundern. Zu meiner eigenen Schande dauerte es exakt drei Sekunden, bis ich mich in der Erinnerung daran verlor, wie ich meine Fingernägel in ebenjene Pobacken getrieben hatte, während er tief in mir versank.

Der Sex mit Neo war jedes Mal überwältigend gewesen, und obwohl es schon Jahre her war, schien sich noch immer jede Zelle in mir nach diesem Mann zu verzehren. Mein Körper kribbelte bis in die Zehenspitzen, und eine verräterische Hitze sammelte sich in meinem Unterleib. Ich biss mir auf die Unterlippe, um das Stöhnen zurückzuhalten, das meine Kehle hinaufkroch.

Scheiße! Das war nicht gut.

Ruckartig wandte ich mich ab, eilte ins Bad und drehte das kalte Wasser auf, um mein kochend heißes Gesicht zu kühlen. Ich wollte den Teufel nicht an die Wand malen, aber dieser Vormittag schien die ein oder andere Herausforderung mit sich zu bringen, die nichts mit verklebten Oberflächen und verkalkten Armaturen zu tun hatte.

KAPITEL 14

Neo

Mit Hazel die Hütte der Graufüchse auf Vordermann zu bringen, hatte etwas überraschend Beruhigendes an sich. Und ich war mir ziemlich sicher, dass das nicht an dem Putzlappen in meiner Hand lag, sondern an ihrer Nähe. Wir sprachen nicht viel, während fröhliche Musik durch die Hütte schallte. Aber die Stimmung zwischen uns war auch nicht feindselig.

Des Öfteren ertappte ich Hazel dabei, wie sie den Mund öffnete, um etwas zu sagen. Aber dann hielt sie inne und wandte sich kopfschüttelnd wieder ab.

Da sie nicht mit der Sprache rausrückte, nahm ich an, es ging um Glen. Allein bei der Vorstellung, wie er sie berührte, wollte ich immer noch alles kurz und klein hauen. Deshalb hakte ich nicht nach, sondern versuchte stattdessen, mich auf die Gegenwart zu konzentrieren, in der Hazel bei *mir* war und nicht bei ihm.

Obwohl ich echt kein Fan vom Putzen war, bedauerte ich es fast, als wir nach gut einer Stunde unsere Arbeit vollendeten und die Hütte verließen. Aber Hazels Lächeln entschädigte mich ein bisschen.

»Danke für deine Hilfe«, sagte sie.

»Kein Problem.« Ich nahm ihr den Eimer mit den Reinigungsmitteln ab. »Gibt es noch mehr zu tun?«

Sie schüttelte den Kopf. »Das war's für heute. Und jetzt brauche ich dringend eine Dusche.«

Belustigt zog ich die Braue hoch. »Schätze, dabei darf ich dir nicht behilflich sein, oder?«

Ihre Augen weiteten sich, während eine hinreißende Röte auf ihren Wangen erblühte. »Ganz sicher nicht.«

»Schade«, erwiderte ich mit einem frechen Grinsen. Dann deutete ich zum Verwaltungsgebäude. »Ich bringe schnell das Zeug weg und werde mich danach auch kurz frisch machen.«

Offenbar gefiel ihr die Vorstellung von mir unter der Dusche, denn sie holte zittrig Luft, bevor sie nickte. »Okay.«

Adrenalin schoss durch meine Venen. Ich hätte ihr nur zu gern erklärt, dass ich unter der Dusche die ganze Zeit an sie denken und ziemlich sicher noch andere Dinge mit meiner Hand machen würde, als mich nur zu waschen. Schließlich hatte sie es früher geliebt, wenn ich ihr präzise erklärte, was ich alles mit *ihr* tun wollte. Ich fragte mich, ob das immer noch so war. Aber da ich sie nicht bedrängen wollte, begnügte ich mich damit, ihr zuzuzwinkern, und schlenderte pfeifend davon, ohne mich noch einmal nach ihr umzudrehen. Schließlich wusste ich auch so, dass sie mir nachschaute – verwirrt und angetörnt.

Ich war heilfroh darüber, denn ich hatte beschlossen, um diese Frau zu kämpfen, und mir war jedes Mittel recht, um mein Ziel zu erreichen.

***

Als ich Hazel das nächste Mal wiedersah, waren ihre Wangen immer noch gerötet, und sie mied meinen Blick, was mir verriet, dass ihr die Dusche nicht die erhoffte Abkühlung gebracht hatte.

Ich hätte sie gern damit aufgezogen, doch zum einen waren wir nie wirklich ungestört, und zum anderen blieb in der Mittagspause gerade genug Zeit, um die Dekoration am Seeufer aufzuräumen, bevor auch schon der nächste Bus im Camp einfuhr und acht aufgeregte Kids ausspuckte.

Mittlerweile war es später Nachmittag. Natürlich war Maila Teil des Begrüßungskomitees und musterte die Neuankömmlinge voller Neugier. Als die Kinder ihre neuen Unterkünfte bezogen, blieb sie jedoch traurig zurück, weil sie – wie sie mir verriet – nun mal bei ihrer Mutter wohnte und sich kein Zimmer mit ihren Altersgenossen teilen konnte.

Mir fiel sofort die perfekte Ablenkung ein. »Sollen wir eine Runde schwimmen gehen, Flip?«

Ich hatte schon vor einer Weile angefangen, Flipper abzukürzen. Es mochte albern sein, aber wenn ich sie schon nicht offiziell *meine Tochter* nennen durfte, wollte ich wenigstens einen eigenen Spitznamen für sie.

Natürlich war sie sofort Feuer und Flamme. Diesmal blieben wir in der Nähe der Wiese, weil ich auch die übrigen Kids im Blick behalten wollte. Die meisten Teenies lümmelten zwar träge in der Sonne herum, aber da Selma und Glen mit dem Sortieren des Sportequipments beschäftigt waren, schadete es sicher nicht, wenn noch ein Erwachsener in Reichweite blieb.

Wir arbeiteten eine Weile ganz entspannt an Mailas Atemtechnik, als Bowie und Joshua zum Seeufer kamen. Joshua hielt sich nicht mit langem Gerede auf, sondern stürzte sich sogleich ins Wasser, während Bowie ihm in gemächlichem Tempo folgte.

Inzwischen traute er sich schon weiter ins Wasser vor, aber ich konnte ihm ansehen, dass er es nicht wagte, die Distanz bis zu uns allein zu überwinden.

Maila erkannte seine Ängste ebenfalls, und da sie einfach ein wunderbares Mädchen war, brach sie unsere Übung ab und schwamm ihrem Freund entgegen, bis sie aufrecht stehen konnte. »Wollen wir Ball spielen?«

Bowie nickte zögerlich, während ich ebenfalls näher schwamm.

»Ich hole einen«, verkündete Joshua eifrig und watete klatschnass aus dem Wasser.

Beklommen rieb Bowie sich über den Oberarm. »Ihr könnt auch weitertrainieren.«

Maila winkte ab. »Das können wir später immer noch machen. Jetzt will ich erst mal mit dir spielen.«

Das schüchterne Lächeln, das sich nun auf dem Gesicht des Jungen ausbreitete, war herzerweichend. »Okay.«

Joshua kehrte mit einem Ball, Bailey, Willow und weiteren Kindern aus Mailas Clique zurück.

»Spielen wir WOP?«, fragte ein Mädchen namens Marie, als sich die Kids im Kreis aufstellten.

Ich warf Maila einen fragenden Blick zu.

Sie grinste. »Wahrheit oder Pflicht. Machst du mit?«

Lachend schüttelte ich den Kopf. »Keine Chance.«

Schleunigst verließ ich das Wasser, blieb aber in der Nähe und schaute den Kids zu. Das Spiel war simpel. Wer den Ball besaß, durfte eine Frage stellen und den Ball zu der Person werfen, von der er die Antwort hören wollte. Falls sich der Spieler weigerte zu antworten oder den Ball fallen ließ, musste er eine Aufgabe erfüllen.

Ich hoffte inständig, dass die nicht darin bestand, jemanden zu küssen oder zu befummeln. Was nämlich der Version entsprach, die ich kannte, und bei der ich definitiv nicht kommentarlos danebensitzen würde.

Glücklicherweise entpuppte sich die Spielvariante der Kids als harmlos. Die größte Prüfung bestand in einem Kopfsprung vom Bootssteg, den Joshua einmal ausführen musste, weil er beim Fangen danebengriff. Darüber hinaus schienen die Kids allerdings keine große Lust zu haben, sich gemeine Aufgaben auszudenken. Die meisten fingen den Ball und antworteten einfach auf die überaus niedlichen, unschuldigen Fragen.

Sobald ich trocken war, zog ich mir mein Shirt wieder über und streckte mich auf der Wiese aus, während ich der Clique lauschte und weitere Informationen über meine Tochter sammelte. Je mehr Zeit verging, umso klarer wurde mir, dass ich noch immer so vieles nicht über sie wusste.

Ihr bestes Fach in der Schule war Mathe. Das hatte sie sicher nicht von mir. Ich war zu faul gewesen, mich mit so nervigen Dingen wie Rechenoperationen zu beschäftigen. Für mich zählten nur die Ziffern auf der Anzeigetafel.

Ihr peinlichstes Erlebnis hing mit einem Streit mit ihrem Onkel zusammen. Mit sieben hatte sie behauptet, eine ganze Packung Center Shocks essen zu können, und ihn danach von oben bis unten vollgekotzt. Während ihre Freunde mit angeekelten Lauten reagierten, musste ich mir ein Lachen verkneifen. Reed war bestimmt begeistert gewesen.

Eine Weile später rief Quill alle zusammen, weil es bald Zeit für das große Willkommensbarbecue war.

Die Kinder trotten zurück, nur Maila blieb im See und winkte mich zu sich. »Schwimmst du noch einmal mit mir zum anderen Ufer?«

Ich zögerte. Sie war schon seit zwei Stunden im Wasser, und obwohl es nach wie vor brütend heiß war, bezweifelte ich, dass sie noch genügend Kraft hatte, den See zweimal zu durchqueren. Deshalb schüttelte ich den Kopf. »Morgen wieder, okay? Komm jetzt auch raus. Deine Lippen sind schon blau.«

Sie verzog besagte Lippen – genau wie ihre Mom –, aber ich ließ mich nicht erweichen.

Missmutig stapfte sie aus dem Wasser, ließ sich neben mich ins Gras fallen und warf sich ihr Handtuch über die Schultern. Sie zitterte. »Du bist gemein.«

»Lieber das, als dich leichtsinnig in Gefahr zu bringen«, erwiderte ich und schlang die Arme um die Knie. »Hast du die neuen Rotluchse schon kennengelernt?«

Maila nickte und erzählte mir von ihren ersten Eindrücken zu den Mädchen, und ich stellte wieder einmal verwundert fest, wie aufgeschlossen und fröhlich sie war. Selbst wenn ich nicht ihr Vater gewesen wäre, hätte ich sie wahnsinnig sympathisch gefunden.

Damals war Hazel ganz genauso gewesen. Sie war durch Silver Springs getanzt und hatte jeden angequatscht und zum Lachen gebracht. Die Mädchen wollten so beliebt sein wie sie, die Kerle verfielen ihr reihenweise. Ich war mir sicher, dass es bei Maila ähnlich laufen würde.

In fünf, sechs Jahren wäre sie die unangefochtene Queen von Silver Springs.

Und wo wäre ich dann?

Die Frage beschäftigte mich noch lange, nachdem Maila in ihren Bungalow und ich in meine Hütte zurückgekehrt war. Weil mich die Vorstellung, die Entwicklung meiner Tochter nur aus der Ferne zu erleben, regelrecht in Panik versetzte, zog ich irgendwann mein Handy hervor, warf mich aufs Sofa und checkte meine Nachrichten.

Coach Collins hatte vor ein paar Stunden angerufen, was mich ein wenig überraschte. Immerhin hatte ich ihm bei unserem letzten Telefonat deutlich zu verstehen gegeben, dass ich seinen Motivationsbullshit nicht brauchte.

Weil ich offensichtlich trotzdem ein masochistischer Idiot war, loggte ich mich auf der Webseite der Nationalmannschaft ein, auf der alle Bestzeiten des Teams akribisch festgehalten wurden.

Ich schämte mich nicht, zuzugeben, dass mich ein wenig Genugtuung erfüllte, weil bisher keiner der neuen Jungs meinen Weltrekord vor zwei Jahren geknackt hatte.

Loser.

Mit einem bitteren Seufzer rieb ich mir über das Gesicht. Diese Jungs schwammen in dem Team, von dem ich gerne ein Teil wäre. Wenn hier einer ein Loser war, dann ich.

Da mich dieser Gedanke noch viel mehr runterzog, überflog ich ein paar neue Kommentare unter den Fotos, die ich vor einer ganzen Weile auf meinem Social-Media-Account gepostet hatte. Sie munterten mein angeknackstes Ego wenigstens ein bisschen auf.

Ich badete noch in der Bewunderung meiner Fans, als die Tür aufschwang und Hazel in die Hütte stürmte. Sie sah fuchsteufelswild aus. Das war's dann wohl mit dem Frieden.

»Was zur Hölle ist das?«, knurrte sie und hielt den Briefumschlag in die Höhe, den ich ihr heute Morgen unter ihrer Bürotür durchgeschoben hatte.

Langsam richtete ich mich vom Sofa auf. »Ein Scheck.«

»Das sehe ich selbst.« Ihre braunen Augen sprühten Funken. »Ich will dein Geld nicht haben.«

Genau diese Reaktion hatte ich befürchtet. »Das ist der Unterhalt für unsere Tochter, und er steht dir zu.«

»Erstens ist das viel zu viel, und zweitens bin ich bisher auch wunderbar allein zurechtgekommen.« Sie streckte mir den Scheck entgegen. »Nimm ihn zurück!«

Ich stand auf und ging zu ihr, schob meine Hände allerdings demonstrativ in meine Hosentaschen, damit sie gar nicht erst auf die Idee kam, ich würde den Scheck wieder an mich nehmen. »Mir ist vollkommen klar, dass du nicht auf meine Unterstützung angewiesen bist. Aber ich bin Mailas Vater und laut Gesetz dazu verpflichtet, mich finanziell an der Erziehung und Ausbildung unserer Tochter zu beteiligen. Ich habe zehn Jahre lang keinen Cent für sie gezahlt. Da kommt so eine Summe schnell zusammen.«

Gut möglich, dass ich noch ein paar Tausend Dollar draufgeschlagen hatte. Aber es war trotzdem nicht genug. Geld wog schließlich nicht die Zeit auf, die ich versäumt hatte, oder brachte die Momente zurück, die für immer verloren waren.

»Mach damit, was immer du möchtest«, fuhr ich fort. »Dieses Geld gehört dir.«

Hazel senkte den Blick auf den Scheck in ihrer Hand. Sie dachte einen Moment lang nach – und dann zerriss sie das feine Papier vor meinen Augen und ließ die Schnipsel auf den Boden rieseln. Als sie wieder zu mir hochschaute, war ihre Miene vollkommen ausdruckslos. »Ich lasse mich nicht kaufen.«

Entgeistert schüttelte ich den Kopf. »So war das überhaupt nicht ...«

Bevor ich den Satz zu Ende sprechen konnte, wirbelte sie herum und stürmte aus der Hütte. Die Tür fiel krachend hinter ihr ins Schloss.

Fantastisch.

Frustriert bückte ich mich, um die Schnipsel einzusammeln. Mein Knie zwickte, aber bei all dem Ärger über mich selbst bemerkte ich es kaum. Ich hatte angenommen, Hazel den Scheck kommentarlos unter der Tür durchzuschieben, würde es leichter für sie machen, ihn anzunehmen. Aber ich hatte unterschätzt, wie stolz sie war. Nun musste ich einen anderen Weg finden, ihr das Geld zu geben, denn ich wollte unbedingt, dass sie es bekam.

Kurze Zeit später machte ich mich auf den Weg zum Grillplatz. Ich hoffte, dass Reed dort bereits das Barbecue vorbereitete, damit ich über ihn vielleicht in Erfahrung bringen konnte, warum Hazel so empfindlich auf einen Scheck reagierte. Dass sie das Geld nicht wollte, war eine Sache, aber dass sie meinte, ich würde sie für käuflich halten, hinterließ ein wirklich mieses Gefühl in mir.

Leider stand jedoch nicht Reed, sondern Grover am Grill, auf dem bereits saftige Rindfleischpattys brutzelten und zischten. Dampf stieg auf und verbreitete einen rauchigen Geruch, bei dem mir das Wasser im Mund zusammenlief, obwohl ich an einer Hand abzählen konnte, wie oft ich mir im Laufe meines Lebens einen Burger gegönnt hatte. Noch so eine Sache, auf die ich jahrelang verzichtet hatte, um in Form zu bleiben.

Grover schaute vom Grill auf und runzelte die Stirn, als er mich entdeckte. »Hallo.«

Da es ziemlich peinlich gewesen wäre, vor dem alten Mann zu flüchten, trat ich zögernd näher. »Wir sind uns noch gar nicht offiziell vorgestellt worden.«

»Ich weiß genau, wer du bist, Neo.« Er hob die Grillzange und deutete damit auf seine Schläfe. »Ich habe ein Gedächtnis wie ein Elefant. Obwohl meine Frau steif und fest behauptet, sie hätte dich zuerst erkannt.«

Im Grunde sollte es mich nicht überraschen, denn so sehr hatte ich mich in den letzten zehn Jahren nicht verändert. Trotzdem spannte ich mich bei Grovers Worten merklich an. »Wartet sie noch auf einen günstigen Zeitpunkt, um mich zu vergiften?«

Grover schnaubte. »Sie meint, verdient hättest du es.«

Tja, dem konnte ich nicht widersprechen. Deshalb nickte ich nur und schaute schweigend zu, wie er das Fleisch wendete.

»Als ich achtzehn war, wollte ich unbedingt zur Navy, um Pilot zu werden«, sagte der Alte plötzlich. »Meine Familie war nie reich. Deshalb hatte ich nur dort die Chance, eine Ausbildung zu machen. Aber Dotty wollte nicht, dass ich ging. Also stand ich vor der Wahl: mein Traum vom Fliegen oder meine Traumfrau.«

Es war klar, wie er sich entschieden hatte. Sonst wären die beiden ja nicht glücklich verheiratet.

»Ich liebe meine Frau«, fuhr Grover fort, während er stoisch das Fleisch über den Grill schob. »Und ich bin dankbar, sie zu haben. Aber ich frage mich jeden einzelnen Tag, was ich vielleicht hätte erreichen können, wenn ich mich anders entschieden hätte.«

Holy shit! Damit hatte ich nicht gerechnet.

»Ich habe kein Recht, dir eine Absolution zu erteilen, Junge. Das kann nur eine Person.« Grover schaute mich wieder an. »Du sollst nur wissen, dass ich es verstehe und dich nicht dafür verurteile, auch wenn ich dir eine Zeit lang ordentlich in den Hintern treten wollte.«

Ich lachte leise, während sich ein warmes Gefühl in meiner Brust ausbreitete. Der Zuspruch des Alten kam völlig unerwartet. Wahrscheinlich tat er deshalb so gut. »Danke.«

Er nickte. »Hol mal bitte den Wärmebehälter aus der Küche.«

»Klar.« Ich stieg die Stufen zur Terrasse hoch und ging durch den Speisesaal in die Küche. Dort war Dotty bereits damit beschäftigt, Salate und Beilagen für das Barbecue vorzubereiten. Hazel saß auf einer Anrichte, die Füße überkreuzt, und futterte einen Brownie. Als sie mich erblickte, hielt sie mit vollem Mund inne.

Schmunzelnd betrachtete ich ihre geröteten Wangen. Offenbar war sie direkt nach unserer Auseinandersetzung hierhergeeilt, um sich mit einem von Dottys Trösterchen vollzustopfen. »Schmeckt's?«

Die Schokolade schien ihren Zorn tatsächlich besänftigt zu haben, denn sie nickte. »Dottys Brownies waren schon immer die besten.«

»Hab ich nicht vergessen«, erwiderte ich und kam näher, ohne es selbst wirklich zu bemerken.

Dotty stieß ein missbilligendes Schnaufen aus. »Immerhin etwas, das dir im Kopf geblieben ist.«

Meine Belustigung verschwand. »Grover hat mich gebeten, den Wärmebehälter für das Fleisch zu holen.«

»Warte.« Hazel hüpfte vom Tisch und öffnete einen Schrank, aus dem sie eine große Edelstahlpfanne mit Deckel zog. »Hier.«

Ich griff danach und öffnete den Mund, um mich zu bedanken, doch mein Blick fiel auf ihre glänzenden Lippen und saugte sich dort fest. Sicher schmeckten sie nach dunkler Schokolade.

Süß. Sündig.

Ich wollte sie probieren, meinen Mund hart auf ihren pressen.

Mein ganzer Körper reagierte mit unverhohlener Begeisterung auf diese Idee. Ich fragte mich, ob Hazel so gut schmeckte wie in meiner Erinnerung. Ob ihre Lippen noch immer so weich waren. Ob ich sie zum Stöhnen bringen könnte …

Fuck! Ich wollte sie so sehr.

Leider war ich mir ziemlich sicher, dass Hazel mir eher den Wärmebehälter über den Kopf ziehen würde, als zuzulassen, dass ich sie spontan küsste. Obwohl sie selbst ebenfalls Schwierigkeiten zu haben schien, sich zurückzuziehen. Zumindest ließ sie die Pfanne nicht los, weshalb wir beide nun mitten in der Küche standen und uns anstarrten.

Erst als Dotty sich räusperte, zuckte Hazel zusammen und wich zurück. »Ich muss los.«

Bevor ich noch etwas sagen konnte, hatte sie sich schon umgedreht und verschwand aus der Küche.

Frustriert, weil sie schon wieder abhaute, sah ich ihr nach.

Dotty seufzte. »Vielleicht wäre es besser, wenn du wieder nach Hause fährst.«

Ich wich zurück, als hätte sie mir eine Ohrfeige verpasst. »Wie bitte?«

Langsam wandte sich Dotty zu mir um. Ihr Blick war jedoch unerwartet weich. »Du bist sicher kein schlechter Kerl, Neo. Aber ich will nicht, dass du ihr noch einmal wehtust.«

Meine Kehle schnürte sich zu. »Das will ich auch nicht.«

»Weißt du was? Das glaube ich dir sogar.« Sie musterte mich abschätzend. »Aber ich glaube auch, dass du keine Ahnung hast, was du eigentlich willst. Deine Karriere ist vorbei. Wie sehen deine Pläne für die Zukunft aus? Was hast du nach dem Sommer vor? Wirst du bleiben oder irgendwo weit weg von hier neu anfangen? Hast du auch nur eine Sekunde lang darüber nachgedacht?«

Jede Frage fühlte sich an wie ein Messerstich in meine Brust. Denn nein, verdammt noch mal, das hatte ich nicht! Ich hatte keinen Schimmer, wie es nach diesem Job für mich weitergehen würde. Ich wusste nur, dass ich Hazel endlich wieder spüren wollte. Und zwar nicht nur für eine Nacht.

»Ich könnte bleiben«, murmelte ich, während meine Finger den Wärmebehälter fester umschlossen. »Ist ja nicht so, als würde in Salt Lake City jemand auf mich warten.«

»Genau da liegt das Problem, Neo«, erwiderte die alte Frau betrübt, bevor sie sich wieder dem Salat auf der Anrichte zuwandte.

Ganz offensichtlich nahm sie an, Hazel und Maila wären für mich nicht mehr als ein letzter Ausweg, nachdem ich aus der Mannschaft geflogen war. Ich stieß ein bitteres Lachen aus. »Du irrst dich, wenn du glaubst, die beiden wären für mich bloß ein Trostpreis. Sie sind mir wichtig.«

Dotty drehte sich nicht noch einmal um. Trotzdem verfehlten ihre folgenden Worte ihre Wirkung nicht. »Dann solltest du gut darüber nachdenken, was du als Nächstes tust.«

KAPITEL 15

Hazel

Sonntag war Chilltag in Silver Springs, was bedeutete, dass die gesamte Campgemeinschaft den Tag am See verbrachte und die Seele baumeln ließ. Ich liebte diese faulen Tage, allerdings hatte ich Matty versprochen, ihm die Leuchtfiguren pünktlich zurückzubringen.

Also machte ich mich nach dem Mittagessen mit dem Karton in den Händen auf den Weg zu meinem Wagen. Sobald ich auf den Parkplatz trat, hielt ich jedoch verblüfft inne, denn Neo lehnte mit verschränkten Armen an der Motorhaube seines Cabriolets. Er hatte den Wagen bereits vorgefahren. »Du hattest erwähnt, dass du die Sachen heute zurückbringen willst. Wenn du einverstanden bist, würde ich dich gern fahren.«

Im Gegensatz zu ihm hegte ich Zweifel, ob es eine gute Idee war, mehrere Stunden in diesem engen Auto mit ihm zu sitzen. »Willst du nicht lieber mit den anderen am See entspannen?«

Langsam schüttelte er den Kopf. »Ich würde gern etwas mit dir besprechen.«

Jetzt schrillten meine Alarmglocken gleich noch lauter. Immerhin konnte ich ja schlecht aus dem fahrenden Wagen springen, wenn es mir zu viel wurde.

Gestern Abend hatte er tief in Gedanken versunken ins Lagerfeuer gestarrt, während Reed auf seiner Gitarre spielte und die Kids mitsangen oder sich leise unterhielten. Er hatte sich kaum an den Gesprächen beteiligt. Trotzdem schien er sich meiner Nähe stets bewusst gewesen zu sein. Zumindest hatte sein Körper reagiert, wann immer ich ihm näher gekommen war.

Wir waren wie Magnete, die einfach nicht voneinander loskamen. Was diese Fahrt umso gefährlicher für mich machte.

Skeptisch kniff ich die Augen zusammen. »Was willst du besprechen?«

Anstelle einer Antwort stieß er sich von der Motorhaube ab, öffnete die Beifahrertür und schaute mich an. »Bitte steig ein, Hazel.«

Da war diese Dringlichkeit in seinem Blick. Sie sorgte dafür, dass ich einknickte. Ich stöhnte auf, ging zu ihm, drückte ihm die Kiste in die Hand und stieg ein.

Seine Erleichterung hörte ich mehr als dass ich sie sah, denn er stieß geräuschvoll die Luft aus, bevor er den Karton im Kofferraum verstaute und auf dem Fahrersitz Platz nahm. »Wohin müssen wir?«

»Fahr erst mal Richtung Shelby«, erwiderte ich und schnallte mich an.

»Okay.« Er startete den Motor und gab Gas. »Danke, dass du zugestimmt hast.«

Ich hoffte nur, ich würde es hinterher nicht bereuen.

Während wir die Zufahrtsstraße entlangrollten, wartete ich unruhig darauf, dass er mir verriet, worum es eigentlich ging.

Doch er bog schweigend auf die Landstraße ab, die nach Shelby führte. Nach ein paar Meilen dünnte sich der Wald merklich aus und ging in ein Flachland über, das größtenteils als Weidefläche für Rinder oder zum Weizenanbau genutzt wurde.

Zum ersten Mal seit Wochen war es bewölkt, was gut war, denn so bretterte uns nicht die Sonne auf den Kopf. Außerdem fuhr Neo langsam genug, sodass uns der Wind nicht wild um die Ohren peitschte. Es wäre sogar ein Gespräch möglich – wenn er denn endlich mal mit der Sprache rausrückte.

Mit einer Mischung aus Ungeduld und Misstrauen sah ich zu ihm rüber. Seine Haltung war lässig. Man hätte eigentlich meinen sollen, dass ein großer Kerl wie er absolut albern in diesem winzigen Cabriolet aussah. Aber irgendwie wirkte es, als hätte jemand den Wagen um ihn herumgegossen.

»Wie läuft es in der Schule für Maila?«, fragte Neo nach einer Weile. »Sie hat erzählt, ihr Lieblingsfach wäre Mathe?«

Sein konsternierter Gesichtsausdruck brachte mich zum Schmunzeln, was zweifellos seine Absicht gewesen war, damit ich mich entspannte. »Stimmt.«

»Ist sie gut?«, hakte er nach. »Ich meine, ich weiß ja, dass sie clever ist, aber das spiegelt sich ja nicht unbedingt in den Noten wider.«

Stolz erfüllte mich. »Bisher kommt sie gut zurecht. Ihr fällt ziemlich viel zu.«

Neos Mundwinkel zuckten. »Das hat sie von dir.«

»Jepp.« Spöttisch reckte ich einen Zeigefinger in die Höhe. »Ich will ja nicht angeben, aber da bin ich mir sogar ziemlich sicher. Wenn ich mich recht entsinne, hast du in der Highschool nicht sonderlich viel Ehrgeiz an den Tag gelegt.«

Er lachte leise, lenkte das Thema aber dann geschickt zurück auf unsere Tochter, indem er sich erkundigte, wie der Schulalltag üblicherweise bei Maila ablief.

Eigentlich hätte er sie das auch selbst fragen können. Aber da hier immerhin keine Gefahren für mich lauerten, erzählte ich ihm von Mailas Schulweg mit dem Bus, ihren Unterrichtsfächern und unserem Tagesablauf im Allgemeinen.

Danach fragte er, wie es nach dem Sommer in Silver Springs weitergehen würde.

Diesbezüglich hatte ich jedoch selbst noch keine Ahnung, was auf uns zukommen würde. Aber zumindest arbeiteten wir an ein paar Ideen.

»Estelle hat sich viel vorgenommen, um neue Zielgruppen für das Camp zu erschließen«, erklärte ich. »Sie hat schon eine Menge toller Fotos gemacht, und wenn sie nicht an ihren Onlinekursen für ihr Studium sitzt, feilen wir zusammen an einer Strategie, um Silver Springs ganz neu zu vermarkten.«

»Steckt das Camp in Schwierigkeiten?«, fragte Neo und klang ehrlich besorgt.

»Es könnte besser laufen.« Ich hasste es, das zuzugeben, aber es war die Wahrheit. So beliebt Silver Springs im Sommer war, die übrigen Jahreszeiten wurden nur mau gebucht. »Wir überlegen zurzeit, die kältere Jahreszeit effektiver zu nutzen. Immerhin gibt es auch in den Wintermonaten genügend Abenteuer in den Rockys zu erleben.«

Da fiel mir wieder ein, dass ich Estelle eigentlich versprochen hatte, mich heute um die Texte für die neue Webseite zu kümmern. Außerdem brauchte ich noch Einverständniserklärungen von den Eltern, um Fotos ihrer Kinder anonym im Internet platzieren zu dürfen. Das hatte ich bei dem ganzen Trubel vergangene Woche total vergessen.

»Schneit es hier eigentlich im Winter?« Neos Stimme klang, als hätte er darüber noch nie nachgedacht.

Ich lachte. »Na klar.«

»Warum bietet ihr dann kein Skicamp an? Es gibt doch sicher Pisten in der Nähe.«

»Ja, an etwas in der Art hatten wir gedacht«, erwiderte ich lächelnd. »Das Problem ist, dass Silver Springs sich zwar auch für Wochenendausflüge eignet, aber das nicht rentabel für uns ist. Um Schulklassen längere Aufenthalte zu ermöglichen, müssten wir einiges investieren. Wir bräuchten zum Beispiel Konzepte, die belegen, dass die Kinder auch bei uns alles lernen, was sie in der gleichen Zeit in der Schule durcharbeiten würden. Falls das genehmigt wird, müssten wir natürlich auch die entsprechenden Lehrkräfte engagieren, die diese Konzepte umsetzen. Ich bin noch dabei, auszurechnen, wie das alles finanziell funktionieren kann. Aber ich denke, ich bin auf einem guten Weg.«

Neo warf mir einen Blick zu, der fast an Bewunderung grenzte. »Du gehst echt auf in diesem Job, oder?«

Ich grinste. »Jepp.«

»Mathe, hmm?«, zog er mich auf. »Ihr zwei seid doch verrückt.«

Lachend schlug ich ihm auf den Oberarm. Er zuckte nicht mal zusammen.

Danach erzählte ich ihm von weiteren Plänen, die uns für das Camp vorschwebten, und bevor ich wusste, wie mir geschah, hatten wir Shelby hinter uns gelassen und unser Ziel erreicht.

Matty verdiente seinen Lebensunterhalt mit dem Verleih von Partyequipment und zählte sowohl Privatpersonen als auch Gemeinden zu seinem Kundenkreis. Er hatte sogar einen richtig schicken Showroom im Erdgeschoss seines Hauses eingerichtet.

Neo trat vor das Schaufenster und betrachtete die edlen Ballonsäulen, Dekoelemente und Fotos von eleganten Galas und Festen. Er stieß einen leisen Pfiff aus. »Nicht schlecht für einen Provinzler.«

Hinter uns grollte Mattys Lachen, woraufhin Neo ertappt zusammenzuckte.

Kichernd drehte ich mich um. Matty war Ende vierzig, wahnsinnig charmant und immer gut gelaunt. Ich mochte ihn sehr und umarmte ihn zu Begrüßung. »Hey.«

Matty beäugte meinen Begleiter mit unverhohlenem Interesse. »Wen bringst du denn da Hübsches mit?«

Ich tätschelte ihm die Schulter. »Das ist Neo, und ich bringe dir deine Leuchtfiguren mit. Mehr nicht.«

Er zog eine Schnute. »Schade.«

Das glaubte ich ihm aufs Wort. Neo fiel nämlich voll in sein Beuteschema.

»Hi, freut mich«, sagte der, bevor er zum Kofferraum ging und den Karton herausholte.

Matty riss sich nur mit Mühe von Neos Hintern los. »Hat alles geklappt?«

Ich nickte. »Die Figuren sahen toll auf dem Steg aus. Ich schicke dir nächste Woche ein paar Bilder.«

»Prima.« Er nahm den Karton von Neo entgegen. »Danke.«

»Ich danke dir«, erwiderte ich.

Matty klemmte sich den Karton unter den Arm und machte eine abwinkende Geste. »Du hast mir schon tausendmal aus der Patsche geholfen, und es war sicher nicht das letzte Mal.«

Vermutlich nicht.

»Wollt ihr noch auf einen Kaffee reinkommen, bis der Sturm vorübergezogen ist?«, fragte Matty.

Neo und ich legten gleichzeitig den Kopf in den Nacken und musterten irritiert den Himmel. Er war nach wie vor wolkenverhangen, aber es sah nicht so aus, als würde in absehbarer Zeit auch nur ein Tropfen Regen fallen.

»Ich denke nicht, dass es bald ein Unwetter gibt.« Neo stemmte die Hände in die Hüften. »Wie du magst, Hazel.«

Ich lächelte Matty an. »Beim nächsten Mal, okay? Ich will nachher noch eine Runde im See planschen. Ich hab's Maila versprochen.«

»Grüß deine Kleine von mir.« Er zwinkerte mir zu und nickte dann zu Neos Cabriolet hinüber. »Und wenn ihr wirklich trocken nach Hause kommt, zahle ich dir beim nächsten Mal das Doppelte.«

Ich lachte. »Und wenn wir nass werden, arbeite ich umsonst.«

Matty brach in Gelächter aus, ehe er sich vorbeugte und mir einen Kuss auf die Wange drückte. Anschließend winkte er Neo zu, wünschte uns eine gute Fahrt und verschwand im Seiteneingang seiner Villa.

Schon waren wir auf dem Rückweg.

»Du arbeitest für ihn?«, fragte Neo und verlagerte sein Gewicht im Sitz.

»Gelegentlich, wenn im Camp nicht so viel zu tun ist.« Mein Blick fiel auf seine linke Hand, die kaum merklich sein Knie massierte. »Hast du Schmerzen?«

Sofort hielt er inne. Einen Moment zögerte er, dann gab er es zu. »Autofahren ist manchmal ein bisschen unangenehm.«

Ich stöhnte. »Warum hast du mir das denn nicht gleich gesagt?«

Er warf mir einen vielsagenden Blick zu. »Weil du sonst erst recht nicht eingestiegen wärst.«

Das könnte stimmen. »Halt an.«

»Was?«

»Du hast mich schon verstanden.« Mit einer ungeduldigen Geste deutete ich zum Straßenrand. »Ich fahre weiter.«

Er zögerte erneut. »Dieser Wagen hat eine Gangschaltung.«

Ich warf ihm ein wölfisches Grinsen zu. »Dann wollen wir mal hoffen, dass ich genauso schnell lerne wie unsere Tochter.«

Etwas an seinem Gesichtsausdruck veränderte sich. Dann lenkte er den Wagen an den Straßenrand und hielt an. Gedankenversunken starrte er durch die Frontscheibe. »Das hast du noch nie gesagt.«

»Was denn?«, fragte ich verwirrt.

»Du nennst sie Maila, Flipper oder deine Tochter.« Sein Adamsapfel hüpfte. »Aber nicht *unsere* Tochter.«

Meine Wangen wurden heiß, denn natürlich hatte er recht. Ich hatte diese Unterscheidung bewusst vorgenommen, um Neo in seine Grenzen zu verweisen. Dass mir jetzt doch eine andere Formulierung rausgerutscht war, zeigte deutlich, dass sich etwas zwischen uns verändert hatte – und das überforderte mich.

»Bewerte das nicht über«, sagte ich, um meinen kleinen Versprecher vor ihm und auch vor mir selbst herunterzuspielen. »Sie ist nun mal von dir und mir. Das macht sie zu unserer Tochter. Keine große Sache.«

Neo öffnete den Mund, aber ich ließ ihn gar nicht erst zu Wort kommen, sondern öffnete die Beifahrertür und stieg aus. Mit vorgetäuschter Lässigkeit umrundete ich die Motorhaube und wartete, bis auch Neo ausgestiegen war. Er lehnte die

Wagentür an und trat mir entgegen, sodass wir uns gegenüberstanden.

Sein Blick brannte sich in meinen, und da waren so viele Gefühle in seinem Gesicht, dass ich regelrecht vor ihm zurückwich. Seine Hand zuckte vor, als wollte er nach mir greifen.

Doch ich schüttelte den Kopf und schob mich an ihm vorbei. »Lass uns fahren.«

Nicht mal eine Minute später lenkte ich das Auto zurück auf die Straße. Neo kommentierte nicht, dass ich keinerlei Probleme mit der Gangschaltung hatte. Stattdessen starrte er mich weiter unverwandt an, als wollte er mir etwas aus der Seele reißen, das ich ihm partout verweigerte.

Meine Vergebung.

Die Stimmung war vollkommen umgeschlagen, und ich ärgerte mich, dass ich nicht einfach meine Klappe gehalten hatte. Denn nun ragte diese riesige Kluft zwischen uns auf, die ich einfach nicht überwinden konnte, und auch Neo tat nichts, um das Schweigen zu brechen.

Kurz hinter Shelby klatschte mir der erste Regentropfen ins Gesicht. Ich schaute zum Himmel empor, der sich schlagartig verdunkelt hatte. Auch das noch.

»Tja, sieht aus, als hätte Matty recht gehabt«, murmelte ich, verlangsamte das Tempo und suchte die Konsole ab. »Wie fährt man das Dach aus?«

»Gar nicht.« Mein Kopf fuhr zu Neo herum, der verlegen das Gesicht verzog. »Das ist ein Oldtimer. Normalerweise würde man das Dach manuell auffalten.«

»Was meinst du mit *normalerweise*?«, fragte ich alarmiert, während immer weitere Regentropfen auf uns niederprasselten.

In einer Minute wären wir mitten in einem Sturzregen.

Neo zuckte mit den Schultern. »Es ist kaputt. Ich bin noch nicht dazu gekommen, es reparieren zu lassen.«

Als wäre diese Aussage noch nicht dramatisch genug, grollte der Himmel.

Na wunderbar.

Frustriert, weil ich nasser und nasser wurde, noch mindestens fünfzig Meilen vor uns lagen und wir uns mitten in der Einöde befanden, trat ich wieder aufs Gas. Das nächste Dorf war zwar noch ein ganzes Stück entfernt, aber vielleicht schafften wir es ja bis dorthin. Die Scheibenwischer liefen auf Hochtouren, trotzdem konnte ich fast nichts mehr erkennen.

»Sieh mal, da drüben«, meinte Neo plötzlich und deutete auf eine alte Scheune, die sich kaum sichtbar durch den Regen abzeichnete. »Vielleicht haben wir Glück und können uns da unterstellen.«

Weil ich ganz bestimmt nicht mit Neo in einer Scheune hocken wollte, schüttelte ich entschieden den Kopf. »Das Unwetter könnte noch Stunden dauern.«

»Aber es ist zu gefährlich weiterzufahren, Hazel«, widersprach er ungeduldig. »Du kannst kaum noch was sehen.«

Ich wischte mir ein paar klatschnasse Haarsträhnen aus dem Gesicht. »Ich sehe genug.«

Das stimmte nicht mal ansatzweise. Der Regen fiel jetzt so stark, dass das Wasser gar nicht schnell genug von der Straße wich und gefährliche Pfützen bildete. Über uns blitzte und donnerte es ununterbrochen, und dass der Wind um unsere durchweichten Körper pfiff, machte es auch nicht besser. Ich begann zu zittern.

»Verdammt noch mal, sei doch vernünftig!«, brüllte Neo über das Peitschen des Regens hinweg. »Wir gehen noch drauf!«

Nur weil die Chancen wirklich gut standen, dass diese Sache hier gewaltig schiefging, knickte ich ein und setzte schließlich doch den Blinker. Zum Glück führte ein gepflasterter Weg bis zur Scheune. Andernfalls wären wir ziemlich sicher in der aufgeweichten Erde stecken geblieben.

Vor der Scheune sprang Neo sofort aus dem Wagen und rannte auf das Tor zu. Seine Klamotten klebten klatschnass an seinem Körper und zeichneten jede Wölbung nach.

Ich stieß ein beinahe hysterisches Lachen aus, während er unsanft an dem Tor rüttelte. Natürlich war es verriegelt. Aber das schien ihn nicht im Mindesten zu interessieren. Er hob einen großen Stein vom Boden auf und ließ ihn so lange auf das Metallteil krachen, bis das Holz splitterte und die Schrauben aus der Verankerung rissen. Anschließend zerrte er das Scheunentor auf und winkte mich ungeduldig heran.

Verärgert trat ich aufs Gas und fuhr hinein. Als ich den Motor ausstellte, zog Neo gerade wieder das Tor zu.

Nass bis auf die Knochen stieg ich ebenfalls aus und stemmte die Hände in die Seiten. »Ich hoffe, du hast vor, den Schaden zu bezahlen.«

Er nickte unbeeindruckt. »Ich kümmere mich darum.«

»Immerhin«, murmelte ich, bevor ich mich umschaute.

Die Scheune schien früher ein Pferdestall gewesen zu sein. Rechts und links von uns befanden sich abgetrennte Boxen, in denen jetzt allerdings nur noch Strohballen lagerten. Zahlreiche Balken dienten dem Gebäude als Stütze. Es gab nur ein paar wenige Dachfenster, die bei dem finsteren Himmel kaum Licht einließen. Aber zumindest waren wir im Trockenen.

Für wer weiß wie lange. Ich seufzte.

Neo trat zum Kofferraum und wühlte darin herum. Schließlich streckte er mir ein Bündel Klamotten entgegen. »Hier.«

Skeptisch betrachtete ich den Pullover und die Trainingshose mit dem Logo der Schwimm-Nationalmannschaft.

»Du musst aus dem nassen Zeug raus«, sagte er. »Sonst holst du dir noch eine Lungenentzündung.«

Ich gab es ungern zu, aber er hatte recht. Meine Klamotten trieften, und ich fror entsetzlich. Auch er zitterte. »Was ist mit dir?«

Er zuckte mit den Schultern. »Geht schon.«

Ach, jetzt wollte er den Helden spielen? Ich schnaubte, bevor ich den Pullover aus seiner Hand pflückte und mich in eine der Boxen zurückzog. Es dauerte eine ganze Weile, bis ich mir die nassen Sachen vom Körper geschält hatte. Bis auf meinen Slip zog ich alles aus. Anschließend stülpte ich mir den Pullover über, der mir dank seiner Größe bis zu den Knien reichte.

Mit meinen tropfnassen Sachen in der Hand kehrte ich zum Cabriolet zurück, wo Neo lediglich in Trainingshose damit beschäftigt war, seine nasse Jeans zusammenzulegen. Sein Oberkörper war nackt.

Mein Mund wurde trocken, während ich in dem diffusen Licht verfolgte, wie sein Tattoo beim Spiel seiner Muskeln tanzte. Seine Haut war glatt und leicht gebräunt von den letzten Tagen am See, und diese verfluchte Hose hing verlockend tief auf seinen Hüften. Meine Handflächen kribbelten, weil ich ihn so dringend berühren wollte.

Verdammter Mist! Ich hätte nicht mit ihm mitfahren sollen.

Wütend auf mich selbst stapfte ich durch die Scheune. Ich konnte nicht glauben, dass ich ausgerechnet mit Neo hier drin feststeckte.

Mit jedem anderen – aber nicht mit ihm.

»Jetzt komm wieder runter«, sagte er hinter mir. »So schlimm ist das nun auch wieder nicht.«

Er hatte doch keine verdammte Ahnung. Aufgebracht drehte ich mich zu ihm um. Wir sahen beide absolut lächerlich in diesem geteilten Trainingsanzug aus. Aber ihn störte das natürlich herzlich wenig. Sein Blick wanderte ungeniert über meine nackten Beine. Ihm gefiel, was er sah. Zumindest, wenn ich den Ausdruck auf seinem Gesicht richtig deutete. Und offenbar schien es ihm auch nicht das Geringste auszumachen, hier mit mir festzusitzen. Seine Mundwinkel zuckten, als müsste er sich ein Lachen verkneifen.

»Findest du das etwa witzig?«, fragte ich empört.

»Ein bisschen schon.« Jetzt gab er sich keine Mühe mehr, sein Grinsen zu verbergen. »Genau genommen fühle ich mich gerade wie ein Scheißglückspilz.«

Trotzig verschränkte ich die Arme. »Wenn du glaubst, dass das irgendetwas zwischen uns ändert, täuschst du dich gewaltig.«

Sein Grinsen verpuffte, und in seinen Augen blitzte etwas auf. Dann kam er langsam auf mich zu. »Schrei mich an.«

Irritiert wich ich zurück. »Was?«

»Schrei mich an«, wiederholte er ruhig. »Schlag mich, kratz mich, beiß mich.« Er breitete die Arme aus. »Tu, was immer du musst, damit du mir verzeihen kannst.«

Mein Herz begann zu hämmern, während ich weiter vor ihm zurückwich, bis ich einen Holzbalken in meinem Rücken spürte. Es fiel mir schwer, diese vielen Gefühle, die in mir tobten, im Zaum zu halten. Tatsächlich passten sie sogar ziemlich gut zu dem Unwetter, das da draußen um uns herumfegte.

Aber ich weigerte mich, ihn das sehen zu lassen. Hochmütig reckte ich mein Kinn. »Ich habe dir gesagt, dass es nichts zu verzeihen gibt und ich auch nicht wütend auf dich bin.«

Neo blieb unmittelbar vor mir stehen. »Du lügst.«

Ich knirschte mit den Zähnen. »Ich lüge nicht.«

Plötzlich wurde seine Miene weich. »Doch, Baby. Du bist so scheißwütend auf mich, dass du kaum noch klar denken kannst.«

Dass er mich derart durchschaute und auch noch meinen alten Kosenamen verwendete, sorgte dafür, dass ich ihn vielleicht doch ein bisschen schlagen wollte. Und dieses Bedürfnis stieg, sobald ich die Hitze spürte, die von ihm ausging. Reflexartig legte ich ihm die Hand auf die Brust und schubste ihn weg. »Hör auf damit.«

»Diesmal nicht.« Er bewegte sich keinen Millimeter, sondern starrte mich eindringlich an. »Lass es endlich raus, Hazel.«

Meine Augen begannen zu brennen. »Nein.«

Offenbar erkannte er, dass ich es zu lange perfektioniert hatte, mich zu beherrschen, denn plötzlich änderte er seine Strategie. Ein harter Glanz trat in seine Augen, und er beugte sich vor. Alles an ihm schrie nach Provokation. »Ich habe dich verlassen, Hazel ... mich *gegen* dich entschieden.«

Ein scharfer Stich fuhr mir in die Brust, aber ich ertrug ihn. Weder zuckte ich zusammen, noch wich ich vor Neo zurück. Stattdessen starrte ich ihn ungerührt an. »Aber bereut hast du es nie.«

»Ich tat, was ich für richtig hielt«, erwiderte er schlicht, und plötzlich flammte da ein Schmerz in seiner Miene auf, den ich überhaupt nicht einordnen konnte. »Trotzdem hast du keine Ahnung, wie oft ich überlegt habe, dich anzurufen oder dir zu schreiben. Wenn du glaubst, dass ich nach unserer Trennung einfach mit meinem Leben weitergemacht habe, als wäre dieser Sommer nie passiert, liegst du falsch.«

Nun schaute ich doch weg. »Ich will das nicht hören, Neo.«

»Vielleicht musst du das aber, damit du endlich kapierst, dass du nicht die Einzige bist, die gelitten hat.«

Seine Worte brachten mich ins Straucheln. Jahrelang war ich mir sicher gewesen, dass es genauso abgelaufen war. Dass er weitergemacht hatte, ohne je zurückzuschauen. Es hatte so verflucht wehgetan, dass ich an manchen Tagen überhaupt nicht wusste, wohin mit meinem Schmerz.

Neo hatte mir das Gefühl gegeben, dumm, naiv und wertlos zu sein.

»Sicher.« Meine Stimme triefte vor Hohn. »Ich wette, du warst außer dir vor Kummer, als du deine ganzen Pokale eingesammelt hast.«

»Was glaubst du, warum ich so gut war?«, knurrte er und fing meinen Blick erneut ein. »Du warst jeden verdammten Tag in meinem Kopf, hast mich bis an die Grenze meiner Belastbarkeit getrieben. Ich bin nur der Beste geworden, weil ich den Gedanken nicht ertragen konnte, dass ich dich umsonst aufgegeben haben könnte.«

Das zu hören, brachte das Fass zum Überlaufen, und ich verlor den Kampf gegen mich selbst.

»Aber das hast du!« Ich konnte nicht verhindern, dass sich nun doch ein Schluchzen aus meiner Kehle stahl. »Dabei wollte ich einfach nur für dich da sein. Ich wollte dich von der Tribüne aus anfeuern, dir helfen, deine Träume zu verwirklichen, mir ein Leben mit dir aufbauen. Aber du hast meine Liebe weggeworfen!«

Gequält verzog er das Gesicht. »Ich weiß.«

»Wie konntest du mir das antun?«, schrie ich, während mir nun ungehindert Tränen über die Wangen liefen. Ich war so wütend, so verletzt, dass ich tatsächlich meine Faust auf seine nackte Brust krachen ließ. Vielleicht, weil ich ihm auch wehtun wollte. So, wie er mir. »Ich habe dich geliebt.« Wieder schlug ich zu. »So wahnsinnig geliebt.«

Es fühlte sich an, als hätte jemand über eine verkrustete Narbe auf meiner Haut gekratzt, unter der sich alles entzündet hatte. Und nun sickerte mein Schmerz aus mir heraus. Ich konnte es nicht aufhalten. Genauso wenig wie die Tränen versiegten.

Aber paradoxerweise war der einzige Mensch, von dem ich mir Trost wünschte, derjenige, der mich einst so tief verletzt hatte. Deshalb wehrte ich mich nicht, als er die Arme um mich legte. Ich verbarg mein Gesicht an seiner Brust und weinte.

So heftig wie seit Jahren nicht mehr.

KAPITEL 16

Hazel

»Es tut mir leid, Baby«, murmelte Neo. Seine Stimme klang genauso gebrochen, wie ich mich fühlte. »So verdammt leid.« Ein Zittern durchlief seinen Körper. »Wenn ich die Zeit zurückdrehen könnte, würde ich alles anders machen. Nicht nur wegen Maila, sondern vor allem wegen uns. Ich weiß, dass ich deine Vergebung nicht verdiene. Aber glaub mir wenigstens das: Ich *bereue* es. Mit jeder Faser meines Herzens. Es tut mir leid.«

Immer wieder murmelte er diese Worte, und als wären sie Balsam, linderten sie diesen verfluchten Schmerz tatsächlich. Er verschwand nicht ganz, aber er drückte mich auch nicht mehr nieder.

Nach einer Weile versiegten meine Tränen, und Neo umfing vorsichtig mein Gesicht. Behutsam bog er meinen Kopf zurück und wischte mit den Daumen über meine feuchten Wangen.

Seine sturmgrauen Augen schimmerten, und er wirkte genauso mitgenommen wie ich. Er öffnete den Mund, wahrscheinlich um erneut um Entschuldigung zu bitten.

Aber ich wollte nicht mehr reden.

Ich wollte diese zehn Jahre voller Sehnsucht und Einsamkeit ausradieren und mit neuen, besseren Momenten ausmalen. Außerdem hatte ich genug davon, mir einzureden, dass ich ihn *nicht* wollte.

Bevor ich länger darüber nachdenken konnte, gab ich diesem irrsinnigen Verlangen nach, das mich schon seit Tagen quälte, stellte mich auf die Zehenspitzen und küsste ihn.

Er wurde vollkommen starr, atmete nicht mal mehr. Nur sein Herz, das ich unter meinen Handflächen spürte, hämmerte schneller als zuvor gegen seine Rippen.

Verunsichert zog ich den Kopf zurück. »Tut mir leid.«

Mit einem rauen Lachen schüttelte er den Kopf. »Mir nicht.«

Ich blinzelte verwirrt. »Warum küsst du mich dann nicht zurück?«

»Weil ich gerade unter Schock stehe«, murmelte er und bog meinen Kopf erneut zurück. Er musterte mich forschend. »Ich bin mir sicher, ich träume.«

»Tust du nicht.« Meine Aufmerksamkeit flatterte zurück zu seinen Lippen. »Aber wenn du nicht willst, dann …«

Ehe ich den Satz zu Ende sprechen konnte, prallten seine Lippen auf meine – und diesmal verschlang er mich ohne jede Zurückhaltung. Seine Zunge tauchte tief in meinen Mund. Er schmeckte genauso gut wie in meiner Erinnerung, fühlte sich genauso fantastisch an, obwohl diese vielen Muskelpakete definitiv neu waren.

Begierig ließ ich die Hände über seinen Brustkorb wandern und zeichnete sein Tattoo mit meinen Fingerspitzen nach, wie ich es mir wünschte, seit ich es zum ersten Mal gesehen hatte. Als Nächstes erkundete ich seinen Bauch und alles, was ich sonst noch zu fassen bekam.

Neo war auch damals schon durchtrainiert gewesen, aber diese sehnigen Muskelstränge, über die sich seine glatte gebräunte Haut spannte, waren einfach wahnsinnig sexy.

Er belohnte mich mit einem kehligen Stöhnen. Seine Hände gingen ebenfalls auf Wanderschaft. Sie fuhren durch meine feuchten Haare, meinen Rücken hinab und schlüpften unter den Pullover. Er zog mich an sich, bis nichts mehr zwischen uns passte und ich alles spüren konnte.

Sein rasendes Herz.

Seine erhitzte Haut.

Sein Verlangen nach mir.

Und trotzdem war es nicht genug. Ich tupfte Küsse von seinem Mundwinkel über seinen Kiefer und saugte schließlich an der empfindlichen Stelle an seinem Hals, während ich etwas Abstand zwischen uns brachte, in seine Hose griff und seine Erektion umfasste.

Neo fluchte. »Fuck! Baby, mach langsam!«

Ich dachte überhaupt nicht daran. Mit einem teuflischen Grinsen lehnte ich mich zurück und betrachtete sein vor Lust verzerrtes Gesicht. Sein glasiger Blick ruhte auf mir, doch als ich meine Hand bewegte, riss er die Augen auf. Er presste die Lippen aufeinander, als würde er ernstlich um Beherrschung ringen. Dann packte er mein Handgelenk.

»Vergiss es«, knurrte er, zog meine Hand aus seiner Hose und zerrte mir den Pullover vom Körper. Er warf ihn achtlos beiseite. Anschließend hob er mich hoch, trug mich ein Stück durch die Scheune und setzte mich behutsam auf einer großen Holztruhe ab.

Nachdem er sicher war, dass ich bequem saß, begann er damit, meinen Körper zu erforschen. Er umfing meine linke Brust mit den Lippen, ließ seine Zunge über die empfindsame

Spitze schnellen und biss zärtlich zu, während er meine andere Brust mit seiner Hand massierte.

Ich stöhnte auf, was Neo ermutigte, seine sinnliche Folter fortzusetzen. Er küsste und leckte sich einen Pfad zu meiner anderen Brust und ließ ihr dieselbe Aufmerksamkeit zuteilwerden.

Flüssige Hitze sammelte sich in meinem Unterleib, mein Verlangen stieg.

Als hätte Neo meine Ungeduld gespürt, strich seine Hand über meinen Bauch nach unten und hinterließ eine Gänsehaut, obwohl mir alles andere als kalt war. Seine Lippen folgten, bis er vor mir kniete.

Er schaute zu mir auf. Die Begierde in seinen Augen raubte mir fast den Verstand, während er nervenaufreibend langsam meinen Slip nach unten zog. Anschließend fuhr er meine Beine nach oben und drückte meine Schenkel auseinander, bis ich nackt und entblößt vor ihm saß.

Sein Blick wanderte über mich. Als er die Stelle erreichte, die er am meisten begehrte, atmete er scharf ein. »Ich muss dich schmecken.«

Ich hatte seine Worte kaum verarbeitet, da beugte er sich auch schon vor und presste die Lippen genau dorthin, wo ich sie gerade am dringendsten brauchte.

Wir stöhnten gleichzeitig auf.

Seine Zunge fühlte sich so herrlich an, dass ich gar nicht anders konnte, als den Kopf in den Nacken zu legen und seine Liebkosung zu genießen. Als er eins meiner Beine umfasste und es sich über die Schulter legte, lehnte ich mich weiter zurück und stützte mich mit einer Hand auf der Truhe ab.

Er nahm seine Finger hinzu und entlockte mir den ersten Schrei. »Neo.«

Mit einem zufriedenen Knurren leckte er mich weiter, streichelte mich, raubte mir weitere Laute der Lust. Mir brach der Schweiß aus, als mein Höhepunkt unaufhaltsam heranrollte – und plötzlich war es tatsächlich, als wäre kein Tag vergangen. Denn Neo kannte meinen Körper genau. Er wusste, was ich brauchte.

Wie ich es brauchte.

Ich schrie auf, als ich kam, und grub die Finger in seine breiten Schultern, während er meinen Höhepunkt in die Länge zog.

Himmel!

Ich hatte keine Ahnung, wie lange es dauerte, aber es war unmöglich, mich länger aufrechtzuhalten. Mein Arm knickte ein, und ich landete mit dem Rücken auf der Holztruhe.

Sofort war Neo über mir, fuhr sanft mit den Lippen über meine Brüste, die sich hektisch hoben und senkten.

»Bleib genauso«, raunte er mir zu und verschwand plötzlich.

Benommen verfolgte ich, wie er zum Wagen ging, ins Handschuhfach griff und darin herumwühlte. Eine Sekunde später war er wieder bei mir.

Sein Blick brannte sich in meinen, während er eine Kondompackung öffnete, seine Erektion befreite und sich das Gummi überzog. Allein der Anblick machte mich so sehr an, dass ich die Hände nach ihm ausstreckte, sobald er zwischen meine Beine trat.

Er küsste mich lange und intensiv. Dann lehnte er seine Stirn gegen meine und schaute mir in die Augen, während er mit der Spitze seiner Erektion über meine Mitte rieb. »Willst du das?«

Ich nickte.

»Sag es, Baby«, murmelte er. »Sag, dass du mich willst.«

Wütend, weil er mich schon wieder provozierte, starrte ich ihn an. »Du weißt, dass ich das tue.«

Ein teuflisches Grinsen huschte über sein Gesicht. »Ich will es hören.«

Er hatte es schon immer gemocht, mich im Bett herauszufordern. Von ihm hatte ich gelernt, meine Wünsche auszusprechen, ohne Zurückhaltung. »Fick mich.«

Seine Augen wurden dunkler – und dann drang er endlich in mich ein.

Ein Teil von mir hatte erwartet, dass er sich mit einem kräftigen Stoß in mir versenken würde. Aber er ging so behutsam vor wie damals bei unserem allerersten Mal. Er ließ mir Zeit, mich an ihn zu gewöhnen, und knabberte dabei zärtlich an meiner Unterlippe.

Es fühlte sich unglaublich an, ihn wieder derart intensiv zu spüren. Aber schon bald war mir unsere bloße Vereinigung nicht genug. Ich wackelte mit den Hüften.

Er lachte leise an meinen Lippen. »So ungeduldig, meine Schöne?«

Anstelle einer Antwort spannte ich meine inneren Muskeln an. Meine Belohnung war ein tiefes Stöhnen.

»O Gott, Baby, du fühlst dich so verdammt gut an.« Seine Finger zitterten, als er mir unendlich sanft über die Haare strich. »Ich hab dich vermisst.«

Ich hatte ihn auch vermisst.

Plötzlich stiegen Tränen in mir auf, und ich kniff die Lider zusammen, weil ich ihn nicht länger ansehen konnte.

»Nicht«, flüsterte er und fuhr mit seinen Lippen über meine feuchten Wimpern. »Versteck dich nicht vor mir. Bitte, ich …« Er holte zittrig Luft. »Ich brauche dich.«

Ich wusste genau, was er meinte, denn mir ging es nicht anders. Zumindest in diesem Moment brauchten wir einander.

Er nahm meine Hände, verschlang unsere Finger und drückte sie neben meinem Kopf auf das Holz, während er sich aufrichtete. Ohne mich aus den Augen zu lassen, zog er sich langsam aus mir zurück. Dann stieß er noch einmal zu.

Ich seufzte. »Mehr.«

»Ja«, murmelte er zustimmend und bewegte seine Hüften erneut auf diese herrliche Weise. Wieder und wieder, bis sich unser Stöhnen mit dem Donnergrollen draußen vermischte.

Er war nicht der Erste, der beschämend schnell einknickte. Der Orgasmus fegte so heftig über mich hinweg, dass ich ihn nicht mal kommen sah, und auch diesmal tat Neo alles, um meinen Genuss in die Länge zu ziehen.

Als ich mich unter ihm ein wenig entspannte, beugte er sich wieder über mich und ließ seine Lippen zärtlich über meinen Mundwinkel gleiten. »Du bist wunderschön.«

Ich hätte ihm geantwortet, aber dazu war ich gerade nicht in der Lage. Stattdessen konzentrierte ich mich einfach auf das nunmehr sanfte Wiegen seiner Hüften, mit dem er mich langsam und tief nahm.

»Alles okay?«, flüsterte er.

Irgendwann im Laufe meines Höhepunktes war unser Blickkontakt abgerissen, und ich hatte die Augen geschlossen, um all diese herrlichen Gefühle voll auszukosten. Nun blinzelte ich zu ihm empor. »Hmm.«

Mit einem leisen Lachen ließ er meine Hände los. Als er sich aus mir zurückzog, wollte ich schon protestieren, doch in diesem Moment drehte er mich auf den Bauch und drang von hinten in mich ein.

Eine neue Welle der Lust rollte über mich hinweg. Ich warf den Kopf in den Nacken und gab ein so kehliges Stöhnen von mir, dass es mir vor jedem anderen Mann peinlich gewesen wäre. Aber nicht vor ihm.

Seine rauen Hände strichen über meinen Rücken, ehe sie meinen Hintern packten. »Bereit?«

Ich nickte. »Hör auf, dich zurückzuhalten.«

Er gab mir, was ich verlangte – und ich genoss jede Sekunde, als er mit schnellen, kräftigen Bewegungen in mich stieß. Es dauerte nicht lange, bis ich mich erneut in meiner Lust verlor. Da war kein Gedanke mehr in meinem Kopf, keine Wut in meinem Herzen, nur noch dieses Feuer, das lichterloh in mir brannte, während der Himmel über uns wütete und unsere Schreie verschluckte.

Erneut raste ein Höhepunkt auf mich zu. Doch bevor ich kam, drosselte Neo plötzlich das Tempo. Zitternd beugte er sich über mich, küsste meine Schultern, meinen Nacken, meine Wange.

Als er mich sanft ins Ohrläppchen biss, stöhnte ich erneut auf. »Hast du noch nicht genug?«

»Oh, Baby«, raunte er mir zu. Seine Stimme war tief und verheißungsvoll. »Nicht mal ansatzweise.«

KAPITEL 17

Neo

Mit Hazel zu schlafen, war schon intensiv, als ich noch ein Grünschnabel gewesen war, und ich konnte nicht mal zählen, wie oft ich es mir in den letzten Jahren besorgt hatte, während ich an sie dachte. Aber jetzt hatte der Sex mit ihr eine völlig andere Dimension. Ihr Geschmack auf meinen Lippen war wieder real – und ich wollte jede verdammte Sekunde auskosten.

»Hast du noch Kraft?«, neckte ich sie, bevor ich ihr in den Hals biss und mein Becken kreisen ließ.

Sie stieß ein leicht entrüstetes Schnaufen aus. »Dich schaffe ich noch.«

Das war meine Frau!

Ich schlang die Arme um ihren Bauch, presste sie rücklings an mich und setzte mich auf die Truhe. Nun saß sie, den Rücken an meine Brust geschmiegt, auf meinem Schoß.

»Mal sehen, wie dir das gefällt«, murmelte ich und zog meine Beine auseinander, wodurch sich ihre Schenkel spreizten und sich mein Lieblingsspielplatz in herrlicher Dekadenz vor mir offenbarte.

Mit einer Hand massierte ich ihre Brust, während ich die andere auf ihre feuchte Mitte legte. Als ich mit dem Finger über ihr Lustzentrum strich, schrie sie überrascht auf. Zugleich hob ich sie etwas an und drang in sie ein.

»Du bist dran, Baby.« Ich saugte an ihrem Hals. »Nimm mich.«

Die Stellung schien ungewohnt für sie zu sein, denn sie brauchte einen Moment, bis sie herausfand, wie sie sich am besten bewegte, um uns beiden die größtmögliche Lust zu schenken.

Draußen prasselte der Regen nun leiser auf das Scheunendach, während Hazel sich auf mir wiegte. Unsere hektische Verzweiflung hatte sich gelegt. Wir ließen uns Zeit, spürten einander ohne Eile. Das machte alles noch intensiver, und ich wollte nicht, dass es je endete. Ich vermutete, Hazel ging es genauso.

Trotzdem erreichten wir den Moment, an dem uns die Wucht unserer Empfindungen mitriss. Mit einem heiseren Schrei erschauerte Hazel in meinen Armen, und wir flogen gemeinsam einem Höhepunkt entgegen, der mich Sterne sehen ließ.

Danach hielt ich sie schwer atmend fest. Meine Stirn ruhte an ihrer Schulter, und mein Herz raste heftiger als nach jedem Wettkampf, den ich je geschwommen war. Jeder Muskel in meinem Leib zitterte.

Ich wollte sie nicht loslassen. Nie wieder.

Doch nach einem langen Augenblick friedlicher Stille rutschte sie von meinem Schoß. Nackt und wunderschön ging sie zu der Stelle hinüber, an der mein Pullover vergessen auf dem heubedeckten Boden lag, und schlüpfte hinein. Als sie sich umdrehte, war ihre Miene distanziert. »Der Regen hat nachgelassen. Ich denke, wir können weiterfahren.«

Panik machte sich in mir breit, während ich ihr Gesicht betrachtete. »Bereust du es schon?«

Fuck! Ich wusste, dass das passieren würde. Alles andere wäre auch zu schön gewesen.

Ihre Gesichtszüge wurden weich. »Nein, Neo.« Ich wollte schon erleichtert aufatmen. Doch da zuckte sie mit den Schultern, als wäre das, was wir eben erlebt hatten, ohne jede Bedeutung. »Es war schön – und jetzt ist es vorbei.«

Mein Herz klatschte auf den Boden. »Was soll das heißen?«

Sie kam wieder näher, bückte sich und hob ihren Slip auf. Angespannt knetete sie den Stoff in ihrer Hand. »Ich denke, es ist besser, wenn wir das nicht wiederholen.«

Ich lachte bitter. Das musste ein Scherz sein. »Und wieso nicht?«

»Weil ich mein Leben mag, wie es ist.« Eilig schlüpfte sie in ihren Slip. »Ich will keine Verpflichtungen, keine Beziehung, und vor allem werde ich mich nicht in dich verlieben. Normalerweise stelle ich das klar, bevor ich mit einem Mann ins Bett gehe. Aber um ehrlich zu sein, habe ich es vergessen.«

Wow! So fühlte es sich vermutlich an, wenn man mit Anlauf in die Eier getreten wurde. »Dann bin ich für dich also nicht mehr als jeder andere Kerl, den du gevögelt hast?«

Sie dachte einen Moment nach. »Nein.«

Das tat weh. Ich stand auf, drehte ihr den Rücken zu und entledigte mich des Kondoms, bevor ich mir wieder hastig die Trainingshose überzog.

»Tut mir leid, falls du etwas anderes erwartet hast«, sagte sie leise hinter mir.

Aufgebracht fuhr ich zu ihr herum. »Wenn ich für dich genauso gut wie jeder andere Fick bin, warum legst du es dann nicht auf eine Wiederholung an?« ·

Hazel wurde blass. »Ich muss auch an meine Tochter denken.«

»Sie ist *unsere* Tochter«, knurrte ich. »Und das hier hat nicht das Geringste mit ihr zu tun. Du hast Angst.«

Bedächtig schüttelte sie den Kopf. »Ich wüsste nicht, wovor ich mich fürchten sollte.«

»Vielleicht vor deinen Gefühlen«, erwiderte ich und verschränkte die Arme. »Ich habe es auch gespürt, weißt du?«

Dieses Geständnis fiel mir nicht leicht. Doch sie blieb vollkommen unbeeindruckt von meinen Worten und wandte sich wieder ab. »Wir sollten fahren.«

Ich bewegte mich nicht vom Fleck. »Wir könnten auch wie zwei Erwachsene über das reden, was gerade passiert ist.«

Hazel seufzte. »Mach es nicht komplizierter, als es ist, okay?«

Ach, *ich* machte die Dinge kompliziert? »Wenn du weiter so einen Bullshit redest, hole ich den verdammten Autoschlüssel und werfe ihn in einen Heuhaufen.«

Sie blickte über die Schulter zu mir zurück. »Du wirst meine Meinung nicht ändern, Neo.«

Das würden wir ja sehen. Ich reckte das Kinn. »Lass es drauf ankommen.«

»Wir hatten Sex«, stellte sie in demselben nüchternen Tonfall fest, in dem sie eben über den Regen gesprochen hatte. »Er war gut. Das war's. Ende der Geschichte.«

In meinem Kopf wirbelten tausend Gedanken durcheinander. Ich hatte keinen Schimmer, was ich tun sollte. Natürlich wollte ich auf gar keinen Fall, dass das eine einmalige Sache blieb. Aber nicht nur wegen des unglaublichen Sex an sich, sondern weil es hier um *sie* ging. Ich hatte dieser Frau schon vor Jahren mein Herz geschenkt – und wenn ich diese niederschmetternde Enttäuschung in mir richtig deutete, besaß sie es noch immer.

Leider zeigte mir ihr verschlossener Gesichtsausdruck sehr deutlich, dass sie das garantiert nicht von mir hören wollte. Sie mochte mir meine dämliche Entscheidung von damals einen Moment lang verziehen haben, aber näher wollte sie mich auf keinen Fall an sich heranlassen. Weil sie mir nicht vertraute. Es würde also nicht viel bringen, sie zum Bleiben zu zwingen und so lange zu bearbeiten, bis sie bereit war, mir eine echte Chance zu geben.

Glücklicherweise war ich überaus ehrgeizig und hatte gelernt, dass Rückschläge zum Leben dazugehörten. Wenn ich früher nicht die beste Zeit geschwommen war, versuchte ich es noch einmal – und noch einmal. So lange, bis ich mein Ziel erreichte.

Genau das würde ich jetzt auch tun. Ich würde einen Weg finden, Hazel zurückzugewinnen. Nicht nur ihren Körper, sondern auch ihr Herz.

»Also gut«, sagte ich. »Lass uns zurückfahren.«

Die Skepsis, die nun in ihren Augen aufflackerte, bestätigte meine Vermutung. Sie traute mir kein Stück. »Gut.«

Ich ging auf sie zu und blieb direkt vor ihr stehen. Am liebsten hätte ich sie gleich wieder an mich gezogen und geküsst. Aber sie hatte klargemacht, wo ihre Grenzen lagen. Deshalb begnügte ich mich schweren Herzens damit, ihr mit dem Daumen sanft über die Unterlippe zu streichen. Wenigstens das ließ sie zu.

Ich lächelte. »Aber nur um das klarzustellen, Baby. Unsere Geschichte ist längst nicht zu Ende.«

***

Es waren noch etliche Meilen bis nach Silver Springs, die wir überwiegend schweigend zurücklegten. Hazel hatte sich vor unserem Aufbruch wieder ihre nassen Klamotten angezogen. Ich nahm an, dass sie keine Fragen provozieren wollte, indem wir im Partnerlook im Camp aufschlugen. Das gefiel mir nicht sonderlich. Aber ich verstand, warum sie es tat.

Sie starrte tief in Gedanken versunken aus dem Fenster, während ich mein durchweichtes Cabriolet in Richtung Camp steuerte. Mein Knie stach wie die Hölle nach der Autofahrt und unserem Sex-Marathon. Trotzdem hätte ich noch größeren Schmerz in Kauf genommen, um sie wieder zu spüren.

Unsere Ankunft blieb nicht unbemerkt. Schon auf dem Parkplatz kamen uns Maila und Reed entgegen.

»Mom!«, schrie unsere Tochter so laut, dass wir sie selbst über den Motor hinweg hören konnten.

Ich hatte kaum geparkt, da sprang Hazel schon aus dem Wagen. »Hey, was ist los?«

Anstelle einer Antwort warf Maila sich in Hazels Arme. Sie atmete hektisch, während Reed mit finsterer Miene näher kam.

Ich stieg ebenfalls aus und schaute Reed an. »Alles okay?«

Er verschränkte die Arme. »Könntet ihr mir vielleicht mal erklären, wieso ihr nicht an eure Scheißhandys geht? Wir waren krank vor Sorge.«

Shit! Daran hatte ich überhaupt nicht gedacht.

Hazel offenbar genauso wenig, denn sie verzog schuldbewusst das Gesicht. »Sorry. Das Dach von Neos Wagen funktioniert nicht. Deshalb haben wir uns in einer Scheune untergestellt, bis das Unwetter vorbei war.«

»Und da konntet ihr nicht Bescheid sagen?«, knurrte ihr Bruder. »Wir dachten, ihr liegt irgendwo im Graben. Ich war schon kurz davor, noch einen Suchtrupp loszuschicken.«

225

Beruhigend strich Hazel über Mailas Haare. »Tut mir leid. Wir wollten euch keine Angst einjagen. Wir haben es einfach vergessen und ...« Sie stutzte. »Moment! Was meinst du mit *noch einen Suchtrupp*?«

Verärgert blähte Reed die Nasenflügel. »Eine Gruppe Teenies hat es für eine spitzenmäßige Idee gehalten, sich unerlaubt vom Gelände zu entfernen. Wir wissen nicht genau, wann sie los sind. Aber vermutlich noch bevor uns das Unwetter überraschte.«

»Wer?«, fragte Hazel alarmiert.

»Georgie, Kyra, Fynn und die Jenson-Zwillinge. Glen und Quill sind bereits unterwegs, um sie zu suchen.«

»Hat denn keiner von denen sein Handy dabei?«, fragte ich irritiert. »Sonst kleben die Kids doch andauernd an den Dingern.«

»Wir haben die Handys im Zimmer der Mädchen gefunden. Ich nehme an, die ganze Aktion ist irgendeine dämliche Mutprobe.«

Hazel löste sich von Maila und bückte sich, um ihr in die Augen zu schauen. »Entschuldige, dass ich mich nicht gemeldet habe. Aber mir geht's gut, okay? Ich bin bloß ein bisschen nass geworden.«

Maila nickte, bevor sie den Kopf in meine Richtung drehte. »Und du?«

»Mir tut es auch leid«, sagte ich sofort, denn ich hatte tatsächlich Gewissensbisse, weil die anderen sich Sorgen gemacht hatten.

Sie verdrehte die Augen, als könnte sie nicht glauben, wie begriffsstutzig ich war. »Ich meine, wie es dir geht.«

Meine Kehle schnürte sich vor Rührung zusammen. »Mit mir ist auch alles okay.«

226

Hazel drückte ihr einen Kuss auf die Stirn, ehe sie sich wieder an ihren Bruder wandte. »Wann sind Glen und Quill aufgebrochen?«

»Vor etwa einer Stunde«, berichtete Reed, während wir gemeinsam zum Verwaltungsgebäude gingen. »Sie laufen den Wanderweg zu den Wasserfällen ab. Vielleicht haben sie sich in einer der Höhlen dort verkrochen, als das Gewitter zu heftig wurde.«

Die Silver Rock Falls waren ein sehr beliebtes Ausflugsziel in der Gegend. Wenn ich mich richtig erinnerte, lagen sie in einer kleinen Bucht im Südwesten des lang gezogenen Sees. Silver Springs befand sich im Norden auf der anderen Uferseite.

Hazel blickte zum Himmel empor, der sich allmählich klärte und aufhellte. Trotzdem würden wir nicht mehr lange Tageslicht haben. Inzwischen war es nach sechs. »Wir müssen sie finden, bevor es dunkel wird.«

Reed nickte ernst. »Sie könnten auch nach Lexington unterwegs sein. Estelle und ich werden jetzt dorthin fahren und ihnen entgegengehen, für den Fall, dass sie diesen Weg genommen haben.«

Wir erreichten den Versammlungsplatz. Hazel blieb stehen und musterte den Silver Lake, während sie Maila über die Haare streichelte. »Vielleicht haben sie die Wasserfälle auch längst erreicht und sind weitergegangen. Ich könnte den See mit einem Boot überqueren und ihnen am anderen Ufer den Weg abschneiden.«

»Was?«, rief Maila aus und wand sich entrüstet aus Hazels Arm. »Mom! Wir wollten doch schwimmen gehen.«

Hazel verzog betrübt das Gesicht. »Tut mir leid, Schatz. Es geht nicht anders.«

Maila schmollte. »Aber diese Trottel tauchen sicher bald wieder auf.«

»Wir tragen die Verantwortung für diese Kids, Maila«, erwiderte Hazel angespannt. »Wir müssen sie suchen.«

Trotzig schob unsere Tochter die Unterlippe vor. »Na schön, dann komme ich mit.«

Das hielt ich für keine gute Idee. Wer wusste schon, in welchem Zustand wir die Teenies fanden? Am Ende war noch einer von ihnen verletzt, und Maila bekam den Schreck ihres Lebens. Außerdem wussten wir nicht mal, wie lange diese Suchaktion überhaupt dauern würde.

Zum Glück war Hazel derselben Meinung. »Nein, Flipper.«

Mailas silbergraue Augen verengten sich zu Schlitzen. »Aber du brauchst mich. Allein kannst du nicht rudern.«

»Ich begleite deine Mom«, erklärte ich, was sowohl Maila als auch Hazel noch viel weniger gefiel. Aber das war mir scheißegal. Ich würde Hazel sicher nicht allein losziehen lassen, auch wenn sie in dieser Gegend aufgewachsen war.

Maila warf die Arme in die Luft. »Und was soll ich so lang machen? Einfach rumsitzen und warten?«

»Du managst die Kommunikation«, sagte Hazel, zog einen Schlüssel aus ihrer Hosentasche und reichte ihn ihr. »Auf meinem Schreibtisch liegt das Camphandy. Bitte lass sonst niemanden in mein Büro.«

Diese Aufgabe schien unsere Tochter tatsächlich zu beschwichtigen. »Geht klar.«

Hazel drückte ihr einen Kuss auf die Stirn. »Ich beeile mich, versprochen. Und dann machen wir es uns so richtig schön.«

Maila nickte und flitzte davon, und auch wir anderen strömten in unterschiedliche Richtungen aus.

Zehn Minuten später hatte ich mich umgezogen und marschierte in wasserfester Kleidung zur Sport-Area am Seeufer, wo vier blaue Kanus umgedreht an Land lagen. Hazel war gerade dabei, ihre Schwimmweste anzuziehen. Ihr lockiges Haar hatte sie zu einem Knoten gebändigt, nur einzelne Strähnen umrahmten ihr Gesicht. Sie trug einen halblangen Neoprenanzug, der jede ihrer wunderschönen Kurven umfloss.

Kurven, die ich vor weniger als zwei Stunden mit den Lippen erkundet hatte.

Lust schoss durch meinen Körper, obwohl wir gerade dringendere Sorgen hatten. Ich besaß wirklich null Selbstbeherrschung, wenn es um diese Frau ging. Benommen schüttelte ich den Kopf und lief zu ihr.

Als sie mich bemerkte, bückte sie sich und hielt mir eine weitere Schwimmweste entgegen. »Hier.«

Abwehrend hob ich die Hände. »Die brauche ich nicht.«

Ein hinreißendes Lächeln hob ihre Lippen. »Ich weiß, dass du ein superkrasser Leistungsschwimmer bist, der den See mühelos fünfmal durchqueren könnte. Aber auch für dich gelten Regeln. Ohne diese Weste steigst du nicht in dieses Boot. Klar?«

Offenbar war jede Diskussion zwecklos.

Belustigt nahm ich ihr die Weste ab. »Klar.«

Sobald ich das sperrige Teil übergestreift hatte, drehten wir das Kanu, das uns am nächsten war, gemeinsam um und schoben es ins Wasser. Während ich es festhielt, holte Hazel zwei Paddel und warf zu guter Letzt einen wasserfesten Rucksack hinein. Anschließend drehte sie sich zum Verwaltungsgebäude um und deutete eine Kusshand an.

Ich schaute über die Schulter und entdeckte Maila, die auf der Fensterbank in Hazels Büro saß und ihrer Mutter ebenfalls einen Kuss zuwarf.

Hazel lächelte, aber ihr war das schlechte Gewissen deutlich anzusehen. Dann stieg sie in das Kanu. Weil sie kleiner als ich war, nahm sie die vordere Bank, während ich auf die hintere kletterte.

»Los geht's«, rief sie mir über die Schulter zu und setzte ihr Paddel ins Wasser.

Da diese Sache hier neu für mich war, hatte ich ein wenig Mühe, mit ihrem Tempo Schritt zu halten. Aber dank ihrer Anweisungen hatte ich den Dreh recht schnell raus, weshalb wir schon bald zügig über den See pflügten.

»Wie lange brauchen wir bis zur anderen Seite?«, fragte ich.

»Wenn wir uns ranhalten ungefähr eine Viertelstunde. Behalt das Ufer im Blick. Vielleicht entdecken wir die Ausreißer.«

»Okay.« Ich streckte mein linkes Bein ein wenig aus, um mein Knie zu entlasten. »Glaubst du auch, dass es eine Mutprobe ist?«

Hazel nickte. »Für Stadtkids gibt's nichts Aufregenderes, als ohne Navigationshilfe durch einen wildfremden Wald zu irren.«

»Also, wenn du mich fragst, ist das in erster Linie saudämlich«, erwiderte ich, während ich meinen Blick auf den Horizont richtete. Das andere Ufer näherte sich überraschend schnell. Aber Teenager konnte ich nirgends entdecken.

Gelassen zuckte Hazel mit den Schultern. »Genau das macht den Kick ja aus.«

Ich presste die Zähne so fest aufeinander, dass es knirschte. »War ich vorhin auch nur ein Kick für dich?«

Hazel versteifte sich. »Nein, natürlich nicht.«

Die Selbstverständlichkeit, mit der sie das sagte, beruhigte mich ein wenig. »Dann lass es uns wieder tun.«

Mein Vorschlag, der zugegebenermaßen nicht sonderlich gut durchdacht war, brachte sie aus dem Takt. »Vergiss es.«

»Warum?«, hakte ich nach. »Du sagtest, du bereust es nicht. Ich übrigens genauso wenig, falls du dich das gefragt haben solltest. Außerdem kenne ich jetzt deine Regeln. Sie sind in Ordnung für mich.«

Okay, gut. Das war Blödsinn. Ich fand es zum Kotzen, dass sie solche Regeln überhaupt aufgestellt hatte, und ich hatte ganz sicher nicht vor, mich mit ein paar oberflächlichen Quickies zufriedenzugeben. Aber ich brauchte mehr Zeit mit Hazel allein, wenn ich sie zurückgewinnen wollte.

Sie stöhnte – aber nicht auf die angenehme Weise. »Wir werden keine Affäre miteinander beginnen, Neo.«

Interessanterweise klang sie nicht halb so entschlossen, wie sie glaubte. Ich senkte meine Stimme. »Nun, es ist ja nicht so, als würdest du dabei nicht auf deine Kosten kommen, Baby. Ich habe vor, mich sehr gut um dich zu kümmern.«

»Das wird nicht funktionieren«, erwiderte sie und klang zu meiner Freude ein wenig atemloser als zuvor. »Zwischen uns ist zu viel passiert.«

Ich verstand, warum sie sich dagegen wehrte. Sex war *immer* mit Gefühlen verbunden. Man konnte sich einreden, dass es nur um Lust und Befriedigung ging. Aber das war Schwachsinn. Intimität bedeutete, sich verwundbar zu machen. Außerdem ging niemand mit jemandem ins Bett, den er nicht zumindest ein bisschen mochte und sympathisch fand.

»Lass es auf einen Versuch ankommen. Wenn es nicht funktioniert, lassen wir es eben wieder bleiben.«

Sie lachte, als hätte ich einen unglaublich guten Witz gerissen, äußerte sich aber nicht weiter dazu.

Kurz darauf legten wir an der anderen Uferseite an und zogen das Kanu weit genug an Land, damit es nicht davontrieb. Anschließend zog Hazel ihr Handy aus ihrem Rucksack. »Ich schreibe Maila, dass wir übergesetzt haben und jetzt in Richtung Silver Rock Falls laufen.«

»Wie weit ist das?«, fragte ich, während ich mir die sperrige Rettungsweste abstreifte und ins Boot warf.

»Etwa zwei Meilen.« Stirnrunzelnd betrat sie den Wanderweg, der um den See herumführte, und schaute in beide Richtungen. »Wenn sie in der Nähe sind, müssten wir sie von hier aus abfangen können.«

»Dann los.« Ich nahm ihr den Rucksack ab, in dem sich dem Gewicht nach einiger Klimbim zu befinden schien, und warf ihn mir auf den Rücken. Dann marschierten wir zu den Wasserfällen.

Die Luft roch frisch und sauber, aber man sah der Gegend an, dass das Unwetter auch hier gewütet hatte. Zahlreiche Äste waren abgeknickt, und die Blätter schimmerten feucht in der Abendsonne. Nichtsdestotrotz wirkte der Ort friedlich. Wären wir nicht auf der Suche nach entlaufenen Teenagern und entsprechend beunruhigt gewesen, hätte ich diesen Ausflug fast genossen.

»Die Olympiade«, sagte Hazel unvermittelt. »Was ist da passiert?«

Ich warf ihr einen überraschten Blick zu. Nach dem abrupten Ende unserer Beziehung hatte ich nicht wirklich damit gerechnet, dass sie vor dem Fernseher sitzen würde, wenn ich um einen Titel schwamm. »Hast du meine Wettkämpfe verfolgt?«

»Nicht live.« Sie musterte mich forschend, während wir nebeneinander hergingen. »Also? Was war los?«

Ich versteifte mich. Es hatte nur eine Olympiade gegeben,

an der ich überhaupt teilgenommen hatte. Mit neunzehn hatte ich die Qualifikation im Frühling knapp verpasst. Aber vier Jahre später war ich ein Weltklasseathlet mit Bestzeiten gewesen. Ich hätte mir das verdammte Gold holen müssen.

»Am Abend vor dem Finale habe ich mir eine Lebensmittelvergiftung zugezogen«, sagte ich tonlos und sah überallhin, nur nicht zu ihr. »Deshalb war ich nicht in Form.«

Zumindest lautete so die offizielle Erklärung für meinen brutalen Leistungseinbruch.

»Gab es keine zugelassenen Medikamente dagegen?«, fragte sie weiter.

»Nein.«

»Das muss hart gewesen sein«, erwiderte sie mitfühlend. »Immerhin hast du die Vorrunden und das Halbfinale mit Bravour gemeistert.«

Mir entfuhr ein verächtliches Schnaufen. »Ich weiß, dass ich es versaut habe, okay? Du musst mich nicht daran erinnern.«

»Tut mir leid.« Wieder grübelte sie eine Weile vor sich hin. »Was hattest du gegessen?«

»Hab's vergessen.«

»Einfach so?«, hakte sie nach. »Auf dem Höhepunkt deiner Sportlerkarriere verdirbst du dir den Magen und hast den Grund dafür *vergessen*?«

Fuck! So funktionierte das nicht. Wenn ich ihr Vertrauen gewinnen wollte, musste ich ehrlich zu ihr sein, egal, wie sehr mein Stolz dagegen aufbegehrte. Ich seufzte frustriert. »Es lag nicht am Essen. Ich habe die Nerven verloren.«

»Warum?«, fragte sie schlicht.

Mit einem bitteren Lachen kickte ich einen Stein aus dem Weg. »Ich habe absolut keine Ahnung.«

Egal, wie oft ich es im Nachhinein analysiert hatte, ich kam einfach nicht drauf, was das verfluchte Problem gewesen war. Ich erinnerte mich noch genau daran, wie ich voller Ungeduld und Vorfreude ins Stadion gefahren war, wie mein ganzer Körper voll nervöser Energie vor dem Wettkampf gesummt hatte. Im Vorfeld hatten mich die Journalisten immer wieder auf meine grandiosen Zeiten angesprochen und die Erwartungen dadurch höher- und höhergeschraubt. Auch die Konkurrenz hatte mich gnadenlos in die Mangel genommen. Aber ich hatte gelernt, mit dem Leistungsdruck umzugehen. Ich war auf diese Schlacht vorbereitet, war körperlich und mental in Topform gewesen, was die Vorrunden und das Halbfinale auch bewiesen.

Ich hatte mich in vier verschiedenen Disziplinen durchgesetzt, Freistil und Lagen in unterschiedlichen Distanzen.

Vier Chancen, und keine einzige hatte ich nutzen können.

Auf dem Startblock hatte ich keine Sorgen gehabt, sondern nur mein Ziel vor Augen. Mein letzter Gedanke vor dem Pfiff hatte Hazel gegolten. Seltsamerweise wusste ich das noch.

»Es war ein Albtraum«, gestand ich leise. »Als ich im ersten Finale nur den fünften Platz erreichte, war ich vor allem irritiert. Ich wusste nicht, wieso ich plötzlich so weit zurückgefallen war. Ich versuchte, es abzuhaken und mich auf das nächste Rennen zu konzentrieren. Aber das lief noch beschissener. Mein Coach ist völlig ausgetickt, mein Team wurde wegen der Staffel nervös, und diese dämlichen Journalisten wollten wissen, was mit mir nicht stimmte. Ich war völlig überfordert mit der ganzen Situation, weil ich zuvor noch nie derart versagt hatte. Jeder verlangte nach einer Erklärung, aber ich ... ich hatte einfach keine.«

Es sollte das Glanzstück meiner Karriere werden – und hatte in einer Katastrophe geendet.

»Immerhin lief es am nächsten Tag besser.« Mit einem gequälten Lächeln drehte ich den Kopf und schaute sie an. »Zweimal vierter Platz.«

Sie zog die Nase kraus. »Das klingt grauenvoll.«

»Ja.« Ich musste lachen. »Es war niederschmetternd.«

Hazel hob die Hand, aber zu meiner Enttäuschung ließ sie sie sofort wieder sinken und verhakte ihre Finger. »Es tut mir leid, dass es so für dich gelaufen ist.«

In meiner Verbitterung hatte ich mir öfter ausgemalt, wie sie sich vor Lachen bog, wenn sie von meiner peinlichen Vorstellung hörte. Aber das Bild hatte nie einen rechten Sinn ergeben. Weil Hazel einfach kein rachsüchtiges Miststück war.

»Danke«, erwiderte ich leise, weil mir ihr Mitgefühl eine Menge bedeutete.

Eine Weile gingen wir wieder schweigend nebeneinanderher. Wir hatten die Wasserfälle fast schon erreicht, als sie die Stille erneut unterbrach.

»Und das war's jetzt?«, fragte sie. »Du hängst einfach so deine Karriere an den Nagel?«

Ich warf ihr einen ungläubigen Blick zu. »Mein Coach hat mich aus dem Kader geschmissen. Ist nicht so, als ob ich eine andere Wahl hätte.«

Unbeeindruckt zuckte sie mit den Schultern. »Es gibt doch immer irgendein Schlupfloch. Hast du überhaupt schon beim Olympischen Komitee vorgesprochen? Vielleicht könntest du sie dazu bewegen, die Entscheidung deines Coaches zu überstimmen.«

Das könnte ich wohl versuchen. Immerhin kannte ich genug Leute, die in den richtigen Positionen saßen. Es gab nur ein Problem. »Ich müsste erst mal mein altes Niveau erreichen.«

Sie zog eine Braue hoch. »Könntest du es?«

»Ja.« Ich war selbst ein bisschen überrascht, dass ich nicht eine Sekunde zögerte. »Ich meine, natürlich müsste ich ohne Ende trainieren und mich bis an die Belastungsgrenze treiben. Aber ich glaube, ich würde es schaffen.«

Hazel lächelte sanft. »Das glaube ich auch.«

In diesem Augenblick hätte ich nichts lieber getan, als sie an mich zu reißen und ihr mit meinen Lippen zu zeigen, wie sehr ich ihr Vertrauen in mich zu schätzen wusste. Aber zum einen wollte ich sie nicht überfordern, und zum anderen nahm ich in diesem Moment Stimmen wahr.

»Hörst du das auch?«, fragte ich Hazel.

Sie nickte angespannt. »Sie müssen ganz in der Nähe sein. Komm!«

KAPITEL 18

Hazel

Wir fanden die Ausreißer auf einer Lichtung ein Stück entfernt vom Wanderweg – und der Anblick, der sich mir bot, schockte mich bis ins Mark. Georgie hing über einem Baumstamm und kotzte sich die Seele aus dem Leib. Kyra strich ihr besorgt über den Rücken, und die drei Jungs standen – jeweils mit einer verdammten Flasche Scotch in der Hand – schwankend daneben und lachten hämisch. Sie waren allesamt sternhagelvoll.

Das durfte doch nicht wahr sein.

»Ihr seid solche Arschlöcher«, schimpfte Kyra, die uns ebenso wenig wie die Jungs bemerkte. »Selma und Glen werden uns umbringen.«

»Ach, Glen is' locker«, lallte Zane, der ein bisschen kräftiger war als sein Zwillingsbruder Dean. Sein blondes Haar war zerzaust, und seine Baggy-Jeans hingen tief auf seinen Hüften, was man besonders gut erkennen konnte, weil er sein Shirt unterwegs verloren zu haben schien. »Wahrscheinlich hat er nich' mal mitgekriegt, dass wir weg sin'.«

»Stimmt.« Dean rülpste laut. Er trug ebenfalls weite Jeans,

dazu ein rotes Shirt mit Skaterprint und teure Sneaker. »Er rutscht sicher gerade über seine Chefin.«

Mein Magen zog sich zusammen, während ihr Kumpel losgrölte. Fynn war wesentlich schmächtiger als die Jensons, aber was die große Klappe betraf, konnte er mühelos mit ihnen mithalten. »Ich stehe ja nich' so auf Milfs. Aber bei Dixon würd ich glatt eine Ausnahme machen.«

»Yeah!« Dean schlug mit Fynn ein. Zumindest versuchten sie es. Allerdings waren sie zu besoffen, um ihre Hände richtig zu treffen. »Ich auch, Mann.«

Die drei lachten grunzend, und Neo trat einen Schritt vor. Er sah aus, als wollte er die kleinen Scheißer am liebsten in der Luft zerreißen.

Grundsätzlich keine schlechte Idee. Ich war selbst kurz davor, auf sie loszugehen, weil ich einfach nicht fassen konnte, was hier vor sich ging. Schlimm genug, dass sie sich aus dem Camp geschlichen hatten, aber sich derart abzuschießen, war weit weg von allem, was ich je erlebt hatte. Es kostete mich sämtliche Selbstbeherrschung, meine Wut im Zaum zu halten. Schließlich war *ich* die Leiterin dieses Camps, über die sie sich gerade ausließen.

Ich packte Neo am Arm und schüttelte knapp den Kopf, ehe ich auf die Jungs zuging. »Ich nehme das mal als Kompliment«, sagte ich und maß die drei mit eiskalter Miene. »Leider war es nicht gut genug, um eure Abreise zu verhindern.«

Es war fast komisch mitanzusehen, wie sich die blutunterlaufenen Augen der Jungs vor Schreck weiteten und sie schlagartig kreidebleich wurden. Georgie war inzwischen fertig mit Kotzen und hing nun stöhnend über dem Baum, während Kyra, die erstaunlich nüchtern wirkte, unglücklich zu Boden schaute.

»Kannst du bitte Georgie helfen?«, fragte ich Neo, bevor ich den Jungs die Flaschen abnahm und den Scotch wegkippte. »Wo habt ihr den her?«

Die drei warfen einander verstohlene Blicke zu und beschlossen zu schweigen. Ich drehte mich zu den Mädchen um. Georgie klebte an Neos Seite. Sie war so betrunken, dass sie kaum allein stehen konnte.

»Kyra«, sagte ich scharf. »Woher kommt der verdammte Alkohol?«

Das Mädchen zuckte zusammen und setzte zu einer Antwort an, doch Georgie nuschelte: »Sag's nich', Pink.«

Kyra schluckte schwer, entschied aber, niemanden zu verpfeifen.

»Vielleicht sollten wir das später besprechen«, meinte Neo, der zwar kaum Mühe hatte, Georgie festzuhalten, aber dennoch zur Eile drängte. »Es wird bald dunkel, und wir werden wohl eine Weile bis ins Camp brauchen.«

Mit Sicherheit. »Es gibt einen alten Forstweg etwa zwei Meilen von hier. Dort können Reed und Grover uns abholen.«

Ich zog mein Handy hervor und schickte Maila eine Nachricht. Anschließend rief ich meinen Bruder an und bat ihn, uns entgegenzukommen. Das Kanu würden wir morgen holen.

Zu behaupten, dass die Wanderung bis zum Forstweg abenteuerlich war, wäre weit untertrieben gewesen. Wir hatten alle Hände voll zu tun, Georgie zu stützen und zu verhindern, dass einer der Jungs mit dem Kopf voran in ein Gebüsch stolperte.

Nach einer Viertelstunde wurde Fynn schlecht, und er übergab sich ebenfalls, was dafür sorgte, dass es bei Georgie auch wieder losging und auch die Jenson-Zwillinge immer grüner im Gesicht wurden. Immerhin hatte Kyra die Finger vom Scotch gelassen.

Trotzdem zog sich der Weg ewig in die Länge, und ich hätte vor Erleichterung beinahe losgeheult, als ich Reed und Grover entdeckte. Inzwischen schleppten Kyra und ich die wimmernde Georgie, weil Neo sich um Fynn kümmern musste. Die Jenson-Zwillinge stützten sich gegenseitig.

»Ihr verdammten Hornochsen«, knurrte Grover anstatt einer Begrüßung und scheuchte sie zum Wagen, während Reed mir und Kyra entgegenlief, um uns Georgie abzunehmen.

»Es tut mir so leid«, jammerte diese und hickste. Dunkle Spuren verlaufender Wimperntusche zogen sich über ihre bleichen Wangen, und auch der Rest ihres Make-ups war vollkommen verschmiert. »Ich wollte das nicht. Sie haben mich gezwungen.«

Reed warf mir einen alarmierten Blick zu, hakte aber nicht weiter nach, sondern führte sie behutsam weg, damit ich mir Kyra vorknöpfen konnte.

Es fiel mir schwer, die Fassung zu wahren, als ich das Mädchen scharf musterte. »Wie meint sie das? Sie haben sie *gezwungen*?«

Kyra presste die Lippen zusammen und wich meinem Blick aus.

Viel fehlte nicht mehr und ich flippte aus. Ich atmete tief durch und schlug einen ruhigen, ernsten Tonfall an. »Kyra, du musst mir sagen, was passiert ist.«

Sie rang sichtlich mit sich. Doch unter meinem bohrenden Blick knickte sie schließlich ein. »Die Jensons haben den Scotch mit ins Camp geschmuggelt. Wir wussten nichts davon und haben uns auch nicht viel dabei gedacht, als sie vorschlugen, eine Runde spazieren zu gehen. Dann kam das Gewitter. Wir haben uns in irgendeiner Höhle verkrochen und WOP gespielt. Georgie wollte nicht mit Zane rummachen. Also haben die Jungs sie festgehalten und ihr zur Strafe den Scotch reingeknallt.« Die Augen des Mädchens wurden glasig. »Es ging so schnell, ich konnte ihr nicht helfen. Aber was sie gesagt hat, stimmt. Sie wollte das nicht.«

Was für eine Scheiße! Wie sollte ich das ihren Eltern erklären?

Ich war so sauer, dass es mich abermals erhebliche Mühe kostete, meine Stimme ruhig zu halten. »Danke für deine Ehrlichkeit, Kyra.«

»Müssen wir wirklich alle nach Hause?«, fragte sie leise.

Ich sah ihr an, wie sehr sie sich vor meiner Antwort fürchtete, vor allem, weil sie es im Moment nicht leicht zu Hause hatte. Ihre Eltern steckten in einem schlimmen Scheidungskrieg, weshalb sie gerade zu Beginn ihres Aufenthaltes sehr abweisend gewesen war. Dann hatte sie sich mit Georgie angefreundet, und Estelle hatte ihr geholfen, ihren Schmerz aufzuarbeiten. Seit ein paar Tagen wirkte sie endlich nicht mehr so unglücklich. Das wollte ich ihr eigentlich nicht nehmen. Aber auch sie hatte sich nicht an die Regeln gehalten, und ich musste konsequent sein.

»Ich weiß es noch nicht, Kyra«, antwortete ich wahrheitsgemäß, weil ich diese Entscheidung nicht ohne meinen Bruder und die anderen treffen wollte.

Sie nickte und folgte mir schweigend zu den beiden Wagen, mit denen Reed und Grover hergefahren waren. Da Reed nur einen Dreisitzer hatte, hatte er Dottys Ford genommen. Die Jensons hatten sich bereits auf die Rückbank geschoben, und Neo half Fynn gerade beim Einsteigen.

Gleichzeitig verfrachtete Reed die wimmernde Georgie in Grovers Wagen und drückte ihr eine Kotztüte in die Hand.

Neben ihr kletterte Kyra auf den Rücksitz, während ich den Beifahrersitz nahm. Neo schaute kurz zu mir, als wollte er sich vergewissern, dass es mir gut ging. Dann stieg er zu Reed ins Auto.

Grover sagte keinen Ton während der Fahrt und unternahm auch sonst nichts, um mich zu beruhigen. Schließlich kannte er mich gut genug, um zu wissen, dass es sowieso nichts genützt hätte, denn im Moment war ich viel zu sauer über die ganze Situation.

Meine Wut hatte sich auch eine halbe Stunde später nicht gelegt, als wir das Camp erreichten. Das Abendessen war bereits vorbei, und die Kinder hatten sich wie jeden Abend um das Lagerfeuer am Ufer versammelt, worüber ich heilfroh war. Das Letzte, was ich gerade gebrauchen konnte, war ein Haufen aufgeregter Kinder, die verstehen wollten, warum vier der fünf Teenager derart von der Rolle waren.

Per Gruppenchat bat ich Jade, Brianna und Scott, die übrigen Kids alle im Auge zu behalten. Grover und Neo brachten die Jungs in ihre Hütte, damit sie ihren Rausch ausschlafen konnten. Gina und Dotty nahmen sich der Mädchen an. Den Rest des Teams zitierte ich in den Konferenzraum zur Krisenbesprechung.

Ich nahm mir nur kurz Zeit, um mich in meinem Büro aus dem engen Neoprenanzug zu schälen und mir Jeansshorts und ein Shirt überzuziehen. Anschließend machte ich mich direkt wieder auf den Weg. Im Besprechungsraum saßen Reed, Estelle und Selma bereits am Tisch, und auch Aubrey hatte sich zu ihnen gesellt. Quill und Glen stießen als Letztes hinzu, da sie den weitesten Rückweg bei der Suchaktion gehabt hatten und zu Fuß unterwegs gewesen waren.

Glen wirkte, als bräuchte er ebenfalls eine Kotztüte, als er sich neben Reed auf einen Stuhl fallen ließ.

Ich blieb stehen und musterte die verantwortlichen Betreuer mit finsterer Miene. »Wie zur Hölle konnte das passieren?«

Unglücklich verzog Selma das Gesicht. »Die fünf hingen ganz entspannt auf dem Bootssteg rum. Nach einer Weile kam Georgie zu mir und fragte, ob es okay wäre, wenn sie drinnen ein paar Runden Billard spielen. Natürlich habe ich zugestimmt. Ich meine, wieso auch nicht?«

Nun ja, diese Entscheidung konnte ich ihr schwer zum Vorwurf machen. Schließlich durften sich die Kids im Camp frei bewegen.

Glen schluckte schwer. »Ich habe auch gesehen, wie sie ins Gebäude gingen, und mir nicht viel dabei gedacht. Uns ist ihre Abwesenheit erst aufgefallen, als uns das Unwetter überrascht hat und wir alle ins Verwaltungsgebäude gerannt sind. Ich habe sofort das Gelände abgesucht. Als ich sie nicht finden konnte, habe ich Reed informiert.«

»Wir haben dann noch einmal gemeinsam das Camp überprüft«, fuhr mein Bruder fort und verschränkte die Arme. »Dann sind Quill und Glen aufgebrochen.«

Und ich hatte von dem ganzen Drama nichts mitbekommen, weil ich zu beschäftigt damit gewesen war, mit Neo zu vögeln. Echt klasse!

Prompt ging die Tür auf, und er trat ein. »Die Teenies sind in ihren Unterkünften, Grover bleibt erst mal bei den Jungs«, berichtete er, ging zum Tisch und setzte sich ebenfalls. Die Selbstverständlichkeit, mit der er sich zu dieser Besprechung gesellte, brachte mich kurz aus dem Konzept. Aber er wandte sich bereits an Estelle. »Kyra hat nach dir gefragt. Sie ist ziemlich aufgewühlt.«

Estelle nickte betrübt. »Ich sehe nach ihr, sobald ihr eine Entscheidung getroffen habt.«

Mein Bruder schaute mich ernst an. »Was machen wir?«

Wenn ich das wüsste. »Kyra meinte, die Jensons hätten den Scotch ins Camp geschmuggelt.«

»Sie könnte gelogen haben, um ihre eigene Haut zu retten«, warf Aubrey ein. Die Ergotherapeutin hatte noch nie eine gute Meinung von Kyra gehabt und sich daher auch nicht sonderlich um das Mädchen bemüht. »Mich würde es jedenfalls nicht überraschen.«

Estelle warf ihr einen scharfen Blick zu. »Kyra ist seit fünf Wochen in Silver Springs. Hätte sie drei Flaschen Scotch in ihrer Tasche, hätten wir das sicher bereits mitgekriegt.«

Pikiert verschränkte Aubrey die Arme, ignorierte den Einwand jedoch und lehnte sich stattdessen zu Reed. »Ich habe dir gesagt, dass diesem Mädchen nicht zu trauen ist.«

»Mach mal halblang, Aubrey«, schaltete sich nun auch Selma ein. »Kyra und Georgie sind vielleicht extrovertiert. Aber bisher haben sie sich stets an meine Ansagen gehalten. Ich denke eher, dass die Ochsenfrösche das Problem sind.«

Widerwillig fuhr sich Glen mit beiden Händen durch die Haare. »Das sind gute Jungs. Sie haben nur eine große Klappe.«

»Soll das ein Witz sein?«, fauchte Selma. »Sie haben *drei Liter* Scotch hier eingeschleust.«

Ich seufzte. »Und Kyra sagte, sie haben Georgie gezwungen, das Zeug zu trinken.«

Die Ergotherapeutin schnaubte. »Das wage ich zu bezweifeln.«

Viel fehlte nicht mehr und Estelle würde über den Tisch springen. Ihr Blick sprach jedenfalls Bände. »Kyra lügt nicht.«

»Nichts für ungut, Estelle, aber dies zu beurteilen, übersteigt eindeutig deine Kompetenz«, schoss Aubrey hochnäsig zurück.

Reeds Augen wurden schmal. »Das sehe ich anders.«

Aubrey lachte abfällig. »Und wieder einmal schlägst du dich auf ihre Seite. Was für eine Überraschung.«

»Das reicht, Aubrey«, ging ich dazwischen, weil mein Bruder nun ebenfalls den Anschein erweckte, gleich aus der Haut zu fahren. Im Zweifelsfall vertraute ich definitiv mehr dem Urteil meiner Freundin als dem der voreingenommenen Therapeutin. Ich nickte erst meinem Bruder, dann Estelle beschwichtigend zu. »Ich denke auch, dass Kyra die Wahrheit gesagt hat.«

»Also dürfen Kyra und Georgie bleiben?«, fragte Estelle mich hoffnungsvoll.

Ich zögerte. »Sie haben trotzdem gegen die Campregeln verstoßen.«

»Aber das ist doch kein Grund, sie gleich rauszuschmeißen«, meinte Quill nachdenklich. »Immerhin sind sie nicht die ersten Teenager, die sich für ein kleines Abenteuer wegschleichen.«

Das stimmte wohl. Die Kids, die wir erwischten, bekamen normalerweise eine Verwarnung und einen Berg gemeinnütziger Arbeit aufgebrummt. Damit bekamen wir die Lage meistens gut in den Griff. Ich war mir sicher, dass das bei Georgie und Kyra auch funktionieren würde.

Ich tauschte einen Blick mit meinem Bruder, der mir wortlos seine uneingeschränkte Unterstützung zusicherte.

»Also gut«, verkündete ich. »Die Mädchen kriegen noch eine Chance. Sie werden allerdings einiges an Wiedergutmachung leisten müssen. Selma, komm bitte morgen früh mit ihnen in mein Büro, damit wir alles Weitere besprechen können.«

Die Betreuerin atmete erleichtert auf. »Geht klar.«

Estelle entspannte sich ebenfalls. Nur Aubrey schnaubte unzufrieden.

»Und was ist mit meinen Jungs?«, fragte Glen angespannt.

Beklommen rieb ich mir über die Schläfe. »Die Jensons und Fynn müssen abreisen.«

»Das ist nicht fair, Hazel«, widersprach er. »Entweder alle oder keiner.«

Ich dachte mir schon, dass ihm das nicht gefiel. Schließlich hatte er zu allen Jungs ein gutes Verhältnis. »Bei ihnen sprechen wir aber nicht nur von unerlaubtem Entfernen aus dem Camp, sondern auch von Alkoholmissbrauch und Nötigung. Das ist nun mal deutlich schwerwiegender.«

»Der Stoff kam nicht von Fynn«, widersprach Glen.

Neo, der sich bisher noch nicht an der Diskussion beteiligt hatte, strich sich übers Kinn. »Aber er hat Georgie ebenfalls festgehalten, um sie abzufüllen, und dem Bullshit nach zu urteilen, den er vorhin gelabert hat, steht er den Zwillingen in nichts nach.«

Meine Wangen wurden heiß, als ich daran dachte, wie herablassend sie über mich geredet hatten. Es war demütigend gewesen.

»Kommt schon.« Glen warf die Hände in die Luft. »Betrunkene reden doch ständig Blödsinn.«

Neo grinste wie ein Haifisch. »Glaub mir, Glen, Fynn hat sich nicht gerade wie ein *Gentleman* verhalten, und er denkt übrigens auch nicht, dass du einer bist.«

Glens Augen weiteten sich. Sein Blick zuckte zu mir, dann wieder zu Neo, der vielsagend nickte.

Offensichtlich entging mir hier irgendwas. Aber ich war zu überfordert, um länger darüber nachzudenken. Abgelenkt rieb ich mir noch einmal über die rechte Schläfe, hinter der es inzwischen leise pochte.

Zu meiner Erleichterung hörte Glen nun auf, weiter mit mir zu diskutieren, und ließ unglücklich die Schultern hängen.

Aubrey hingegen ließ nicht locker. »Du machst einen Fehler, Hazel.«

Erschöpft sah ich die Ergotherapeutin an. »Mein Entschluss steht fest.«

»Noch kannst du dich umentscheiden und die Mädchen ebenfalls vom Camp ausschließen«, beharrte sie, bevor sich ihre Lippen zu einem süffisanten Lächeln hoben. »Ich bin mir sicher, Glen wird deine Fairness ebenfalls zu schätzen wissen.«

Neo knurrte und setzte zu einer Retourkutsche an. Aber mir reichte es.

»Ich nehme deine Empfehlung zur Kenntnis, Aubrey«, sagte ich und straffte die Schultern. »Aber ich bleibe dabei. Solltest du ein Problem damit haben, steht es dir frei zu gehen.«

Ihr selbstgefälliges Lächeln fiel in sich zusammen. »Feuerst du mich etwa?«

»Nein.« Denn in diesem Fall müsste ich ihr laut Arbeitsvertrag eine Abfindung zahlen, die wir uns nicht leisten konnten. Aber wo wir schon mal dabei waren … Weil es einfach zu verlockend war, imitierte ich Neos Haifischgrinsen. »Du bist bis zum Ende der Sommersaison ein Teil von Silver Springs, und selbstverständlich schätze ich deine Meinung. Im Hinblick auf dein Empfehlungsschreiben rate ich dir allerdings, künftig einen respektvolleren Ton gegenüber deinen Kollegen anzuschlagen und dich mehr in die Teamarbeit zu integrieren.«

Sie wurde feuerrot im Gesicht, nickte jedoch und sagte nichts mehr.

»Ich werde jetzt in mein Büro gehen, die Eltern der Jungs informieren und die Abholung organisieren«, fuhr ich fort, als hätte es dieses kleine Zwischenspiel mit Aubrey nicht gegeben. »Quill, bitte informiere die anderen Betreuer, und Reed, könntest du bitte Glen zu den Jungs begleiten und mit ihnen sprechen?«

»Klar«, antwortete mein Bruder, während Quill mir zuzwinkerte.

»Und ich spreche mit Kyra«, verkündete Estelle, woraufhin ich unsere Krisensitzung für beendet erklärte. Aubrey rauschte als Erste aus dem Raum, Glen folgte ihr mit gesenktem Kopf, während Reed ihm aufmunternd auf die Schulter klopfte. Quill, Estelle und Selma gingen ebenfalls hinaus. Nur Neo blieb zurück.

»Hast du noch eine Sekunde?«, fragte er mich und stand auf.

Am liebsten hätte ich ihn gebeten, mich in Ruhe zu lassen, damit ich mich kurz sammeln konnte. Ich war sowieso schon wütend und frustriert, weil ich diese drei Idioten nach Hause schicken musste. Außerdem nagte noch immer das schlechte Gewissen an mir, weil Maila bei unserer Rückkehr derart aufgeregt gewesen war und ich sie trotzdem gleich wieder allein gelassen hatte, um die Ausreißer zu suchen. Ich wollte einfach nur nach Hause und mich mit ihr auf dem Sofa zusammenkuscheln. Stattdessen durfte ich gleich mit den zweifellos angepissten Eltern der Kids diskutieren und unsere Entscheidung rechtfertigen. Da hatte ich einfach keine Kraft, mich auch noch mit Neo auseinanderzusetzen.

»Hör mal ...«, setzte ich an, doch Neo schüttelte den Kopf und kam auf mich zu.

Seine silbergrauen Augen schimmerten warm und mitfühlend. »Ich will nur wissen, wie es dir geht.«

Ich blinzelte überrascht. »Warum?«

»Weil du mir wichtig bist«, erwiderte er, als wäre das völlig offensichtlich. »Du hast gerade ein paar harte Entscheidungen getroffen, Aubrey in ihre Schranken verwiesen und musst jetzt auch noch den Eltern der Jungs erklären, was los ist. Das wird sicher nicht einfach. Also sag mir, wie ich dich unterstützen kann.«

Einen Moment lang starrte ich ihn perplex an, weil ich mit so etwas am allerwenigsten gerechnet hätte. Dann platzte ein bitteres Lachen aus mir heraus. »Rede du mit den Jensons.«

»Äh, okay.« Sein Blick zuckte nervös durch den Raum. »Klar, mach ich. Kein Problem. Hast du vielleicht noch Hinweise, auf was ich achten muss oder ...«

Sein Gestammel war unerwartet süß, und noch süßer fand ich es, dass er mir dieses lästige Telefonat allen Ernstes abnehmen wollte, obwohl er keinen Schimmer hatte, wie er es angehen sollte. »Das war ein Scherz, Neo. Ich muss schon selbst mit ihnen reden. Aber danke für dein Angebot.«

»Klar.« Er rieb sich verlegen über den Nacken. »Kann ich sonst etwas für dich tun? Vielleicht eine Umarmung oder so?«

Gott, das könnte ich gerade wirklich gebrauchen. Trotzdem schüttelte ich den Kopf. »Nein. Danke.«

Er wirkte nicht überrascht, gab aber auch nicht auf. »Soll ich dir ein paar Brownies besorgen, ein Sandwich oder vielleicht eine Kopfschmerztablette?«

»Woher weißt du, dass ich Kopfschmerzen habe?«, fragte ich verdattert.

Langsam streckte er die Hand aus und fuhr mit der Spitze seines Zeigefingers über meine rechte Schläfe. »Du hattest damals mal eine Migräneattacke. Da hat es auch so angefangen.«

Dass er sich daran noch erinnerte, berührte mich so sehr, dass ich kurz schlucken musste. »Mir geht's gut. Seit der Schwangerschaft habe ich keine Migräne mehr.«

Er wirkte nicht überzeugt. »Aber Kopfschmerzen hast du trotzdem.«

»Ist nicht schlimm. Ehrlich.« Ich zuckte mit den Schultern, obwohl sich das Pochen in meiner Schläfe zusehends verstärkte. »Ich habe Tabletten in meinem Büro.«

»Na gut, dann besorgen wir dir vorher noch was zu futtern«, entschied er, trat an mir vorbei und öffnete die Tür. »Schließlich brauchst du Kraft für diese Gespräche.«

Mir war klar, dass er es nur gut meinte. Aber seine Fürsorge überforderte mich, denn diese Seite von ihm kannte ich nur allzu gut. Andererseits hatte er recht. Ich hatte zuletzt etwas um die Mittagszeit gegessen und meinen Körper heute ziemlich verausgabt.

Meine Wangen wurden heiß, als ich an unseren leidenschaftlichen Sex dachte. Inzwischen kam mir das alles vor wie ein surrealer Traum.

Wir gingen zusammen in die Küche, wo Neo direkt den Kühlschrank ansteuerte. Dort hatte Dotty, das Goldstück, mehrere Teller mit belegten Truthahnsandwiches bereitgestellt.

Neo schnappte sich einen Teller, legte noch einen von Dottys Brownies für mich dazu und hielt ihn mir entgegen. »Möchtest du hier essen?«

»Das würde ich gern«, erwiderte ich, weil mir das wesentlich verlockender schien als das, was mir bevorstand. »Aber ich will die Telefonate so schnell wie möglich hinter mich bringen.«

Enttäuschung flackerte über seine Miene, doch sein Blick war voller Verständnis. Er lächelte sanft. »Schick mir eine Nachricht, falls du doch etwas brauchst.«

Meine Kehle schnürte sich zu. »Ich vermute, es wird eine Weile dauern, bis ich den Eltern alles erklärt habe. Deshalb wäre ich dir dankbar, wenn du mal nach Maila sehen könntest.«

Seine Augen weiteten sich. Ich musste zugeben, ich war selbst überrascht von meiner Bitte. Aber ich traute Neo durchaus zu, unserer Tochter die Situation einfühlsam zu erklären.

Was für eine unerwartete Entwicklung.

KAPITEL 19

Neo

Maila saß mit ihren Freunden am Lagerfeuer und röstete Stockbrot. Im Gegensatz zu sonst war sie allerdings nicht quirlig und aufgeweckt, sondern wirkte tief in Gedanken versunken, während Bowie, Joshua, Willow und Bailey neben ihr plauderten und lachten.

Sicher machte sie sich Sorgen um ihre Mutter.

Eilig ging ich auf sie zu. Eigentlich wollte ich mich neben sie setzen, doch sobald sie mich entdeckte, stand sie auf, drückte Bowie ihren Stock in die Hand und kam mir entgegen.

»Wo ist Mom?«, fragte sie sichtlich angespannt.

»Sie hat noch im Büro zu tun«, erwiderte ich und deutete nach oben zu Hazels Büro, in dem inzwischen Licht brannte.

Maila runzelte die Stirn. »Jetzt?«

»Ja.« Ich schaute mich nach einem ruhigeren Ort um, konnte aber auf die Schnelle keinen entdecken. Mir fiel nur ein Platz ein, an dem wir einigermaßen ungestört reden konnten. Ich deutete auf ihr Zuhause. »Setzen wir uns auf eure Veranda?«

Sie betrachtete mich schweigend und irgendwie … misstrauisch. Und da schimmerte auch Wut in ihren Augen.

Ich versuchte es mit einem Lächeln. »Kommst du?«

»Na gut.« Sonderlich begeistert klang sie nicht, aber immerhin willigte sie ein.

Bevor wir uns vom Lagerfeuer entfernten, winkte ich Jade zu und signalisierte ihr, dass ich mit Maila rüber zu ihrem Bungalow gehen würde. Sie nickte, weil sie sich vermutlich denken konnte, dass Hazel mich darum gebeten hatte.

Maila sagte keinen Ton, als wir nebeneinander herliefen. Normalerweise quasselte sie ohne Punkt und Komma. Deshalb kannte ich diese stille Seite von ihr noch nicht. Entsprechend überfordert musterte ich sie aus dem Augenwinkel. »Ist alles in Ordnung, Flip?«

Sie zuckte zusammen. »Mir geht's gut.«

Das war eindeutig eine Lüge. Nur wollte sie mit mir ganz offensichtlich nicht darüber reden, was sie beschäftigte. Weil sie in mir bloß einen Schwimmcoach sah, der Silver Springs am Ende des Sommers wieder verlassen würde.

Mit zusammengebissenen Zähnen setzte ich mich kurz darauf auf die Verandastufen.

Maila nahm neben mir Platz, zog die Beine an und schlang die Arme um ihre Knie. »Was wolltest du mir sagen?«

Mein Mund fühlte sich auf einmal staubtrocken an. Ich wollte ihr so viel sagen, ihr so viel erklären, das absolut nichts mit den Ereignissen dieses Tages zu tun hatte. Aber ich hatte es Hazel versprochen …

Also schluckte ich den Kloß in meiner Kehle herunter und drehte ihr den Oberkörper zu. »Morgen werden drei Ochsenfrösche das Camp verlassen.«

Maila schaute unbeeindruckt zu mir hoch. »Ist das alles?«

Selbst ihrer Stimme fehlte die übliche Lebendigkeit. Stattdessen war ihr Tonfall irritierend kühl. Offenbar wusste sie bereits Bescheid.

»Gerüchte verbreiten sich hier wirklich schnell, was?«

Sie stieg nicht auf meinen Witz ein, sondern hob nur ihre schmalen Schultern.

»Deine Mom telefoniert gerade mit den Eltern der Jungs«, fuhr ich fort. »Aber sie kommt, so schnell sie kann.«

Mit ausdrucksloser Miene wandte Maila sich ab, und mir dämmerte, dass sie wahrscheinlich sauer auf Hazel war.

Mir fiel wieder ein, wie enttäuscht sie gewesen war, weil Hazel nach unserer Rückkehr doch nicht mit ihr hatte schwimmen gehen können. Dafür hatte sie ihr versprochen, später Zeit miteinander zu verbringen. Aber der Abend war schon weit vorangeschritten, und es sah nicht danach aus, als wäre Hazel demnächst fertig.

»Sie kann nichts dafür, weißt du?«, sagte ich, weil ich das Bedürfnis hatte, Boden für Hazel gutzumachen. Davon abgesehen stimmte es ja.

»Klar«, murmelte Maila. »Immer ist alles andere wichtiger.«

Vor lauter Frust bebte die Kleine am ganzen Körper. Es tat mir leid, sie so zu sehen, und am liebsten hätte ich einen Arm um sie gelegt. So, wie es Väter eben taten, um ihre aufgewühlten Kinder zu trösten. Aber für sie war ich praktisch ein Fremder. Wahrscheinlich wäre es total schräg für sie, wenn ich sie berührte.

Das Gefühl der Ohnmacht war mir eigentlich bestens vertraut. Aber das hier erreichte eine ganz neue Dimension der Hilflosigkeit. Ich wünschte, ich hätte irgendetwas sagen oder tun können, um Maila zu besänftigen. Aber mir fiel partout nichts ein. Also versuchte ich es mit einem Themenwechsel.

»Hey, wie wäre es, wenn wir es morgen mit Donny Owens aufnehmen?«

Maila hob den Kopf. Sie war eindeutig interessiert.

Ich verbiss mir ein Lächeln. »Ich habe mir seinen Rekord angesehen. Mit der neuen Atemtechnik, die ich dir gezeigt habe, könntest du ihn knacken.«

An dieser Stelle war ich mir sicher, dass ich sie hatte. Doch Maila schüttelte den Kopf. »Ich mach morgen mal eine Pause vom Training.«

Mein Herz setzte aus. »Was?«

»Ich will lieber mit Bowie zum Malkurs«, erklärte sie und stand plötzlich auf. Ich folgte ihrem Blick und erkannte Reed in der Ferne. »Bis dann.«

Sie lief die Stufen runter und rannte ihrem Onkel entgegen, der sofort in ihre Richtung wechselte. Als sie ihn erreichte, warf sie sich Trost suchend in seine Arme.

Eifersucht überrollte mich wie ein Güterzug. Natürlich war es großartig, dass Maila Reed vertraute. Er war ein toller Kerl. Ich mochte ihn. Aber ich hätte ihm am liebsten die verfluchte Hand abgehackt, als er ihr jetzt sanft über das lockige Haar strich. Er beugte sich hinab und flüsterte ihr etwas ins Ohr, woraufhin sie nickte. Anschließend hob er sie hoch, wie er es vermutlich schon tausendmal gemacht hatte.

Sofort schlang Maila ihre Arme um seinen Nacken und schmiegte ihr Gesicht in seine Halsbeuge, während er sie zum Bungalow zurücktrug.

»Maila ist müde«, erklärte er. Offenbar dachte er sich nichts dabei, dass ich immer noch stocksteif auf den Verandastufen hockte. »Ich bringe sie ins Bett.«

Das wollte *ich* machen.

Ich wollte derjenige sein, an den sie sich wandte, wenn sie

Kummer hatte. Ich wollte sie abends zudecken und in der Nähe bleiben, falls sie einen Albtraum bekam. Ich wollte … das volle Daddy-Programm.

Stattdessen konnte ich nur hilflos mitansehen, wie Reed sie an mir vorbeitrug und mir eine gute Nacht wünschte. Dann ging er ins Haus, schloss die Tür und ließ mich allein zurück.

Meine Brust schmerzte, und für einen Moment verharrte ich reglos auf den Stufen, unfähig, mich zu bewegen. Das Bedürfnis, zu Hazel zu gehen und sie zu zwingen, Maila die Wahrheit zu sagen, war schier überwältigend. Aber es wäre egoistisch von mir.

Schon wieder.

Denn hier ging es gerade nur um meine eigenen Gefühle, *meine* Wünsche.

Hazel hatte genug Probleme mit den besoffenen Jungs, und dann war da auch noch ihre Zerrissenheit in Bezug auf uns, die unser Sex noch befeuert hatte. Wenn ich jetzt noch mehr Druck aufbaute, verlor ich sie – und das wollte ich auf keinen Fall riskieren.

Weil mir gerade wirklich nicht der Sinn nach Gesellschaft stand, kehrte ich nicht zum Lagerfeuer zurück, sondern ging mit schmerzendem Herzen in meine Unterkunft. Nach unserer Rückkehr ins Camp hatte ich keine Zeit gehabt, mich umzuziehen. Deshalb stellte ich mich als Erstes unter die Dusche. Anschließend schlüpfte ich in kurze Sportshorts und holte mir eine Flasche Saft aus dem Kühlschrank. Ich wollte sie gerade aufschrauben, als es leise klopfte.

Überrascht eilte ich zur Tür. Hoffnung stieg in mir auf.

Ich wurde nicht enttäuscht.

Hazel stand blass und mit einem erschöpften Lächeln auf der Schwelle. »Hey.«

»Hi.« Ich schob die Tür weiter auf. »Willst du reinkommen?«

Sie nickte. »Aber nur ganz kurz.«

»Du kannst bleiben, solange du willst.«

»Reed hat mir eine Nachricht geschickt, dass Maila schon schläft«, erklärte sie, ohne mein Angebot zu kommentieren, und trat ein. Sie knetete nervös ihre Hände. »Eigentlich wollte ich direkt nach Hause. Aber dann habe ich das Licht bei dir gesehen ...«

Mein Herz flatterte, während sie überall hinsah, nur nicht zu mir. Sie redete auch nicht weiter. Vielleicht fürchtete sie sich davor zuzugeben, warum es sie nach dem ganzen Stress hierhergezogen hatte. Vielleicht erkannte sie es auch selbst nicht, weil in ihrem Kopf gerade zu viel los war. Aber letzten Endes spielte es sowieso keine Rolle. Sie war hier, nur das zählte.

Ich stellte mich vor sie und breitete einladend die Arme aus. »Mein Angebot steht immer noch.«

Sie stand da wie ein Reh im Scheinwerferlicht, während sie irritiert meinen nackten Oberkörper betrachtete. Plötzlich ärgerte ich mich, dass ich mir vorhin kein T-Shirt übergezogen hatte. Andererseits gab es nichts an mir, was sie nicht schon gesehen – und berührt – hatte.

Als sie sich nicht regte, verdrehte ich ungeduldig die Augen. »Jetzt komm schon her. Das hier sollte keine Anmache sein.«

Ihre Brauen schossen in die Höhe. »Nicht?«

»Nein.« Ich grinste schief. »Nur um das klarzustellen: Ich bin *immer* scharf auf dich. Aber aktuell siehst du eher aus, als könntest du einfach eine Umarmung gebrauchen.«

»Stimmt.« Sie seufzte, und dann erlöste sie uns beide, indem sie die restliche Distanz zwischen uns überwand und sich an mich schmiegte.

Erleichtert, weil sie meinen Trost zuließ, legte ich die Arme um sie und bettete mein Kinn auf ihren Kopf. So standen wir einen Moment lang still und zufrieden da.

»Das war ein wirklich schön-schrecklicher Tag«, murmelte sie irgendwann.

Ich lachte. »Danke, dass du schön zuerst gesagt hast.«

Sie schnaubte. »Ich meinte das Wiedersehen mit Matty. Alles danach war schrecklich.«

»Lügnerin«, raunte ich ihr zu und küsste sie aufs Haar, ehe ich mich etwas zurücklehnte, um ihr in die Augen zu schauen. »Was machen die Kopfschmerzen?«

Ihr rechter Mundwinkel hob sich. »Alles wieder gut.«

»Und wie sind die Telefonate gelaufen?«

Hazel verzog das Gesicht. »Na ja, Fynns Eltern waren recht einsichtig. Ihr Ärger richtete sich vor allem gegen ihren Sohn, weil er die Campregeln missachtet hat. Aber die Jensons ...« Sie schnaubte. »Der Vater der Zwillinge ist Anwalt. Er hat mit einer Klage wegen Verletzung der Fürsorgepflicht gedroht.«

Erschrocken riss ich die Augen auf. »Könnte er damit durchkommen?«

»Nein.« Sie zuckte mit den Schultern. »Unsere Verträge sind absolut wasserdicht. Die Eltern und Kinder verpflichten sich bei ihrer Anmeldung schriftlich, sich an die Vorschriften von Silver Springs zu halten und einen Ausschluss aus dem Camp bei schweren Verstößen widerspruchslos zu akzeptieren. Da die Jungs alt genug sind, um diese Regeln zu verstehen und eigenverantwortlich zu handeln, hat Jenson keine Chance.«

Ich strich ihr zärtlich über den Rücken. »Das ist doch gut.«

»Schon.« Hazel seufzte. »Aber wahrscheinlich werde ich ihm das Geld für die restliche Zeit trotzdem zurückzahlen.«

Irritiert hielt ich in der Bewegung inne. »Du hast doch gerade gesagt, dass er nicht mit einer Klage durchkäme.«

»Eine friedliche Einigung bringt aber weniger schlechte Publicity. Das ist mir gerade wichtiger. Schließlich sind wir auf Empfehlungen angewiesen.«

Das klang zwar nachvollziehbar, aber ungerecht erschien es mir dennoch. »Könnt ihr die Plätze kurzfristig anderweitig vergeben? Es sind ja noch ein paar Wochen bis zum Ende des Sommers.«

Erschöpft schüttelte Hazel den Kopf. »Die meisten Familien planen ihre Ferien schon Monate im Voraus. Insofern ist es eher unwahrscheinlich, dass sich drei Jungs finden, die spontan nach Silver Springs kommen können.«

»Ein Versuch schadet doch nicht, oder?«, fragte ich und strich ihr eine Haarsträhne hinters Ohr. »Wenn du keine Zeit hast herumzutelefonieren, könntest du auch Estelle darauf ansetzen. Ihr fällt bestimmt etwas ein.«

Hazels Miene hellte sich auf. »Weißt du was? Das ist gar keine schlechte Idee. Ich werde gleich morgen früh mit ihr sprechen.«

Ich freute mich, dass sie meinen Vorschlag in Betracht zog. »Gut.«

Sie lächelte mich an. »Gut.«

Da sie nun wieder besser gelaunt zu sein schien, erwartete ich eigentlich, dass sie sich zurückzog. Doch sie reckte sich auf die Zehenspitzen und küsste mich.

Es war ein sanfter, zärtlicher Kuss, ganz ohne Begierde. Trotzdem zerschmetterte er um ein Haar all meine Vorsätze. Ich hätte nichts lieber getan, als unseren Kuss zu vertiefen, ihr die Klamotten vom Körper zu zerren und sie in mein Bett zu bringen. Aber es gab Wichtigeres.

Nur äußerst widerwillig löste ich mich von ihr, lehnte meine Stirn gegen ihre und atmete tief durch. »Du solltest nach Maila sehen.«

Sie versteifte sich in meinen Armen. »Wieso? Ist irgendwas passiert? Reed sagte, ihr geht's gut.«

Dann hatte Maila ihn wohl auch nicht ins Vertrauen gezogen. »Sie war vorhin etwas geknickt, weil du heute kaum Zeit für sie hattest, glaube ich. Sie sagte, dir wäre immer alles andere wichtiger.«

Kleine Falten traten auf Hazels Stirn. »Normalerweise stört sie das nicht. Sie liebt die Sommer mit ihren Freunden.«

Nun ja, Maila war heute Abend definitiv nicht sie selbst gewesen. Aber ich wollte Hazel nicht noch mehr Sorgen bereiten. »Vielleicht kam es mir auch nur so vor, und sie war einfach nur müde.«

»Wahrscheinlich«, erwiderte Hazel geistesabwesend, rückte aber doch von mir ab. »Wir sehen uns morgen.«

Es kotzte mich an, dass ich sie nicht einfach begleiten konnte, aber ich zwang mich zu einem Lächeln. »Sicher.«

Sie öffnete die Tür und warf einen Blick zu mir zurück. »Danke, Neo.«

Ich schob die Hände in die Hosentaschen, um mich selbst davon abzuhalten, sie wieder an mich zu ziehen. »Jederzeit, Baby.«

Ihre braunen Augen blitzten auf, doch sie kommentierte ihren alten Kosenamen nicht, sondern verschwand und ließ mich zurück mit dieser brennenden Sehnsucht. Ich hatte mich noch nie so einsam gefühlt.

***

Am nächsten Morgen tauchte Georgie pünktlich am Seeufer auf, was mich offen gestanden ziemlich überraschte. Ich hätte einiges darauf verwettet, dass sie noch damit beschäftigt war, ihren Kater auszukurieren. Aber sie stand in einem winzigen Glitzerbikini vor mir. Auf ihrer Nase saß eine riesige Sonnenbrille, und sie hatte wie üblich etliche Schichten Make-up aufgetragen und ihr blaues Haar zu aufwendigen Zöpfen frisiert.

Nichtsdestotrotz ließ sie sich mit einem wehleidigen Ächzen neben mir auf dem Gras nieder. »Ich werde nie wieder Alkohol trinken.«

Ich warf ihr einen skeptischen Blick zu. »Kyra sagte, dein Absturz wäre unfreiwillig gewesen.«

»Das war er auch«, erwiderte sie hastig, bevor sie sich die Hand auf ihr nacktes Dekolleté legte. »Ich schwöre, ich habe das alles nicht gewollt.«

Das hoffte ich für sie, denn es würde mich echt nerven, wenn Aubrey recht behielt, was Kyras Aussage betraf.

Georgie seufzte schwer. »Danke, dass du mir gestern geholfen hast.«

»Ich kann nicht gerade behaupten, dass es ein Vergnügen war.«

Sie streckte die Hand nach mir aus und tätschelte kurz meinen Bizeps, ehe sie wieder von mir abließ. »Dann weiß ich es erst recht zu schätzen.«

»Hast du dich noch von den Jungs verabschiedet?«

Fynn und die Jenson-Zwillinge waren vor einer halben Stunde abgereist, nachdem sie sich bei der Campgemeinschaft für ihr Fehlverhalten entschuldigt hatten. Grover brachte sie gerade zum Busbahnhof etwa zwanzig Meilen von hier.

»Nach der Aktion?« Mit einem Schnauben reckte Georgie

das Kinn. »Nein! Ich bin froh, dass diese kindischen Idioten weg sind.«

»Du hast Glück, dass du nicht neben ihnen sitzt«, erwiderte ich kühl. »Das ist dir klar, oder?«

Ich nahm an, dass sie reumütig das Gesicht verzog. Sonderlich viel konnte ich hinter der großen Brille allerdings nicht erkennen. »Ich weiß, wie dumm das war. Eigentlich bin ich viel reifer. Keine Ahnung, was da in mich gefahren ist.«

Tja, das wusste ich auch nicht, und es war mir auch egal.

»Bau einfach nicht noch mal so einen Scheiß«, meinte ich und deutete zum See. »Fangen wir an?«

»Macht es dir etwas aus, mir heute einfach nur theoretischen Unterricht zu geben?« Langsam lehnte sie sich zurück, überschlug ihre Beine und strich sich mit einer seltsam intim anmutenden Geste über den flachen Bauch. »Ich fühle mich noch nicht fit genug, um zu schwimmen.«

Na, das war ja wunderbar.

»Warum bist du dann überhaupt hier?«, fragte ich, weil ich eigentlich keine Lust hatte, die nächste halbe Stunde hier herumzuhocken und mich mit ihr zu unterhalten. Vielleicht lag das an der Art, wie sie mich hinter der riesigen Sonnenbrille taxierte. Ich kam mir vor wie ein saftiges Steak, erst recht, als sie sich auf ihre Unterlippe biss. Nur mühsam rang ich den Impuls nieder, sie einfach hier sitzen zu lassen.

»Ich wollte dir zeigen, wie sehr ich es zu schätzen weiß, dass du mir helfen willst, meinen Schwimmstil zu verbessern«, erklärte sie und wandte sich zum See. »Im letzten Sommer war ich am Meer und da war dieses süße kleine Mädchen, das beinahe ertrunken wäre. Ihr nicht helfen zu können ...« Sie seufzte unglücklich. »Es war furchtbar. Deshalb liegt mir viel daran, an deinem Rettungsschwimmkurs teilzunehmen, und ich werde alles tun, um deinen Ansprüchen gerecht zu werden.«

Oha, das war unerwartet.

Aber zumindest schien sie es doch ehrlich zu meinen. »Zu akzeptieren, dass man sich verbessern muss, ist schon mal ein guter Schritt in die richtige Richtung.«

Sie strahlte mich an. »Also, was kann ich tun?«

Ich zog mein Klemmbrett aus meinem Rucksack und überflog die Notizen, die ich mir beim Check-up gemacht hatte. »Wie schon gesagt, solltest du an deiner Kondition arbeiten. Außerdem ziehst du die Arme beim Brustschwimmen nicht sauber an. Das kostet dich wertvolle Kraft. Du solltest es eher so machen.«

Ich zeigte ihr die Bewegung und korrekte Handhaltung im Sitzen.

Lächelnd setzte sie sich aufrecht hin, drückte ihre Brüste nach oben und ahmte mich nach. »So etwa?«

»Fast.« Ich rückte vor sie und streckte die Hand nach ihr aus, hielt aber inne, bevor ich sie anfasste. »Darf ich?«

»Nur zu.«

Mir gefiel ihr Ton nicht. Trotzdem ergriff ich ihre Handgelenke und vollführte die Schwimmbewegung noch einmal, während ich ihr erläuterte, wann sie ihre Muskeln anspannen musste, um maximalen Zug zu kriegen.

Trotz ihrer Sonnenbrille spürte ich ihren eindringlichen Blick, weshalb ich sofort wieder von ihr abrückte. Ich wollte nicht, dass sie diese Situation falsch interpretierte. »Wenn du das ein paarmal im Wasser übst, werden sich dein Schwimmstil und auch deine Kondition schnell verbessern.«

»Das mache ich.«

»Wiederhole die Bewegung noch fünfzig Mal an Land«,

sagte ich. »Und versuch, sie auch heute Nachmittag beim Fortgeschrittenenkurs umzusetzen. Nach dem Mittagessen bist du sicher wieder fit.«

Sie lehnte sich zu mir und drang damit in einen Bereich ein, der längst nicht mehr angemessen war. »Eigentlich fühle ich mich jetzt schon viel besser.« Sie machte eine bedeutungsvolle Pause. »Dank dir.«

Ich war in meinem Leben schon oft von Frauen angebaggert worden. Wenn man auf der Erfolgswelle surfte und halb nackt Plakatwände zierte, geschah das zwangsläufig. Deshalb kapierte ich durchaus, was Georgie hier tat. Aber sie war sechzehn, praktisch noch ein Kind.

Das hielt sie jedoch nicht davon ab, sich noch weiter vorzulehnen. Ihre Zunge schnellte hervor, und sie leckte sich langsam über die Lippen. »Kann ich irgendetwas tun, um mich erkenntlich zu zeigen?«

Das sollte wohl ein Witz sein!

Angespannt wich ich zurück. »Du kannst das lassen.«

Mein Tonfall war scharf und abweisend, aber sie blieb völlig unbeeindruckt. »Ich tue doch gar nichts.«

Sicher.

Kopfschüttelnd stand ich auf und schnappte mir meinen Rucksack. »Wir sehen uns später im Fortgeschrittenenkurs.«

Erneut drückte sie den Rücken durch, präsentierte ihre Brüste und rieb ihre Beine aneinander. »Ich kann es kaum erwarten.«

Alter! Waren heutzutage alle Teenager so drauf?

Normalerweise war ich niemand, der mit eingezogenem Schwanz das Weite suchte, und ich hatte mich auch nie für einen Spießer gehalten, aber die Aggressivität, mit der dieses Mädchen vorpreschte, ließ mir keine andere Wahl.

Vielleicht wäre es besser, Reed davon zu erzählen. Andererseits flirtete Georgie mit jedem Kerl, der halbwegs in ihr Beuteschema passte. Wenn sie bloß ihre Grenzen bei mir austesten wollte, bauschte ich die Sache vielleicht nur unnötig auf, und damit wäre niemandem geholfen.

Ich musste diese Situation allein in den Griff kriegen, und das würde ich auch. Trotzdem bereute ich es gerade zutiefst, dass ich diesem Einzelunterricht zugestimmt hatte.

KAPITEL 20

Hazel

Mit einer Schüssel unterm Arm, die gefüllt war mit Popcorn, Chocolate Chips und Gummidrops, eilte ich durch den leeren Speisesaal, als Estelle meinen Namen rief.

Ich bremste abrupt ab und drehte mich zu meiner Freundin um, die mir mit einer Tasse Kaffee entgegenkam. Sie musterte die Süßigkeiten mit leicht angewidertem Blick, weil sie eher auf den scharfen Kram stand. »Brauchst du einen Zuckerrausch?«

Grinsend schüttelte ich den Kopf. »Ich habe Maila versprochen, die Mittagspause mit ihr zu verbringen, weil ich gestern Abend keine Zeit mehr hatte. Wir wollen uns einen Film anschauen.«

Als ich sie am Morgen wachgekuschelt und ihr vorgeschlagen hatte, die verpasste Schwimmsession in der Mittagspause nachzuholen, hatte ich eigentlich mit Begeisterung gerechnet. Aber zu meiner Verwirrung hatte Maila abgelehnt. Sie wollte lieber zu Hause auf dem Sofa chillen.

Neo hatte recht gehabt. Sie war traurig – und natürlich fühlte ich mich schuldig genug, um sie mit einem Berg von Süßigkeiten zu bestechen. Ich freute mich auf eine entspannte kleine Auszeit mit ihr, die ihr hoffentlich auch wieder ein Lächeln ins Gesicht zauberte.

»Ich will dich gar nicht lange aufhalten«, sagte Estelle und grinste nun ihrerseits. »Reed und ich haben ebenfalls Pläne für die Mittagspause.«

Ich schnitt eine Grimasse. »Keine Details, bitte.«

Belustigt zwinkerte Estelle mir zu, ehe sie zu ihrem eigentlichen Anliegen kam. »Ich habe mir ein paar Ferienportale angesehen, wie du mich gebeten hast.«

»Und?«, fragte ich hoffnungsvoll. »Macht es Sinn, die drei freien Plätze dort anzubieten?«

»Offen gestanden glaube ich das nicht. Bei den Preisen, die die meisten Portale für eine Anzeige aufrufen, sind drei Anmeldungen eigentlich zu wenig. Ich denke nicht, dass sich das rechnet.«

Enttäuschung breitete sich in mir aus, auch wenn es im Grunde keine Überraschung war. »Das habe ich befürchtet.«

»Aber ich habe eine andere Idee.« Estelle zog ihr Handy hervor und rief eine Social-Media-App auf. »Wusstest du, dass Neo über zwei Millionen Follower hat?«

Meine Augen wurden groß. »Wie bitte?«

»Ja.« Sie wackelte vielsagend mit den Brauen. »Er ist ein richtiger Social-Media-Star, auch wenn sein letzter Post schon ein paar Monate zurückliegt.«

Leicht schockiert schaute ich auf das Display, während Estelle durch ein paar Beiträge scrollte. Da waren Sportaufnahmen von ihm bei verschiedenen Wettkämpfen, private Schnappschüsse beim Training und auch die Werbekampagne für *Victor*. Auf all diesen Fotos sah er absolut umwerfend aus.

»Ich habe mir ein paar Kommentare durchgelesen«, fuhr Estelle fort. »Unter seinen Followern sind viele Jungs im Teenageralter, die ihm nacheifern und selbst von einer großen Schwimmkarriere träumen. Vielleicht könnten wir Neo bitten, drei Plätze für einen Intensivschwimmkurs in Silver Springs anzubieten, die er auf seinem Kanal bewirbt. Damit hätten wir Gratiswerbung, und durch Neos Promi-Faktor könntest du vielleicht sogar noch ein bisschen den Preis anziehen, um die Verluste durch die Fehltage auszugleichen oder Neos Überstunden zu bezahlen.«

Fassungslos starrte ich Estelle an.

Ich musste wohl ziemlich entsetzt ausgesehen haben, denn ihr Eifer verflog. Sie ließ das Handy sinken. »Na ja, es ist nur eine Idee, und ich weiß auch nicht, ob es funktioniert. Ich dachte nur, ein Versuch kann nicht schaden. Wir haben ja schließlich nichts zu verlieren. Aber wenn es dir nicht gefällt, lassen wir es.«

Für jemanden, der so empathisch war, konnte sie manchmal erstaunlich danebenliegen, wenn es darum ging, ihr Gegenüber richtig einzuschätzen. Ich warf den Kopf in den Nacken und lachte. »O mein Gott! Ich *liebe* es.«

Estelle lächelte unsicher. »Wirklich?«

»Ist das dein Ernst? Ich könnte dir gerade um den Hals fallen!«

»Nur keine Umstände«, erwiderte sie schmunzelnd und schob ihr Handy zurück in ihre Jeanstasche. »Zuerst mal musst du Neo dazu kriegen, bei der Aktion mitzumachen.«

Zugegeben, das könnte eine Herausforderung werden, aber ich war optimistisch, dass es mir gelang, ihn zu überreden. »Das kriege ich schon hin.«

»Super. Ich habe letzte Woche ein paar Fotos von ihm und

den Kids im Camp gemacht. Ich suche sie später raus und maile sie dir zu. Dann müsst ihr euch nur noch auf das Kursprogramm einigen, und schon kann er die Anzeige posten.«

Das klang fast ein bisschen zu schön, um wahr zu sein.

»Ich werde nach der Mittagspause gleich mit ihm reden«, versprach ich, obwohl ich am liebsten gleich zu ihm gerannt wäre. Nur weil Maila sicher schon auf mich wartete, verabschiedete ich mich eilig und machte mich auf den Weg.

Zu Hause hatte Maila es sich schon auf dem Sofa gemütlich gemacht und zappte durch das Programm.

»Hier kommt das Popcorn, Madame«, flötete ich, setzte mich zu ihr und hielt ihr die Schüssel vor die Nase.

Sie warf einen gelangweilten Blick darauf, bevor sie sich wieder auf den Fernseher konzentrierte. »Hab keinen Hunger.«

»Sicher?« Ich schwenkte die köstlich duftende Schüssel einladend herum. »Es ist noch ganz warm.«

Sie reagierte nicht.

Irritiert stellte ich die Schüssel beiseite. »Hey, was hast du denn? Bist du immer noch sauer wegen gestern?«

Anstelle einer Antwort startete sie einen Film. Ich hatte mit *Findet Nemo* gerechnet, aber stattdessen begann *Alvin und die Chipmunks*.

Okay, sie war definitiv sauer, denn sie wusste genau, dass ich den Film nicht ausstehen konnte. Nichts gegen singende Streifenhörnchen, aber diese Stimmen … Als würde jemand über meine Schädeldecke kratzen.

Von innen.

Ich seufzte. »Was habe ich nur falsch gemacht?«

Maila presste die Lippen zusammen. Erst war ich mir sicher, sie würde sich das Lachen verkneifen. Aber ihren Augen fehlte das provokante Glitzern, das mich so oft an ihren Vater erinnerte.

Ich fackelte nicht lange und warf mich auf sie.

»Mom!«, schrie sie empört, brach aber sogleich in Gelächter aus, als ich mich noch schwerer machte. »Geh runter.«

Ich bohrte meinen Zeigefinger in ihre Seite. »Erst wenn du mir verzeihst.«

Quietschend versuchte sie, mich abzuschütteln. Aber das ließ ich nicht zu, sondern kitzelte sie weiter, bis wir kichernd nach Atem rangen. Dann strich ich ihr zärtlich durch die weichen Locken. »Es tut mir leid, Schatz. Ich wollte dich nicht enttäuschen oder dir den Eindruck vermitteln, dass alles andere wichtiger ist.« Ich tippte sie auf die Nasenspitze. »*Du* bist das Allerwichtigste für mich.«

Maila wurde auch wieder ernst. Sie musterte mich nachdenklich aus diesen unglaublich schönen Augen. »Hat Neo dir erzählt, dass ich das gesagt habe?«

»Ja.«

Sie brummte missmutig. Offenbar gefiel ihr nicht, dass er mich über ihren Kummer informiert hatte.

»Er hat sich Sorgen um dich gemacht, weil du traurig warst«, wiegelte ich ab, obwohl ich den Anflug meines schlechten Gewissens deutlich spürte.

Ich gestand es mir nur ungern ein, aber trotz meiner Vorsicht hatten sich die Dinge zwischen Neo und mir verändert. Wir gingen jetzt anders miteinander um als zuvor. Ich wollte mir einreden, dass das am Sex lag. Aber die beängstigende Wahrheit war, dass das nicht stimmte. Meine Mauern waren schon vorher gebröckelt.

Wann genau konnte ich nicht sagen. Vielleicht an dem Abend, an dem wir über Maila gesprochen hatten, oder während der Autofahrt, als wir von der Vergangenheit in die Gegenwart gewechselt waren. Ganz sicher waren auch ein paar

Steine gefallen, als ich in der Scheune endlich den Schmerz herausgelassen hatte, der seit Jahren in mir tobte. Inzwischen fühlte ich mich befreiter als zuvor, auch wenn ich längst nicht darüber hinweg war.

Trotzdem sollte ich Maila nicht länger belügen. Es war einfach falsch, ihr ihren Vater vorzuenthalten, zumal die beiden sich noch viel besser verstanden, als ich erwartet hatte. Die Leidenschaft fürs Schwimmen verband sie zwar, aber sie schienen sich auch darüber hinaus sehr zu mögen. Insofern sollte ich ihnen wohl nicht länger im Weg stehen. Zumal ich mir sicher war, dass Maila sich darüber freuen würde. Schließlich hatte sie Neo sehr gern.

Andererseits wollte ich auch nicht zu voreilig sein. Ich würde mit der Enttäuschung klarkommen, wenn Neo sich neuen Zielen zuwandte. Aber Maila kannte diese Art der Zurückweisung nicht. Sie würde es nicht verstehen, wenn er sich von ihr abwandte, und es auch nicht so leicht verkraften. Außerdem hatte sie heute keine besonders gute Laune.

Behutsam strich ich ihr eine Locke aus der Stirn und betrachtete sie aufmerksam. »Alles wieder gut?«

Erneutes Brummen.

Jepp, heute war definitiv kein guter Tag, um so eine Bombe platzen zu lassen.

Ich legte den Kopf auf ihre Brust und kuschelte mich an sie. »Ich liebe dich, Flipper.«

Ihre Hände landeten auf meinem Kopf. »Ich dich auch, Mommy.«

Seufzend schloss ich die Augen und atmete ihren vertrauten Duft ein. Ich hätte noch ewig an Ort und Stelle verweilen können.

Leider beschloss Maila, dass sie jetzt doch Popcorn wollte.

Also setzte ich mich wieder aufrecht hin und zog mir mit ihr zusammen den doofen Film rein.

Maila zog die Schüssel auf ihren Schoß und kuschelte sich an mich – und für einen Moment war alles wunderbar friedlich. Genau wie immer.

Trotzdem dauerte es nicht lange, bis meine Gedanken wieder zu dem Mann geisterten, der irgendwo da draußen, direkt vor meiner Tür war und dem ich noch eine Antwort schuldete.

Neo hatte mir versichert, er wäre offen für eine Affäre nach meinen Regeln. Aber es fiel mir schwer zu glauben, dass er sich damit zufriedengeben würde. Er war einfach nicht der Typ Mann, der irgendeine Medaille akzeptierte.

Oh nein, Neo wollte Gold.

Und er wollte mehr als Sex, er wollte *alles* – bis er eben etwas anderes wollte.

Ich kannte dieses Spiel bereits. Schließlich hatte ich es hautnah miterlebt. Wenn er für etwas oder jemanden brannte, dann tat er das mit all seiner Leidenschaft und Hingabe. Er vermittelte seinem Objekt der Begierde das Gefühl, der Mittelpunkt seiner Welt zu sein. Aber wenn man aus dem Zentrum flog, taumelte man desillusioniert und orientierungslos durchs Nichts. Dort wollte ich nie wieder hin.

Andererseits war der Sex wirklich verdammt gut gewesen, und ich glaubte Neo durchaus, dass ich bei einer Wiederholung auf meine Kosten käme. Wenn ich mir vor Augen hielt, dass er in wenigen Wochen wieder seiner Wege gehen und alles so sein würde, als hätte es diesen Sommer nie gegeben, dann könnte ich mich vielleicht doch darauf einlassen. Wir hätten sicher eine Menge Spaß zusammen …

Ich grübelte immer noch darüber nach, als Maila den Fernseher schließlich ausschaltete, mich auf die Wange küsste und vom Sofa hüpfte. »Ich muss zum Malkurs. Bowie wartet bestimmt schon.«

»Okay, Schatz. Viel Spaß.«

Ich stand ebenfalls auf und trug die leere Schüssel zur Spüle, um sie schnell abzuwaschen. Da klopfte es an meiner Tür.

»Ja«, rief ich, weil ich nicht mit nassen Händen durch das Wohnzimmer laufen wollte.

Neo streckte den Kopf zur Tür herein. »Hey.«

Überrascht sah ich ihn an. »Hallo.«

»Ich möchte nicht stören«, sagte er, bevor er die Tür hinter sich schloss.

»Tust du nicht.« Ich schnappte mir ein Geschirrtuch und trocknete die Schüssel ab. »Was ist los?«

Neo deutete hinter sich. »Ich hab gerade Estelle getroffen. Sie meint, du wolltest etwas mit mir besprechen.«

»Ja, das stimmt.« Aufregung durchflutete mich, als ich die Schüssel und das Tuch weglegte. »Wir haben überlegt, wie wir die freien Plätze nachbesetzen könnten, und sie hat vorgeschlagen, dass du vielleicht unser Zugpferd sein könntest.«

Neo runzelte die Stirn. »Inwiefern?«

»Na ja«, erwiderte ich gedehnt und trat auf ihn zu. »Wärst du eventuell bereit, Proficoachings durchzuführen und das auf deinem Social-Media-Kanal zu promoten?«

Nachdenklich strich er sich übers Kinn. »Das könnte ich schon tun.«

»Wirklich?«

»Klar.« Ein durchtriebenes Grinsen erschien auf seinem Gesicht. »Aber ich hätte auch eine kleine Bitte, oder vielmehr zwei.«

Meine Freude fiel in sich zusammen wie ein Kartenhaus. Wenn er glaubte, er könnte mich erpressen, dann verzichtete ich lieber. »Was willst du?«

Er lachte. »Nicht das, was du denkst.«

Meine Lider wurden schmal. »Was denke ich denn?«

Verlangen flackerte in seinen Augen auf, während er sich vorlehnte. »Du denkst an Sex.«

Seine Stimme war so tief, dass sich mein Unterleib zusammenzog. »Stimmt doch gar nicht.«

Es war eine Lüge, wir wussten es beide.

»Glaub mir, Baby. Es gibt nichts, was ich lieber tun würde, als dir gleich hier und jetzt die Klamotten vom Leib zu reißen und mich tief in dir zu versenken. Ich denke jede Sekunde daran, wie verflucht fantastisch du dich angefühlt hast«, murmelte er mit einem solch intensiven Blick, dass sich eine Gänsehaut auf meinem Körper ausbreitete. »Aber das wird nur geschehen, weil wir es beide unbedingt wollen, und nicht, weil ich es als Bedingung an einen Gefallen knüpfe.«

Klasse, nun kam ich mir blöd vor – und ich war scharf.

Es fiel mir schwer, beim eigentlichen Thema zu bleiben. »Was willst du dann?«

Er lächelte sanft. »Erstens möchte ich dich bitten, das Geld für Maila anzunehmen.«

Jeder Muskel in mir versteifte sich. Ich hätte wissen müssen, dass Neo das Thema nicht auf sich beruhen lassen würde. Was er nicht verstand, war, dass mich dieses verdammte Geld triggerte und an einen der schlimmsten Momente in meinem Leben erinnerte.

»Es tut mir leid, Hazel«, hatte seine Mom gesagt. »Mein Sohn war sehr deutlich. Er will nichts mit dir oder dem Kind zu tun haben, und er möchte auch nicht, dass wir in Kontakt bleiben. Allerdings wäre er unter Umständen bereit, für den Unterhalt des Kindes aufzukommen …«

Sie hatte mich angelächelt, als würde Geld all meine Probleme lösen. Und mir anschließend *Neos Bedingungen* dargelegt. Ich war ohne ein weiteres Wort gegangen.

In meinem ganzen Leben hatte ich mich noch nie so erniedrigt gefühlt, und dieses Gefühl hallte bis heute in mir nach. Deshalb schüttelte ich energisch den Kopf. »Es war mir ernst damit, Neo. Ich will dein Geld nicht.«

Frust glomm in seinen Augen auf. »Sag mir, warum.«

Natürlich könnte ich ihm jetzt detailliert die Worte seiner Mutter von damals wiedergeben. Aber was würde das bringen? »Ich habe einfach kein gutes Gefühl dabei, es anzunehmen.«

»Also gut.« Neo verschränkte die Arme. »Dann spende ich eine Hälfte an Silver Springs, und die andere lege ich zusammen mit den künftigen Zahlungen für Maila an. Sie bekommt das Geld, sobald sie volljährig ist.«

»Was?«, stieß ich hervor. »Das kannst du nicht machen.«

Er grinste. »Und wie ich das kann, Baby.«

Dieser blöde Sturkopf! Ich verschränkte ebenfalls die Arme. »Dann buche ich es eben zurück.«

Seine Mundwinkel fielen herab. »Bitte tu das nicht. Dieses Geld steht dir zu. Du hast jahrelang allein für unsere Tochter gesorgt, obwohl ich mir den Unterhalt locker hätte leisten können. Das ist einfach nicht richtig.«

Ich verstand nicht, warum ihm das so wichtig war. Aber sein flehender Blick ließ mich nun doch zögern. »Gibt es irgendwelche Bedingungen?«

Er runzelte die Stirn. »Nein, natürlich nicht. Es ist mir egal, was du mit dem Geld machst. Du kannst es nutzen, um all die Dinge zu finanzieren, die bisher nicht möglich waren, weil du allein für Maila aufgekommen bist. Du könntest zum Beispiel das Campangebot für Schulklassen ausweiten oder in neues Equipment investieren, um langfristig eure Einnahmen zu sichern. Genau wie du es dir gewünscht hast.«

Über diese Möglichkeit hatte ich bisher noch gar nicht nachgedacht. »Und das wäre in Ordnung für dich?«

»Natürlich.« Seine Miene wurde weich. »Silver Springs ist euer Zuhause. Ihr solltet niemals darum bangen müssen.«

Ich gab es ungern zu, aber aktuell tat ich das durchaus. Deshalb schob ich meinen Stolz schließlich doch beiseite und gab nach. »Na schön, ich denke darüber nach.«

Neos Lippen hoben sich zu einem Megawatt-Lächeln, das seine Augen leuchten ließ. »Danke.«

Es war ein bisschen absurd, dass er sich dafür bedankte, dass ich ihm einen gewaltigen Batzen Geld abnahm. Aber wenn es ihn glücklich machte ... »Und was willst du noch für die PR-Aktion?«

Mit einem Mal wirkte dieser große selbstbewusste Mann außergewöhnlich verlegen. »Ich möchte mit dir tanzen gehen.«

Entgeistert starrte ich ihn an. »Was?«

»Tanzen«, wiederholte er, und bekam allen Ernstes rote Ohren. »Auf der Fahrt zu Matty ist mir diese Bar zwei Städte weiter aufgefallen, in der freitags immer eine Liveband spielt. Dort würde ich gern mit dir hingehen.«

»Wieso?«, fragte ich, weil ich beim besten Willen nicht wusste, was ich davon halten sollte.

Er zuckte mit den Schultern. »Weil wir so was noch nie gemacht haben.«

Klar, damals waren wir ja auch noch zu jung gewesen, um mal eben in eine Bar zu spazieren. Selbst bei den Festen im

Camp hatten wir nie zusammen getanzt. Es hatte sich einfach nicht ergeben.

»Bitte«, schob er hinterher. »Geh mit mir tanzen.«

Ich hatte keine Ahnung, warum ihm das so wichtig war. Aber einen Abend außerhalb des Camps konnte ich sicher auch noch verschmerzen. Also nickte ich. »Okay.«

Freude erhellte sein Gesicht. »Wirklich?«

Ich schnaubte. »Freu dich nicht zu früh. Ich kann echt grantig werden, wenn mir jemand auf den Fuß tritt.«

»Ich werde behutsam sein«, versprach er und zog auf diese nervenaufreibend sinnliche Weise die Braue hoch. »Es sei denn, du wünschst dir etwas anderes.«

Erneut schoss ein Prickeln durch meinen Körper, und ich nahm einen zittrigen Atemzug, was Neo natürlich nicht entging.

»Du musst es nur sagen«, lockte er mich, rührte sich aber nicht vom Fleck. Nur seine geballten Fäuste verrieten, wie sehr er eigentlich nach mir greifen wollte. Er verzehrte sich genauso sehr nach mir wie ich mich nach ihm.

Ich fragte mich, ob sich das je ändern würde. Aber letzten Endes spielte es sowieso keine Rolle. Früher oder später würde er Silver Springs wieder verlassen und ich in meinen gewohnten, weit weniger aufregenden Alltag zurückkehren. Was sprach also dagegen, mir noch mehr vom besten Sex meines Lebens zu holen, wenn ich Lust darauf hatte?

Bevor ich es mir anders überlegen konnte, überwand ich die Distanz zwischen uns, schlang die Arme um seinen Nacken und reckte den Kopf. Dicht vor seinem Mund hielt ich noch einmal inne.

»Das hier ändert gar nichts«, flüsterte ich, und dann küsste ich ihn.

Seine Lippen teilten sich. Vielleicht wollte er mir widersprechen. Aber das ließ ich nicht zu, sondern setzte meine Zunge ein, um seine Worte zu ersticken.

Mit einem rauen Stöhnen ging er in die Knie und hob mich hoch. Gleichzeitig schlang ich meine Beine um seine Mitte. Es war fast unheimlich, wie perfekt unsere Körper miteinander agierten. Neo brachte genau das richtige Maß an Kraft auf, um mich alles von ihm spüren zu lassen, aber er ließ mir auch genug Bewegungsfreiheit, um uns beide zu reizen.

Als ich über seine Erektion rieb, stieß er einen hinreißend unflätigen Fluch aus. »Wo ist dein Schlafzimmer?«

»Zweite Tür links«, murmelte ich, bevor ich meine Lippen an seinen Hals presste.

Neo stolperte los und verlor um ein Haar das Gleichgewicht, als ich an seiner erhitzten Haut saugte.

Belustigt zog ich mich zurück und begegnete seinem lustverschleierten Blick. »Für einen Leistungssportler bewegst du dich gerade erstaunlich unkoordiniert.«

Ein wölfisches Grinsen umspielte seine Lippen, während er in mein Schlafzimmer marschierte. »Mal sehen, ob du das in einer Stunde auch noch behauptest.«

»Eine Stunde?« Zum Glück hatte ich flexible Arbeitszeiten. »Das nenne ich ambitioniert.«

»Ich stecke mir eben gern hohe Ziele.«

Wir fielen zusammen auf mein Bett, das an der hinteren Wand stand.

Neo vergeudete keine Zeit. Er richtete sich auf und zerrte mir hastig die Klamotten vom Körper. Mit seinen eigenen machte er ebenfalls kurzen Prozess, sodass wir kurz darauf nackt aufs Laken sanken. Da das Fenster zur Seeseite zeigte und die Nachmittagssonne direkt hereinschien, hatte ich die

Holzlamellen zugezogen, weshalb sich nun wunderschöne Lichtstreifen auf Neos durchtrainiertem Oberkörper abzeichneten. Ich konnte mich gar nicht genug an ihm sattsehen. Das Einzige, was ich noch mehr wollte, war ihn *fühlen.*

Begierig streckte ich die Hand nach ihm aus und zog ihn zu mir.

Unsere Lippen prallten erneut aufeinander, während Neos Hand auf Wanderschaft ging. Schon bald erreichte er die pochende Stelle zwischen meinen Beinen, und ich hob instinktiv mein Becken.

Doch Neo – dieser Bastard! – zog seine Hand weg und streichelte stattdessen über die Innenseite meines Schenkels, woraufhin mir ein unzufriedenes Knurren entwich.

Er lachte leise. »Falsche Stelle?«

»So was von falsch.«

»Wo willst du mich denn haben?«, murmelte er und knabberte zärtlich an meinen Lippen. Seine Hand strich wieder höher. »Hier?« Kurz bevor er sein Ziel erreichte, wechselte er plötzlich die Richtung und fuhr federleicht über meinen Hüftknochen. »Oder hier?«

Ich wand mich unter ihm, innerlich total zerrissen vor Lust und Frust, was das Ganze hier paradoxerweise nur noch aufregender machte.

Zum Glück beherrschte ich dieses Spiel ebenfalls. Ich ließ meine Hand nach unten gleiten und umfasste seine Erektion.

Neo warf den Kopf in den Nacken und stöhnte. Ich hatte noch nie etwas Heißeres gesehen und war so fasziniert von seinem Anblick, dass ich mein eigenes Verlangen kurzzeitig vergaß. Ich begann ihn zu massieren, und endlich landete seine Hand genau da, wo ich sie unbedingt spüren wollte. Wir streichelten uns gegenseitig, bis wir kaum noch klar denken konnten.

Irgendwann drehte Neo sich auf den Rücken und zog mich auf sich. »Reite mich, Baby.«

Sein rauer Befehl ging mir durch Mark und Bein. Ich biss mir auf die Unterlippe und setzte an, mich auf ihn zu senken, doch mir fiel gerade rechtzeitig ein, dass noch ein winziges Detail fehlte. »Kondom.«

Neo riss die Augen auf. »Fuck! Ich hab keine dabei.«

Das durfte doch nicht wahr sein! Mit einem genervten Stöhnen richtete ich mich auf. »Ich auch nicht.«

Wir starrten einander an, beide enttäuscht und ernüchtert.

»Na gut.« Lächelnd streichelte Neo über meine Oberschenkel. »Dann verschieben wir diesen Part auf später. Es gibt ja schließlich noch genug andere Dinge, die Spaß machen.«

Aber ich wollte ihn *in* mir haben. Jetzt, nicht später.

Forschend betrachtete ich sein Gesicht. »Ich trage eine Spirale.«

Neos Augen weiteten sich, als er begriff, worauf ich hinauswollte, und plötzlich war ich verdammt nervös. Ich hatte einem Mann noch nie dieses Angebot gemacht. Seine Daumen fuhren über die Haut auf meinen Oberschenkeln. »Vor meiner Knie-OP gab es jede Menge Tests, und danach war ich mit keiner Frau mehr zusammen.«

Stirnrunzelnd schaute ich auf ihn hinab. »Aber das ist Monate her.«

»Eher Jahre«, korrigierte er mich leise.

Meine Brauen schossen in die Höhe. »Du hattest vor mir seit *Jahren* keinen Sex mehr?«

Gleichgültig zuckte er mit den Schultern. »Es gab Wichtigeres für mich.«

»Soll das heißen, du hattest auch nie eine längere Beziehung?«, platzte ich heraus, obwohl es mich im Grunde überhaupt nichts anging. Hinzu kam, dass ich nicht unbedingt etwas über seine Ex-Freundinnen erfahren wollte, während ich splitternackt auf ihm saß. Deshalb hielt ich ihm sogleich mit einer Hand den Mund zu. »Vergiss, dass ich gefragt habe. Ich will es gar nicht wissen.«

Das war mein voller Ernst. Es würde mich vernichten, wenn er mir jetzt erklärte, dass es in seiner Vergangenheit Frauen gegeben hatte, die er an seiner Seite hatte haben wollen. Plötzlich fühlte ich mich so verletzlich, dass ich nur noch wegwollte.

Doch Neo hielt mich fest, spannte die Bauchmuskeln an und richtete sich auf, ohne meinen Blick loszulassen. Zärtlich strich er mir eine verirrte Haarsträhne hinters Ohr. »Ich habe in meinem Leben nur ein einziges Mädchen geliebt, Hazel. Und das warst du. Alles, was danach kam, war bedeutungslos für mich und ist schon ewig her.«

Seine Miene war vollkommen offen und aufrichtig. Andererseits war ich schon einmal auf seine Lügen hereingefallen.

Wobei das vielleicht ein bisschen unfair war. Immerhin bestand die reelle Chance, dass er damals selbst von seinen Versprechungen überzeugt gewesen war. Wie ich, als ich Maila versprochen hatte, zusammen mit ihr schwimmen zu gehen. Aber dann war mir das Leben dazwischengekommen. Vielleicht hatte Neo nach unserem Sommer einfach nur die knallharte Realität eingeholt.

Du bist nicht die Einzige, die gelitten hat.

Innerlich vollkommen aufgewühlt sah ich ihn an, während sich in meinem Kopf ganz neue Bilder zusammenfügten: von einem Jungen, der von einer großen Sportkarriere träumte und der seinen Ehrgeiz verlor, weil er sich verliebt hatte.

Ich bin nur der Beste geworden, weil ich den Gedanken nicht ertragen konnte, dass ich dich umsonst aufgegeben haben könnte.

Wärme einer ganz anderen Art sickerte in meine Brust, als ich die Wahrheit erkannte und sie akzeptierte – und mit ihr kehrte die Sehnsucht mit voller Wucht zurück. Plötzlich wollte ich ihn so dringend spüren, dass ich mich nach vorn lehnte, um ihn zu umarmen. Sein bestes Stück kam mir jedoch in die Quere.

Neo sog scharf die Luft ein, während ich kaum in der Lage war, ein Stöhnen zu unterdrücken. Ich kippte mein Becken erneut, um mehr von dieser köstlichen Reibung zu verursachen.

»Baby?«, fragte Neo unsicher.

Meine Nervosität kehrte mit voller Wucht zurück, und ich hielt inne. »Ich habe es noch nie ohne Kondom getan.«

Wir hatten damals immer eins benutzt, obwohl die Sache mit der Verhütung offenkundig trotzdem nicht funktioniert hatte.

Neo stieß ein raues Keuchen aus. »Ich auch nicht.«

Mein Pulsschlag beschleunigte sich. »Es wäre unser zweites erstes Mal.«

»Bist du dir sicher?«, vergewisserte er sich und strich zärtlich über meinen Rücken.

Ich nickte. »Und du?«

Seine Lippen teilten sich, doch er hielt zurück, was immer er mir hatte sagen wollen, und beantwortete meine Gegenfrage, indem er den Arm um mich legte und mich über sich dirigierte. Dann nahm ich ihn langsam in mich auf.

Wir hielten beide die Luft an, gefangen im Blick des anderen. Die Intensität des Moments war mir fast zu viel. Aber ich hielt ihr stand und wurde mit einem wahren Endorphinrausch belohnt.

Neo auf diese Weise zu spüren, war anders als alles, was ich zuvor erlebt hatte.

Er schien ebenfalls mit sich zu ringen. Seine Kiefermuskeln traten hervor, als er die Zähne zusammenbiss.

Bevor ich noch von meinen Emotionen mitgerissen wurde, räusperte ich mich. »Also«, sagte ich gedehnt, während ich begann, mich auf ihm zu bewegen. »Wie war das noch mal mit deinen hohen Zielen?«

Neo stöhnte. »Ich arbeite dran.«

Da lag etwas in seinem Blick, das mich kurz aus dem Konzept brachte. Aber als er meinen Kopf zu sich hinunterzog und seine Lippen auf meine presste, zerstreute sich dieser Eindruck sogleich wieder, und ich hörte endgültig auf zu denken.

Neo packte meinen Hintern und half mir, das Tempo zu steigern, bis wir beide nur noch aus wildem Verlangen bestanden. Es dauerte nicht lange, bis der erste Höhepunkt über mich hinwegfegte.

Ich zuckte und zitterte in seinen Armen, und er hielt mich fest, während er sein Becken kreisen ließ und meinen Orgasmus damit in die Länge zog, als gehorchte mein Körper allein seinem Willen.

Kaum hatte ich mich von der Erschütterung erholt, warf er mich auch schon auf den Rücken, kam über mich und drang mit einem kräftigen Stoß in mich ein. Es fühlte sich an, als würde er mich in Besitz nehmen. Und obwohl ich gern das Kommando im Bett hatte, gab ich mich widerstandslos diesen köstlichen Empfindungen hin, die er in mir auslöste. Sie schienen mir ein gerechter Lohn zu sein. Nicht nur in Bezug auf unser zweites erstes Mal, sondern auch, weil ich ihn in mein Bett ließ, was ich bisher ebenfalls noch keinem anderen Mann gestattet hatte.

Ich konnte nur hoffen, dass ich das nicht eines Tages bereute.

KAPITEL 21

Neo

Je glücklicher ich darüber war, wie sich die Dinge mit Hazel entwickelten, umso frustrierter wurde ich, was Maila betraf. Denn unsere Tochter hatte von jetzt auf gleich jegliches Interesse an unseren gemeinsamen Schwimmtrainings verloren. Stattdessen verbrachte sie ihre Zeit lieber mit ihren Freunden am Seeufer, und ich konnte sie nur noch hilflos aus der Ferne beobachten.

Ich kapierte nicht, warum sie plötzlich auf Abstand ging. Ihre Begeisterung fürs Schwimmen war immer noch vorhanden, und sie arbeitete auch weiterhin daran, neue Rekorde aufzustellen.

Am Dienstagnachmittag verpasste sie Owens Bestzeit nur um acht Millisekunden, was eine enorme Leistung für ihr Alter darstellte.

Das Schlimmste daran war, dass ich es nur mitbekam, weil ich mich gerade zufällig in der Nähe befand, um die Schwimmgeräte einzusammeln. Sie schien sich über mein Lob zu freuen, blockte aber jeden meiner Versuche, weiter mit ihr zu trainieren, ab.

Auch am Mittwoch sah ich sie nur während des Rettungs-schwimmkurses. Sie trainierte mit Joshua, der ebenfalls erstaunlich flink im Wasser war. Aber sobald der Kurs vorüber war, huschte sie davon, sodass ich keine Gelegenheit mehr bekam, allein mit ihr zu sprechen. Und auch an den folgenden Tagen ging sie mir aus dem Weg.

Dafür fing ein anderes Mädchen an, mir regelrecht auf die Nerven zu gehen. Georgie lungerte ständig am Seeufer herum, und öfter als mir lieb war, konnte ich spüren, wie sie mich eingehend betrachtete. Sie nagelte mir Gespräche ans Knie, die ich nicht führen wollte, und stellte sich bei unserem Einzelunterricht auffallend blöd an, meine Hilfestellungen richtig umzusetzen. Einmal versuchte sie sogar, mich dazu zu bewegen, zu ihr ins Wasser zu kommen und ihr die Bewegungen direkt an ihrem Körper zu zeigen. Ich ließ sie auflaufen.

Grundsätzlich störte es mich nicht, neben den Kindern herzuschwimmen. Bei Bowie war es sogar nötig, damit er seine Angst überwand. Aber dieses Mädchen schien ihre eigenen Vorstellungen davon zu haben, wie dieser Unterricht laufen sollte – und die deckten sich nicht mit meinen.

Entsprechend mürrisch war ich, als ich mich am Freitagabend mit Reed auf der Sonnenterrasse des Speisesaals zusammensetzte, um mit ihm den Trainingsplan für die nächste Woche durchzugehen. Ich gab ihm eine Übersicht mit den Übungen, die ich mir ausgedacht hatte, verlor bei meinen Erläuterungen aber immer wieder den Faden, weil meine Gedanken zwischen meiner abweisenden Tochter und dem aufdringlichen Mädchen hin- und herwanderten.

»Was ist los?«, fragte Reed, dem meine düstere Stimmung nicht entging.

Ich überlegte, ihm nun doch von meinem Problem mit Georgie zu erzählen. Allerdings kam ich nicht mehr dazu, weil mich seine nächste Frage ablenkte.

»Bist du denn gar nicht in Feierlaune, weil sich so viele Leute auf deine Anzeige gemeldet haben?« Mit einem Kopfnicken deutete er auf sein Smartphone, das neben unseren Kaffeetassen auf dem Tisch lag. »Heute sind noch mal sieben Anfragen reingekommen. Echt Wahnsinn!«

»Es war ja nicht meine Idee«, erwiderte ich, obwohl es mich durchaus freute, dass die drei freien Plätze tatsächlich kurzfristig nachbesetzt worden waren.

Hazel hatte sich ebenfalls gefreut und sich praktisch auf mich gestürzt, sobald ich in ihrem Büro aufgetaucht war. Es hatte exakt drei Sekunden gedauert, bis ich sie gegen die Wand gevögelt hatte. Aber ich nahm an, so genau wollte ihr Bruder das nicht wissen.

Seine Gedanken schienen ohnehin in eine andere Richtung abzudriften. Sein Lächeln wurde breiter. »Estelle hat einen guten Riecher für Marketing.«

»Definitiv«, bestätigte ich und suchte den Intensivkurs für meine drei neuen Schüler heraus. »Hier ist der Trainingsplan für die Jungs. Ich hatte ihn schon grob mit Hazel für die Anzeige abgestimmt, habe allerdings noch ein paar Details verändert.«

Anstatt das Blatt entgegenzunehmen, betrachtete Reed aufmerksam mein Gesicht. »Du bist doch nicht dabei, dich in meine Schwester zu verlieben, oder?«

Die Frage erwischte mich so kalt, dass ich lachen musste. »Äh, nein.«

Denn ich liebte sie bereits. Vermutlich hatte ich nie damit aufgehört. Allerdings gab mir Reeds Reaktion Rätsel auf.

»Gut«, meinte er nämlich, bevor er mir spürbar erleichtert die Zettel abnahm.

Entgeistert starrte ich ihn an. »Wieso findest du es *gut*, dass sich ein Mann *nicht* in deine Schwester verknallt?«

Er seufzte. »Weil du ein netter Kerl bist und es mir leid täte, wenn du dir falsche Hoffnungen machst. Meine Schwester würde deine Gefühle nicht erwidern.«

Mein Herz verkrampfte sich protestierend. »Was macht dich da so sicher?«

»Maila.«

Jetzt kam ich gar nicht mehr mit. »Wie meinst du das?«

Mit einem traurigen Lächeln lehnte Reed sich zurück. »Meine Nichte hat viele Jahre lang darauf gewartet, dass ihr Vater endlich hier aufkreuzt.« Er zeigte zu einer Stelle, die sich nicht weit von uns entfernt am Seeufer befand. »Als sie noch kleiner war, hat sie stundenlang da drüben gesessen, den Blick fest auf das Eingangstor gerichtet. An Feiertagen, Geburtstagen und bei anderen wichtigen Ereignissen war es besonders schlimm. Du machst dir keine Vorstellung davon, wie hart es war, das mitansehen zu müssen, und absolut nichts dagegen tun zu können. Einmal hat sie mir erzählt, dass sie sich manchmal vorstellt ...«

Reed verstummte, und sein Blick glitt ins Leere, als könnte er Maila vor seinem geistigen Auge wieder genau dort sitzen sehen.

Ich würgte den Kloß in meinem Hals herunter, der mit jedem seiner Worte größer geworden war. »Was hat sie sich vorgestellt?«

»Wie er über den Versammlungsplatz auf sie zukommt, ein Kuscheltier mit einer blauen Schleife in der Hand, wie er lächelnd die Arme ausbreitet und sie ihm entgegenläuft, beide in dem Wissen, dass er sie nie wieder verlassen wird ...« Seine Miene wurde eiskalt. »Natürlich ist das nie passiert, und irgendwann hat sie sich damit abgefunden.«

Schmerz explodierte in meiner Brust, und eine ganz andere Art von Reue fraß sich in mein Herz. Mir war nicht klar gewesen, wie sehr sich meine Tochter all die Jahre nach ihrem Vater gesehnt hatte. Hazel hatte nichts dergleichen erwähnt. Aber ich hätte es trotzdem ahnen müssen, als sie mir von ihrem Lieblingsfilm erzählt hatte. Dass sie das Warten inzwischen aufgegeben hatte, machte mich fix und fertig. »Bist du sicher, dass sie die Hoffnung aufgegeben hat?«

»Absolut.« In Reeds Stimme lag nicht der kleinste Zweifel. »Unsere ganze Familie hat ihr die Fische an ihrem ersten Schultag geschenkt. Abends hockten wir alle in der Bunny Farm zusammen, und da hat sie uns angesehen und gemeint, dass es ihr eigentlich an nichts in ihrem Leben fehlt.« Seine düstere Miene hellte sich ein wenig auf. »Es war, als hätte sie plötzlich eine Erleuchtung gehabt oder so. Danach hat sie nie wieder zum Tor geschaut, sondern sich auf Hazel fokussiert. Noch mehr als sowieso schon. Die beiden sind sich sehr nah, wie du wahrscheinlich schon bemerkt hast. Deshalb wird Maila auch niemals zulassen, dass sich ein Mann zwischen sie und ihre Mutter drängt.« Langsam schüttelte Reed den Kopf. »So leid es mir tut, Kumpel. Du hast keine Chance.«

Das würden wir ja sehen.

Ich biss die Zähne zusammen und sagte nichts mehr dazu, obwohl Mailas abwehrendes Verhalten endlich einen Sinn für mich ergab. Sie hatte mich bereits spätabends in ihrem Wohnzimmer vorgefunden. Nur ein paar Tage später waren Hazel und ich durch das Unwetter aufgehalten worden, weshalb der gemeinsame Schwimmausflug ausgefallen war, und anschließend hatte Hazel mich auf die Suche nach den Teenagern mitgenommen, obwohl Maila sie ebenfalls hatte begleiten wollen. Für sie musste es tatsächlich so aussehen, als würde ich mich zwischen sie und ihre Mom drängen. Dabei wollte ich sie beide – und zwar um jeden Preis.

Angespannt rieb ich mir über das Gesicht. Wir konnten so nicht weitermachen. Maila musste erfahren, wer ich war und dass ich all die Jahre keine Ahnung von ihrer Existenz gehabt hatte. Nur so konnten wir beide eine richtige Beziehung zueinander aufbauen. Eine, bei der sie mich nicht als Bedrohung betrachtete.

Aber zuerst musste ich mit ihrer Mutter sprechen.

***

Die Bar, in die ich Hazel ausführte, erweckte von außen einen recht unscheinbaren Eindruck, machte aber innen einiges her. Auf der rechten Seite befand sich ein langer, indirekt beleuchteter Holztresen, dessen hintere Wand mit allerlei Spirituosen geschmückt war. Links standen ein paar kleinere Tische und im hinteren Bereich eine Bühne, auf der eine Countryband gerade für ordentlich Stimmung sorgte.

Unzählige Gäste hatten sich an diesem Freitagabend in der Bar verteilt. Sie tranken, lachten oder tanzten Squaredance auf der Tanzfläche vor der Bühne.

Hazel ließ einen anerkennenden Blick über mich wandern, und meine Ohren wurden heiß vor Verlegenheit. Normalerweise trug ich sportliche Kleidung. Aber heute hatte ich mich für lange Jeans und ein grau kariertes Hemd entschieden.

Auch sie hatte sich für unser Date in Schale geworfen. Sie trug ein hübsches Kleid mit Blumenmuster und hatte ihre

Haare offen gelassen. Ich konnte mich kaum an ihr sattsehen, und damit war ich nicht allein. Nicht wenige Kerle musterten sie mit unverhohlenem Interesse.

»Was willst du trinken?«, fragte ich sie und legte eine Hand auf ihren unteren Rücken. Ich konnte mich nur knapp davon abhalten, sie vor all diesen Fremden an mich zu ziehen und zu küssen, bis uns beiden schwindlig wurde.

Hazel überflog kurz das Angebot. »Ich nehme ein Glas Weißwein.«

Da ich fuhr, entschied ich mich für ein alkoholfreies Bier und gab beim Barkeeper meine Bestellung auf, während Hazel sich der Tanzfläche zuwandte. Sie wippte bereits zum Takt der Musik und schien es kaum erwarten zu können, endlich loszulegen.

Ich zahlte die Drinks und reichte Hazel ihr Weinglas. »Worauf stoßen wir an?«

»Auf die drei Nachzügler natürlich«, erwiderte sie gut gelaunt.

Nicht ganz das, worauf ich gehofft hatte. Trotzdem ließ ich lächelnd meine Bierflasche gegen ihr Glas klirren, bevor ich einen Schluck trank und die Squaredancer betrachtete.

Plötzlich bereute ich es ein bisschen, sie hierhergeschleppt zu haben. Ich kannte zwar einige Basisschritte, aber ich war kein herausragender Tänzer, der ein Talent wie Hazel sonderlich beeindrucken würde. Hinzu kam, dass wir einiges zu besprechen hatten.

Auf der anderen Seite hatte sich unsere Beziehung in den letzten Tagen um hundertachtzig Grad gedreht. Zum ersten Mal seit meiner Ankunft war die Stimmung zwischen uns leicht und harmonisch. Wir lachten viel zusammen, und ich durfte sie endlich wieder küssen und berühren. Jedenfalls, wenn wir unter uns waren.

Ich hatte Angst, dass sich das womöglich änderte, sobald ich Hazel bat, unserer Tochter die Wahrheit zu sagen.

In dem Moment drehte sie sich wieder zu mir um, nahm mir mit leuchtenden Augen die Flasche ab und stellte sie zusammen mit ihrem Glas auf der Theke ab. Anschließend ergriff sie meine Hände und zog mich mit einem verführerischen Lächeln mit sich. »Auf geht's!«

Amüsiert über ihren Eifer folgte ich ihr auf die Tanzfläche, und schon bald bewegten wir uns inmitten der anderen Leute lachend zum Takt der Musik. Hazel wirbelte um mich herum, schwang ihre sinnlichen Hüften und ließ mit jeder Drehung ihre Locken fliegen. Sie war atemberaubend, und mehr als einmal vergaß ich meine Schritte, weil ich sie voller Faszination anstarrte.

Ich hätte die ganze Nacht mit ihr durchgetanzt, aber Hazel hatte Maila versprochen, rechtzeitig zurück zu sein, um sie ins Bett zu bringen, und so machten wir uns schließlich auf den Rückweg.

Hazel war so aufgekratzt, dass sie mich während der ganzen Fahrt kaum zu Wort kommen ließ. Sie sprach über alles Mögliche, aber ich war kaum mehr in der Lage, ihr zu folgen, denn mit jeder Meile verstrich eine weitere Gelegenheit, um mit ihr über unsere Zukunft zu sprechen.

Ich hatte keine Ahnung, wie sie auf meine Bitte in Bezug auf Maila reagieren würde. Allerdings hoffte ich, dass es vielleicht nicht ganz so übel laufen würde, wie ich befürchtete. Vielleicht begrüßte sie sogar meinen Vorschlag, Maila zu erzählen, was damals passiert war und wie sich die Dinge zwischen uns mittlerweile entwickelt hatten. Vielleicht wollte sie ja dasselbe wie ich, und ich machte mich umsonst verrückt?

Wir erreichten Silver Springs zu schnell, als dass ich es hätte herausfinden können. Der Parkplatz lag dunkel und verlassen da. Doch wir konnten das Gelächter der Jugendlichen hören, die hinter dem Sicherheitszaun an den Picknicktischen herumlungerten. Im Camp herrschte noch reges Treiben.

Sobald wir ausgestiegen waren, tanzte Hazel summend vor mir her, wackelte einladend mit ihren Hüften und warf mir einen eindeutigen Blick über die Schulter zu.

Lust, die mich schon den ganzen Abend lang quälte, peitschte durch meine Adern. Die Versuchung war groß, sie zu schnappen und in meine Hütte zu bringen, um sie nach allen Regeln der Kunst zu vernaschen. Und genau aus diesem Grund streckte ich lieber nicht die Hand nach ihr aus.

Sie hielt stirnrunzelnd inne. »Was ist denn los?«

Einen besseren Einstieg würde ich wohl nicht kriegen, um die Sache anzugehen. Mein Herz pochte heftig gegen meine Rippen, als ich unmittelbar vor ihr stehen blieb. »Ich möchte, dass wir Maila die Wahrheit sagen.«

So, jetzt war es raus.

Mit angehaltenem Atem wartete ich auf Hazels Reaktion. Leider fiel sie nicht wie erhofft aus. Ich konnte praktisch dabei zusehen, wie das unbeschwerte Leuchten aus ihren Augen verschwand, während sie den Kopf schüttelte. »Nein.«

Enttäuschung zog meinen Magen zusammen. »Aber ich will sie nicht länger anlügen, Hazel.«

»Wir haben eine Abmachung getroffen.« Ihre Stimme zitterte, ob vor Angst oder Wut konnte ich nicht genau sagen. Vermutlich eine Mischung aus beidem. Anklagend zeigte sie auf mich. »Du hast gesagt, du würdest dich daran halten.«

»Das habe ich auch getan.« Frust stieg in mir auf, weil sie so verdammt stur war. »Aber inzwischen habe ich Maila besser kennengelernt und fühle mich einfach nicht mehr wohl dabei, ihr weiter etwas vorzumachen.«

Ein schrilles Lachen platzte aus ihr heraus. »Und natürlich geht es mal wieder um *dich* und darum, was *du* willst.«

»Das stimmt doch gar nicht!« Mit einer ruppigen Geste zeigte ich zum Eingangstor. Sofort hatte ich wieder Reeds Worte im Ohr. »Es geht darum, was unsere Tochter will. Sie hat jahrelang auf ihren Vater gewartet – und jetzt bin ich hier, aber sie weiß es trotzdem nicht.«

»Sie muss es auch nicht wissen«, fauchte Hazel. »Für sie spielt es keine Rolle, wer du bist.«

Das sollte wohl ein Witz sein!

Aufgebracht warf ich die Arme in die Luft. »Ist dir eigentlich klar, dass sie mich bloß für irgendeinen dahergelaufenen Typen hält, der versucht, ihr ihre Mom auszuspannen?«

Hazel verdrehte die Augen. »Sie weiß, dass sich niemals ein Mann zwischen uns drängen wird. Du übertreibst maßlos.«

Diese Frau brachte mich echt aus der Fassung. Es kostete mich einige Anstrengung, sie nicht anzubrüllen, obwohl ich das wirklich gern getan hätte.

»Nein, das tue ich ganz und gar nicht«, knurrte ich. »Maila redet kaum noch mit mir, und wir trainieren auch nicht mehr zusammen. Sie hat komplett dichtgemacht.« Angst zerrte an meinen Nerven, und ich versteckte sie nicht. »Ich habe immer wieder versucht, behutsam auf sie zuzugehen. Aber sie lässt mich jedes Mal abblitzen, weil sie mich für eine verdammte Bedrohung hält. Ich weiß einfach nicht mehr, was ich tun soll. Also bitte ...«

Schwere Schritte erklangen hinter uns und ließen mich verstummen. Genervt über die Unterbrechung drehte ich den Kopf.

Reed walzte wie ein Linebacker auf mich zu.

»Was …?«, setzte Hazel an, doch da packte ihr Bruder mich bereits am Hemd und zerrte mich zu sich heran, bis sich unsere Nasen beinahe berührten. Hazel schrie auf. »Reed! Was zur Hölle soll das?«

Ich hatte da eine vage Vermutung, wenn ich den todbringenden Blick ihres Bruders richtig deutete.

»Ich sollte dir jeden verdammten Knochen im Leib brechen, du verlogener Bastard!«, blaffte er, während er mich fixierte. Er war verflucht stark, und das hier würde vermutlich echt schmerzhaft für mich enden. Aber diese Auseinandersetzung war längst überfällig. Deshalb erwiderte ich unerschrocken seinen Blick.

»Nun mach schon.« Ich breitete die Arme aus. »Ich weiß, dass ich es verdient habe.«

»Du verdienst noch viel Schlimmeres.« Seine Oberarme spannten sich an, und ich rechnete jede Sekunde mit dem ersten Schlag. Doch da tauchte Estelle neben uns auf.

»Reed, lass ihn los!« Sie zog an seinem rechten Arm, während Hazel, die nun ebenfalls ihren Schreck abgeschüttelt hatte, am linken zerrte.

»Jetzt komm runter«, schimpfte sie. »Ich kann dir das alles erklären.«

Vermutlich hatte sie ähnliche Schlüsse gezogen wie ich. Denn immerhin hatte Reed bisher keine Probleme mit Hazels Affären gehabt.

Sein Kopf fuhr zu ihr herum. »Du hast mich angelogen.«

Hazel zuckte zusammen, blieb aber standhaft. »Das hier hat nichts mit dir zu tun.«

»Willst du mich verarschen?«, brüllte er. »Du bist meine *Schwester*. Ich musste jahrelang zusehen, wie du wegen diesem egoistischen Arschloch gelitten hast. Und wie Maila gelitten hat. Wie zum Teufel kommst du darauf, dass ich ruhig bleibe, wenn ich erfahre, dass der Scheißkerl, der dich so bitter enttäuscht hat, seit Wochen direkt vor meiner Nase herumspaziert?«

»Das ist meine Sache«, fauchte sie zurück. »Woher weißt du das überhaupt?«

Ich hielt still – vor allem, weil mich das ebenfalls brennend interessierte.

Reed schnaubte. »Glen saß kreuzunglücklich am Lagerfeuer, nachdem er erfahren hat, dass du ein *Date* mit diesem Idioten hier hast. Und ganz nebenbei: Ich dachte, ihr hättet euren Scheiß geklärt.«

Nun schaute ich ebenfalls zu Hazel und spürte gleichzeitig, wie eine irrationale Eifersucht in mir hochkochte. Ich hatte nie explizit nachgehakt, was zwischen ihr und Glen passiert war. Aber ich war davon ausgegangen, dass es auf jeden Fall vorbei war, seit wir in der Scheune übereinander hergefallen waren. Hatte ich mich geirrt?

In dem Fall hieß ich Reeds Faust nur zu gern willkommen, denn das wäre ein Kindergeburtstag verglichen mit dem Schmerz, den die Vorstellung in mir auslöste, dass sie ihre Affäre mit Glen gar nicht beendet hatte.

»Wir haben es geklärt«, stellte Hazel klar, ehe sie sich an mich wandte. »Das mit Glen und mir war in dem Moment vorbei, als du aufgetaucht bist.«

Meine Schultern sanken erleichtert herab.

Estelle seufzte. »Glen erwähnte eben, dass ihr beide eine gemeinsame Vergangenheit habt.«

Shit!

Irritiert schaute Hazel ihre Freundin an. »Ja, und?«

Estelle presste die Lippen zusammen.

»Tja, ihr hättet euch besser absprechen sollen«, schnauzte Reed, noch immer reichlich angepisst. »Dein Ex hat mir und Estelle nämlich an seinem ersten Tag erzählt, dass er am Camp teilgenommen hat, als ihr jünger gewesen seid. Du hattest hier nur mit *einem* Gast etwas, dessen Unterlagen auf wundersame Weise aus unserem Archiv verschwunden sind, sobald deine Schwangerschaft ans Licht kam.« Er verzog das Gesicht. »Ich war damals nicht da, um auf dich aufzupassen, aber glaub ja nicht, ich hätte dir diesen Bullshit mit dem One-Night-Stand auch nur eine Sekunde abgekauft.«

Hazel wurde blass. »Warum hast du nie was gesagt?«

»Weil ich dich nicht noch mehr in die Enge treiben wollte und du darauf bestanden hast, Maila ohne Vater großzuziehen«, erklärte er aufgebracht und verstärkte erneut seinen Griff, als könnte er sich nur mit Mühe davon abhalten, mir eine zu verpassen. »Trotzdem wusste ich immer, wer in Wahrheit für deinen Schmerz verantwortlich ist, auch wenn du mir nie seinen Namen verraten hast.«

»Verstehe«, erwiderte Hazel und holte zittrig Luft. »Und jetzt lass ihn los, Reed. Ich habe ihm längst verziehen.«

»Was?«, rief ihr Bruder aus und klang genauso fassungslos, wie ich mich gerade fühlte.

Ich hatte so sehr gehofft, dass sie mir vergeben würde, nachdem wir uns wieder nähergekommen waren. Aber wirklich sicher war ich mir nicht gewesen. Schon gar nicht nach unserem Streit gerade.

Reed fuhr wieder zu mir herum. In seinen Augen glitzerte Mordlust. »Tja, meine Vergebung kriegst du nicht so schnell, Arschloch. Gleich morgen früh kannst du deine Sachen packen und ...«

Estelle keuchte leise auf, woraufhin er schlagartig verstummte und seinen Griff lockerte.

Genervt verdrehte Hazel die Augen. »Erstens wirst du nicht schon wieder jemanden feuern, nur weil du sauer bist. Zweitens macht es Sinn, wenn Neo auch *anwesend* ist, wenn die Jungs für das Proficoaching morgen eintreffen. Und drittens – und das ist jetzt wirklich wichtig, also hör gut zu, Bruderherz – *wusste er es nicht*! Er hatte keine Ahnung, dass es Maila überhaupt gibt und …«

»Mom?«

Bei der zarten Stimme unserer Tochter wurde Hazel kreidebleich. Wir drehten uns alle gleichzeitig zu ihr um, und obwohl ich mir immer noch nichts sehnlicher wünschte, als ihr die Wahrheit zu sagen, betete ich, dass sie diese Diskussion nicht mitbekommen hatte, denn auf diese Weise sollte sie es ganz sicher nicht erfahren.

Leider verriet ihr Gesichtsausdruck nur allzu deutlich, dass meine Hoffnung vergebens war. Sie wusste Bescheid.

»Maila«, stieß Hazel panisch hervor, während Reed mich losließ, als hätte er sich die Hände verbrannt.

Tränen traten aus Mailas Augenwinkeln und kullerten über ihre Wangen, während ihr Blick zwischen ihrer Mom und mir hin- und herzuckte. Einen Moment lang standen wir alle wie erstarrt da.

Hazel erholte sich als Erste von ihrem Schock. Mit angsterfülltem Blick streckte sie die Hand nach Maila aus, doch unsere Tochter wich zurück.

»Ich will nie wieder mit dir reden«, stieß Maila hervor. Ihre kleinen Hände waren zu Fäusten geballt, und sie war so wütend, dass sie am ganzen Körper zitterte. »Nie wieder, hörst du?«

Bevor einer von uns den Mund aufmachen konnte, wirbelte sie herum und rannte zurück ins Camp.

Bestürzt eilte Hazel ihr hinterher, und auch Reed setzte sich mit finsterer Miene in Bewegung. Estelle warf mir einen mitfühlenden Blick zu und folgte ihrem Freund, während ich wie festgefroren auf dem Parkplatz stand und zu begreifen versuchte, welche Enthüllungen die letzten Minuten mit sich gebracht hatten.

Hazels Familie kannte nun die Wahrheit über mich, genau wie ich es mir gewünscht hatte. Trotzdem erschien mir das Glück, das ich mir insgeheim erträumte, weiter weg denn je.

KAPITEL 22

Hazel

Mir fielen gar nicht genug Schimpfwörter ein, um die Lage zu beschreiben, in die ich mich selbst hineinmanövriert hatte. So viel zu meinem brillanten Plan, Maila nichts über Neos wahre Identität zu verraten, um sie vor einer Enttäuschung zu bewahren.

Nun hatte ich meine Chance verpasst, ihr alles in Ruhe zu erklären, wenn sie alt genug war. Stattdessen hatte sie die Wahrheit inmitten einer lautstarken Auseinandersetzung erfahren, und jetzt irrte ich durch das Camp auf der Suche nach meiner aufgelösten Tochter.

Super gemacht, Hazel. Wirklich ganz toll!

Inzwischen war es fast zehn Uhr abends, und die jüngsten Kindergruppen befanden sich bereits auf dem Weg zu ihren Hütten. Ich wollte schon umkehren, um noch einmal in ihrem Zimmer nachzusehen, als mein Handy klingelte. Es war Jade.

»Äh, Maila ist hier und weigert sich, nach Hause zu gehen«, sagte sie, und ich hörte deutlich die Sorge, die in ihrer Stimme mitschwang. »Sie will bei ihren Freundinnen übernachten.«

Ich seufzte leise. »Holst du sie mal bitte ans Telefon?«

»Klar, Moment.« Mit angehaltenem Atem hörte ich zu, wie Jade die Tür eines Zimmers öffnete. »Deine Mom will mit dir reden, Flipper.«

»Aber ich nicht mit ihr!«, fauchte meine Tochter zurück.

»Maila kann in meinem Bett schlafen«, hörte ich Willow sagen.

»Oder in meinem«, fügte Bailey eifrig hinzu. »Sie muss nie wieder nach Hause gehen.«

Ich zuckte zusammen. Allein bei der Vorstellung verspürte ich einen quälenden Schmerz in meinem Brustkorb, auch wenn das im Grunde vollkommen indiskutabel war.

»Hazel?«, sagte Jade leise, während die Hintergrundgeräusche verstummten. Offenbar hatte sie sich in ihr eigenes Zimmer zurückgezogen, damit wir in Ruhe reden konnten. »Maila hat gesagt ...«

»Ich hab's gehört«, unterbrach ich sie resigniert, weil mir das eine Mal schon gereicht hatte.

Ich hasste den Gedanken, dass meine Tochter mich nicht sehen und ihren Kummer lieber allein austragen wollte. Auf der anderen Seite war sie umringt von ihren Freundinnen – und ich eindeutig die Verräterin in diesem Szenario. Außerdem war sie im Moment sicher viel zu wütend, um sich meine Erklärungen überhaupt anzuhören. Vielleicht wäre es besser, morgen in Ruhe zu sprechen, wenn sich die Lage etwas beruhigt und sie die ganze Geschichte ein wenig verdaut hatte.

»Macht es dir etwas aus, wenn sie heute bei den Mädels bleibt?«, fragte ich Jade.

»Nein, natürlich nicht. Wir haben ja noch die Reservematratze und Bettzeug im Schrank. Ich kümmere mich darum.« Sie zögerte. »Ist alles in Ordnung bei dir?«

Nichts war in Ordnung. Aber da Jade mir schon genug half,

300

wollte ich sie nicht auch noch mit meinen Problemen zutexten. »Mir geht's gut. Danke, Jade. Falls Maila doch nach Hause möchte, ruf mich an, okay? Egal, wie spät es ist.«

»Mach ich.«

Wir verabschiedeten uns, bevor ich frustriert in meinen Bungalow ging. Ich hatte kaum die Tür hinter mir geschlossen, als es leise klopfte.

Sofort schoss mein Puls in die Höhe, weil ich dachte, es wäre Neo. Wir waren mitten in unserer Diskussion unterbrochen worden, und nun fühlte sich die Kluft zwischen uns noch größer an. Aber vor der Tür stand nicht er, sondern Estelle.

»Oh, hey«, sagte ich und schaffte es kaum, die Enttäuschung aus meiner Stimme herauszuhalten.

Sie lächelte. »Kann ich reinkommen?«

»Natürlich.« Ich ließ sie eintreten, bevor ich mich kraftlos auf das Sofa fallen ließ. »Tobt Reed immer noch?«

»Ein bisschen.« Meine Freundin schmunzelte. »Aktuell ist er damit beschäftigt, Quill vollzunölen, weil der es gar nicht so schlimm findet, dass ihr erst mal niemandem etwas gesagt habt, damit ihr eure Vergangenheit in Ruhe aufarbeiten könnt. Da dachte ich, ich nutze den Moment und schaue mal nach dir.« Sie setzte sich in den Sessel und musterte mich sorgenvoll. »Geht's dir gut?«

»Könnte gar nicht besser sein.« Mir fiel wieder ein, was Reed vorhin gesagt hatte. »Du hast schon die ganze Zeit geahnt, dass Neo Mailas Vater ist, oder?«

Schließlich hatte ich Estelle und Gina schon am Tag von Neos Ankunft von unserer Affäre vor einigen Jahren erzählt. Allerdings war mir nicht klar gewesen, dass Neo kurz zuvor von seiner eigenen Teilnahme am Camp berichtet hatte. Sicher hatte Estelle schon damals die richtigen Schlüsse gezogen.

Ihre Wangen färbten sich in einem zarten Rotton. »Ich hatte einen Verdacht, aber du wolltest nicht über ihn reden, und ich wollte Reed nicht anlügen. Also habe ich beschlossen, nicht weiter nachzuhaken. Ich habe gehofft, du erzählst es uns, wenn du so weit bist.«

Erschöpft lehnte ich mich gegen das Sofa. »Tja, jetzt ist die Katze aus dem Sack.«

»Jepp«, stimmte Estelle mir mit ihrer typisch unverblümten Art zu.

Die Haustür flog auf, und Gina rauschte ins Wohnzimmer. »Was habe ich verpasst?«

Ich lachte humorlos auf. »Du meinst, abgesehen davon, dass Silver Springs zu einer schlechten Seifenoper mutiert ist?«

Gina blieb abrupt stehen. »Was redest du für einen Scheiß? Secret-Daddy-Tropes sind total angesagt und viel spannender als Brother-Love-Triangles.«

Ich verdrehte die Augen, weil diese Frau nicht müde wurde, mich an meinen kleinen Fauxpas vom Frühjahr zu erinnern. Während Spring Break hatte ich zwei Brüder eingestellt und mit dem älteren eine lockere Affäre begonnen. Allerdings ohne zu ahnen, dass sein kleiner Bruder ebenfalls etwas für mich übrighatte. Das Ganze hatte in einem Riesentheater geendet. Ich war noch immer heilfroh, dass Maila nichts davon mitbekommen hatte. »Es war kein Liebesdreieck. Ich hatte nie etwas mit Kenny.«

Gina grinste diabolisch. »Aber du hättest ihn haben können, du krasse Bitch.«

Mir war klar, dass sie mich bloß neckte. Trotzdem dachte ich unweigerlich an den skeptischen Ausdruck auf Neos Gesicht, als mein Bruder vorhin Glen erwähnt hatte. Sein Misstrauen hatte mir einen scharfen Stich versetzt. »Bin ich das? Eine Bitch?«

Sofort verpuffte Ginas Belustigung, und ihre vernarbte Stirn runzelte sich unter den roten Ponyfransen. »Nein, natürlich nicht. Du bist eine starke, unabhängige Frau, die genauso viel Recht auf ein erfülltes Sexleben hat wie alle anderen. Neo ist heiß und kann kaum die Augen von dir lassen. An deiner Stelle wäre ich schon viel eher schwach geworden.«

Verdattert schaute ich meine Freundinnen an. »Ihr wisst, dass wir miteinander schlafen?«

Estelle verbiss sich ein Lachen, wohingegen Gina nur die Augen verdrehte.

»Oh, bitte!«, sagte sie. »Das ist so was von offensichtlich. Selbst dein Bruder hat's kapiert.«

Mein Blick flog zu Estelle, die zustimmend nickte.

Ich stöhnte genervt auf. »Das wird ja immer besser.«

»Wo liegt das Problem?«, fragte Gina irritiert. »Ihr seid beide Single. Warum hättet ihr der starken Anziehung zwischen euch *nicht* nachgeben sollen?«

Tja, wo sollte ich da anfangen?

Eigentlich war ich stets mit mir selbst im Reinen gewesen, was meine Affären betraf. Ich fand nichts Verwerfliches daran, meiner Sehnsucht nach Intimität und Zärtlichkeit nachzugehen, solange Maila außen vor blieb. Deshalb hatte ich ja all diese Regeln aufgestellt. Damit ja kein Mann auf die dumme Idee kam, er hätte einen Anspruch auf mein Herz, denn das gehörte allein meiner Tochter – die im Moment nicht mal mehr mit mir reden wollte …

Niedergeschlagen zog ich die Beine an und schlang meine Arme um die Knie. »Ich kann nicht fassen, dass Maila es auf diese Weise erfahren hat.«

Gina ließ sich neben mich aufs Sofa plumpsen. »Zugegeben, das Timing war eine Katastrophe. Aber bist du nicht auch ein bisschen erleichtert, dass es jetzt raus ist?«

Ich stieß ein bitteres Lachen aus. »Definitiv nicht.«

»Warum denn nicht?«, fragte Estelle bestürzt. »Denkst du nicht, dass Maila wissen sollte, dass Neo ihr Vater ist?«

Beklommen rieb ich mir über die Stirn. »Kurz bevor ihr uns unterbrochen habt, hat Neo mich darum gebeten, ihr die Wahrheit zu sagen. Ich hatte auch schon öfter darüber nachgedacht ... Aber ich will einfach nicht, dass sie verletzt wird.«

Estelle und Gina tauschten einen raschen Blick, bevor Letztere meinen Arm tätschelte. Sie schien mir mit der Geste Trost spenden zu wollen, auch wenn es sich seltsam anfühlte, weil sie im Gegensatz zu mir körperliche Nähe mied. Ich nahm an, dass es dafür konkrete Gründe gab. Allerdings hatten wir nie darüber gesprochen. Deshalb wusste ich ihre Bemühungen umso mehr zu schätzen.

»Bitte sag uns, was damals passiert ist«, bat sie mich nun leise, und weil ich wusste, dass ich ihr und Estelle vertrauen konnte, fing ich an zu reden.

Ich erzählte ihnen von dem Jungen, in den ich mich damals so wahnsinnig verliebt hatte, und von dem Schmerz, der folgte, als er uns aufgab.

»Hör mal«, sagte Estelle, sobald ich fertig war. Ihre Stimme war sanft vor Mitgefühl. »Neo hat dir in der Vergangenheit wahnsinnig wehgetan. Aber ihr wart noch Kinder. Glaubst du wirklich, er würde sich heute noch einmal gegen dich und auch gegen eure Tochter entscheiden, wenn er diese Wahl treffen müsste?«

Meine Kehle schnürte sich zu. »Ich glaube, er würde in Silver Springs bleiben, wenn ich ihn darum bitte. Aber er wäre hier nicht glücklich.« Meine Augen füllten sich mit Tränen. »Nicht auf Dauer.«

Dazu war unser Leben hier zu schlicht, zu unspektakulär –
zu bedeutungslos.

»Hast du ihn denn gefragt?«, fragte Gina nachdenklich.

Ich schüttelte den Kopf. »Das muss ich gar nicht. Ich kenne
ihn. Er ist rastlos. Er braucht den Wettkampf und die Herausforderung. Es wird immer neue Rekorde oder Trophäen geben,
die er unbedingt will. Hier in Silver Springs leben wir von
Saison zu Saison, und unser größter Kick besteht darin, den
Kids eine schöne Zeit zu bescheren und mit etwas Glück
schwarze Zahlen am Jahresende zu schreiben. Für Neo ist das
nicht genug.«

Maila und ich, *wir* waren nicht genug. Auch das hatte ich in
seinen Augen gesehen, als wir über seine Sportkarriere gesprochen hatten. Für ihn war das Thema längst nicht abgeschlos-
sen. Sollte es sich sein Coach je anders überlegen, könnten wir
ihn niemals halten. Maila wäre am Boden zerstört, wenn er uns
verließe.

»Und was, wenn du dich irrst?«, hakte Estelle vorsichtig
nach. »Menschen ändern sich, Hazel. Vielleicht setzt Neo inzwischen andere Prioritäten.«

»Sosehr ich mir das auch wünsche, ich glaube nicht daran.«
Ich lächelte traurig. »Ich kann nicht.«

Meine Freundinnen schwiegen. Ich sah ihnen an, dass sie
mir nur zu gern Mut machen wollten. Doch dann stieß Gina
ein betrübtes Seufzen aus. »Nach allem, was ich gerade gehört
habe, hast du wahrscheinlich recht. Früher oder später wird
Neo losziehen, um einem neuen Traum hinterherzujagen –
und ihr werdet auf der Strecke bleiben.«

Jepp, genauso würde es laufen. Der Gedanke tat mir jetzt
schon weh.

Estelle öffnete den Mund. Zweifellos um ihr zu widersprechen, weil sie an Happy Ends glaubte, nachdem sie es selbst erlebt hatte.

Doch ich hob die Hand und brachte sie zum Schweigen. »Ich weiß, du meinst es gut. Aber ich kann es mir nicht leisten, mich schon wieder in naiven Hoffnungen zu verlieren, nur um dann noch einmal bitter enttäuscht zu werden. Ich werde meine ganze Kraft für Maila brauchen, wenn es so weit ist.« Fester als nötig strich ich mir die Haare zurück. Meine Kopfhaut protestierte, aber das war nichts verglichen mit dem schmerzhaften Ziehen in meiner Brust. »Vorausgesetzt, sie lässt meinen Trost überhaupt zu.«

»Natürlich wird sie das«, sagte Gina im Brustton der Überzeugung. »Gib ihr ein bisschen Zeit, um das alles zu verdauen.«

Leichter gesagt als getan. Genau genommen konnte ich mich nur knapp davon abhalten, zu den Rotluchsen zu marschieren und meine Tochter zu einer Versöhnung zu zwingen. Ich rümpfte die Nase. »Sie wollte noch nie *nie wieder* mit mir reden.«

»Ich fürchte, das wird auch nicht das letzte Mal gewesen sein«, erwiderte Estelle und warf mir einen vielsagenden Blick zu. »Ihr Dixons seid echt furchtbar impulsiv.«

Ihre Worte entlockten mir ein Lachen. »Ich weiß tatsächlich nicht, wem sie in diesem Punkt ähnlicher ist. Ihrem Vater oder ihrem Onkel.«

»Schätze, deshalb verstehen sich die zwei auch so gut.« Gina gluckste. »Na ja, abgesehen von heute Abend jedenfalls.«

Mir war auch aufgefallen, dass Reed und Neo in letzter Zeit häufiger miteinander geredet und gelacht hatten. Dabei war Reed eigentlich niemand, der schnell Freundschaften schloss, geschweige denn jemanden nah an sich heranließ.

Natürlich war er als Teamleiter interessiert an seinen Mitarbeitern. Aber Neo schien es bereits über diesen Punkt hinausgeschafft zu haben, und ich hatte nicht mal mitgekriegt, wie das überhaupt passiert war.

Erschöpft rieb ich mir über das Gesicht. Mir war klar, dass ich mit meinem Bruder reden und ihm eine vollständige Version der Geschichte erzählen musste. Aber heute Abend fehlte mir schlichtweg die Kraft dafür.

Davon abgesehen musste ich viel dringender mit Neo sprechen. Ob ich es wollte oder nicht, unsere Tochter wusste jetzt Bescheid, und sie hatte sicher eine Menge Fragen. Auf einige davon konnte ich keine Antworten geben, weil ich gerade erst angefangen hatte, Neos Entscheidungen zu verstehen.

Seufzend stand ich auf. »Ich muss mit Neo reden.«

Meine Freundinnen wirkten nicht überrascht. Sie erhoben sich ebenfalls, versicherten mir aber bevor sie gingen noch einmal, dass sie jederzeit für mich da waren, wenn ich sie brauchte. Ihre Worte brachten mich fast zum Weinen. Ich umarmte sie beide an der Tür. Als sie sich auf den Weg machten, bemerkte ich Neo, der nicht weit entfernt von meiner Veranda an einem Baumstamm lehnte.

Schlagartig beschleunigte sich mein Puls.

Er löste sich und kam auf mich zu. Estelle und Gina murmelten einen Gruß, den Neo knapp erwiderte. Dabei blieb seine Aufmerksamkeit jedoch unverwandt auf mich gerichtet.

Seine Miene war ausdruckslos, aber seine zögernden Schritte verrieten seine Unsicherheit. Normalerweise marschierte er immer entschlossen auf sein Ziel zu. Doch diesmal blieb er am Fuß meiner Veranda stehen und schaute zu mir hoch.

In seinen silbergrauen Augen schimmerten unzählige Gefühle. »Darf ich reinkommen?«

Ich lächelte müde. »Ich war gerade auf dem Weg zu dir.«

Seine angespannten Schultern lockerten sich ein wenig, bevor er mir ins Wohnzimmer folgte. Als ich mich zu ihm umdrehte, hätte ich mich am liebsten in seine Arme geworfen. Aber ich wusste nicht mal, ob er das überhaupt wollte, nachdem ich seine Bitte zuvor so energisch abgeschmettert hatte.

Neo rieb sich über die kurzen Stoppeln auf seinem Kopf. »Wie geht es Maila?«

Seine Sorge um sie berührte mich, weshalb sich meine Antwort noch bitterer anfühlte. »Ich weiß es nicht.«

Tiefe Falten erschienen auf seiner Stirn, aber er hakte nicht nach.

Ich verzog das Gesicht. »Sie wollte nicht mit mir reden, sondern heute lieber bei ihren Freundinnen übernachten.«

»Dann ist sie gar nicht hier?«

Plötzlich wurde mir klar, dass er gar nicht meinetwegen im Schatten gewartet hatte.

»Nein.« Nervös schlang ich die Arme um meinen Oberkörper. »Falls du mit ihr sprechen möchtest, musst du wohl auch bis morgen warten.«

Er nickte geistesabwesend, bevor sich sein Blick wieder klärte. »Ich habe mir gewünscht, dass sie die Wahrheit erfährt. Aber bestimmt nicht so.«

»Ich weiß«, erwiderte ich leise. Schließlich hatte er unsere Tochter nie belügen wollen. Dieser ganze Mist war allein meine Schuld.

Neo legte den Kopf schief. »Hättest du vorhin nachgegeben, als ich dich darum gebeten habe, ihr alles zu sagen?«

Ein Knoten bildete sich in meiner Kehle. Ich überlegte, seiner Frage auszuweichen oder zu schwindeln. Aber er kannte die Antwort ohnehin schon. Ich sah es in seinen Augen, denn er hielt seine Enttäuschung nicht länger zurück. Ich fühlte mich furchtbar. »Bitte versuch, mich zu verstehen. Alles, was ich je über dich zu wissen geglaubt habe, erwies sich nach unserem Sommer als Trugschluss.«

»Du wusstest immer, wer ich bin!« Ein Hauch von Verzweiflung schwang in seiner Stimme mit, als er die körperliche Distanz zwischen uns überwand. Er legte die Hände auf meine Wangen und bog meinen Kopf zurück. Sein Blick war eindringlicher denn je. »Als ich dir gesagt habe, dass ich dich liebe, war das die Wahrheit. Ich habe dich nie belogen, Hazel. Nicht ein einziges Mal.«

Das glaubte ich ihm sogar. Aber es änderte nichts daran, dass er mir das Herz gebrochen hatte, und wenn ich nicht aufpasste, würde er es wieder tun. Das konnte ich nicht zulassen.

Bedauern flutete über mich hinweg. »Es tut mir leid.«

Ich wusste nicht, was ich sonst sagen sollte. Vielleicht wäre es anders gewesen, wenn er uns nicht aufgegeben hätte, als die Entfernung zum Problem wurde, wenn ich entschlossener nach ihm gesucht und um ihn gekämpft oder wenigstens nicht den verlogenen Worten seiner Mutter geglaubt hätte. Aber wir alle waren das Produkt unserer Entscheidungen, und die, die wir getroffen hatten, hatten meinen Glauben an uns zerstört.

Neo schien zu begreifen, dass ich ihn nicht absichtlich verletzte. Er holte tief Luft. »Tja, Maila weiß jetzt trotzdem Bescheid, und ich werde ein Teil ihres Lebens sein.«

Ein trauriges Lächeln zupfte an meinen Mundwinkeln. »Wenn sie das auch möchte, werde ich euch beiden nicht im Weg stehen. Ich bitte dich nur darum, ihr keine Versprechungen zu machen. Selbst dann nicht, wenn du es absolut ehrlich meinst.«

Er zuckte zurück, als hätte ich ihn geschlagen. Doch zu meiner Überraschung widersprach er nicht, sondern nickte knapp. »Sonst noch etwas?«

Mit aller Macht drängte ich die Tränen zurück, die erneut in meinen Augen brannten. »Ich war überzeugt davon, dass deine Mutter dir von meiner Schwangerschaft erzählt hat. Sie hat behauptet, dass du dich weder für mich noch für dein Kind interessierst. Ich habe ihr geglaubt, und leider tut Maila das inzwischen auch. Natürlich werde ich es ihr erklären, sobald sie bereit ist, mir zuzuhören. Aber du wirst etwas Geduld brauchen.«

Zorn flackerte in Neos Miene auf, der zweifellos seiner Mutter galt. Dann schienen seine Gedanken plötzlich eine andere Richtung einzuschlagen, denn er schluckte schwer. »Zwei Wochen werden wohl kaum dafür genügen.«

Es fiel mir schwer, bei seiner Andeutung nicht in Panik zu geraten. Stattdessen zwang ich mich zu einem zuversichtlichen Gesichtsausdruck. »Sie mag dich sehr. Ich bin mir sicher, du hast sie schon bald für dich eingenommen.«

»Und falls nicht?«

Überfordert starrte ich ihn an. Ich hatte echt keine Ahnung, was er noch von mir hören wollte.

Da legte er die Hand auf meine Hüfte, zog mich zu sich und senkte den Kopf. Seine Nasenspitze rieb sanft über meine, während mir sein Atem über die Lippen strömte. »Darf ich dann länger hierbleiben?«

Seine Stimme glich einem verführerischen Raunen, das in meinen Adern vibrierte. Meine Gedanken liefen Gefahr, sich zu zerstreuen.

Ich blinzelte, um mich zu konzentrieren. »Nach dem Sommer brauchen wir keinen Schwimmcoach mehr. Außerdem wird Maila wieder zur Schule gehen.«

»Okay.« In seine Augen trat ein Funkeln. »Dann miete ich das Gästehaus für ein paar Wochen.«

Irritiert zog ich meinen Kopf zurück. »Was?«

Er zuckte mit den Schultern. »Vielleicht auch länger.«

Bevor ich kapierte, was er da sagte, drückte er mir einen harten, besitzergreifenden Kuss auf die Lippen. Anschließend sah er mich wieder an. »Du wirst mich nicht so schnell los, Baby. Es ist mir scheißegal, wie lange es dauert, ich werde dein Herz heilen, und wenn es so weit ist, gehörst du mir.«

KAPITEL 23

Soeben hatte Hazel mir einige Gründe genannt, die gegen einen verlängerten Aufenthalt in Silver Springs sprachen. Aber sie hatte meinen Vorschlag nicht kategorisch abgelehnt. Und das hieß, dass es noch Hoffnung für uns gab, auch wenn sie selbst noch nicht daran glaubte.

Obwohl ich scheißwütend auf unsere verfahrene Situation war und ihr all meine Sehnsüchte und Wünsche am liebsten an den Kopf geknallt hätte, hielt ich mich zurück, denn ihr gehetzter Blick verriet mir, dass es im Moment einfach zu viel für sie gewesen wäre. Wenn ich sie jetzt weiter bedrängte, könnte ich alles zerstören, was ich bisher erreicht hatte – einschließlich unserer unverbindlichen Affäre, die für mich alles andere als unverbindlich war.

Nur weil ich mir selbst nicht traute, stahl ich mir einen letzten Kuss von ihren süßen Lippen und ließ ihr den Freiraum, den sie gerade so dringend brauchte, um meine Worte zu verdauen. Außerdem war es jetzt höchste Zeit, ein paar Takte mit meiner Mutter zu reden. Hazels Blick, als sie von Moms Lügen erzählt hatte, war mir durch Mark und Bein gegangen. Und das war sicher nur die Spitze des Eisbergs gewesen.

Zurück im Gästehaus schnappte ich mir also als Erstes mein Handy vom Küchentresen und setzte mich in den Korbsessel im Wohnbereich. Das Display zeigte drei verpasste Anrufe von Coach Collins.

Keine Ahnung, was der Typ noch von mir wollte. Aber auf eine weitere seiner dämlichen Motivationsansprachen hatte ich sicher keinen Bock. Deshalb wischte ich seinen Namen ungeduldig weg und wählte Moms Nummer.

»Hallo, Liebling«, begrüßte sie mich fröhlich, obwohl der Abend inzwischen sehr weit vorangeschritten war. Sicher lag sie gerade mit einem Thriller und einem Glas Wein auf der Chaiselongue in ihrer Bibliothek, während Dad vor dem Fernseher schlief. Er pennte immer bei irgendwelchen Kochshows ein. »Wie laufen die Vorbereitungen? Bist du fit für die Olympiaqualifikation? Hast du schon deinen alten Rekord geknackt?«

Ihre eifrigen Fragen verdrängten meinen Zorn. Stattdessen stieg ein schlechtes Gewissen in mir hoch, denn obwohl mein Rausschmiss aus dem Team schon Wochen zurücklag, hatte ich meinen Eltern noch keinen reinen Wein eingeschenkt, und da sie auch nicht in den sozialen Medien aktiv waren, hatten sie keinen Schimmer, wo ich mich überhaupt derzeit aufhielt. Sie gingen stillschweigend davon aus, dass ich zu beschäftigt mit meinem Training war, um eher zurückzurufen. Dabei hatte ich einfach nicht die Eier gehabt, mich mit ihnen auseinanderzusetzen.

Ich beschloss, gleich die ganze Story auf den Tisch zu packen. »Ich schwimme nicht länger für die Nationalmannschaft.«

»Was?«, kreischte meine Mutter so schrill, dass mir beinahe das Trommelfell rausflog. »Das ist doch hoffentlich nur ein Scherz!«

Ungeduldig verdrehte ich die Augen. »Als würde ich über so etwas Witze machen.«

»Was ist denn passiert? Du warst doch auf einem guten Weg nach der Reha.«

Ein vertrauter Schmerz zog meinen Magen zusammen, während ich den Kopf senkte und den Parkettboden betrachtete. Er war aus hellem Eichenholz, das stellenweise von einigen Abnutzungsschlieren durchzogen war. Genau wie ich. Ich schloss die Augen und massierte mir mit Daumen und Zeigefinger die Nasenwurzel. »Tja, ich war einfach nicht gut genug.«

Mom schnaubte. »Das ist doch Unsinn, Neo. Ich rufe morgen früh gleich Coach Collins an und rede mit ihm. Da lässt sich bestimmt etwas machen.«

Es war typisch für meine Mutter, dass sie glaubte, ihre Fürsprache würde genügen, um Collins umzustimmen. Schließlich war sie jahrelang damit durchgekommen. Aber ich war kein kleiner Junge mehr, der lediglich ein Sondertraining wollte. Ich war ein erwachsener Mann – und ich brauchte sicher nicht Mommys Hilfe, um in meinem Leben voranzukommen. »Spar dir die Mühe, Mom. Coach Collins hat meinen Platz bereits neu besetzt. Außerdem rufe ich nicht deshalb an.«

»Hast du schon eine Alternative, mit der du dich für Olympia qualifizieren kannst?«, fragte sie hoffnungsvoll.

Ich dachte an Hazels Vorschlag, Collins' Entscheidung vor dem Olympischen Komitee anzufechten. Aber allein die Vorstellung, Silver Springs für eine vage Chance zu verlassen, war mir gerade echt zuwider. »Olympia ist nicht länger das, was ich will.«

Am anderen Ende der Leitung wurde es totenstill.

Irritiert schaute ich auf das Display. »Mom? Bist du noch dran?«

»Ja.« Ein leises Schniefen erklang. »Ich verstehe das nicht, Neo. Du hast dein Leben lang davon geträumt.«

Ich zuckte mit den Schultern. »Und jetzt habe ich einen anderen Traum.«

»Einfach so?«

Unweigerlich erschien ein Bild vor meinem geistigen Auge: von Hazel und Maila, wie wir zusammen im Silver Lake badeten, herumalberten und lachten. Ich lächelte. »Ja, einfach so.«

»Aber du ... du kannst jetzt nicht einfach aufgeben«, stieß Mom hervor, ihre Stimme wurde merklich schriller. »Denk an deine Werbepartnerschaften und an deine Sponsoren. Und erst die Prämien ... Letzte Woche sind ein paar Gerüchte zu uns durchgesickert. Der Schwimmverband wird im nächsten Jahr Rekordsummen an Preisgeldern ausschütten. Dir entgeht ein Vermögen.«

»Ich habe mehr als genug Geld«, wiegelte ich ab. »Ich brauche es nicht.«

Mom zischte. »Dein Vater und ich, wir haben dich jahrelang unterstützt. Du bist uns das schuldig.«

Ich war es ihnen *schuldig*? Was zur Hölle?

Alles in mir wurde seltsam still, als die Erkenntnis wie ein Güterzug über mich hinwegbretterte. »Dir geht es gar nicht um die Verwirklichung meiner Träume, oder? Du willst die Kohle.«

Ein entsetzlich falsches Lachen schallte mir ins Ohr. »Nun ja, wir haben dich immerzu gefördert, deine Trainingsstunden bezahlt und dir die beste Schwimmausbildung der Welt ermöglicht. Bisher hast du unsere Mühen stets anerkannt und uns an deinen Gewinnen beteiligt. Wie soll das funktionieren, wenn du deine Karriere einfach an den Nagel hängst?«

Ich war so fassungslos, dass ich keinen Ton herausbrachte. Meine Eltern hatten bei unzähligen Wettkämpfen im Publikum gesessen, mich angefeuert und bejubelt, sobald ich auf dem Podest stand und meine neueste Medaille entgegennahm. Ich dachte immer, sie hätten *mich* gefeiert. Dabei war es in Wahrheit bloß der Scheck gewesen, den der Sieg mit sich brachte.

Inzwischen hatte ich ihnen Unsummen überschrieben, vor lauter Rührung und Dankbarkeit, weil sie all die Jahre an meiner Seite gewesen waren. Vollkommen ahnungslos, wie übel sie mich hintergangen hatten.

Was war ich doch für ein Vollidiot!

Meine Mutter seufzte leise. »Lass uns nicht streiten, Liebling. Morgen früh komme ich zu dir, und wir schmieden einen Plan, in Ordnung? Du wirst sehen, alles wird wieder gut. Du brauchst nur jemanden, der weiß, was das Beste für dich ist.«

Ich war kurz davor, das hübsche Eichenholzparkett vollzukotzen. »So wie du damals wusstest, was das Beste für mich ist, als dich meine schwangere Freundin um Hilfe gebeten hat?«

Wieder wurde es sekundenlang still. »Wovon redest du?«

»Tu nicht so scheinheilig«, knurrte ich. Meine Selbstbeherrschung hing jetzt nur noch an einem seidenen Faden. Das konnte ich deutlich spüren. »Hazel hat mir alles erzählt. Du hast ihr weisgemacht, sie und unser Baby wären mir scheißegal. Dabei hast du mir kein Sterbenswort gesagt.«

»Natürlich nicht«, erwiderte meine Mutter trotzig. »Sie hätte dich doch bloß wieder von deiner Karriere abgelenkt. Du warst gerade erst zurück in deiner Spur. Da war ein Kind das Letzte, was du gebrauchen konntest. Davon abgesehen, wer weiß, ob es überhaupt von dir ist.«

»Pass auf, was du sagst«, blaffte ich. Inzwischen zitterte ich vor Wut am ganzen Körper. Doch diesmal galt mein Zorn auch mir selbst. Schließlich war das auch das Erste gewesen, was ich Vollpfosten Hazel gefragt hatte.

Gott! Ich hasste mich so sehr in diesem Moment …

Meine Mutter schien zu begreifen, dass sie sich auf dünnem Eis bewegte. Sie seufzte leise. »Es tut mir leid, Liebling. Aber deinen Schilderungen nach war dieses Mädchen ziemlich wild. Dein Vater und ich, wir haben lange darüber diskutiert, wie wir mit der Situation umgehen sollen, und hielten diesen Weg für den einzig richtigen.«

Dad saß also auch mit im Boot. Fantastisch!

»Es ist mir nicht leichtgefallen, in dieses Hotel zu fahren und mich der jungen Dame noch einmal zu stellen«, fuhr meine Mutter fort. »Aber ich habe ihr gesagt, dass du bereit wärst, sie finanziell zu unterstützen …«

So schwer, wie Hazel sich damit getan hatte, mein Geld anzunehmen, musste da noch mehr dahinterstecken. Sie hatte mich nach meinen Bedingungen gefragt. Erst hatte ich gar nicht kapiert, wie sie überhaupt darauf kam, aber so langsam regte sich ein Verdacht in mir. »Was noch?«

Meine Mutter zögerte. »Vorausgesetzt, sie macht einen Vaterschaftstest und hält sich in Zukunft von dir fern.«

»Bitte *was*?«, brüllte ich und sprang vom Korbsessel auf, weil ich keine Sekunde länger stillsitzen konnte.

»Wir mussten doch sichergehen, dass sie dich nicht ausnutzt«, erwiderte sie kleinlaut.

Mir brannte eine Sicherung durch. »Wie konntet ihr so eine Scheiße hinter meinem Rücken abziehen?«

»Wir wollten dich nur *beschützen.*«

»Schwachsinn! Ihr wolltet verhindern, dass ich meine Kar-

317

riere schon eher an den Nagel hänge und mich lieber um meine Familie kümmere. Denn genau das hätte ich getan, wenn ich von meiner Tochter erfahren hätte! Sie hat *meine* Augen, Mom. Und sie schwimmt wie ein Delfin. Sie ist lustig und lebhaft und klug und genauso süß wie ihre Mutter, und ich habe zehn verdammte Jahre verpasst, weil ihr nur an euch selbst gedacht habt.«

Meine Mutter schluchzte herzzerreißend auf. »Das ist nicht wahr.«

»Und ob das wahr ist.«

»Wir haben an *dich* gedacht«, wimmerte sie, aber ich kaufte ihr diesen Scheiß keine Sekunde länger ab.

Fuck! Ich hatte keine Ahnung, wer diese Menschen überhaupt waren, die mich da großgezogen hatten. Aber alles, was sie jetzt noch in mir auslösten, waren Wut, Schmerz und Enttäuschung. Ich bündelte all diese Gefühle in mir zusammen und verbannte sie, bis ich rein gar nichts mehr spürte und meine Stimme genauso kalt war wie mein Inneres. »Eins verspreche ich dir: Ihr werdet keinen verdammten Cent mehr von mir sehen, und wenn ihr euch je wieder in mein Leben einmischt, kann Dad sich von seinem SUV verabschieden und du dich von deinem hübschen Vorgarten. Ich schwöre es bei allem, was mir heilig ist, ich werde euch eigenhändig aus dem Haus rausschmeißen, das ich gekauft habe. Und ich werde dabei lächeln.«

»Neo! Bitte ...«

Ich hörte nicht mehr zu. Stattdessen pfefferte ich mein Handy gegen die nächste Wand. Mit einem lauten Knall zersprang es in seine Einzelteile – genau wie mein beschissenes Herz.

Plötzlich hatte ich das Gefühl, zu ersticken. Ich brauchte frische Luft.

Schweiß rann mir in Strömen über den Nacken, als ich die Tür des Gästehauses aufstieß und die Stufen runterlief. Im Camp war es bereits still, worüber ich gerade heilfroh war.

Mit großen Schritten stapfte ich zum Seeufer und umrundete Hazels Bungalow. Hinter den Fenstern war es bereits dunkel. Ich nahm nicht an, dass sie schon schlief. Aber nach diesem aufwühlenden Abend wollte ich sie nicht auch noch mit meinen Problemen belasten. Stattdessen suchte ich den Ort auf, an dem ich mich wenigstens ein bisschen mit ihr verbunden fühlte.

Unser besonderer Platz wirkte immer noch genauso verwildert wie am Tag meiner Ankunft. Trotzdem setzte ich mich in das hohe Gras, zog die Beine an und legte die Arme um meine Knie. Anschließend betrachtete ich den Silver Lake, der im Mondschein schimmerte. Die Temperaturen waren angenehm, und abgesehen von ein paar Fröschen, die im Schilf quakten, hörte ich nur das leise Plätschern des Wassers, wann immer der schwache Wind eine Welle ans Ufer trieb.

Ich legte den Kopf in den Nacken, schloss die Augen und nahm einen tiefen Atemzug. Und noch einen.

Und noch einen.

Allmählich löste sich der Druck in meinem Oberkörper, und meine Gedanken klärten sich. Was blieb, war die bittere Erkenntnis, dass mich meine Eltern mein halbes Leben lang verarscht und ausgenommen hatten. Ich war mir nicht sicher, ob ich ihnen je vergeben könnte – auch wenn ich sie vermutlich nicht vor die Tür ihres eigenen Zuhauses setzen würde. Noch nicht jedenfalls.

Außerdem machte ich mir gerade viel mehr Sorgen um Maila.

Ich fragte mich, wie sie sich fühlte. Vorhin hatte ich ebenfalls das Camp nach ihr abgesucht in der Hoffnung, mit ihr reden zu können. Aber vergeblich. Ich war froh, dass Hazel mir gesagt hatte, wo sie steckte.

Es war fast Mitternacht. Wahrscheinlich schlief sie schon. Vielleicht starrte sie aber auch in der Dunkelheit vor sich hin und rang ihre Enttäuschung nieder. Nicht nur, weil wir sie belogen hatten, sondern vielleicht auch, weil *ich* ihr Vater war.

Inzwischen kannten wir uns ein bisschen. Und ich wusste, dass sie mich mochte. Aber plötzlich hatte ich eine Scheißangst, dass ich ihren Ansprüchen nicht gerecht werden könnte.

Reed zufolge hatte sie sich jahrelang danach gesehnt, ihren Vater kennenzulernen. Aber vielleicht hatte sie sich ja jemand ganz anderen vorgestellt. Jemanden mit mehr Haaren auf dem Kopf, einem schickeren Auto oder weniger Tattoos. Jemanden, der ein Ass in Mathe war und dessen blinder Ehrgeiz nicht das Verhältnis zu ihrer Mutter zerstört hatte …

Entsetzt riss ich die Augen auf.

Was, wenn Maila mich gar nicht wollte?

Eben noch hatte sie mich für einen Störenfried gehalten, der die Beziehung zu ihrer Mutter bedrohte, aber inzwischen war ihr sicher klar geworden, wie viel Hazel und mich tatsächlich verband. Dass sie sogar ein wesentlicher Teil davon war. Aber was, wenn sie mich nicht akzeptieren würde oder …

Meine Gedanken verflüchtigten sich, als meine Aufmerksamkeit an einem länglichen Objekt haften blieb, das in etwa dreißig Metern Entfernung im See trieb. War das ein Baumstamm? Oder ein Spielgerät?

Mit zusammengekniffenen Lidern lehnte ich mich weiter vor und versuchte, mehr von dem zu erkennen, was der aufgehende Mond dort im Wasser beleuchtete.

Eine Welle schwappte über den Gegenstand, der nun leicht zur Seite schwankte. Da blitzte ein neonfarbener Streifen auf.

Mir blieb mein verdammtes Herz stehen.

Das kann nicht sein!

Ich sprang auf die Füße und stolperte vor bis zum Wasser, während ich versuchte, mehr zu erkennen.

Wieder schwankte das Etwas leicht hin und her.

Wieder blitzte ein Neonstreifen auf.

Apathisch schüttelte ich den Kopf, versuchte zu leugnen, was ich sah. Aber mein Herz, das inzwischen hart gegen meinen Brustkorb donnerte, kannte die Wahrheit. Es wusste genau, dass das, was da direkt vor mir leblos im Wasser trieb, weder ein Baumstamm noch ein Spielgerät war.

Es war meine Tochter.

KAPITEL 24

Neo

»Maila!«

Ich hechtete in den See, angespornt von einer Panik, wie ich sie noch nie zuvor in meinem Leben empfunden hatte. Mit den schnellsten und zugleich langsamsten Zügen, die ich jemals vollbracht hatte, schwamm ich zu ihr. Ich spürte weder das kalte Wasser noch die Stiche in meinem Knie. Da war nur diese allumfassende Angst, dass ihr etwas zugestoßen war.

Dass sie einen Krampf gehabt hatte.

Dass sie ertrunken sein könnte.

Dass ich zu spät kam.

O Gott, bitte nicht! Wenn ihr irgendetwas passiert war, würde mich das vernichten – und Hazel ... Wie sollte ich ihr das erklären? Wie sollte ich der Liebe meines Lebens sagen, dass ich unser Kind leblos im Wasser gefunden hatte? Dass ich ihr nicht mehr hatte helfen können ...

»Maila!«

Die Entfernung betrug nur lausige dreißig Meter. Kaum mehr als eine Kurzbahn. Aber nie zuvor war sie mir so quälend lang erschienen.

Ich hatte Maila fast erreicht, da schnippte ihr Kopf plötzlich aus dem Wasser, und sie stieß einen schrillen Schrei aus.

Außer mir vor Erleichterung packte ich ihren Oberarm und zog sie mit einem Ruck zu mir heran.

Sie lebte. Sie atmete. Sie zappelte.

Alles war gut.

Ich wollte ihr gerade versichern, dass ich sie hatte, da wirbelte sie herum – und boxte mich mit aller Kraft auf die Nase. »Lass mich sofort los!«

Schmerz einer ganz anderen Art explodierte in meinem Gesicht. Ein Schwall Wasser flutete meinen Mund, und machte es mir unmöglich, etwas zu sagen, weil ich zu beschäftigt damit war, den Mist zu schlucken und nicht einzuatmen.

Maila versuchte, sich aus meinem Griff zu winden. Sie stemmte ihre kleinen Füße gegen meinen Bauch, um sich abzustoßen.

Reflexartig spannte ich die Bauchmuskeln an und gab mein Möglichstes, uns beide über Wasser zu halten. Ich drehte den Kopf zur Seite und spuckte Wasser aus. Dann sah ich sie wieder an. »Maila, hör auf!«

»Ich habe gesagt, du sollst mich ...« Plötzlich hielt sie inne. »Neo?«

Ich hasste es immer noch, wenn sie meinen Namen sagte. Jetzt, wo sie die Wahrheit kannte, mehr denn je. Aber meine Gefühle waren zweitrangig. »Ja, ich bin's.«

Endlich beruhigte sie sich, und ihre Füße rutschten langsam von meinem Bauch, während ich mir die Wassertropfen aus dem Gesicht wischte. Zum Glück blutete meine Nase nicht.

»Bist du wahnsinnig?«, fuhr sie mich plötzlich an. »Ich habe fast einen Herzinfarkt gekriegt.«

Und ich erst.

Allmählich sank mein Adrenalinpegel. Ich sprach lieber nicht aus, was ich für einen kurzen Moment geglaubt hatte. »Wieso bist du ganz allein hier draußen?«

Sie mied meinen Blick. »Ich kann im Wasser besser nachdenken.«

Ich verstand absolut, was sie meinte. Wenn die Stille in meinen Ohren knisterte und mein Körper schwerelos dahintrieb, fühlte ich einen Frieden, wie ich ihn sonst nur mit Hazel empfand. Nach all den Enthüllungen am heutigen Abend konnte ich also nur allzu gut nachvollziehen, warum Maila sich nach diesem Gefühl sehnte. Trotzdem, es war mitten in der Nacht, verdammt noch mal.

»Machst du so was öfter?«, fragte ich und gab mir Mühe, nicht vorwurfsvoll zu klingen.

Sie schob trotzig die Unterlippe vor. »Normalerweise nicht.«

Das beruhigte mich wenigstens ein bisschen.

Weil ich ihren Oberarm noch immer umklammerte, konnte ich spüren, dass ihre Haut zwar kühl, aber nicht eiskalt war. Allzu lange war sie also noch nicht im Wasser. Trotzdem zitterte sie. Es war Zeit, dass wir beide hier rauskamen. »Schwimmen wir zurück.«

Maila nickte, und ich ließ sie los, bevor wir in angespanntem Schweigen zum Ufer schwammen. Wie sich herausstellte, war Maila versehentlich ein Stück abgetrieben. Aber gar nicht so weit entfernt von der Stelle, an der ich zuvor gesessen hatte, lagen ein Handtuch und Wechselkleidung im Gras.

Bibbernd trocknete Maila sich ab und reichte dann mir das Handtuch. »Willst du?«

»Ja, danke.« Ich wandte mich ab und ging ein paar Schritte, um ihr Privatsphäre zu geben, während sie in ihre trockenen Sachen schlüpfte.

Mein Hemd und meine Jeans waren klatschnass, trotzdem rieb ich nervös über den Stoff, bis Maila sich hinter mir leise räusperte.

»Fertig«, krächzte sie.

Ich drehte mich wieder zu ihr um – und da standen wir nun. Tochter und Vater.

Uns dessen zum ersten Mal beide bewusst.

Ich hatte keine Ahnung, was ich jetzt tun sollte. Ob ich wieder zu ihr gehen oder auf Abstand bleiben sollte. Ich wollte nichts Falsches sagen, fand aber auch nicht die richtigen Worte. Meine Kehle war plötzlich wie zugeschnürt.

Maila hatte ihre langen Locken zu einem Dutt zusammengestopft. Trotzdem lösten sich kleine Wassertropfen aus ihrem Haar und fielen auf ihre hochgezogenen Schultern. Sie zitterte nicht mehr, aber ihre Gedanken schienen wie ein Flummi herumzuhüpfen, genau wie ihr Blick nun rastlos zwischen dem See und mir hin- und herzuckte, als wüsste sie nicht so recht, wohin sie schauen sollte.

Nervös befeuchtete ich meine Lippen. »Deine Mom dachte all die Jahre, ich wüsste von dir. Aber so war es leider nicht.«

Mir war klar, dass diese Information nach dem Streit auf dem Parkplatz keine Überraschung mehr für sie war. Aber ich wollte, dass sie es auch noch einmal von mir hörte. Das war mir wichtig.

Endlich blieb ihre Aufmerksamkeit bei mir haften. »Warum habt ihr es mir nicht gleich gesagt?«

Schmerz verkrampfte meine Brust. »Wir hielten es für besser, wenn du mich erst mal ohne Druck kennenlernen kannst.«

Mailas Augen begannen zu glänzen. »Hast du befürchtet, dass du mich nicht magst?«

Shit! Darauf, dass Maila unser Schweigen so deuten könnte,

wäre ich im Traum nicht gekommen. Hektisch schüttelte ich den Kopf. »Nicht eine Sekunde. Ich mochte dich schon vom ersten Augenblick an.«

Falls sie jetzt erleichtert war, so zeigte sie es nicht. Stattdessen ballte sie die Fäuste. »Ihr habt mich angelogen.«

Ich wusste nur zu gut, wie verraten sie sich gerade fühlte. Immerhin machte ich dieselbe Scheiße gerade mit meinen eigenen Eltern durch. Es gab nur einen gewaltigen Unterschied. »Wir wollten dir alles in Ruhe erklären, sobald wir etwas vertraut miteinander geworden sind.«

Eine Träne kullerte über ihre Wange. Sie wischte sie trotzig weg. »Ich weiß es schon länger.«

»Was?«, fragte ich fassungslos. Dem schmerzerfüllten Ausdruck auf ihrem Gesicht nach hatte ich mich jedoch nicht verhört. »Seit wann?«

Sie zuckte mit den Schultern. »Als ihr die Ausreißer gesucht habt, hab ich ein Foto von dir und Mom in ihrem Büro gefunden. Da wusste ich Bescheid.«

Mir klappte die Kinnlade runter. Dieses Theater mit den Teenagern lag fast eine Woche zurück. »Du weißt es schon seit *Tagen*?«

Sie nickte stumm.

Allmählich fügten sich die Puzzleteilchen zusammen, und ich begriff, dass ihr distanziertes Verhalten ganz andere Gründe hatte, als ich nach dem Gespräch mit Reed vermutet hatte. »Hattest du deshalb keine Lust mehr auf unser Training? Weil du dachtest, ich interessiere mich nicht für dich?«

Sie wurde rot. »Ich war sauer auf dich, weil du nie da gewesen bist. Dabei war es gar nicht deine Schuld.«

Ganz so einfach war es leider nicht. »Ich hab deine Mom damals sehr verletzt …«

Maila stampfte mit dem Fuß auf. »Aber sie wusste, dass du nichts von mir gewusst hast!« Ein Schluchzen platzte aus ihr heraus, und mit ihm brach sich all die Enttäuschung bahn, die in ihr wütete. »Ich hab so lange auf dich gewartet, und als du endlich gekommen bist, hat Mom mir kein Wort verraten. Sie hat es einfach vor mir geheim gehalten. Nur weil sie enttäuscht von dir war und ... und ich ... ich ...« Ihr Brustkorb hob und senkte sich hektisch. Gleichzeitig stürzte eine Flut von Tränen über ihre Wangen.

Sie derart erschüttert zu sehen, machte mich fix und fertig. Ich dachte nicht länger darüber nach, ob es klug war, mich ihr zu nähern. Ich tat es einfach.

Mit wenigen Schritten war ich bei ihr und kniete mich vor sie. Trotz meiner Größe war ich nun ein ganzes Stück kleiner als sie und musste zu ihr hochschauen. Meine Augen brannten ebenfalls.

Ich öffnete den Mund auf der Suche nach den richtigen Worten, doch sie warf sich bereits in meine Arme. Sie war kein Baby mehr, aber so verdammt zierlich. Stark und gleichzeitig zerbrechlich.

Mein tapferes kleines Mädchen.

»Dad«, krächzte sie – und das war's.

Ein Beben lief durch meinen Körper, und ich gab den Kampf gegen meine eigenen Gefühle auf.

Am Ufer des Silver Lake, nicht weit entfernt von dem Ort, an dem alles angefangen hatte, weinte ich mit ihr – um all die Jahre, die wir verloren hatten, und um die Momente, die wir gemeinsam hätten erleben können. Vor allem aber galten meine Tränen dem Leid, das ich uns allen hätte ersparen können, wenn ich mir damals nicht eingeredet hätte, ich wäre ohne Hazel besser dran.

Denn das war ich nicht.

War ich nie.

Diese Frau war alles für mich. Sie und unsere Tochter, die ich niemals wieder loslassen würde.

Komme, was wolle.

KAPITEL 25

Hazel

Das Brummen meines Handys schreckte mich auf. Ich ging sofort ran. »Hallo?«

»Hi«, sagte Jade leise. »Tut mir leid, dass ich so spät noch anrufe. Ist Maila zu Hause?«

Ich schoss wie eine Rakete im Bett hoch. »Nicht dass ich wüsste.« Hastig strampelte ich mir die Decke von den Füßen und stand auf. »Warte, ich schaue kurz in ihrem Zimmer nach.«

Ich hatte mich hingelegt, nachdem Neo gegangen war, in der Hoffnung, dass die Nacht schneller vorüberging, wenn ich schlief. Aber daran war natürlich nicht zu denken gewesen. Meine Gedanken hatten sich unentwegt im Kreis gedreht, während ich mich von einer Seite auf die andere drehte.

Ich konnte kaum glauben, dass ich erst vor wenigen Stunden lachend über eine Tanzfläche gefegt war und mein einziger Wunsch darin bestanden hatte, Neo so schnell wie möglich dieses sexy Hemd vom Leib zu reißen. Jetzt wollte ich nur noch unsere Tochter. Die offenbar verschwunden war.

Obwohl ich bereits ahnte, dass meine Hoffnung vergebens

war, eilte ich in Mailas Zimmer. Ihr Bett war leer. »Nein, sie ist nicht hier.«

Jade fluchte. »Ich wollte noch mal nach ihr sehen, bevor ich ins Bett gehe. Aber da war bloß ein Kissen unter ihrer Decke. Sie muss sich rausgeschlichen haben, nachdem die Mädchen eingeschlafen sind.«

Verdammt. Ich hatte geglaubt, es wäre die richtige Entscheidung gewesen, sie heute Nacht bei ihren Freundinnen zu lassen, damit sie dort den Trost fand, den ich ihr im Moment nicht geben konnte. Aber offensichtlich hatte ich schon wieder danebengelegen.

Es war bereits weit nach Mitternacht. Wo steckte sie nur? »Vielleicht ist sie bei Reed.«

Mein Bruder war stets ihr Anker, und da er ebenfalls stinksauer war, hatte Maila in ihm womöglich einen Verbündeten gefunden.

»Er hätte dir doch Bescheid gesagt«, gab Jade nachdenklich zu bedenken, während ich durchs Haus rannte.

Ich hatte die Tür fast erreicht, als das Außenlicht der Veranda ansprang. Erleichterung durchflutete mich. Ich öffnete und hielt abrupt inne, weil Maila nicht allein war. Neo stand neben ihr. Er hatte eine Hand locker auf ihre Schulter gelegt, während sie sich vertrauensvoll an ihn schmiegte.

Inzwischen hatte er sein schickes Hemd und Jeans gegen ein schlichtes schwarzes Shirt und eine lange Trainingshose getauscht. Maila hingegen trug immer noch die Sachen vom Vorabend: Shorts und ein T-Shirt mit einem Comicaufdruck. Ihre Locken umwölkten zerzaust ihr Gesicht, wie immer, wenn sie ihre Haare geföhnt hatte. Hatte sie bei den Rotluchsen geduscht?

»Hazel?«, fragte Jade am Telefon, weil ich nichts mehr gesagt hatte.

Ich atmete geräuschvoll aus. »Sie ist gerade nach Hause gekommen.«

»Gott sei Dank«, murmelte Jade. »Dann bis morgen, okay?«

»Ja, bis morgen.«

Langsam ließ ich die Hand sinken. Mailas Augen waren rot und verquollen. Das letzte Mal hatte sie so schrecklich geweint, als ihr Lieblingskaninchen Nemo entwischt war und wir es die ganze Nacht gesucht hatten. Schuldgefühle fraßen sich durch meine Eingeweide, weil sie derart litt, und ich verzog unglücklich das Gesicht. »Oh, Schatz. Es tut mir so leid.«

Mailas Unterlippe begann zu zittern. »Ich weiß.«

Am liebsten hätte ich sie in meine Arme gezogen, aber sie schlurfte bereits an mir vorbei. Offenbar hatte sie mir noch nicht verziehen. Mein Blick flog zu Neo. »Wo hast du sie gefunden?«

Sein Blick glitt beiläufig über meinen Pyjama, der lediglich aus einem Spaghettiträgertop und lockeren Shorts bestand. Doch diesmal schimmerte kein Verlangen in seinen Augen. Stattdessen wirkte er zutiefst erschöpft, als er mich matt anlächelte. »Wir haben uns zufällig am See getroffen.«

Also war sie mit ihm zusammen gewesen. Ich wusste nicht, wie ich das finden sollte. Einerseits war ich froh, dass sie offenbar eine Gelegenheit gefunden hatte, um sich mit ihm auszusprechen. Andererseits nagte leiser Unmut an mir, weil Maila nicht zu *mir* gekommen war. »Warum hast du nicht Bescheid gesagt?«

Neo kratzte sich verlegen an der Wange. »Sorry. Mein Telefon ist kaputt.«

Ich wollte gerade nachhaken, als Mailas Stimme erklang: »Kommst du?«

Sie war an der Tür zu ihrem Zimmer stehen geblieben, schaute aber nicht mich, sondern Neo an.

Irritiert drehte ich mich wieder zu ihm um. Ich hatte keine Ahnung, was hier vor sich ging. Aber die beiden schienen eine Abmachung getroffen zu haben, der ich nicht im Weg stehen wollte.

Unzählige Emotionen huschten über Neos Gesicht. Dann straffte er die Schultern und folgte Maila in ihr Zimmer.

Verdattert lief ich den beiden hinterher, blieb jedoch in der Tür stehen und schaute schweigend zu, wie Maila völlig erledigt ihre Sandalen abstreifte, in ihr Bett kroch und ihren grauen Plüschdelfin an sich zog.

Neo trat näher. Seine Hand zitterte, als er die Decke nahm und vorsichtig über sie legte. Sekundenlang schaute er stumm auf sie hinab, dann fragte er: »Wovon träumst du heute Nacht?«

Mir stockte der Atem. Neo hatte mir diese Frage in unserem Sommer jede Nacht gestellt, bevor ich in mein Bett geschlichen war. Ich dachte, er hätte es längst vergessen.

Maila gähnte. »Von Schokopudding.«

Ein leises Lachen wehte durch das Zimmer. »Das klingt gut.«

Ihre Lider klappten zu. Sie war vollkommen erledigt. »Hmm.«

»Gute Nacht, Flip«, murmelte Neo mit belegter Stimme.

»Gute Nacht ... Dad.«

Der Raum begann sich zu drehen. Es waren nur drei kleine Buchstaben, aber noch nie hatten sie derart starke Gefühle in mir ausgelöst. Ich wollte lachen, weinen, schreien ... alles auf einmal.

Vor allem weil ich es noch bis vor wenigen Wochen niemals für möglich gehalten hätte, dass ich einmal miterleben würde, wie Maila ihren Vater mit jenen Buchstaben ansprach.

Ich fragte mich, was Neo dabei empfand, während ich ihn dabei beobachtete, wie er auf unsere schlafende Tochter hinabblickte. Ich hatte geglaubt, ich würde dieses Bild niemals zu Gesicht bekommen. Zwar war ich hin und wieder schwach geworden und hatte es mir vorgestellt, aber dennoch war ich nicht auf diesen Anblick vorbereitet.

Das hier war zu nah. Zu real.

Abrupt wandte ich mich ab und ging zurück ins Wohnzimmer. Mein Puls raste, und ich hatte Mühe, Luft in meine Lunge zu kriegen.

Ich verstand selbst nicht, warum ich nicht vor Freude durch das Wohnzimmer tanzte. Neo und ich hatten uns versöhnt und vergangene Woche unglaublich viele schöne und leidenschaftliche Momente miteinander geteilt. Maila wusste jetzt Bescheid und kam – von ihrer Wut auf mich einmal abgesehen – offenbar gut damit zurecht, dass Neo ihr Vater war. Ich wusste, dass sie mir früher oder später vergeben würde. Wir hielten es nie lange aus, uns zu streiten. Außerdem hatte Neo angedeutet, auch nach dem Sommercamp hierzubleiben. Wir hatten also genug Zeit, um uns zusammenzufinden und vielleicht sogar eines Tages eine richtige Familie zu sein.

Diese Vorstellung sollte mich doch glücklich machen. Stattdessen war ich außer mir vor Angst. Ich wusste einfach nicht, wie ich mit all diesen Veränderungen umgehen sollte, und da war nach wie vor noch diese schreckliche Vorahnung, dass Neo uns eines Tages wieder verlassen würde.

»Hey.«

Neos leise Stimme riss mich aus der Panik, die ihre Klauen immer fester in mein Herz schlug. Ich drehte mich zu ihm um und musterte ihn.

In seinen silbergrauen Augen schimmerte so viel Schmerz, dass mein innerer Aufruhr von Sorge überflutet wurde. »Was ist passiert?«

»Ich habe mit meiner Mutter telefoniert. Danach brauchte ich dringend frische Luft und bin zum See. Dort habe ich Maila entdeckt, und wir haben geredet …« Er sah mich niedergeschlagen an. »Sie wusste es schon länger.«

Ich keuchte entsetzt auf. »Seit wann?«

»Seit letztem Sonntag, als sie in deinem Büro war. Sie … sie sagt, es gäbe dort irgendein Foto von uns beiden.«

Scheiße! Das hatte ich total vergessen.

»Nicht irgendeins.« Auf einmal war ich unendlich müde. »Es ist *das* Foto.«

Es war sein Abschiedsgeschenk gewesen. Eine Schwarz-Weiß-Fotografie von uns in einem grauen Bilderrahmen. Auf dem Bild saß ich vor ihm, und er schmiegte sein Gesicht lächelnd an meine Locken, während seine Lippen über meinen Hals strichen. Ich selbst strahlte glücklich in die Kamera. Es war offensichtlich, wie verliebt wir ineinander waren, und als wäre das nicht genug, hatte Neo auf Höhe meines weißen Shirts geschrieben:

Von all meinen Träumen ist dies der schönste.
Ich werde darum kämpfen, Baby.
Für immer.

Nun ja, wir wussten beide, wie lange der Kampf gedauert hatte …

»Ich war überzeugt, du hättest es weggeschmissen«, sagte Neo leise.

Das wollte ich. Viele Male. Aber immer wenn ich kurz davor gewesen war, hatte ich es doch nicht über mich gebracht. Vielleicht, weil ich mir selbst beweisen wollte, dass ich mit dieser niederschmetternden Enttäuschung leben konnte.

Ich zuckte mit den Schultern. »Hat sich nicht ergeben.«

Mit einem Seufzen rieb Neo sich über das Gesicht. Mir fiel auf, dass seine Augen ebenfalls gerötet waren. Sicher lag das nicht an seiner Müdigkeit.

Mein Magen verkrampfte sich, und plötzlich kam ich mir schrecklich egoistisch vor, weil ich mir nie Gedanken darüber gemacht hatte, wie Neo mit all diesen Veränderungen in seinem Leben klarkam. Dabei hatte er erst vor Kurzem erfahren, dass ihn die Menschen, denen er am meisten vertraute, aufs Übelste hintergangen hatten und er Vater eines neunjährigen Mädchens war.

Ich überwand den Abstand zwischen uns, ergriff seine Hand und zog ihn neben mich aufs Sofa. »Rede mit mir.«

Er schluckte schwer, doch dann kam er meiner Bitte nach. Die Worte sprudelten nur so aus seinem Mund, als hätte er einen direkten Zugang zu seinem Herzen erschaffen. Ich verstand Mailas Wut auf mich nun besser. Wie sich herausstellte, hatte Neo sie sogar dazu überreden müssen, nach Hause zu kommen. Ihre Bedingung war, dass er sie ins Bett brachte.

Zum ersten Mal in ihrem Leben.

Mir war klar, wie viel dieser Moment den beiden bedeutete. Gleichzeitig schaffte ich es aber auch nicht, von meinem Bedürfnis, sie vor einer Enttäuschung zu bewahren, abzurücken. Es würde schwer werden, ihr zu erklären, warum ich ihr nichts hatte sagen wollen, ohne ihren Vater in ein schlechtes Licht zu rücken.

Nachdem er mir auch von dem Telefonat mit seiner Mom berichtet hatte – das mit seinem Handy an der Wand geendet hatte –, sah Neo mich frustriert an. »Ich kann nicht fassen, was meine Mutter damals von dir verlangt hat.«

Meine Wangen gingen in Flammen auf. »Sie wirkte so besorgt um mich und das Baby. Ich dachte wirklich, sie stünde auf meiner Seite.«

Er schnaubte. »Sie kann ziemlich überzeugend sein, wenn sie etwas will.«

»Trotzdem war es dumm von mir«, widersprach ich beschämt. »Dotty hatte recht. Ich hätte nicht lockerlassen dürfen, sondern darauf bestehen müssen, mit dir persönlich zu sprechen.«

Neo blinzelte überrascht. »Dotty hat mich verteidigt?«

»Na ja, sie war schon stinkig, weil du mir wehgetan hattest. Aber sie fand auch, dass du ein Recht darauf hast, von mir persönlich von meiner Schwangerschaft zu erfahren.« Ich holte tief Luft und sprach endlich die Worte aus, die längst überfällig waren. »Es tut mir leid, dass ich nicht auf sie gehört habe.«

Es war das erste Mal, dass ich die Reue zuließ, die ich tief in meinem Herzen vergraben hatte, und dass ich mich bei Neo dafür entschuldigte. Schließlich hatte ich es in diesem Punkt genauso verbockt. Aber erst als Neo mich reglos anstarrte, wurde mir klar, wie viel mir auch an seiner Vergebung lag. Ich schluckte schwer. »Verzeihst du mir?«

»Ich verstehe, warum du nach dem Gespräch mit meiner Mutter aufgegeben hast.« Er lächelte traurig. »Wahrscheinlich hätte ich dasselbe getan.«

Sein Verständnis bedeutete mir viel. »Danke.«

Er drückte mir einen Kuss auf die Stirn, bevor er einen Arm um mich legte und den Hinterkopf gegen die Sofalehne sinken ließ.

Schweigend kuschelte ich mich an ihn, und für eine Weile hing jeder seinen Gedanken nach. An diesem Abend war so viel passiert, dass wir beide emotional vollkommen ausgelaugt waren. Es dauerte nicht lange, bis meine Lider schwer wurden, aber ich wollte Neo noch nicht loslassen.

Irgendwann stieß er ein leises Seufzen aus. »Ich würde alles dafür geben, die Zeit zurückzudrehen.«

Es gelang mir, die Tränen zurückzudrängen, die in meinen geschlossenen Augen brannten. Aber die Worte hielt ich nicht zurück. »Ich auch.«

***

Ein lautes Räuspern riss mich unsanft aus dem Schlaf. Ich fuhr hoch, nur um festzustellen, dass Neo neben mir dasselbe tat. Wir waren auf dem Sofa eingeschlafen – und nun stand unsere Tochter, die Hände in die Hüfte gestemmt, vor uns. Sie hatte sich bereits umgezogen und trug ein frisches Shirt, Sportshorts und ihre Sandalen. Ihre Locken standen ihr in alle Richtungen zerzaust vom Kopf ab.

»Guten Morgen«, sagte sie gedehnt.

Ich fühlte mich, als wäre *ich* das Kind. Meine Wangen brannten vor Verlegenheit, und auch Neo wirkte reichlich nervös.

»Hey, Flip«, sagte er mit einer Stimme rau vom Schlaf. »Hast du gut geschlafen?«

Maila verschränkte die Arme. »War jedenfalls bequemer als bei euch.«

Da war durchaus etwas dran. Neo war im Sitzen eingeschlafen, und ich hatte mich so seltsam um ihn gewickelt, dass unsere Beine ganz verknotet waren. Mein Nacken war überdehnt und mein Arm, den ich irgendwie unter seinen schweren Körper geschoben hatte, vollkommen taub. Es dauerte einen Moment, bis wir unsere Glieder unter dem strengen

Blick unserer Tochter sortiert hatten und aufrecht nebeneinander auf dem Sofa saßen.

Dann sah ich Maila bittend an. »Ich würde dir gern ein paar Sachen erklären.«

Zu meinem Unmut schüttelte sie den Kopf. »Ich hab Hunger. Das Frühstück fängt gleich an.« Sie wandte sich an Neo. »Wir sehen uns später, ja?«

Er nickte. »Klar.«

Mein Mund klappte auf, aber bevor ich sie aufhalten konnte, hatte sie sich bereits umgedreht und war verschwunden.

Frustriert schaute ich ihr nach. Ich überlegte, ihr zu folgen. Aber was würde das bringen? Sie glaubte, ich hätte sie belogen, um Neo von ihr fernzuhalten. Als Rache dafür, dass er mich damals verlassen hatte. Dabei war die Wahrheit so viel komplexer.

»Gib ihr Zeit«, sagte Neo leise, der meine Ungeduld zu spüren schien.

Mir war klar, dass er recht hatte. Trotzdem funkelte ich ihn an. »Ach, gibst du jetzt *mir* Ratschläge in Sachen Erziehung?«

»Nein, ich gebe dir Ratschläge in Bezug auf das Temperament unserer Tochter.« Seine Mundwinkel zuckten. »Sie ist dir in diesem Punkt nämlich ziemlich ähnlich, weißt du?«

»Schwachsinn!« Ich reckte mein Kinn vor. »Das hat sie ganz eindeutig von dir.«

»Nein«, widersprach Neo mit blitzenden Augen. »Von mir hat sie eher ihr umwerfendes Charisma.«

Seine Neckerei verfehlte ihre Wirkung nicht. Ich konnte spüren, wie mein Unmut verflog, und stieß ein spöttisches Schnauben aus. »Von dir hat sie maximal ihre großen Füße.«

Wir wussten beide, dass es Quatsch war. Maila war ihrem Vater in vielen Dingen unglaublich ähnlich. Aber allmählich machte der Schlagabtausch Spaß.

Ich grinste. »Und sie tanzt genauso seltsam wie du.«

Neo prustete los – und dann warf er sich auf mich.

Ich quiekte vor Überraschung auf, bevor er ohne jede Zurückhaltung meine Lippen einfing. Sein Geschmack explodierte auf meiner Zunge, und schon zersprangen all meine Sorgen in ihre Einzelteile.

Gierig vertiefte ich unseren Kuss, während seine Hand über meinen nackten Oberschenkel fuhr. Die locker sitzende Pyjamahose hielt ihn nicht auf. Er schob seine Hand einfach weiter.

Ich bog den Kopf zurück und stöhnte leise, während ich die Fingerspitzen über seine Schultern wandern ließ.

»Du machst mich wahnsinnig«, murmelte Neo und saugte an der empfindlichen Stelle unter meinem Ohr. Der rechte Spaghettiträger und damit auch ein beachtliches Stück Stoff waren heruntergerutscht, sodass meine Brüste beinahe freilagen. Neo entging das natürlich nicht. Er rutschte ein wenig nach unten, zerrte den Stoff ganz beiseite und ließ seine Zunge über meine Brustwarze schnellen. Gleichzeitig erreichten seine Fingerspitzen endlich die Stelle, an der ich ihn gerade unbedingt spüren wollte. Als er merkte, wie feucht ich für ihn war, stieß er ein tiefes zufriedenes Brummen aus.

»Du hast zwei Möglichkeiten, Baby«, raunte er mir zu, während er mich mit seinem Finger reizte. »Entweder vögele ich dich gleich hier, oder ich bringe dich ins Schlafzimmer. So oder so werde ich in weniger als einer Minute in dir sein. Wie hättest du es gern?«

Bei seinen Worten keuchte ich atemlos auf. Ich hatte Mühe, einen klaren Gedanken zu fassen. Aber da Maila jederzeit erneut hereinplatzen könnte, ging ich lieber kein Risiko ein. »Schlafzimmer.«

Sofort verschwanden seine Finger und sein Gewicht auf mir. Ich stieß ein protestierendes Wimmern aus, was Neo nur mit einem dunklen Lachen quittierte. Er zog mich auf meine wackeligen Beine, hob mich hoch und trug mich ins Schlafzimmer. Vor meinem Bett setzte er mich vorsichtig ab, zerrte sich ungeduldig sein Shirt über den Kopf und präsentierte mir seinen herrlichen Oberkörper.

Schmunzelnd streckte ich die Hand aus und fuhr die Wölbungen seiner angespannten Muskeln nach. »Deine Zeit wird knapp.«

»Wird sie nicht«, widersprach er entschieden, und ehe ich kapierte, wie er das gemacht hatte, waren unsere restlichen Klamotten verschwunden, und wir fielen aufs Bett. Sofort war Neo wieder über mir und drang mit einem tiefen Stoß in mich ein.

Ich schrie auf, als er mich auf die herrlichste Weise dehnte.

Ein Beben ging durch seinen Körper. Er fluchte. »Alles okay?«

»Ja«, keuchte ich, schlang die Beine um seine Hüften und wackelte aufreizend mit dem Becken. »Mehr.«

Neo zog sich etwas zurück, bevor er erneut in mich stieß. Seine Bewegungen waren langsam, ohne Hast – und sie trieben mich an den Rand der Verzweiflung.

Denn Neo vögelte mich nicht einfach nur, er *liebte* mich.

Meine Gefühle wirbelten in meinem Inneren herum und krachten wie Blitze direkt in meine Seele. Diesmal kämpfte ich nicht dagegen an. Ich wusste selbst nicht, warum.

Vielleicht lag es daran, dass wir noch ein Stück geheilt waren, weil Maila nun die Wahrheit kannte, oder daran, dass wir auch einander vergeben hatten. Aber letztlich spielte es auch keine Rolle.

Voller Zärtlichkeit erwiderte ich seine Küsse, fuhr andächtig über die Konturen seiner Muskeln und liebkoste seine erhitzte Haut. Ich kostete die Nähe zu ihm voll aus. Schließlich wusste ich mit absoluter Sicherheit, dass mir dieses Glück nicht ewig vergönnt sein würde.

KAPITEL 26

Neo

Mit einem heiseren Schrei ergoss ich mich in Hazel, während sie sich auf herrlichste Weise unter mir verkrampfte.

Himmel!

Mein ganzer Körper summte vor Euphorie. Trotzdem konnte ich verdammt noch mal nicht aufhören, sie zu küssen. Ihr Herz donnerte in einem harten Beat gegen meine Rippen, und meins antwortete in demselben schnellen Takt. Ihre Hand rutschte von meinem Oberarm und fiel mit einem dumpfen Schlag aufs Bett.

Belustigt strich ich ihr eine verschwitzte Haarsträhne aus der Stirn. »Alles in Ordnung, Baby? Du wirkst ein bisschen erschöpft.«

»Ich möchte jetzt gern eine Woche durchschlafen«, nuschelte sie.

»Dann bleib doch liegen.« Ich tupfte ihr einen Kuss auf die Nasenspitze. »Ich kann uns schnell was zu futtern holen, und wir machen uns einen faulen Tag im Bett.«

Hazel stöhnte. »So verlockend das auch klingt, ich kann nicht. Ich muss noch ungefähr eine Million Sachen erledigen.«

»Es ist Wochenende«, entgegnete ich, bevor ich neben sie rutschte, um sie nicht zu erdrücken. »Auf einen Tag mehr oder weniger kommt es doch nicht an.«

Sie zog eine Braue hoch. »Ich bin mir sicher, die Kids, die nachher abreisen, und die, die heute Abend bei unserer großen *Musical Night* auftreten, würden dir da widersprechen. Außerdem wäre es vielleicht nicht schlecht, wenn du deine neuen Schüler gleich bei ihrer Ankunft begrüßt. Immerhin kommen sie nur deinetwegen her.«

Stöhnend ließ ich meinen Kopf auf ihre Schulter sinken. »Das hab ich total vergessen.«

Sie tätschelte meinen Arm. »Deswegen hast du ja mich.«

Meine Lippen verzogen sich zu einem Grinsen, und ich sah sie wieder an. »Habe ich das?«

Mein Fehler wurde mir in dem Moment klar, als das Leuchten aus ihren Augen wich. »Klar.« Sie räusperte sich. »Ist ja schließlich mein Job, den Überblick zu behalten.«

Mit einer geschmeidigen Bewegung stand sie auf und ließ mich allein in ihrem Bett zurück. Als sie mit ihrem nackten Hintern vor mir herumtanzte, war die Versuchung groß, sie wieder einzufangen und so lange zu vögeln, bis sie zugab, dass es nicht an ihrem Job lag. Aber ich fürchtete, damit eher das Gegenteil zu bewirken.

Die Stimmung zwischen uns war trotz des ganzen Dramas um Maila wieder gut. Das wollte ich nicht vermasseln.

Hazel zog sich in Windeseile Unterwäsche und ein hübsches Sommerkleid an, ehe sie sich bückte und mir meine Trainingshose zuwarf. »Komm schon! Lass uns frühstücken gehen. Ich will mich auch noch von den Kids verabschieden, die heute abreisen.«

Ein Seufzen unterdrückend kam ich ihrer Bitte nach und zog mich ebenfalls an. »Wie viele reisen denn ab?«

Hazel überlegte kurz. »Vier Rotluchse, sechs Graufüchse, vier Steinkäuze, drei Weißkopfadler, vier Tigersalamander und ein Ochsenfrosch.«

»Das sind ja zweiundzwanzig Kinder!«

Sie grinste mich frech an. »Du bist ja doch ein Mathe-Ass.«

»Ich sagte, dass ich mich nicht für Mathe interessiere, nicht, dass ich nicht rechnen kann.«

»Gut, dass wir das geklärt haben.« Sie gab mir einen Klaps auf den Hintern. »Und jetzt beweg deinen heißen Arsch. Ich sterbe gleich vor Hunger.«

Auch mein Magen knurrte, aber ich hätte lieber *sie* vernascht. Da das bedauerlicherweise nicht länger zur Debatte stand, folgte ich ihr.

Maila saß mit ihren Freunden auf der Terrasse des Verwaltungsgebäudes. Sie wirkte nicht mehr ganz so niedergeschmettert wie gestern. Aber glücklich war sie auch nicht. Sie schaute demonstrativ in eine andere Richtung, als wir an ihr vorbeiliefen, was – wie ich wusste – nicht an meiner Person lag.

Wir hatten gestern Nacht sehr viel zusammen aufgearbeitet. Es war intensiv, schmerzhaft und auch befreiend gewesen. Zwar waren damit all die Jahre der Enttäuschung auf Mailas Seite nicht vergessen, aber zumindest war es ein Anfang.

Nachdem wir uns einigermaßen gefangen hatten, waren wir kurz in meine Hütte gegangen, wo ich mir schnell trockene Sachen angezogen und Maila sich die Haare geföhnt hatte. Sie flehte mich an, Hazel nichts von ihrem nächtlichen Badeausflug zu erzählen. Ich stimmte nur widerwillig und unter der Bedingung zu, dass sie so was nie wieder machte.

Es war unser erstes Vater-Tochter-Geheimnis, das Hazel mir hoffentlich nachsah. Daher fühlte ich mich recht optimistisch, was unsere zukünftige Beziehung betraf. Außerdem war ich sehr zuversichtlich, dass sich Maila bald mit Hazel versöhnte.

Wir betraten den Speisesaal. Obwohl wir ziemlich spät dran waren, herrschte immer noch ein wildes Durcheinander. Das lag zum einen daran, dass die Kids, die heute abreisten, lieber vor dem Frühstück packten, und zum anderen weil heute offizieller Putztag war. Deshalb ließen sich die Kinder natürlich besonders Zeit.

Hazel und ich steuerten das Frühstücksbüfett an, obwohl mir der Magen bis in die Knie sank, als ich Reeds finsterem Blick begegnete. Er sah aus, als wollte er mir immer noch gern eine verpassen – was ich durchaus nachvollziehen konnte. Ich war ein Einzelkind, aber hätte jemand so einen Scheiß mit meiner Schwester abgezogen, ich hätte den Bastard windelweich geprügelt. Insofern konnte ich nur hoffen, dass wir wieder auf einen grünen Zweig kamen, wenn ich Klartext mit ihm redete.

Leider war der Augenblick dafür denkbar schlecht. Deshalb wandte ich mich ab und schaufelte mir eine Ladung Omelett auf den Teller. Unterdessen füllte Hazel neben mir eine Schale mit Obstsalat. Sie klatschte gerade einen Löffel Joghurt dazu, als Glen neben uns erschien.

»Hey, kann ich bitte kurz mit dir reden?«, fragte er, woraufhin ich den Kopf in seine Richtung drehte.

Er sprach jedoch nicht mit mir, sondern mit Hazel.

Sie schenkte ihm ein freundliches Lächeln. »Klar, was gibt's?«

Glens Blick huschte erst in meine Richtung, dann zum Ausgang. »Allein, wenn's geht. Es dauert auch nicht lange.«

»Okay.« Hazel sah sich kurz um, bevor sie mir ihre Obstschale in die Hand drückte. »Könntest du die bitte mit zum Tisch nehmen?«

»Sicher«, murmelte ich und versuchte dabei, nicht allzu angefressen zu klingen.

Mir war klar, dass meine Reaktion vollkommen irrational war. Aber dieser Typ konnte so nett sein, wie er wollte: Er hatte Hazel geküsst und Dinge mit ihr getan, an die ich nicht mal denken konnte, ohne innerlich durchzudrehen. Nichtsdestotrotz riss ich mich zusammen, nickte ihm höflich zu und ging zu dem Tisch, an dem unser Team saß.

Ich fragte mich, was Glen so dringend mit Hazel zu besprechen hatte. Mein letzter Stand war, dass er traurig über unser Date gewesen war. Ob er sie um eine zweite Chance bitten wollte?

Gott! Ich hoffte nicht.

»Guten Morgen«, sagte Quill fröhlich, als ich mich auf den Stuhl ihm gegenüber fallen ließ.

Erst jetzt fiel mir auf, dass mich der gesamte Betreuerstab neugierig – oder in Reeds Fall missbilligend – musterte. Offensichtlich hatten sich die News bereits rumgesprochen. Ich verlagerte das Gewicht auf meinem Stuhl. »Guten Morgen.«

Quill grinste breit, kommentierte den neuesten Klatsch und Tratsch aber nicht weiter, sondern trank einen Schluck Kaffee.

Leider war Aubrey weniger diskret. Sie saß neben Quill und beugte sich mit begierigem Blick nach vorn. »Das ist sicher alles sehr viel auf einmal. Wenn du Redebedarf hast, komm gern jederzeit bei mir vorbei.«

Ich starrte die Ergotherapeutin irritiert an. Wie zur Hölle kam sie darauf, dass ich ausgerechnet mit ihr über irgendwas reden wollte? »Danke, aber das wird nicht nötig sein.«

Ihr Lächeln gefror. »Wie du willst. Ich wollte nur helfen.«

»Und das weiß ich zu schätzen«, erwiderte ich. »Aber Hazel und ich kriegen unseren Kram ganz gut allein auf die Reihe.«

»Warte mal! Seid ihr jetzt zusammen?«, rief Selma und klang so überrascht, als wäre ihr das nie in den Sinn gekommen.

Das wurde ja immer besser. »Ja.«

Quill prustete auf der Stelle los. »Weiß Hazel das auch?«

Fuck! Das hätte ich nicht sagen sollen. Meine Wangen wurden heiß, und ich ärgerte mich über mich selbst, dass ich überhaupt geantwortet hatte. Hazel würde die Krise kriegen, wenn sie davon erfuhr. Andererseits war es jetzt zu spät, einen Rückzieher zu machen. »Hazel weiß, was ich will. Den Rest muss sie entscheiden. Für mich gibt es keine andere Frau.«

Brianna, die auf Quills anderer Seite saß, warf mir einen mitleidigen Blick zu. »Das ist echt süß von dir.«

Angespannt jagte ich meine Gabel in das Omelett und betete, dass irgendwer das Thema wechselte.

Leider wurde ich nicht erhört.

Jade, die direkt neben mir saß, stupste mich lächelnd mit dem Ellenbogen an. »Gut, dass du diesen Job angenommen hast, was? Sonst wüsstest du immer noch nichts von deiner wundervollen Tochter, und sie hätte dich nicht kennengelernt.«

Am anderen Ende des Tisches gab Reed ein leises Knurren von sich. Wahrscheinlich bereute er es zutiefst, dass er mich überhaupt eingestellt hatte.

Mir hingegen führte Jades Feststellung zum ersten Mal vor Augen, wie recht sie damit hatte. Vielleicht war es doch Schicksal oder so was.

Ich lächelte. »Ich bin froh, dass ich hier bin.«

»Das sind wir auch«, erwiderte Quill, der offenbar immun gegen die schlechte Laune seines besten Freundes war.

Kurz darauf kehrte Hazel allein zum Frühstückstisch zurück. Ihre Wangen waren gerötet, und jeder ihrer Muskeln schien zu vibrieren. Sie war eindeutig stinksauer.

»Wo ist Glen?«, fragte Quill stirnrunzelnd.

Sie hielt den Kopf gesenkt. »Er hilft seinen Jungs beim Packen.«

Quill schien ihre Anspannung ebenfalls zu bemerken, doch er hakte nicht weiter nach, sondern lenkte das Thema geschickt auf die Abreise der übrigen Kids.

Sogleich schüttelte Hazel ihre Gefühle ab und schaltete in den Boss-Modus. Sie verteilte Aufgaben, machte Pläne und besprach die anstehende *Musical Night*. Da ich in der letzten Woche vollauf mit den Schwimmkursen und Mailas abweisendem Verhalten beschäftigt gewesen war, hatte ich gar nicht mitbekommen, was heute Abend konkret geplant war. Aber offensichtlich gab es wieder einige Tanzacts, und Scotts Theatergruppe hatte ebenfalls einen Beitrag vorbereitet. Zum Abschluss des Abends durften die Kinder auf einer Großleinwand, die Reed und Quill nachher aufbauten, *Grease* schauen. Vorher standen aber noch gefühlt eine Million anderer Punkte auf dem Programm.

Nach dem Frühstück brachen die Betreuer auf, um ihre Schützlinge für die Abreise oder den Tagesausflug vorzubereiten. Unterdessen marschierte Hazel in den Hauswirtschaftsraum, um die Putzsachen zu holen. Ich folgte ihr.

Der Raum war nicht sehr groß. Rechts und links standen zweitürige Schränke, in denen von Reinigungszeug bis Bettwäsche alles gut sortiert verstaut war. Außerdem gab es an der hinteren Wand eine große Waschmaschine und einen Trockner.

Ich lehnte mich gegen einen der Schränke und schaute schweigend zu, wie Hazel alle notwendigen Utensilien zusammensuchte. Ihr Ärger hatte sich noch nicht gelegt. Stattdessen grübelte sie mit finsterer Miene vor sich hin.

»Also«, sagte ich gedehnt und verschränkte mit vorgetäuschter Lässigkeit die Arme. »Möchtest du mir erzählen, was Glen so dringend mit dir besprechen wollte?«

Sie versteifte sich ein wenig, bevor sie eine Flasche Glasreiniger in einen Korb legte, der neben ihr auf dem Boden stand. »Er wollte sich entschuldigen, weil er meinem Bruder von unserer gemeinsamen Vergangenheit erzählt hat.«

Im Grunde eine nette Geste. Nur passte sie kein bisschen zu Hazels Stimmung. »Und was noch?«

Sie seufzte. »Er hat mich um ein Date gebeten.«

Was zum Teufel?

Mein Puls schoss durch die Decke. Hazel hatte mir glasklar zu verstehen gegeben, dass sie keine ernsten Verbindungen einging, und ich hatte diesem Blödsinn zugestimmt. Wenn sie also mit Glen ausgehen wollte, konnte ich sie wohl kaum daran hindern. Trotzdem knallte mir fast eine Sicherung durch bei der Vorstellung, dass sie sich mit Glen einen schönen Abend machte. Nur mit Mühe schaffte ich es, meine Stimme ruhig zu halten. »Was hast du geantwortet?«

Bevor ich mich noch mehr in irgendeine Scheiße reinsteigern konnte, warf sie mir einen gekränkten Blick zu. »Nein, natürlich.«

Auf der Stelle kam ich mir wie ein Idiot vor. Hazel mochte sich vielleicht gegen eine feste Beziehung sträuben, aber sie würde nie derart grausam mit meinen Gefühlen spielen. »Ich …«

Sie wandte mir den Rücken zu. »Vergiss es einfach.«

So einfach war das nicht. Ich stieß mich vom Schrank ab und zog sie in meine Arme.

Natürlich wehrte sie sich, aber zum Glück nur halbherzig. »Lass mich los.«

Ich tat genau das Gegenteil und hielt sie noch ein wenig fester, während ich meine Lippen an ihr Ohr legte. »Tut mir leid.«

»Schon gut«, murrte sie, entspannte sich aber in meiner Umarmung.

»Nein, ist es nicht.« Ich biss sie sanft in den Hals, obwohl ich meine Zähne gern tiefer in das zarte Fleisch gegraben hätte, um ihr mein Zeichen aufzudrücken. »Ich weiß, ich habe kein Recht dazu. Aber ich kriege kaum noch Luft bei der Vorstellung, dass dich ein anderer berührt, wie ich dich berühre.«

Um meine Worte zu unterstreichen, hob ich meine Hand und umfing ihre Brust. Schlagartig änderte sich die Stimmung zwischen uns.

Hazel keuchte auf, und ich wurde hart.

»Keine Sorge«, schnurrte sie, drückte ihren weichen Hintern gegen meine Erektion und begann, sich an mir zu reiben. »Solange ich mit *dir* schlafe, gehe ich mit keinem anderen Mann aus.«

Falls sie glaubte, mich damit zu besänftigen, irrte sie sich, denn mir entging die unterschwellige Andeutung nicht. Frust ballte sich in mir zusammen. Aber ich weigerte mich, ihn gewinnen zu lassen. Dafür fühlte es sich zu gut an, sie in meinen Armen zu halten.

Energisch schob ich die Hand unter ihr Kleid und legte sie in einer besitzergreifenden Geste auf ihre Mitte. Sie war heiß und herrlich feucht für mich. »Dann sorge ich wohl besser dafür, dass du das auch nicht vergisst.«

Hazels Antwort bestand aus einem zustimmenden Wimmern.

Diesmal knallte mir aus ganz anderen Gründen eine Sicherung durch. In Gedanken hatte ich sie bereits auf die Wasch-

350

maschine gehoben und mich tief in ihr versenkt, als plötzlich Ginas Stimme aus dem Korridor erklang. »Hazel? Bist du hier?«

»Shit«, zischte Hazel und wich reflexartig vor mir zurück.

Da schwang auch schon die Tür auf, und ihre Freundin spähte in den Raum. Innerhalb von Sekunden hatte sie die Situation erfasst und bedachte uns mit einem spöttischen Grinsen. »Der Hauswirtschaftsraum? Also ehrlich, Leute. Was stimmt denn nicht mit euch?«

»Mit mir ist alles in Ordnung«, antwortete Hazel und deutete schulterzuckend auf mich. »Aber er hat einfach überhaupt keine Selbstbeherrschung.«

Mir klappte die Kinnlade runter, während Gina vergnügt auflachte.

»Tja, tut mir leid, euch stören zu müssen, aber die Rotluchse sind gerade zu ihrer Tour aufgebrochen. Wir können also loslegen.« Belustigt wackelte Gina mit den Augenbrauen. »Es sei denn, ihr müsst erst noch ein paar Putzlappen suchen.«

Seufzend schüttelte Hazel den Kopf. »Nein, wir sind gleich da.«

Gina winkte grinsend ab. »Nur keine Eile.«

Sie verschwand wieder und zog die Tür hinter sich zu, um uns etwas Privatsphäre zu lassen. Aber leider war jegliche sexuelle Energie inzwischen verpufft.

Hazel bückte sich, hob den Korb mit den Reinigungsmitteln hoch und drückte ihn mir in die Hand, bevor sie mit einem lasziven Lächeln zu mir aufschaute. »Ich fürchte, du wirst deine Lektion auf später verschieben müssen.«

»Das werde ich.« Ich beugte mich hinab und drückte ihr einen harten Kuss auf die Lippen. »Und dann werden wir sehen, wie es um *deine* Selbstbeherrschung bestellt ist.«

Ihre Augen begannen zu glänzen. Sie konnte es offenbar kaum erwarten – und ich ebenso wenig. Je schneller wir also mit der Putzaktion durch waren, umso schneller bekam ich sie wieder in die Finger.

Wir schnappten uns noch allerlei anderes Zeug, bevor wir zu den Rotluchsen gingen. Dort waren Dotty und Gina bereits damit beschäftigt, den verwaisten Schlafraum aufzuräumen.

»Das ging ja schneller, als ich dachte«, zog Gina uns auf und knüllte ein paar Laken zusammen. »Reed, Grover und Estelle haben schon bei den Graufüchsen angefangen.«

»Und wo steckt Aubrey?«, fragte Hazel, während sie Dotty die saubere Bettwäsche reichte.

Gina schnaubte. »Wie immer verschwunden.«

Unzufrieden verzog Hazel das Gesicht. »Diese Frau ist eine einzige Enttäuschung.«

»Mach dir nichts draus«, sagte Dotty. »Deine Idee, in Silver Springs Ergotherapie anzubieten, war grundsätzlich nicht schlecht.«

»Das stimmt«, pflichtete Gina ihr bei, bevor sie mir den Korb abnahm. »Vielleicht findest du nächsten Sommer jemanden, der besser ins Team passt.«

Hazel runzelte die Stirn. »Ja, vielleicht.«

Dotty warf ihr einen vielsagenden Blick zu. »Du wirst wohl auch einen neuen Betreuer für die Ochsenfrösche finden müssen.«

»Das fürchte ich auch.« Gina hielt mit dem Auspacken des Korbes inne. »Glen war vorhin ziemlich angepisst. Weißt du, was er hat?«

Hazel schnaubte. »Er ist sauer auf mich, weil ich seine Einladung zum Abendessen abgelehnt habe.«

Was wohl ihre Stimmung von vorhin erklärte.

352

Dotty presste die Lippen zusammen, wohingegen Gina ein bisschen erschrocken in meine Richtung schaute.

Ich zuckte mit den Schultern. »Ich kann nicht behaupten, dass ich darüber besonders traurig bin.«

Hazel verdrehte die Augen, bevor wir endlich mit der Arbeit begannen. Dotty, Gina und Hazel waren ein eingespieltes Team, in das ich mich ziemlich gut integrierte. Wir hatten die Hütte der Rotluchse in Windeseile wieder auf Vordermann gebracht.

Meine Hoffnung auf ein wenig Freizeit danach wurde leider trotzdem enttäuscht. Denn auch in den übrigen Gruppenhäusern gab es einiges zu tun, sodass wir bis in den frühen Nachmittag brauchten, um alles für die neuen Campbesucher vorzubereiten.

Maila sah ich nur kurz, als sie von dem Ausflug mit den Rotluchsen zurückkehrte. Sie winkte mir lächelnd zu, huschte aber gleich wieder davon, als sie Hazel bemerkte. Es gefiel mir nicht, dass sie ihrer Mom weiterhin aus dem Weg ging. Aber ich wollte mich auch nicht einmischen und sie zu etwas drängen, wozu sie noch nicht bereit war.

Wenig später strömten fünfundzwanzig aufgeregte neue Campteilnehmer auf den Platz. Es herrschte ein heilloses Durcheinander. Dennoch erkannte ich auf den ersten Blick die Jungs, die für das Proficoaching angereist waren. Das sportliche Trio kam mit leuchtenden Augen auf mich zu.

»Hallo, Mr. Barnes«, sagte der Größte von ihnen und streckte mir die Hand entgegen. »Es ist mir eine Ehre, mit Ihnen zu trainieren, Sir.«

Von Hazel wusste ich, dass die Jungs fünfzehn Jahre alt waren. Sie kamen aus Portland, wo sie seit ihrer Kindheit in einem Verein schwammen und wie ich in diesem Alter von einer großen Schwimmkarriere träumten.

Lächelnd schüttelte ich seine Hand. »Ich freue mich, dass ihr hier seid. Bitte nennt mich Neo.«

»Oh, klar. Cool. Ich bin Chuck.« Der Kerl strahlte mich an, als hätte ich ihm gerade angeboten, ihm das Frühstück ans Bett zu bringen. Er kramte eine ältere Ausgabe der *Sports Illustrated* aus seinem Rucksack und hielt sie mir mit einem Stift entgegen. »Kriege ich bitte ein Autogramm?«

Ein wenig verlegen nahm ich die Zeitschrift an mich. Das Cover zeigte einen Schnappschuss von mir bei der Schwimmweltmeisterschaft vor zwei Jahren, kurz nachdem ich Gold geholt hatte. Ich war noch im Pool und reckte mich mit einem Triumphschrei aus dem Wasser empor.

»O mein Gott«, murmelte Georgie, die wie aus dem Nichts neben mir aufgetaucht war. Sie rückte dicht an mich heran, bevor sie den Kopf drehte und mit den Wimpern klimperte. »Bist du das?«

»Äh, da steht riesengroß sein Name drunter«, merkte Chuck an und musterte sie, als wäre sie in etwa so intelligent wie eine Amöbe. Dabei würdigte er ihr knappes Outfit, das sie sicher aus reinem Kalkül gewählt hatte, keines Blickes.

Ich verbiss mir ein Grinsen, während ich einen Schritt zur Seite trat, um etwas mehr Abstand zwischen mich und das Mädchen zu bringen.

Unterdessen reckte Georgie hochmütig ihr Kinn. »Ich kann selbst lesen.«

»Warum fragst du dann so blöd?«, schoss Chuck zurück.

Georgie wurde knallrot. Sie wirbelte herum und stolzierte zu Kyra, die ein wenig abseits stand und mit Estelle plauderte.

»Kriegen wir bitte auch ein Autogramm, Neo?«, fragte der zweite Junge. Auch er war vollkommen unbeeindruckt von Georgies Auftritt geblieben.

Ich hätte meine Hand dafür ins Feuer gelegt, dass diese drei absolut harmlos waren, verglichen mit ihren Vorgängern. In ihren Augen schimmerte jugendlicher Ehrgeiz, der ausschließlich ihrem Lieblingssport galt und keinen Raum für das Interesse an Mädchen ließ. Offen gestanden erinnerten sich mich damit ein bisschen an mich selbst in meiner Jugend. Zumindest, bis eine gewisse Tänzerin in mein Leben geplatzt war.

Lächelnd kritzelte ich meine Signatur auf das Zeitschriftencover und einige andere Sachen. Dann schickte ich die drei zu Glen, der sich mit dem vierten Neuankömmling in seiner Gruppe unterhielt.

Als sich unsere Blicke begegneten, verhärteten sich seine Züge. Hazel hatte den Survivalcoach mit ihrer Zurückweisung offenbar sehr getroffen.

Das tat mir leid. Genau wie ich die Schwimmer auf dem zweiten Platz bedauerte, die alles gegeben hatten. Aber das Siegertreppchen gab ich deswegen noch lange nicht her.

Nicht wenn es um die Liebe meines Lebens ging.

KAPITEL 27

Hazel

Die *Musical Night* zählte jedes Jahr zu den beliebtesten Events des Sommercamps. Da das Seeufer die beste Kulisse bot, spannten wir am späten Nachmittag eine große Leinwand zwischen den Bäumen am Ufer auf, brachten einen Beamer in Position und verteilten auf dem Rasen zahlreiche Sitzkissen. Die größere Fläche dazwischen, die mit mannshohen Blumen aus Pappmaschee flankiert war, diente uns als Bühne.

Obwohl alle noch pappsatt vom traditionellen Willkommensbarbecue für die neuen Teilnehmer waren, bereitete Dotty riesige Schüsseln mit Popcorn und Eistee vor. Sobald die Dämmerung einsetzte, legten wir mit den Shows los.

Scotts Theatergruppe führte eine Szene aus *Phantom der Oper* auf. Anschließend tanzte Jades Gruppe zu *Jellicle Songs for Jellicle Cats* aus dem Musical *Cats*, was beim Publikum zu donnerndem Applaus führte. Die Kids sahen aber auch unfassbar niedlich aus als kleine Miezekatzen.

Zum Abschluss performten Jade und ich mit sechs Teenies ein Stück aus *The Greatest Showman*. Den Auftakt bildete ein Solo, bei dem ich die Bühne für ein paar Minuten nur für mich allein hatte und es mir erlaubte, noch einmal selbst blutjung und voller Träume zu sein.

Ich hatte mir die Choreografie schon vor Jahren ausgedacht, und jeder Schritt hatte sich in meine Seele gebrannt. Trotzdem war diesmal alles anders. Ich spürte Neos Blick auf mir wie eine Liebkosung, während ich mich in einem silbergewirkten Kleid um die eigene Achse drehte. Kurz darauf setzten Jade und die Kinder ein, und passend zum Beat folgte eine immer schnellere Abfolge von Schritten.

Unser Publikum flippte völlig aus, und nach dem Tanz war ich außer mir vor Euphorie. Wie sonst auch suchte ich die Menge nach dem begeisterten Gesicht unserer Tochter ab. Aber Maila war nicht mehr da. Nur ihre Freunde saßen noch in der ersten Reihe und klatschten.

Meine Mundwinkel fielen herab. Sie war mir den ganzen Tag aus dem Weg gegangen, und ich hatte ihren Wunsch nach Abstand zähneknirschend akzeptiert. Aber ich hielt diese Stimmung zwischen uns einfach nicht mehr aus.

Sobald wir uns verbeugt hatten und Reed auf die Bühne trat, um den Film anzukündigen, machte ich mich auf die Suche nach Maila. Es dauerte zum Glück nicht lange, bis ich sie auf dem Baumstamm hinter unserem Haus unweit der Bühne fand. Sie hatte die Arme um die angezogenen Knie geschlungen und starrte traurig auf den dunkler werdenden See.

»Hey«, sagte ich leise und schob mich mit klopfendem Herzen neben sie auf den Baumstamm. »Können wir jetzt reden?«

Sie zuckte stumm mit den Schultern.

Ich seufzte leise. Die Versuchung war groß, die Hand nach ihr auszustrecken und ihr eine Haarsträhne hinter die Ohren zu streichen. Doch ich hielt mich zurück. »Ich nehme an, du hast eine Menge Fragen, oder?«

Sie schwieg so lange, dass ich schon glaubte, sie würde gar nicht mehr antworten. Und dann platzte sie mit der Frage raus, mit der ich am allerwenigsten gerechnet hätte: »Liebst du ihn noch?«

Mein Mund klappte auf und wieder zu, während ich meine Optionen abwog. Dann endlich schaffte ich es, etwas zu erwidern. »Ich habe ihn schon allein deshalb lieb, weil er mir dich geschenkt hat.«

Maila verdrehte die Augen. »Das ist nicht dasselbe, Mom.«

Natürlich hatte mein schlaues Mädchen recht. Nachdenklich schaute ich auf den See. »Dein Vater hat mir damals die Welt bedeutet, und nach unserer Trennung war ich lange Zeit sehr traurig.« Ich warf ihr ein kurzes Lächeln zu. »Es wurde besser, als du zur Welt gekommen bist. Aber die Enttäuschung ist irgendwie geblieben.«

Maila nickte, als könnte sie das tatsächlich nachempfinden. »Du warst immer noch stinksauer auf ihn, als er hier aufgetaucht ist, oder?«

Ich lachte leise. »O ja. Allerdings.«

Auf einmal blitzte Zorn in ihren Augen auf. »Und was kann ich dafür? Es war doch nicht meine Schuld, dass Dad weggegangen ist. Er hat ja nicht mal was von mir gewusst.«

Es fühlte sich noch seltsam für mich an, dass Maila Neo schon nach so kurzer Zeit als Vater akzeptierte. Andererseits hatte sie ihr Leben lang auf ihn gewartet. Selbst dann noch, als sie mir versichert hatte, ihr *Erzeuger* wäre ihr egal.

Sie schaute mich vorwurfsvoll an. »Wieso hast du mir nicht gleich gesagt, dass er mein Vater ist?«

»Weil ich dich beschützen wollte.« Angespannt rieb ich meine klammen Hände über den schimmernden Stoff meines Kleides. »Ich wollte, dass du ihn erst mal ganz unvoreingenommen kennenlernst und dir keine Sorgen darum machst, ob er dich mag.«

»Das hätte ich schon nicht«, fauchte sie.

Mit einem zärtlichen Lächeln betrachtete ich Mailas Gesicht. Sie konnte sich vor anderen noch so selbstbewusst geben, tief in ihrem Inneren war sie genauso unsicher wie die meisten Kids in ihrem Alter. Ich hatte ihr den Kennenlerndruck wirklich ersparen wollen. Ganz unabhängig von meiner Angst, dass Neo sie ebenfalls verletzte. »Dann hättest du also überhaupt keine Angst gehabt, dass er dich vielleicht doof finden könnte?«

Sie wurde rot. »Jedenfalls nicht die ganze Zeit.«

Ich schmunzelte. »Und du hättest vorher auch nicht dreimal überlegt, was du zu ihm sagst, damit er dich nur von deiner coolsten, witzigsten und cleversten Seite kennenlernt?«

Gequält stöhnte sie auf. »Ich habe ihm von *Findet Nemo* erzählt, Mom. Weißt du, wie peinlich mir das jetzt ist?«

Obwohl ich ihre Verlegenheit unfassbar süß fand, verzog ich keine Miene, weil sie mir das sicher übel genommen hätte. »Aber, Schatz, das bist *du*. Du liebst diesen Film, seit du ihn zum ersten Mal gesehen hast. Du hast sogar deine Kaninchen nach den Fischen benannt. Denkst du nicht, dein Vater wäre auch von selbst draufgekommen?«

»Vielleicht«, murrte sie. »Trotzdem komme ich mir jetzt blöd vor.«

Natürlich verstand ich ihre Unsicherheit, aber sie hatte nun wirklich überhaupt keinen Grund dazu. »An seinem ersten Tag hier im Camp hat Neo dir vom Ufer aus zugesehen, als du deinen Rekord aufgestellt hast. Du bist ihm damals schon aufgefallen, und er war von Anfang an vollkommen fasziniert von dir. Glaub mir, Schatz, jeder Moment, den ihr danach zusammen geteilt habt, hat seine Zuneigung nur noch verstärkt. Er findet dich großartig.«

Mailas Wangen verdunkelten sich erneut. »Ich mag ihn auch gern.«

»Das freut mich sehr.« Ich sehnte mich danach, sie in meine Arme zu ziehen. Aber ich spürte, dass sich ihr Unmut noch nicht ganz gelegt hatte. Ich holte tief Luft. »Es tut mir leid, dass ich dir nicht gleich die Wahrheit gesagt habe.«

Sie stützte das Kinn auf ihren Knien ab. »Schwindeln ist nicht okay.«

»Ich weiß«, erwiderte ich zerknirscht. »Ich war überzeugt, es wäre einfacher so für dich.«

Darüber dachte sie einen Moment lang nach. Dann stieß sie einen leidgeprüften Seufzer aus. Als sie den Kopf zu mir drehte, lag in ihrem Blick eine unverkennbare Warnung. »Mach das nicht noch mal.«

Eigentlich wollte ich keine Versprechen geben, die ich womöglich nicht halten konnte. Schließlich wusste ich nicht, was die Zukunft bringen würde. Aber da Maila in diesem Punkt nicht nachgeben würde, nickte ich trotzdem. »Ich versuche es.«

Maila gab sich zum Glück zufrieden, und ihre abwehrende Haltung bröckelte. Sie musterte mich mit schief gelegtem Kopf. »Wird Dad jetzt bei uns wohnen?«

Ich zuckte zusammen. »Nein.«

»Wieso nicht?«, hakte sie nach. »Ich weiß, dass ihr euch wieder küsst.«

Ungläubig sah ich sie an. Neo und ich waren äußerst diskret gewesen, was den Austausch von Zärtlichkeiten in der Öffentlichkeit betraf. Das war so ziemlich die einzige Regel, die ich *nicht* gebrochen hatte. »Hat er dir das erzählt?«

Sie schüttelte den Kopf. »Nee.«

Im Geiste ratterte ich eine Liste mit möglichen Leuten durch, aber mir fiel niemand ein, der uns verraten würde. Es sei denn natürlich, ein paar Kids hatten uns irgendwo erwischt und den Camptratsch angeheizt. »Wer dann?«

»Du.« Mailas Mundwinkel zuckten. »Du guckst genau wie damals, als du meine Cookie Dough Bites aufgefuttert hast.«

O Mann! An dieses Drama dachte ich echt nicht gern zurück. Ich hatte einfach einen Jieper auf Süßes gehabt und mich an Mailas Schatzkiste bedient. Leider waren die Dinger ein Abschiedsgeschenk meiner Eltern vor ihrer Reise nach Europa gewesen. Maila war ausgeflippt. Ich wusste nicht, ob ich lachen oder heulen sollte, weil mir nun ausgerechnet diese Story auf die Füße fiel.

Sie kicherte jedenfalls. »Also stimmt es.«

Da es sowieso keinen Zweck hatte, es zu leugnen, und Maila mir gerade erst vergeben hatte, blieb ich bei der Wahrheit. »Ja, wir haben uns geküsst. Das heißt allerdings nicht, dass er gleich bei uns einziehen darf.«

Ihre Miene verfinsterte sich wieder. »Aber wir könnten endlich eine Familie sein.«

Abermals zuckte ich zusammen, denn bis zu dieser Sekunde war mir nicht klar gewesen, dass Maila das überhaupt in Betracht ziehen könnte. Dass sie Neo mochte und erstaunlich schnell als ihren Vater anerkannte, war schließlich eine Sache – sofort das komplette Familienpaket zu wollen, eine ganz andere.

Meine Finger krallten sich in den Stoff meines Kleides. »So etwas braucht Zeit, Flipper.«

»Ich will aber nicht länger warten«, erwiderte sie, und in ihrer Stimme schwang so viel Sehnsucht mit, dass es mir schier das Herz zerriss.

»Das verstehe ich. Aber wir können trotzdem viel Zeit zusammen verbringen. Auf ein paar Tage mehr oder weniger kommt es doch nicht an.«

Furcht glomm in Mailas Augen auf. »Glaubst du, Neo will das gar nicht?«

Jedenfalls nicht auf Dauer.

Ich zwang mir ein Lächeln ins Gesicht. »Wie wäre es, wenn wir erst mal den Rest des Sommercamps genießen und schauen, wie sich alles entwickelt? Danach können wir gemeinsam entscheiden, wie es weitergeht.«

Mein Vorschlag schien ihr nicht wirklich zu behagen. Sie rutschte unruhig auf ihrem Platz herum. »Können wir morgen einen Ausflug machen? Nur wir drei?«

Vielleicht war das gar keine schlechte Idee. Es würde sie aufmuntern, und Neo hätte bestimmt auch nichts dagegen. »Einverstanden.«

»Okay.« Wie erhofft verschwanden die Schatten aus Mailas Augen. Sie rutschte vom Baumstamm und streckte mir die Hände entgegen. »Fragen wir ihn.«

Erleichtert ließ ich mich von ihr hochziehen. Aber bevor sie mir gleich wieder entwischte, legte ich meine Arme um sie und drückte sie an mich. »Alles wieder gut zwischen uns?«

»Jaha«, lautete die ungeduldige Antwort meiner Tochter.

Belustigt verdrehte ich die Augen. »Gut. Dann lass uns Neo suchen.«

Anstatt gleich loszulaufen, wie ich es erwartet hatte, legte Maila den Kopf in den Nacken und schaute zu mir hoch. »Mommy?«

»Ja?«

Ihre Mundwinkel zogen sich in die Breite. »Du hast wunderschön getanzt.«

Lächelnd beugte ich mich hinab und küsste sie auf die Stirn. »Danke, Schatz.«

Sie ergriff meine Hand und zog mich zurück zur Uferwiese. *Grease* flimmerte bereits über die Leinwand. Etliche Kids lümmelten auf den auf der Wiese verteilten Kissen, mampften Popcorn und schauten den Film. Ein paar wenige, die kein Interesse an John Travoltas Hüftschwung hatten, saßen abseits in einer Gruppe und unterhielten sich leise.

Dahinter wachten die Betreuer über unsere Schützlinge. Neo saß etwas abseits im Gras – weit weg von meinem schmollenden Bruder und Estelle. Er redete leise mit Quill. Doch sein Blick ruhte auf uns, sobald wir uns näherten.

Als er unsere verschränkten Hände bemerkte, lächelte er sanft.

Maila ließ meine Hand los und lief zu den beiden Männern hinüber. Sie kniete sich neben Neo auf den Boden und flüsterte ihm etwas ins Ohr. Seine Augen weiteten sich, dann strahlte er über das ganze Gesicht. Natürlich war er einverstanden mit einem Ausflug. Das hatte ich auch nicht anders erwartet.

Was mich dagegen durchaus überraschte, war Glens Verhalten. Er saß mit versteinerter Miene neben meinem Bruder und starrte auf die Leinwand, als könnte er mich nicht mal mehr ansehen.

Ich fühlte mich schlecht, weil ich ihn enttäuscht hatte. Zumal ich überzeugt davon gewesen war, alles wäre gut zwischen uns, nachdem wir unsere Affäre freundschaftlich beendet hatten. Aber seit Glen von dem Date mit Neo erfahren hatte, war er wie ausgewechselt. Ich wusste nicht, was ich davon halten sollte.

Andererseits spielte es vermutlich ohnehin keine Rolle

mehr. Das Sommercamp dauerte noch zwei Wochen. Danach würde er nach Kanada reisen, und wir sahen uns nie wieder.

Maila kam angehüpft. »Dad ist einverstanden. Er freut sich.«

»Prima«, antwortete ich, obwohl mich die Vorstellung plötzlich ganz nervös machte, dass wir morgen allein auf Tour gehen würden. »Habt ihr euch schon überlegt, wohin es gehen soll?«

Sie strahlte mich an. »Wir dachten an den Climb Space.«

Oh, bitte nicht!

Es kostete mich einiges an Willenskraft, nicht das Gesicht zu verziehen. Der Climb Space war etwa eine halbe Stunde Fahrtzeit von Silver Springs entfernt und bestand im Wesentlichen aus einem Hochseilgarten, bei dem man in gut zehn Metern Höhe von Baum zu Baum kletterte. Maila liebte es dort, ich dagegen war leider nicht ganz schwindelfrei. »Eigentlich dachte ich eher an etwas Entspannteres. Ein Picknick in den Bergen oder so.«

Maila rümpfte die Nase. »Das ist doch langweilig.«

Mir brach der Schweiß aus. Dieser Kletterpark war wirklich verdammt hoch. »Na ja, immerhin hat Neo ein verletztes Knie.«

»Er meinte, das geht in Ordnung für ihn«, flötete unsere Tochter. »Bitte, bitte!«

Klasse. Aus dieser Nummer kam ich wohl nicht mehr raus. »Na gut, dann gehen wir eben klettern.«

»Cool.« Aufgeregt flog sie in meine Arme. »Du wirst sehen, das ist total toll.«

»Ich kann es kaum erwarten«, murmelte ich. Aber Maila bemerkte meinen Sarkasmus nicht. Sie reckte den Kopf, um nach ihren Freunden Ausschau zu halten. Als sie Bowie, Willow und die anderen entdeckte, löste sie sich mit einer schnellen Umarmung von mir und flitzte davon.

Ich schaute ihr mit gemischten Gefühlen hinterher. Dieser Ausflug würde mich nicht nur vor eine Herausforderung stellen. Aber nun war es zu spät, um mich herauszureden – und irgendwie wollte ich das auch gar nicht.

Da fing mein Nacken an zu prickeln, und eine unsägliche Hitze breitete sich in meinem Rücken aus. Ich wusste, dass Neo hinter mich getreten war, noch bevor ich mich zu ihm umdrehte.

Ironischerweise begann Olivia Newton John genau in diesem Moment, ihre herzzerreißende Ballade *Hopelessly devoted to you* zu singen, und ich seufzte leise auf, weil dieser Song einfach so perfekt auf mich passte.

»Früher warst du kein Fan von Höhen«, sagte Neo und lenkte meine Aufmerksamkeit zurück auf sich.

Meine Lider wurden schmal. »Das weißt du noch und hast trotzdem zugestimmt?«

Seine Grübchen bohrten sich tief in seine Wangen. »Ich war neugierig, ob du dich auf diesen gefährlichen Pfad mit mir begeben würdest.«

Dieser elende Verräter! »Tja, ich bin wohl lebensmüde.«

Seine Hände zuckten vor, als wollte er nach mir greifen. Doch in Gegenwart der neugierigen Campgemeinschaft bremste er sich. Stattdessen bedachte er mich lediglich mit einem begehrlichen Blick. »Gib es zu. Du stehst auf ein bisschen Risiko.«

»Offensichtlich«, erwiderte ich trocken. Sonst hätte ich mich wohl kaum noch einmal auf ihn eingelassen. Wobei ich zugeben musste, dass ich diese Entscheidung bisher nicht bereut hatte. Immerhin war der Sex mit ihm der Wahnsinn.

Ich dachte an unseren letzten intimen Moment im Hauswirtschaftsraum. Hätte Gina uns nicht versehentlich unterbrochen, wären wir wohl noch an Ort und Stelle übereinander hergefallen. Die Leidenschaft zwischen uns schien einfach jede Vernunft auszuhebeln, und auch jetzt zog sich inmitten all dieser Leute alles in mir vor Verlangen zusammen. Ich wollte ihn spüren. Jetzt!

»Wo wir gerade davon sprechen …«, murmelte ich, während ich seinen Mund fixierte.

Prompt teilten sich seine Lippen, und seine Atmung ging ein bisschen schwerer. Er schien genau zu wissen, wohin meine Gedanken gerade abdrifteten.

Ich sah ihm wieder in die sturmgrauen Augen. »Gibt es da nicht noch eine Lektion, die du mir unbedingt erteilen wolltest?«

KAPITEL 28

Neo

»Guck einfach nicht nach unten, Mom!«, rief Maila, während Hazel sich in zehn Metern Höhe an einen Baumstamm klammerte und die Augen fest zusammenkniff. Der Schweiß rann ihr in Strömen über den Körper, durchnässte ihr Tanktop und ihre angeschnittenen Jeans. Auch auf ihrer Stirn klebten feuchte Strähnen, die unter ihrem Schutzhelm hervorlugten. Eigentlich hätte sie derart verängstigt, verschwitzt und mit dem ganzen Sicherheitsgeschirr am Körper nicht derart sexy sein sollen. Aber sie war es. Nur leider war ihr deutlich anzumerken, wie sehr sie diesen Ausflug verabscheute.

Während ich mich über die Leiter zu ihr hocharbeitete, regte sich das schlechte Gewissen in mir, weil ich der Versuchung einfach nicht hatte widerstehen können, sie aus ihrer Komfortzone zu locken. Vielleicht hätte ich doch ein alternatives Ausflugsziel vorschlagen sollen. Zumal mein Knie jetzt schon protestierte. Allerdings war die Stimmung auf der Fahrt hierher so gelöst zwischen uns gewesen, dass ich gar nicht weiter darüber nachgedacht hatte.

Maila hatte auf ihrem Rücksitz ohne Unterlass gequasselt, während ich den Wagen steuerte und Hazel uns vom Beifahrersitz aus mit Gummidrops fütterte. Wir hatten unheimlich viel zusammen gelacht, obwohl – oder gerade weil – nun alle Karten auf dem Tisch lagen. Davon hätte ich vor drei Tagen noch nicht mal zu träumen gewagt.

Endlich erreichte ich Hazel, die nach wie vor stocksteif an dem Baumstamm klebte. Sie war kreidebleich und wagte es immer noch nicht, die Augen zu öffnen. Trotzdem schien sie meine Nähe irgendwie zu spüren, denn das Erste, was sie sagte, war: »Unsere Tochter hasst mich.«

Meine Mundwinkel zuckten, aber ich verbot es mir, das Lachen zuzulassen, das in meiner Kehle kitzelte. Immerhin stand Hazel gerade Todesängste aus. »Tut sie nicht.«

»Doch, ich bin ganz sicher.«

Vorsichtig legte ich ihr die Hand auf den Rücken und schob mich näher an sie heran. Die Plattform, auf der wir standen, bot nicht sonderlich viel Platz, und die Sicherheitsseile waren ziemlich hinderlich. Aber irgendwie schaffte ich es, mich so hinzustellen, dass mein Gesicht nah vor ihrem war. Ich stupste mit meiner Nasenspitze gegen ihre, woraufhin unsere Helmkanten aneinanderstießen und Hazel zusammenzuckte. »Mach die Augen auf, Baby.«

Sie ächzte. »Keine Chance.«

Ich war froh, dass sich an diesem Sonntagmorgen nicht viele Touristen in den Climb Space verirrt hatten, denn so hielten wir niemanden auf, und ich musste sie nicht drängen. Trotzdem konnten wir nicht ewig hier oben bleiben.

Ich warf einen Blick über die Schulter, um nach Maila zu sehen. Unser kleiner Adrenalinjunkie hatte sich bereits über eine Hängebrücke zur nächsten Plattform vorgearbeitet und unterhielt sich mit einem älteren Jungen, der den Parcours allein absolvierte. Da sie offensichtlich auch ohne uns bestens klarkam, wandte ich mich wieder ihrer Mutter zu.

»Wenn ich gewusst hätte, wie scharf du in Seilen aussiehst, hätte ich dich längst ans Bett gefesselt«, raunte ich ihr leise zu.

Wie erhofft brachten meine Worte sie aus dem Konzept und lenkten sie zumindest so weit von ihrer Angst ab, dass sie blinzelnd die Augen öffnete. »Darüber macht man keine Witze.«

Ich zog eine Braue hoch. »Und trotzdem sehe ich da einen Funken Interesse in deinem hübschen Gesicht. Gibt es da etwas, das du mir vielleicht sagen möchtest?«

Ihre Wangen erblühten in einem dunklen Rosa. »Findest du wirklich, dass das gerade ein günstiger Zeitpunkt ist, um über unsere intimsten Sehnsüchte zu sprechen?«

Diesmal hielt ich mein Grinsen nicht zurück, gleichzeitig wurde mir jedoch schlagartig noch heißer. »So wie ich das sehe, werden wir wohl noch ein Weilchen hierbleiben, und ich könnte mir nichts Spannenderes vorstellen, als mit dir zu diskutieren, was ich alles mit dir machen werde, sobald wir wieder allein sind.«

Trotzig reckte sie ihr Kinn vor. »Vielleicht fessle ich ja *dich*.«

»Auch eine interessante Vorstellung«, murmelte ich und ließ meine Lippen federleicht über ihre wandern. »Und was wirst du mit mir anstellen, wenn ich wehrlos in deinem Bett liege?«

Verlangen blitzte in ihren Augen auf. Was immer sie sich gerade ausmalte, es machte sie an. Sie gab ihre verkrampfte Körperhaltung auf, reckte sich auf die Zehenspitzen und brachte ihre Lippen nah an mein Ohr. »Ich werde jeden Zentimeter deines Körpers ablecken. Wieder und wieder, bis du vollkommen außer dir bist. Du wirst an deinen Fesseln zerren und dich aufbäumen, weil du die Kontrolle zurückwillst. Aber das werde ich nicht zulassen. Stattdessen werde ich mich auf dich setzen und ...«

»Hey!« Mailas Stimme drang nur verzögert zu mir durch. »Wo bleibt ihr denn so lange?«

Ich stieß ein tiefes Stöhnen aus. Ich war steinhart, was auch Hazel nicht entging.

Kichernd lehnte sie sich wieder zurück. »Wir kommen gleich, Schatz.«

Ungelenk verlagerte ich das Gewicht. Das Sicherungsgeschirr drückte in meinem Schritt, in dem nun deutlich weniger Platz war. Gleichzeitig warf ich Hazel ein dunkles Lächeln zu. »Meine Rache wird gnadenlos sein.«

»Das hoffe ich doch«, zwitscherte sie, bevor sie den Kopf drehte.

Ihre Augen weiteten sich, als sie ihre Umgebung zum ersten Mal frei von Angst wahrnahm. Wir befanden uns inmitten sattgrüner Baumkronen, durch die vereinzelt Sonnenstrahlen brachen. Vögel zwitscherten über uns oder flatterten unmittelbar an uns vorbei. Es war ein unglaublicher Anblick, der Hazel so sehr faszinierte, dass sie tatsächlich kurz darauf den Baumstamm losließ.

Ohne mich anzusehen, ergriff sie meine Hand und wagte den ersten Schritt.

Ich war so stolz auf sie, dass ich sie am liebsten in meine Arme gezogen hätte. Aber ich wollte, dass sie sich überwand weiterzugehen.

»Es geht um Balance und Körperspannung«, sagte ich. »Alles Dinge, mit denen du bestens vertraut bist. Stell dir einfach vor, du folgst einer Choreografie. Du kriegst das hin.«

Meine Erklärung schien Hazel zu ermutigen. Sie atmete tief durch und machte noch einen Schritt auf die Hängebrücke zu, die uns zu Maila führte. Als sie bemerkte, wie wacklig die Angelegenheit war, versteifte sie sich wieder.

Sofort trat ich an sie heran. »Ich bin da.«

»Versprochen?«, krächzte sie.

Ich verstärkte meinen Griff, damit sie spürte, dass ich sie sicher hielt. »Ich lasse dich nicht los.«

Nicht noch einmal.

Sie nickte abgelenkt, ehe sie sich weiter vorwagte.

»Du schaffst es, Mom«, rief Maila vom anderen Ende der Brücke aus und winkte. »Komm her zu mir!«

Diesmal gab es kein Zögern, als Hazel vorsichtig einen Fuß vor den anderen setzte. Ich nahm an, dass sie unsere Tochter während des gesamten Weges fest im Blick behielt, und irgendwie berührte mich dieser Moment.

Genauso machtvoll stellte ich mir echte Mutterliebe vor.

Maila begann aufgeregt auf der Stelle zu hüpfen, als wir die Hälfte der Brücke hinter uns gelassen hatten, und hörte nicht damit auf, bis wir ebenfalls das Plateau erreichten und Hazel sie erleichtert umarmte.

»Super, Mom«, lobte Maila anerkennend, bevor sie auf einen Parcours aus herabhängenden Sprossen deutete. »Jetzt da lang.«

Hazel wurde erneut vollkommen starr. »Das ist nicht euer Ernst!«

Es ärgerte mich ein bisschen, dass es keinen anderen Weg gab, denn es war ausgeschlossen, dass ich sie weiterhin festhalten konnte, während sie sich Sprosse für Sprosse vorarbeitete. Ich packte ihr Sicherungsgeschirr an der Hüfte und zog sie mit einem Ruck zu mir heran. Sie landete mit dem Rücken an meiner Brust. »Spürst du das? Diese Seile sind absolut sicher. Dir passiert nichts.«

»Es ist wirklich überhaupt nicht gefährlich, Mom«, pflichtete Maila mir bei. »Wenn du eine Sprosse nach der anderen nimmst, fällst du auch nicht runter.«

Hazel stöhnte. »Das ist nicht sehr ermutigend.«

»Guck einfach, wie ich es mache«, erwiderte Maila unbekümmert, drehte sich um und erklärte ihrer Mutter detailliert, was sie zu tun hatte. »Du greifst erst nach den Seilen, und wenn du sie richtig gut in der Hand hast, machst du einen Schritt und stehst schon drauf.«

»Das sieht ja tatsächlich spielend leicht bei dir aus«, stellte ich erstaunt fest.

Sie grinste mich über die Schulter hinweg an und zeigte ihre Grübchen. »Onkel Reed und ich kommen öfter hierher. Er hat mir gezeigt, wie es geht.«

Und erneut stürzte ich in diesen seltsamen Zwiespalt. Reed war für Maila eine Vaterfigur gewesen, als ich nicht da gewesen war. Ich war ehrlich dankbar dafür, aber ich konnte diesen Anflug von Neid auch nicht abstellen. Trotzdem nickte ich anerkennend. »Du machst das jedenfalls echt toll.«

Mein Lob schien sie zu freuen, denn sie strahlte mich an, bevor sie die nächste Sprosse in Angriff nahm.

Derweil konzentrierte ich mich wieder auf Hazel. »Willst du es versuchen?«

Sie schien unentschlossen.

»Es ist nur eine neue Choreografie«, erinnerte ich sie. »Und die Sprossen geben dir die Schritte vor. Du kannst das. Ich bin direkt hinter dir.«

Sie atmete abermals tief durch, ehe sie mich losließ und die Hand nach dem ersten Seil ausstreckte. Sobald sie auf der ersten Sprosse stand und hin und herschaukelte, stieß sie ein klägliches Wimmern aus. Doch dann straffte sie die Schultern und ging weiter.

»Genau so, Baby«, murmelte ich und folgte ihr, bis wir schließlich auf der nächsten Plattform ankamen.

»War doch gar nicht so schlimm, oder?«, fragte Maila fröhlich.

Tatsächlich war Hazel mit jedem Schritt sicherer geworden. Ich war mindestens genauso stolz auf sie wie unsere Tochter.

»Wollen wir weiter?«, drängelte Maila.

Hazel nickte, und wir nahmen uns den nächsten Parcoursabschnitt vor, bei dem man über ein Seil balancieren musste. Je weiter wir kamen, umso mehr vergaß sie ihre Angst, und irgendwann schien sie sich von der Furcht einflößenden Tiefe, die sich unter uns auftat, überhaupt nicht mehr beirren zu lassen.

Als wir schließlich wieder auf der Erde standen, waren wir alle drei verschwitzt, und mein Knie stach wie die Hölle von der ungewohnten Anstrengung. Aber Hazels Strahlen und die leuchtenden Augen unserer Tochter waren das allemal wert.

»Ich hab Hunger«, verkündete Maila, nachdem sie einen Schluck Wasser getrunken hatte.

»Dann lasst uns etwas essen gehen«, schlug ich vor, weil ich noch nicht ins Camp zurückkehren wollte. Stattdessen wollte ich meine Mädchen lieber noch etwas für mich behalten. »Gibt es hier irgendein Restaurant in der Nähe?«

Maila klatschte in die Hände. »Können wir zu Carly's fahren?«

»Klar«, erwiderte Hazel, der es zum Glück ähnlich zu gehen schien wie mir.

Als wir Carly's erreichten, war bereits früher Nachmittag. Wir bestellten Cheeseburger und schlugen uns kurz darauf gut gelaunt die hungrigen Bäuche voll.

Es war das erste Mal, dass ich mit den beiden allein an einem Tisch saß. Trotzdem war es kein bisschen seltsam, sondern fühlte sich ganz natürlich an. Maila erzählte von ihrer besten Freundin Jessy, die den Sommer mit ihren Eltern in Florida verbrachte, die sie schrecklich vermisste und am letzten Ferienwochenende endlich wiedersehen würde, von ihren Großeltern, die gerade in Europa waren, von Reed und all den anderen Menschen, die ihr viel bedeuteten. Wir sprachen über die Reisen, die ich in all den Jahren unternommen hatte, von den Ländern, die ich besucht hatte. Aber da schwebte kein Schmerz mehr in Hazels Augen, sondern nur noch ein Hauch Bedauern gepaart mit Neugier.

Ich erzählte den beiden, dass ich leider nie viel Zeit für Sightseeing gehabt hatte, aber welche Orte mir dennoch im Gedächtnis geblieben waren.

Schon seltsam, in all den vergangenen Jahren war ich ständig umringt gewesen von meinem Team, dem Trainerstab und Therapeuten. Und dennoch hatte ich mich stets einsam gefühlt. Ich hatte die nervöse Energie und diese brennende Sehnsucht für Aufregung vor dem Wettkampf gehalten. Nun aber stellte ich fest, dass ich mich nicht nach Anerkennung und Medaillen gesehnt hatte, sondern nach Momenten wie diesen.

Es lag etwas Bedeutsames in der Schlichtheit dieses Augenblicks.

Ich spürte es – und Hazel wahrscheinlich auch.

Als wir nach dem Essen beschlossen, noch eine Runde spazieren zu gehen, war sie schweigsamer als zuvor, auch wenn sie sich gedanklich nicht komplett ausklinkte. Stattdessen hörte sie schmunzelnd zu, wie Maila und ich WOP spielten.

Während wir über eine herrliche Blumenwiese schlenderten, hinter der sich am Horizont malerisch die Rocky Mountains erhoben, bombardierten wir uns gegenseitig mit Fragen, durch die ich noch allerhand Neues über unser Kind erfuhr, wie zum Beispiel, dass sie Spinatlasagne liebte, nicht sonderlich gern malte, weil sie zu ungeduldig dafür war, und dass sie unbedingt mal Rollerbladen ausprobieren wollte, obwohl ihr die Vorstellung, sich auf winzigen Rädern fortzubewegen, ziemlich suspekt war. Außerdem schien sie einen unerschöpflichen Vorrat an Energie zu haben, denn sobald wir nach dem ausgedehnten Spaziergang nach Silver Springs zurückkehrten, schlug sie vor, gleich noch eine Runde im See zu schwimmen.

Obwohl ich fix und fertig war, wollte ich zustimmen, um Maila nicht zu enttäuschen. Doch Hazel mischte sich ein, indem sie müde abwinkte.

»Gönn uns eine Pause, Schatz«, bat sie, während wir den Versammlungsplatz hinter dem Verwaltungsgebäude überquerten. »Ich brauche erst mal einen Kaffee und eine heiße Dusche.«

Sofort wurde ich wieder munterer, wohingegen Maila eine Schnute zog.

»Na gut! Dann zieh ich mich kurz um und gehe zu den anderen ans Ufer.«

Hazel schürzte die Lippen. »Und die Fische?«

»Um die kümmere ich mich später mit Bowie«, versprach sie und flitzte davon, noch bevor ihre Mutter etwas dagegen einwenden konnte.

»Kommst du mit zu mir?«, fragte ich und strich ihr federleicht über den nackten Arm. Sofort bekam sie eine Gänsehaut. »Wir können auch zusammen duschen, und ich glaube, ich habe irgendwo ein paar Seile im Küchenschrank gesehen.«

Sie lachte leise. »Ich hätte auch gern ein paar saubere Klamotten.«

»Du wirst sie eh nicht lange anbehalten«, hielt ich dagegen und zog sie an mich.

Sie wehrte sich nicht. Stattdessen überraschte sie mich, indem sie mich sanft küsste. »Gib mir eine halbe Stunde, okay?«

Ich senkte den Kopf und leckte über ihren Hals. Ihre Haut schmeckte salzig und süß zugleich. »Lass mich nicht zu lange warten.«

»Werde ich nicht«, erwiderte sie und klang zu meiner Freude ein wenig atemlos. Als sie sich von mir löste, waren ihre Wangen dunkler als zuvor. »Bis gleich.«

Sie ging davon, während ich den Weg zu meiner Hütte einschlug. Dort angekommen sprang ich kurz unter die Dusche, ehe ich mich lediglich in Sportshorts an den Küchentresen setzte und meinen Laptop aufklappte. Anschließend suchte ich für Maila ein Paar orangefarbene Rollerblades in einem Sportshop und noch ein paar andere Sachen heraus und kaufte alles.

Ich grinste wie ein Idiot, als die Bestellbestätigung in meinem Posteingang eintrudelte. Ich freute mich jetzt schon darauf, sie dabei zu beobachten, wie sie das Fahren lernte. Wenigstens etwas, das ich noch nicht verpasst hatte ...

Mein Blick fiel auf eine Mail, die Coach Collins mir schon vor drei Tagen geschrieben hatte. Eigentlich wollte ich sie gar nicht lesen. Trotzdem entwickelte meine Hand ein Eigenleben und öffnete die Nachricht.

Hallo Neo,

ich versuche schon seit Tagen, dich telefonisch zu erreichen. Leider hatte ich bisher kein Glück. Nach unserem letzten Gespräch habe ich mir ein wenig Sorgen um dich gemacht. Aber dann habe ich diese Anzeige auf deinem Social-Media-Profil gesehen. Ich wusste gar nicht, dass du auch für Coachings offen bist. Hätte ich das geahnt, hätte ich dies schon viel eher als

Alternative für dich in Betracht gezogen. Ein Mann mit deinem Know-how und deiner Wettkampferfahrung ist eine Bereicherung für unseren Nationalkader. Ich habe bereits mit den Kollegen im Trainerstab gesprochen, und alle sind absolut begeistert von der Idee. Daher möchte ich dir gern einen Posten als District-Coach anbieten.

Ich weiß, dass du dir eine andere Rolle im Kader gewünscht hast – aber gemeinsam könnten wir es schaffen, die nächste Generation fit für Olympia und den Podest zu machen. Die Jungs haben immer zu dir aufgesehen und werden dir folgen. Insofern wäre es auch dein Sieg, wenn sie es aufs Treppchen schaffen.

Im Anhang findest du einen vorbereiteten Vertrag und die nötigen Lizenzanträge, um dich zu akkreditieren. Es wird einen Kick-off zum Saisonstart in zwei Wochen in Indianapolis geben, bei dem du alle Teammitglieder kennenlernst. Du kannst frei entscheiden, welchem District du beitrittst. Wir haben ein paar sehr gute Jungs in Atlanta, und auch in Cincinnati sehe ich großes Potenzial.

Ich glaube, wir können Großes erreichen, und hoffe sehr, dass du mit an Bord kommst.

Mit den besten Grüßen

Headcoach Ruben Collins

Mit einer Mischung aus Schock und Unglauben lehnte ich mich zurück. Ausgerechnet ich ein Trainer im Nationalkader? Collins musste vollkommen verrückt sein – oder verzweifelt. Andererseits bestand sein Trainerstab aus verdammt guten Leuten.

Es war nicht untertrieben zu behaupten, ich hätte von den Besten gelernt.

Und jetzt sollte ich dazugehören? Jemand, der den Nachwuchs formte und neue Rekorde aus ihnen herauskitzelte?

Meine Lippen hoben sich zu einem Lächeln. Ich konnte nicht leugnen, dass mir die Vorstellung gefiel, zumal ich mir nicht länger den Stress geben müsste, wieder meine alten Bestzeiten zu erreichen. Ich müsste mich nicht länger abrackern und mich mit Knieschmerzen herumplagen. Außerdem hatte es mir immer Spaß gemacht, auch anderen etwas beizubringen. Mehr noch. Es erfüllte mich sogar. Insofern könnte ich mir durchaus vorstellen, diesen Weg einzuschlagen.

Es gab nur ein Problem: Silver Springs lag am Arsch der Welt, im Norden Montanas, und wenn ich das richtig im Kopf hatte, gab es im Umkreis von eintausend Meilen nur zwei Athleten, die zum Nationalkader gehörten. Sie schwammen für einen Verein im Süden Idahos, was immer noch mehr als achthundert Meilen entfernt war. Ich würde Silver Springs verlassen müssen, wenn ich mir eine Karriere im Trainerstab aufbauen wollte.

Mein Magen zog sich schmerzhaft zusammen, als ich an Hazel und Maila dachte. Ich war glücklich hier, hatte eine Familie gefunden, und auch wenn Hazel es nicht explizit gesagt hatte, lag eine Zukunft vor uns. Ich sah sie deutlich vor mir: Wir drei, wie wir gemeinsam ein einfaches, unkompliziertes Leben führten. Nach dem Sommer würde Hazel sich in die Vorbereitung neuer Projekte stürzen, Maila würde wieder zur Schule gehen und ich … Ich würde …

Fuck!

Ich hatte keine Ahnung, was ich nach dem Sommer tun würde. Bisher hatte ich mich hauptsächlich darauf konzentriert, Hazels Vergebung zu erlangen und Mailas Zuneigung zu gewinnen. Beides hatte ich erreicht.

Aber wie ging es weiter?

Niedergeschlagen schüttelte ich den Kopf, während meine Gefühle vollkommen in Widerstreit gerieten. Ich wollte die beiden auf keinen Fall verlassen, aber – verdammt! – die Vorstellung, als Trainer zum Nationalkader zurückzukehren und vielleicht doch noch olympisches Gold in den Händen zu halten, reizte mich so sehr, dass Silver Springs vor meinem inneren Auge plötzlich gehörig wankte.

KAPITEL 29

Hazel

Die Woche ging wie im Flug vorüber, und es stellte sich eine angenehme Routine zwischen uns ein. Tagsüber war ich vollauf mit der Organisation und Leitung des Campalltags beschäftigt, und Neo hatte alle Hände voll mit seinen neuen Jungs zu tun, dazu kümmerte er sich um die regulären Schwimmkurse. Manchmal machte er auch beides gleichzeitig.

Während die sicheren Schwimmer zum Aufwärmen bis zur Boje schwammen, instruierte er die weniger weiten Kids im flachen Gewässer und feilte an ihrer Technik. Waren die dann so weit, seine Tipps umzusetzen, nahm er sich die Profis vor und brachte ihnen neue Tricks bei.

Wenn er unterrichtete, saß ich öfter auf meiner Fensterbank und schaute ihm mit einem versonnenen Lächeln aus der Ferne zu. Er war ein wahnsinnig guter, talentierter Coach mit einem feinen Gespür für seine Schüler. Er schien instinktiv zu wissen, wo er bei ihnen ansetzen musste, um bestmögliche Resultate zu erzielen.

Er hatte sogar Bowie geholfen, seine Angst vor dem Wasser zu überwinden. Ich hatte keine Ahnung, wie er das angestellt hatte, aber inzwischen wagte sich Mailas schüchterner Freund nicht nur ins Wasser hinein, er schwamm und tauchte sogar. Letzteres allerdings nur, wenn Neo bei ihm war und ihm Mut zusprach. Nichtsdestotrotz war ich zuversichtlich, dass Bowie am Ende des Sommercamps sicher genug schwimmen konnte, damit sich so ein schrecklicher Unfall wie vor ein paar Wochen niemals wiederholte.

Jeden Nachmittag nahm Neo sich Zeit für Maila alleine. Die beiden hatten ihr Schwimmtraining am Montag wieder aufgenommen und genossen ihre gemeinsame Vater-Tochter-Zeit in vollen Zügen. Sie war völlig ausgeflippt, als Neo ihr gestern ein paar niedliche Rollerblades geschenkt hatte, und obwohl ihr die Räder nicht geheuer waren, hatte sie die Blades gleich ausprobiert.

Neo hatte eine Engelsgeduld an den Tag gelegt und sie so lange festgehalten, bis sie ein paar Meter allein fahren konnte. Hinterher hatten sie mich beide glücklich angestrahlt und mir ihre Grübchen gezeigt, was ein herrliches Flattern in meinem Bauch verursacht hatte.

Sobald sich die Campgemeinschaft am Lagerfeuer versammelte und Maila mit ihren Freunden loszog, gehörte Neo ganz mir. Meistens trafen wir uns in seiner Hütte, weil wir dort nicht Gefahr liefen, spontan von unserer Tochter überrascht zu werden. Das Bett war zwar wesentlich kleiner, aber wir beide waren sehr erfinderisch darin, es uns bequem zu machen.

Wenn die Kinder sich dann in ihre Gruppenhäuser zurück-zogen, holten wir Maila ab und nahmen uns noch ein wenig Zeit zu dritt, bis ich sie ins Bett brachte. Manchmal bestand sie auch darauf, dass Neo sie zudeckte. Dann saßen die beiden noch eine Weile zusammen und alberten herum, bevor er schließlich wieder zu mir ins Wohnzimmer kam.

Hin und wieder überlegte ich, ob ich ihn bitten sollte, zu bleiben. Ich wünschte es mir, Maila hatte kein Problem damit, und ich sah Neo an, dass es ihm schwerfiel, jeden Abend in seine Hütte zu gehen. Aber immer, wenn ich kurz davor war, die Worte auszusprechen, hielt mich doch etwas zurück, und ich gab ihm lediglich einen Gutenachtkuss, bevor ich mich allein in mein Bett verkroch.

Ich redete mir ein, dass wir Zeit hatten und nichts überstürzen sollten. Aber es war wie im Hochseilgarten: Nur weil ich meine Angst überwand, hieß das nicht, dass ich mir der Gefahr nicht bewusst war, in der ich schwebte. Schließlich glaubte ich nach wie vor nicht daran, dass Maila und ich genug waren, um Neo dauerhaft glücklich zu machen.

Ein- oder zweimal versuchte ich herauszufinden, wie es um seine beruflichen Pläne stand. Aber da winkte er bloß lächelnd ab und erklärte, er habe sich darüber noch keine Gedanken gemacht.

Ich hätte ihm geglaubt, hätte er mir dabei in die Augen gesehen. Aber er war meinem Blick ausgewichen, und das verriet mir alles, was ich wissen musste. Er war noch immer rastlos – und es machte ihn nervös, dass er nach dem Sommerjob als Schwimmcoach keine konkreten Ziele hatte.

Zum Teil verstand ich das sogar. Immerhin gab mir das Geld, das er mir gegeben hatte, die Möglichkeit, im großen Stil in Silver Springs zu investieren. Estelle und ich entwickelten permanent neue Strategien, und ich konnte es nicht erwarten, sie nach dem Sommer Stück für Stück umzusetzen.

Ich kannte meinen Weg.

Aber Neo steckte irgendwo zwischen zerplatzten Träumen und losen Ideen fest. Er musste erst noch herausfinden, was er wirklich wollte – und solange er sich nicht festlegte oder zumindest seine Optionen mit mir erörterte, konnte ich mich nicht überwinden, diese letzte Grenze zwischen uns einzureißen. Er war ohnehin schon viel zu weit in mein Herz vorgedrungen, von Mailas ganz zu schweigen.

Am darauffolgenden Wochenende schmollte mein Bruder immer noch und hatte maximal hingeknurrte Silben für Neo und mich übrig. Irgendwann wurde es mir zu bunt, und ich zitierte ihn in mein Büro. Er durfte mich eine geschlagene halbe Stunde lang anbrüllen, weil ich ihn belogen hatte. Dann brüllte ich eine Runde zurück, dass er sich endlich wieder einkriegen sollte.

»Ich habe ihm verziehen, Reed«, sagte ich, sobald wir unser dixonsches Temperament gezügelt hatten. »Also bitte lass es gut sein, okay?«

Mein Bruder kniff sich in die Nasenwurzel. »Na schön, ich werde ab sofort freundlicher sein. Aber ich schwöre bei Gott, Hazel. Wenn er dir und Maila noch mal so einen Scheiß antut, mache ich ihn fertig.«

Ich lächelte milde. »Du hast meinen Segen.«

»Ist mir scheißegal«, knurrte er, bevor er mich in eine Bärenumarmung zog. Anschließend betrachtete er mich forschend. »Wann hast du eigentlich vor, Mom und Dad zu beichten, dass du diesen dämlichen One-Night-Stand bloß erfunden hast und Mailas Vater zurück in deinem Leben ist?«

Verlegen trat ich von einem Fuß auf den anderen. »Ich rufe sie bald an, okay?«

»Wann?«, hakte Reed nach.

Ich verdrehte die Augen. »Rechtzeitig genug, damit Dad sich wieder beruhigen kann.«

Was wohl ein paar Tage dauern dürfte.

»Zögere es nicht zu lange hinaus«, sagte mein Bruder, bevor er mich teuflisch angrinste. »Dad wird vielleicht nicht so verständnisvoll sein wie ich. Er und Mom haben dir schließlich geglaubt.«

Ja, weil ich meine Eltern zuvor nie angelogen hatte. Nicht wenn es um etwas wirklich Wichtiges ging.

So gesehen war es vielleicht gar nicht schlecht, dass sie sich derzeit auf einem anderen Kontinent befanden.

Ich hatte noch keine richtige Idee, wie ich den beiden die Wahrheit beibringen sollte. Aber mir war klar, dass ich diesen Anruf nicht mehr lange würde aufschieben können.

Im Moment war Maila noch abgelenkt durch das Sommercamp. Aber spätestens wenn sich Silver Springs leerte, würde sie ihre Großeltern wieder stärker vermissen und darauf bestehen, sie zu kontaktieren. Da konnte ich ja schlecht von ihr verlangen, so eine wichtige Neuigkeit vor ihnen geheim zu halten.

Ich seufzte. »Ich rufe sie an und erzähle ihnen alles, sobald Neo und ich entschieden haben, wie es nach dem Sommer weitergeht.«

Tiefe Furchen erschienen auf Reeds Stirn. »Was gibt es da zu entscheiden? Er will doch bleiben, oder nicht?«

Ich senkte die Lider. »Zumindest hat er das gesagt.«

»Na, dann ist doch alles geklärt.«

Ich wünschte wirklich, ich könnte Reeds Zuversicht teilen. Doch das ungute Gefühl in mir blieb, und egal, wie schön die Momente waren, die Neo und ich teilten, ich konnte es einfach nicht abschütteln.

***

Die letzte Woche des Sommercamps brach so schnell an, dass ich kaum kapierte, wo die Zeit geblieben war.

»Okay, Leute«, sagte ich, sobald sich das Team am Montagmorgen im Besprechungsraum versammelt hatte. »Ich sag's nicht gern. Aber unser Sommer ist fast vorbei. Da am Samstag alle Kinder abreisen, werden wir am Freitag traditionsgemäß unser großes Abschiedsfest feiern. Ich möchte, dass alle Kurse mit einem Beitrag vertreten sind. Irgendwelche Wünsche oder Vorschläge?«

Bei den Kreativkursen ging es schnell. Quill und Brianna wollten eine Ausstellung mit Malereien und Skulpturen vorbereiten. Jade und Scott hatten bereits Ideen für kurze Tanz- und Theateracts. Die größere Herausforderung stellten dagegen die Sportkurse und Glens Survivaltraining dar.

»Wie wäre es mit einem Beachballturnier?«, schlug Selma vor.

»Prinzipiell keine schlechte Idee«, erwiderte Reed nachdenklich. »Allerdings dauert das ja eine Weile. Wir müssten schon am Nachmittag anfangen, wenn wir alles schaffen wollen. Sonst bleibt keine Zeit mehr für die eigentliche Party.«

Neo lehnte sich ein Stück vor. »Wir könnten einen Fun-Parcours aufbauen, mit verschiedenen Stationen, bei denen die Kids unterschiedliche Aufgaben erfüllen müssen. Eine bestimmte Strecke schwimmen, Survivalrätsel lösen und so weiter. Für jede bestandene Challenge kriegen sie eine Belohnung.«

»Oder einen Hinweis!«, rief Jade dazwischen und klatschte enthusiastisch in die Hände. »Wir könnten eine Art Activity-Schnitzeljagd draus machen, und am Ende gibt's natürlich einen fetten Schatz.«

Estelle nickte begeistert. »Ein großes Abschiedsgeschenk für alle Kinder.«

Aubrey schnaubte. »Wenn alle Kinder gewinnen, ist das wohl kaum eine Herausforderung.«

»Darum geht's auch nicht«, wandte Quill ein und zeigte auf Neo. »Wie er schon sagte: *Fun*-Parcours. Mit Betonung auf Spaß!«

Ein süffisantes Lächeln erschien auf Aubreys Lippen. »Nun ja, ich denke, ein bisschen Konkurrenzkampf schadet nicht, oder Neo?«

Zu meinem Unmut zögerte er. »Es kann schon ein größerer Ansporn sein.«

»Aber es wäre auch absolut kontraproduktiv«, wandte Glen überraschend ein, der sich in den letzten Tagen nur selten an Gruppendiskussionen beteiligt hatte. Er blieb momentan generell auf Abstand zu mir, was ich nach wie vor sehr bedauerte. Ich hatte wirklich gehofft, wir könnten Freunde bleiben, und außerdem hätte ich ihn gern im nächsten Jahr wieder im Team gehabt. Aber wie sich leider gezeigt hatte, war er doch nicht so gut darin, Sex und Gefühle zu trennen, wie er behauptet hatte. Selbst als er mich jetzt direkt anschaute, schimmerte Enttäuschung in seinen Augen. »Wenn nur ein Team gewinnt, wird es viel Frust geben.«

Aubrey winkte ab. »Dann verteilt eben noch ein paar Schokoriegel als Trostpreise.«

»Nein«, entschied ich, weil mich ihre herablassende Art nervte. Außerdem störte es mich, dass Neo ihr recht gegeben hatte. »Die Idee mit dem Fun-Parcours gefällt mir. Aber es wird für jedes Kind denselben Preis geben. Sie sollen alle als Gewinner nach Hause fahren.«

Ich bat jedes Teammitglied, sich bis zum nächsten Tag Gedanken über die konkreten Challenges zu machen. Danach diskutierten wir über die Preise.

»Bisher haben wir immer kleine Goodies zum Abschied verschenkt«, sagte Reed. »Anti-Stress-Bälle und so was.«

Estelle sah nur mäßig begeistert aus. »Ist das nicht ein bisschen unpersönlich?«

Plötzlich musste ich an das Abschiedsgeschenk denken, das mir einst so viel bedeutet hatte, dass ich es selbst in meiner dunkelsten Stunde einfach nicht hatte wegwerfen können.

Nachdenklich sah ich Estelle an. »Hast du zufällig ein paar stimmungsvolle Fotos von Silver Springs?«

Sie lächelte. »Sogar mehr als eins.«

»Super. Könntest du mir bitte eine Auswahl schicken? Ich schaue gleich mal nach, wo ich günstig ein paar schöne Bilderrahmen herbekomme. Und ich besorge auch noch ein paar Permanentmarker, falls die Kids sich gegenseitig was Nettes zur Erinnerung draufschreiben wollen.«

»Das klingt großartig«, erwiderte Estelle, und auch die anderen nickten zustimmend.

Da es schon reichlich spät war und die Kurse gleich begannen, beendete ich die Sitzung, stand auf und sammelte meine Unterlagen zusammen. Unterdessen wartete Neo wie in der Woche zuvor, bis alle den Raum verlassen hatten. Dann kam er zu mir, zog mich in seine Arme und küsste mich zärtlich.

»Guten Morgen«, murmelte er dicht vor meinen Lippen. »Gut geschlafen?«

Er fragte mich das jedes Mal, und jedes Mal log ich ihn an, denn ich nickte, anstatt ihm zu gestehen, dass ich mich die halbe Nacht im Bett herumgewälzt und nach ihm gesehnt hatte. »Und du?«

»Ich hab dich vermisst«, erklärte er unverblümt, was mich zum Lächeln brachte. Er knabberte sanft an meiner Unterlippe. »Du hast meine Idee geklaut.«

Neckend zeichnete ich den Saum seines T-Shirts mit den Fingerspitzen nach. »Sie war gut.«

Ein Funkeln trat in seine Augen. »Sehen wir uns heute Mittag? Ich habe Georgie diese Woche im Rettungsschwimmkurs eingeteilt, damit sie endlich Ruhe gibt und die Einzelstunden wegfallen. Also könnten wir uns eine faule Mittagspause gönnen.«

»Von wegen.« Belustigt zwickte ich ihn in den Hals, genau an der Stelle unter seinem Kiefer, wo er besonders empfindlich war. »Du willst doch nur vögeln.«

»Das natürlich auch«, räumte er gut gelaunt ein, woraufhin sich ein vorfreudiges Kribbeln in mir ausbreitete.

Lächelnd rieb ich meine Nasenspitze an seiner. »Ich komme zu dir, sobald ich kann.«

»Ich freu mich drauf.« Abermals zog er mich an sich, doch diesmal war sein Kuss tief und hungrig. Er hinterließ ein Prickeln auf meiner Haut und fachte mein Verlangen an. Ich brauchte bis in mein Büro, um mich einigermaßen zu beruhigen.

Dort angekommen warf ich meinen Computer an und recherchierte als Erstes, wo ich ein paar günstige Bilderrahmen auftreiben konnte oder ob es vielleicht noch eine andere Alternative gab. Acrylplatten waren auch schön, aber vergleichsweise teuer. Ich überlegte gerade, trotzdem bei ein paar Digitaldruckereien anzufragen, als mein Telefon klingelte.

»Camp Silver Springs, Hazel Dixon.«

Am anderen Ende der Leitung erklang ein tiefes Räuspern. »Ja, hallo. Mein Name ist Ruben Collins. Ich bin auf der Suche nach Neo Barnes.«

Der Name kam mir bekannt vor, aber ich konnte ihn auf die Schnelle nicht zuordnen. »Tut mir leid. Neo gibt gerade einen Kurs. Möchten Sie ihm eine Nachricht hinterlassen?«

»Äh, ja. Bitte richten Sie ihm aus, er soll mich dringend zurückrufen. Ich brauche noch die unterschriebenen Akkreditierungsanträge. Sonst erhält er seine Trainerlizenz nicht rechtzeitig.«

Der Raum begann sich zu drehen. »Trainerlizenz?«

»Für die Olympiade«, erklärte Collins und klang plötzlich ganz aufgeregt. »Er wurde zum District-Coach im Kader der Nationalmannschaft berufen. Hat er Ihnen noch gar nichts davon erzählt?«

Ungläubig schüttelte ich den Kopf, obwohl Collins mich gar nicht sehen konnte. »Nein, er hat kein Wort davon erwähnt.«

»Das überrascht mich aber«, erwiderte Collins, während ich gegen eine Welle der Übelkeit ankämpfte. »Für Neo ist das eine Ehre und eine großartige Gelegenheit. Er hatte praktisch keine Chance mehr, es noch einmal zu den Olympischen Spielen zu schaffen und damit seine Sammlung zu vervollständigen. Aber als Trainer könnte er unglaublich viel erreichen. Nicht nur für seine Schützlinge, sondern auch für sich selbst. Es wäre ein gewaltiges Karrieresprungbrett, das ihm internationale Anerkennung verschaffen würde, von den Sponsorenverträgen ganz zu schweigen und ...« Er stockte und stieß ein verlegenes Lachen aus. »Jetzt habe ich mich etwas hinreißen lassen. Entschuldigung.«

Ach, kein Problem. Er hatte ja nur gerade meine leisen Hoffnungen auf eine gemeinsame Zukunft zerschmettert ... »Schon gut.«

Collins atmete tief durch. »Hören Sie, Miss Dixon. Ich wäre Ihnen unheimlich dankbar, wenn Sie Neo sobald wie möglich an die Verträge erinnern könnten. Wir haben nur noch bis Freitag Zeit, um die Dokumente einzureichen. Außerdem ist der Kick-off in Indianapolis schon in zwei Wochen.«

Zwei Wochen.

Eine seltsame Taubheit ergriff von mir Besitz. »Ich richte es ihm aus.«

»Danke schön«, erwiderte Collins erleichtert, bevor er sich von mir verabschiedete und auflegte.

Lange Zeit saß ich einfach nur da. Ich spürte keinen Schmerz, keine Enttäuschung, nicht einmal Wut, weil Neo mir kein Sterbenswort davon erzählt hatte. Vielleicht weil ich immer geahnt hatte, dass genau das eines Tages passieren würde.

Wobei ich zugeben musste, dass selbst ich nicht so bald damit gerechnet hätte.

KAPITEL 30

Neo

Etwas stimmte nicht. Und das wusste ich nicht nur deshalb, weil Hazel mich mittags versetzte, da sie angeblich in einer Telefonkonferenz festhing. Vor allem bemerkte ich es an ihrer distanzierten Art.

Ich hatte keinen Schimmer, was los war. Aber als sie beim Abendessen erklärte, dass sie den Abend gern mit den anderen am Lagerfeuer verbringen wollte, wurde ich nervös. Sie war still und in sich gekehrt und beantwortete Fragen äußerst wortkarg. Als ich mich erkundigte, ob alles in Ordnung war, nickte sie bloß. Doch das Leuchten war aus ihren Augen verschwunden, und meine Annäherungsversuche schien sie gar nicht erst wahrzunehmen.

Ich kapierte es nicht. Am Morgen war noch alles zwischen uns in Ordnung gewesen. Warum zog sie sich plötzlich zurück? Lag es daran, dass das Ende des Sommers in greifbare Nähe rückte? Hatte sie irgendjemand verunsichert? Glen vielleicht oder ihr Bruder?

Während ich am Dienstagvormittag vom Seeufer aus die Jungs aus Portland beim Aufwärmen beobachtete, grübelte ich darüber nach, was der Grund für Hazels Sinneswandel sein könnte. Aber ich kam ums Verrecken nicht drauf. Ich beschloss, sobald wie möglich allein mit ihr zu reden. Was immer sie beschäftigte, konnte ich sicher aus der Welt schaffen.

»Hallo, Neo«, sagte Georgie, die neben mir aufgetaucht war. Wie üblich trug sie nur einen hauchdünnen Fetzen am Leib und eine riesige Sonnenbrille auf der Nase. Ihre Lippen verzogen sich zu einem Lächeln, das wohl sinnlich wirken sollte. »Geht's dir gut? Du siehst ein bisschen niedergeschlagen aus.«

Ich konnte mich nur knapp davon abhalten, die Augen zu verdrehen. Schließlich war Georgie die Letzte, mit der ich meine Sorgen bequatschen wollte. »Mir geht's gut. Kann ich irgendwas für dich tun?«

»Wenn du so fragst …« Sie verschränkte die Arme und drückte dabei ihre Brüste nach oben. Für eine Sechzehnjährige wusste sie wirklich erschreckend genau, wie sie ihre Reize einsetzen musste. »Ich möchte weiterhin Privatstunden bei dir.«

Auf keinen verdammten Fall.

»Du hast an dir gearbeitet und es in den Rettungsschwimmkurs geschafft«, erwiderte ich ausweichend. »Ein weiteres Sondertraining ist nicht nötig.«

Das war glatt gelogen. Georgie hatte ihre Technik kein Stück verbessert, weil sie viel zu sehr damit beschäftigt gewesen war, sich während des Unterrichts in Pose zu schmeißen. Auch ihre Kondition war immer noch eine Katastrophe. Aber ehrlicherweise hatte ich schlichtweg keinen Bock mehr, den aggressiven Flirtversuchen dieses Mädchens auszuweichen.

Sie machte einen Schmollmund. »Aber es gibt noch so viel, das ich lernen will.«

Ich zwang mir ein Lächeln ins Gesicht. »Das kannst du ebenso gut im Rettungsschwimmkurs. Kyra wird sich freuen, dass du mitmachst.«

»Aber ...«

Ich seufzte. »Kein ›Aber‹, Georgie. Es ist die letzte Woche, und der Plan steht. Wir sehen uns später.« Damit ließ ich sie allein, trat ans Ufer und winkte die Portland-Jungs heran, um ihnen neue Anweisungen zu geben.

Als ich mich kurz darauf wieder umdrehte, stand Georgie immer noch da und musterte mich hinter ihren riesigen verdunkelten Gläsern.

Mein Nacken prickelte unangenehm, aber ich tat ihr nicht den Gefallen, auf ihr Starren zu reagieren, sondern konzentrierte mich ausschließlich auf die Jungs. Die drei hatten definitiv Potenzial, vor allem Chuck war den anderen beiden um einiges voraus. Ich verwettete meinen Weltmeisterpokal darauf, dass er in spätestens vier, fünf Jahren in den US-Kader berufen wurde.

Ich wies die Jungs an, das Tempo anzuziehen und dabei genau auf ihre Atmung zu achten.

Eifrig folgten sie meiner Aufforderung und pflügten mit erstaunlicher Präzision durch das Wasser. Ich war zufrieden, als wir den Kurs nach einer weiteren Stunde beendeten. Später am Nachmittag würden die Jungs noch zwei weitere Trainingseinheiten absolvieren – einen Theorieblock und Anwendungsübungen. Aber bis dahin konnten sie chillen und einfach den Sommer genießen.

Ich machte mir ein paar Notizen auf meinem Klemmbrett, ehe ich mich den Kids zuwandte, die sich seit ein paar Minuten im Fortgeschrittenenkurs warm machten. Danach folgte noch ein Grundkurs, und dann war endlich Mittagspause.

Da ich Hazel nur kurz bei der morgendlichen Teambesprechung gesehen hatte, nach der sie mir auch wieder ausgewichen war, steuerte ich sogleich den Speisesaal an. Dort erfuhr ich allerdings von Reed, dass sie mit Estelle zu einem Sportartikelgeschäft gefahren war, dessen Besitzer vielleicht etwas Winterausrüstung für ein Skicamp sponsern wollte.

»Das hat sich erst heute Vormittag zufällig ergeben«, fügte Quill hinzu, sobald er meinen missmutigen Blick bemerkte.

Natürlich musste Hazel sich bei mir nicht an- und abmelden. Aber es ärgerte mich dennoch, dass ich so etwas Wichtiges nicht von ihr erfuhr. Immerhin war das doch eine ziemlich große Sache für Silver Springs, oder nicht?

Ich wollte der Erste sein, dem sie solche Dinge erzählte. Ich wollte die Freude in ihren Augen glitzern sehen, sie beruhigen, wenn sie aufgeregt war, und ihr versichern, dass sie diesen potenziellen Sponsor mit ihrer unvergleichlichen Art spielend leicht um den Finger wickeln würde. Stattdessen wurde mir lediglich mitgeteilt, dass sie weg war.

Na gut. Vielleicht war ich nicht nur ein bisschen verärgert, sondern ziemlich angepisst, dass sie mich immer weiter von sich wegschob. Wieso redete sie nicht mit mir, verdammt noch mal?

Nur weil ich meine schlechte Laune nicht an den Kids auslassen wollte, riss ich mich zusammen und brachte auch die Nachmittagskurse reibungslos über die Bühne. Die Kinder im Grundkurs hatten allesamt solide Fortschritte gemacht, und auch Bowie traute sich inzwischen in der Gruppe ins Wasser, was mich mit Stolz erfüllte und mir sogar ein ehrliches Lächeln ins Gesicht zauberte.

Das zweite Lächeln bescherte mir meine Tochter, die ich wenig später beim Rettungsschwimmkurs traf. Sie umarmte mich zur Begrüßung und rasselte in Rekordgeschwindigkeit ihren bisherigen Tagesbericht herunter. Ich konnte ihrem Redeschwall kaum folgen, trotzdem sog ich jedes ihrer Worte gierig auf.

Der Kurs lief super. Maila schleppte Joshua mit dem Achselgriff vorbildlich aus dem Wasser, und auch die anderen Kids stellten sich gut bei den Übungen an. Sogar Georgie gab sich sichtlich Mühe, weshalb ich am Ende der Stunde voll des Lobes war.

Danach wäre ich am liebsten zum Verwaltungsgebäude gestürmt, um Hazel zu suchen. Aber die Portland-Jungs standen schon bereit. Deshalb musste ich mich noch eine weitere Stunde gedulden.

Diesmal stattete ich die Jungs mit Paddles aus, um den Wasserwiderstand zu erhöhen und ihnen das Leben ein bisschen schwerer zu machen. Es war ein gutes Krafttraining, das sie schon sehr bald spürten. Am Ende der Kurseinheit krochen sie stöhnend und ächzend aus dem Wasser.

Schmunzelnd schickte ich sie in ihre Unterkunft, bevor ich die Paddles einsammelte. Ich stopfte die Teile in ein Netz zu ein paar anderen Trainingsutensilien und schulterte meine Sporttasche, ehe ich den Weg zum Verwaltungsgebäude einschlug.

Obwohl es im Grunde ein guter Tag gewesen war, atmete ich innerlich auf, weil er vorbei war und ich mich endlich auf die Suche nach Hazel machen konnte. Am Seeufer war sie nicht. Dafür lümmelten allerhand Teenies und jüngere Kids auf der Wiese herum, deren Kurse bereits vorbei zu sein schienen. In der Ferne sah ich Glen, der mit seiner Survivalgruppe aus dem Dickicht kroch.

Ich nahm die Hintertür des Verwaltungsgebäudes, da sie sich näher zum Lagerraum befand, in dem auch die Sportgeräte verstaut wurden. Dort angekommen öffnete ich die Tür, schaltete das kleine Deckenlicht an und trat vor das Regal, in dem ich mir ein bisschen Platz verschafft hatte. Ich stellte meine Sporttasche auf dem Boden ab und packte die Sachen aus dem Netz zurück ins Regalfach neben den Schwimmflossen, Trainingsbändern und Manschettengewichten, die ich ebenfalls kurz nach meiner Ankunft besorgt hatte. Als ich gerade das Netz aufhängen wollte, ließ mich ein Klicken aufhorchen.

Georgie lehnte mit dem Rücken an der Tür, in einer weiß durchscheinenden Tunika, unter der ihr Bikini hervorblitzte. Diesmal hatte sie keine Brille auf, weshalb ich ihren lasziven Blick deutlich erkennen konnte. Mit einem provokanten Lächeln wickelte sie sich eine Strähne ihres blauen Haares um den Finger. »Hi, Neo.«

»Hi«, sagte ich knapp und wandte mich wieder dem Regal zu, um das Netz aufzuhängen. »Was machst du hier drin?«

Ich betete, dass sie bloß einen Volleyball holen wollte.

Sie kicherte leise. »Ich hab dich gesucht.«

»Warum?«, fragte ich, obwohl ich es im Grunde gar nicht wissen wollte. Ich hatte echt ein ganz mieses Gefühl bei der Sache. »Warst du nicht zufrieden mit dem Rettungsschwimmkurs?«

»Eigentlich nicht.« Als ich mich wieder zu ihr umdrehte, zog sie schon wieder diesen Schmollmund. »Es hat mir nicht gefallen, deine Aufmerksamkeit zu teilen.«

Alles klar.

Wenn meine Alarmglocken vorher schon geklingelt hatten, schrillten sie jetzt los wie eine Hornsirene. Ich musste dringend aus diesem beengten Raum raus. Nicht dass dieses Mädchen noch auf die wahnwitzige Idee kam, etwas von dem zu versuchen, was ihr gerade zweifellos im Kopf rumging.

»Du kannst den Kurs natürlich jederzeit verlassen. Das Angebot ist schließlich freiwillig.« Ich machte einen Schritt auf sie zu, blieb aber gleich wieder stehen, weil ich ihr nicht zu nahe kommen wollte. Angespannt deutete ich zur Tür. »Lässt du mich bitte vorbei?«

Mein Tonfall war desinteressiert und autoritär.

Leider schien sie das noch mehr anzuspornen. Sie schlug die Augen nieder. »Was kriege ich dafür?«

Ich schnaubte. »Gar nichts, Georgie. Und jetzt geh mir aus dem Weg!«

Ein Ruck ging durch ihren Körper, und bevor ich kapierte, was passierte, hatte sie mich angesprungen, ihre Arme um meinen Nacken geschlungen und versuchte, mich zu küssen. Es war nur meiner Größe und meinem Reflex zu verdanken, dass sie meinen Mund nicht erreichte.

Trotzdem stolperte ich fluchend zwei Schritte zurück. Meine Fersen blieben an meiner Sporttasche auf dem Boden hängen, und ich knallte mit meinem Hinterkopf hart gegen das Regal. Angestrengt blinzelte ich gegen die Sterne an, während ich Georgies Arme packte. »Verdammt noch mal, lass mich los!«

»Nein«, fauchte sie. »Ich weiß, dass du das willst!«

Fuck! Dieses Mädchen war ja völlig irre.

Ich packte fester zu, weil ich mir nicht anders zu helfen wusste, und zerrte ihre Arme von mir. Dabei gruben sich ihre Fingernägel in meinen Hals und schnitten scharf in meine Haut. Ich zischte. »Georgie! Hör sofort auf!«

Eigentlich war ich niemand, der leicht in Panik geriet, aber die ganze Situation überforderte mich. Ich wollte ihr nicht wehtun. Aber sie tat *mir* weh.

Ihre Fingerspitzen bekamen den Saum meines T-Shirts zu

fassen und zogen daran. Mit einem Ratschen gab der Stoff nach. Sie verlor den Halt, und ich schaffte es endlich, sie auf Armeslänge von mir wegzuschieben.

»Hast du den Verstand verloren?«, brüllte ich vollkommen außer mir. Mein Kopf dröhnte, meine Haut brannte, und ich war hochgradig angewidert. »Du bist noch ein Kind!«

Unvermittelt traten Tränen in ihre Augen, und sie schluchzte herzzerreißend auf. »Das stimmt nicht. Ich bin eine Frau. Ich weiß, dass du mich willst.«

Lieber Himmel!

Ich musste hier raus. Sonst konnte ich für nichts mehr garantieren.

Schwer atmend drehte ich mich, wobei ich sie noch immer energisch auf Abstand hielt. Erst als ich die Tür in meinem Rücken spürte, ließ ich sie los und starrte sie mit einer Mischung aus Wut und Entsetzen an. »Ich habe dich nie gewollt, Georgie. Also, was immer du dir da zurechtspinnst: Es ist nicht wahr.«

Damit öffnete ich die Tür und ließ das hysterische Mädchen allein.

Mit rasendem Puls stolperte ich den Gang entlang. Mein erster Impuls war es, zu Hazel zu gehen und ihr zu erzählen, was passiert war. Doch dann bemerkte ich die vielen Kinder, die bereits Richtung Speisesaal strömten und deren Weg ich unweigerlich kreuzen würde. Wenn ich so verstört aussah, wie ich mich gerade fühlte, war es vermutlich keine gute Idee, jetzt an ihnen vorbeizulaufen.

Quill, der sich gut gelaunt mit ein paar Jungs aus seiner Stammgruppe unterhielt, entdeckte mich und riss die Augen auf. Dann setzte er sich sofort in Bewegung. »Scheiße, Mann! Was ist passiert?«

Mein Mund klappte auf und wieder zu, aber ich brachte keinen Ton heraus. Ich stand total unter Schock.

»Komm mit«, sagte Quill und dirigierte mich in den nächstgelegenen Raum.

Es schien eine Art Atelier zu sein. Der Duft von Farbe hing in der Luft, bunt bemalte Leinwände reihten sich an mehreren Regalen auf, und es standen auch einige Holzstaffeleien herum.

Quill trat vor mich und musterte meinen desolaten Zustand. Sein Blick blieb an meinem Hals hängen, den sicher ein paar ordentliche Kratzer zierten. Er wurde blass. »Bitte sag mir, dass dich ein Backenhörnchen angefallen hat.«

Ich wünschte, es wäre so. Mein Magen zog sich krampfartig zusammen. Mit einem Mal war mir so schlecht, dass ich froh war, dass meine letzte Mahlzeit schon eine Weile zurücklag. Ich schluckte angestrengt. »Georgie hat mich im Geräteraum ... bedrängt.«

Quill fluchte. Dann zog er sein Handy hervor. »Sorry, Mann. Das übersteigt meine Kompetenz. Ich schicke Reed eine Nachricht, dass er sofort herkommen soll.« Er hob den Kopf und sah mich an. »Willst du dich hinsetzen? Du siehst aus, als müsstest du gleich kotzen.«

Da das durchaus im Bereich des Möglichen lag, drehte ich mich auf der Suche nach einem Stuhl um.

Quill fluchte erneut. »Du hast eine üble Beule am Hinterkopf. Setz dich sofort hin.«

Meine Hand zitterte, als ich sie hob und meinen Schädel abtastete. Als ich die Stelle berührte, zuckte ich zusammen. »Bin gegen das Regal gestoßen, als ich ihr ausweichen wollte.«

»Da muss dringend Eis drauf«, sagte Quill, und weil ich vergessen hatte, was ich gerade tun wollte, führte er mich zu einem Drehstuhl. Er drückte mich darauf und klopfte mir auf die Schulter. »Bleib hier sitzen. Ich besorge etwas zum Kühlen und einen Verbandskasten.«

»Schon gut.« Benommen winkte ich ab. »Mir geht's gut.«

Quill schnaubte. »Erzähl keinen Mist! Dir geht's alles andere als gut.«

Die Tür schwang auf, und Reed stürzte ins Atelier. Er sah mich und reagierte genau wie Quill, was ich irgendwie ziemlich witzig fand.

Okay, vielleicht ging es mir doch nicht ganz so gut.

Und dann überraschte Hazels Bruder mich, indem er fragte: »Wer war das?«

So als stünde es überhaupt nicht zur Diskussion, dass ich hier das Opfer war und nicht der Täter. Ich musste zugeben, das war eine Erleichterung nach allem, was ich seiner Schwester angetan hatte.

Reed zog sich einen weiteren Stuhl heran und setzte sich, ehe er mich mit konzentrierter Miene musterte. »Erzähl mir genau, was passiert ist.«

Noch immer bestürzt darüber, was da gerade geschehen war, erzählte ich ihm und Quill die ganze Geschichte.

»Weißt du, wo sie jetzt ist?«, fragte Quill, der inzwischen wieder dabei war, irgendwelche Nachrichten zu verschicken.

Ich schüttelte den Kopf, was sich anfühlte, als würde mein Gehirn durch meinen Schädel hüpfen. »Ich hab sie im Lager stehen gelassen. Wahrscheinlich ist sie noch dort. Das Ganze ist ja gerade mal zehn Minuten her.«

»Ich sehe mal nach«, sagte Quill und verschwand aus dem Atelier, während Reed sich mit beiden Händen durch die Haare fuhr.

»Das hat uns gerade noch gefehlt«, murmelte er.

»Tut mir leid.«

Ruckartig schaute er auf. »Nur um das klarzustellen: Dir gibt hier niemand die Schuld.«

»Georgie hat schon öfter mit mir geflirtet«, gestand ich kleinlaut. »Aber ich war überzeugt, ich kriege die Situation allein unter Kontrolle. Deshalb habe ich dir nichts erzählt. Schätze, das war ein Fehler.«

Darüber dachte Reed einen Moment nach. »Ich verstehe, dass du keine große Sache draus machen wolltest. Trotzdem muss ich als Teamleiter so etwas erfahren.«

Stöhnend rieb ich mir über die Stirn. »Ich hätte nie gedacht, dass sie so weit geht.«

»Es kommt gelegentlich vor, dass Teenager sich in Betreuer verknallen, die nur ein paar Jahre älter sind als sie. Normalerweise überschreiten sie aber nie die Grenze. Ich muss zugeben, so etwas habe ich auch noch nicht erlebt«, erwiderte er betrübt, als die Tür erneut aufging.

Diesmal kam Estelle mit einem Eisbeutel und einer kleinen Verbandstasche herein. Sie schien bereits über die Ereignisse informiert zu sein, denn sie stellte keine Fragen, sondern reichte mir wortlos die Sachen.

»Danke«, murmelte ich und klatschte mir den Eisbeutel auf den Hinterkopf.

Unterdessen übernahm Reed es, ein Pflaster aus der Tasche zu kramen. Ohne großes Aufheben pappte er mir das Teil auf den Hals.

In dem Moment kehrte Quill zurück. Seiner angespannten Miene nach hatte er keine guten Nachrichten. »Es gibt ein Problem.«

»Noch eins?«, fragte Reed trocken.

Quill reagierte nicht darauf, sondern sah mich an. »Georgie ist gerade bei Hazel.«

Sofort war ich auf den Beinen. Eine ganz neue Art von Panik breitete sich in mir aus, als Quill meine schlimmste Befürchtung bestätigte.

»Sie behauptet, es wäre genau andersherum gewesen.«

KAPITEL 31

Hazel

»Und dann hat er mich gepackt und versucht, mich zu küssen«, erzählte Georgie, bevor sie von heftigen Schluchzern geschüttelt wurde.

Kyra saß neben ihr auf dem anderen Stuhl vor meinem Schreibtisch und rieb ihr beruhigend über den Rücken. Dabei klaffte Georgies Tunika auf, die vorn total zerrissen war. Als sie sich über das Gesicht wischte, registrierte ich Abdrücke auf ihren Unterarmen. Fingerkuppen, die sich in ihre Haut gegraben hatten. Und das war noch nicht alles. Auch ihr Hals wies dunkle Flecken auf, als hätte jemand brutal ihre Kehle gepackt. Und auf ihrer Unterlippe schimmerte Blut aus einem Cut, verursacht durch einen festen Biss.

»Und wie ging es weiter?«, fragte ich tonlos.

Ihr ganzer Körper erbebte. »Ich habe mich nach Leibeskräften gewehrt und geschrien. In meinem ganzen Leben hatte ich noch nie solche Angst. Es war pures Glück, dass er über seine Tasche gestolpert ist und mich loslassen musste. Dann bin ich weggerannt.«

Hinter den Mädchen stand Selma und hörte Georgies Erzählung angespannt zu. Sie war gerade mit Kyra auf dem Weg zum Speisesaal gewesen und hatte das aufgelöste Mädchen sofort hierhergebracht. Sie wirkte schockiert, fassungslos und wütend.

Georgie schüttelte mit riesigen Augen den Kopf. »Ich kann keine Minute länger hierbleiben, wenn ich weiß, dass dieser Vergewaltiger frei herumläuft.«

»Das musst du auch nicht«, versicherte Kyra ihr mitfühlend, bevor sie mich ansah. »Oder, Hazel? So etwas Schreckliches würdest du niemals tolerieren.«

»Nein, das würde ich nicht«, erwiderte ich ruhig. »Unter gar keinen Umständen.«

Georgies Unterlippe bebte. »Dann fliegt er also raus?«

Ich nickte. »Wenn er getan hat, dessen du ihn beschuldigst, dann ja.«

Empörung blitzte in ihren Augen auf. »Soll das heißen, du glaubst mir nicht?«

Bevor ich dazu kam, ihr zu antworten, flog die Tür auf, und mein Bruder stapfte in mein Büro. Hinter ihm erschienen Quill, Estelle und zuletzt Neo.

Sobald Georgie ihn erblickte, sprang sie kreischend auf. »Geh weg!«

Neo war kreidebleich. Ein Pflaster klebte an seinem Hals, und sein Shirt war am Saum zerrissen. Er starrte das aufgebrachte Mädchen an. »Sag ihnen die Wahrheit, Georgie. Ich habe dich nicht angerührt.«

Ich merkte ihm an, wie viel Beherrschung es ihm abverlangte, seine Stimme ruhig zu halten.

Georgie, die inzwischen von Selma und Kyra flankiert wurde, schluchzte auf. »Das ist die Wahrheit.«

»Nein«, knurrte Neo. »Du willst dich mit dieser Aktion bloß rächen, weil ich dich abgewiesen habe.«

Unbändiger Zorn erschien in Georgies Gesicht. Sie zeigte anklagend auf ihn. »Davon träumst du wohl! Ich dachte, du willst mir helfen. Dabei hast du mir bloß Einzelunterricht gegeben, um dich an mich ranzumachen, und als das nicht geklappt hat, hast du mir im Geräteraum aufgelauert. Du wolltest mich vergewaltigen!«

Neo zuckte zusammen, und ich schoss von meinem Stuhl hoch. »Das reicht«, sagte ich scharf und wandte mich an Selma. »Bring die Mädchen bitte in eure Hütte.«

»Wieso muss *ich* gehen?«, fauchte Georgie entrüstet. »*Er* sollte verschwinden.«

Ich ignorierte sie, nahm Blickkontakt mit Estelle auf und nickte in Richtung der Mädchen. »Bitte begleite die drei.«

Rede mit Kyra.

Sie verstand meine stumme Bitte und nickte, während Selma einen Arm um Georgie legte und sie sanft aus dem Zimmer führte. Neo wich weit zurück, als sie an ihm vorbeigingen. Zurück blieben nur Neo, Reed, Quill und ich.

Ich musterte Neo angespannt. »Bist du verletzt?«

»Nein«, erwiderte er knapp.

Mit einem Schnauben verschränkte Quill die Arme. »Da sagt die Beule an deinem Hinterkopf aber was anderes. Hoffen wir, dass du nicht auch noch eine Gehirnerschütterung hast.«

Neo kam näher und blieb dicht vor meinem Schreibtisch stehen. »Ich schwöre es, Hazel. Ich habe nichts getan.«

»Ich weiß«, sagte ich leise, denn ich hatte Georgie diese Farce keine Sekunde lang abgekauft. Nicht nur weil ich Neo kannte und mir absolut sicher war, dass er zu so etwas überhaupt nicht fähig war, sondern auch, weil sich das Mädchen mehrfach selbst widersprochen hatte.

Seine Schultern entspannten sich. »Du glaubst mir?«

»Das tun wir alle«, sagte Quill mitfühlend.

Mein Bruder fluchte. »Nur leider nützt das nicht viel. Niemand kann die Situation bezeugen und dich entlasten. Also steht es Aussage gegen Aussage, und Georgie ist eine Minderjährige in unserer Obhut. Wir müssen auf ihre Anschuldigung reagieren.«

Neo wurde noch blasser. »Und wie?«

Unglücklich verzog Reed das Gesicht. »Es tut mir leid, Mann. Aber ich fürchte, ich muss dich entlassen.«

»Was?«, stieß Neo fassungslos hervor.

Quill sah seinen Freund an, als wäre er übergeschnappt. »Das ist nicht dein Ernst! Neo hat doch gar nichts gemacht.«

»Das ist mir vollkommen klar«, erwiderte Reed. »Aber wenn wir die Vorwürfe so stehen lassen, sieht es aus, als würden wir unsere Mitarbeiter bevorzugen. Silver Springs könnte irreparabel Schaden nehmen. Unser Ruf wäre komplett im Eimer.«

»Und was ist mit *meinem* Ruf?«, fragte Neo scharf, bevor er zu mir herumwirbelte. Pure Verzweiflung schimmerte in seinen silbergrauen Augen. »Wenn ihr mich rausschmeißt, wird unsere Tochter denken, ich hätte getan, was diese Göre mir unterstellt.«

»Das wird sie nicht«, widersprach ich leise. »Sie kennt dich.«

»Und die anderen Kinder?«, fragte er. »Was ist mit den Medien? Stell dir doch mal vor, das geht viral, weil sich ein paar Teenies verpflichtet fühlen, Georgie zu verteidigen. Heutzutage reichen schon Gerüchte, um jemanden komplett zu vernichten. Meine Karriere wäre vorbei. Ich würde nie wieder irgendwo einen verdammten Job finden, weil etliche Leute wissen, wer ich bin. Selbst die, die keine Schwimmfans sind.«

Reed stöhnte gequält auf. »Versteh doch, Neo, wir haben keine andere Wahl.«

Abermals schüttelte Neo den Kopf, den Blick unverwandt auf mich gerichtet. »Bitte, tu mir das nicht an, Hazel.«

Ich stand da wie erstarrt und hatte keinen Schimmer, was ich erwidern sollte. Denn die traurige Wahrheit war, dass sowohl Neo als auch Reed recht hatten. Wir konnten uns nicht einfach hinstellen und behaupten, Georgie hätte alles bloß erfunden, um sich an Neo zu rächen. Wenn das publik wurde, würde uns niemand mehr seine Kinder anvertrauen, und wir könnten Silver Springs dichtmachen. Aber schickten wir Neo fort, käme das einem Schuldeingeständnis gleich. Wir würden seine gesamte Zukunft zerstören.

»Kommt schon, Leute«, drängte Quill, weil ich stumm blieb. »Es muss doch irgendeine Lösung geben.«

Resigniert stemmte Reed die Hände in die Hüften. »Sag mir, welche.«

»Vielleicht kommt Georgie wieder zur Vernunft und nimmt alles zurück«, erwiderte Quill, aber seinem Ton nach zu urteilen, war er genauso wenig überzeugt von dieser Theorie wie der Rest von uns. Dieses Mädchen würde unter gar keinen Umständen die Wahrheit zugeben und sich selbst damit zur Schuldigen deklarieren. Dazu war sie viel zu stolz.

»Also bin ich raus?«, fragte Neo tonlos.

Niemand antwortete.

Die Stille dehnte sich aus, bis Neo plötzlich trocken auflachte. Unendlicher Schmerz schimmerte in seinen Augen. »So fühlt es sich also an, wenn man geopfert wird. Wenn das keine Ironie des Schicksals ist.«

Ein scharfer Schmerz fuhr mir ins Herz, als ich erkannte, wie recht er hatte. Vor zehn Jahren hatte ich ihn an seine

Träume verloren – und nun opferte ich ihn für meine. Es gab nur einen Unterschied: Er war sowieso schon mit einem Fuß zur Tür hinaus.

»Lasst uns allein«, sagte ich zu Reed und Quill, ohne meinen Blick von Neo zu lösen.

Diesmal diskutierte mein Bruder nicht, sondern tat, worum ich ihn bat. Die Tür fiel mit einem leisen Klick hinter Quill ins Schloss.

Neo ballte die Fäuste. »Ich werde Silver Springs nicht verlassen.«

»Es ist das Beste angesichts der Umstände«, erwiderte ich tonlos, während ich verzweifelt versuchte, das scharfe Ziehen in meiner Brust zu ignorieren. »Ich werde alles daransetzen, dass dein Ruf keinen Schaden nimmt. Ich werde gleich eine Versammlung einberufen und Stellung zu Georgies Vorwürfen beziehen. Die Kinder sollen wissen, dass wir solche Dinge sehr ernst nehmen und eine Untersuchung einleiten, um herauszufinden, was genau passiert ist.«

Neo schnaubte. »Und was soll diese Untersuchung bringen?«

»Ich hoffe, dass sie uns die nötige Zeit verschafft, die bösen Gerüchte im Keim zu ersticken, bis die Kinder am Samstag abreisen. Ich werde Reed bitten, deine Schwimmkurse in den letzten drei Tagen zu übern...«

»Nein«, unterbrach er mich schroff. »Ich laufe auf keinen Fall mit eingezogenem Schwanz davon. Georgie wird bei ihrer Story bleiben, und die Kinder werden ihr glauben. Du hast doch selbst gesehen, wie sie aussieht.«

Das war tatsächlich ein Problem. So zerschunden wie das Mädchen war, könnte man schnell falsche Schlüsse ziehen. Dabei waren vor allem die zerrissene Tunika, die Würgemale am Hals und der Biss in ihrer Lippe sicher selbst verschuldet.

Immerhin hatte Georgie gesagt, Neo hätte lediglich *versucht*, sie zu küssen.

Seufzend rieb ich mir über die Stirn. »Wenn du hierbleibst und auf eigene Faust versuchst, die Kinder von deiner Unschuld zu überzeugen, werden sie nur noch skeptischer. Bitte vertrau mir in dieser Sache, okay? Du musst aus der Schusslinie raus.«

Aufgebracht warf er die Arme in die Luft. »Das ist doch Schwachsinn!«

»Es ist das Beste für alle Beteiligten«, widersprach ich leise und konnte nicht verhindern, dass sich meine Lippen zu einem freudlosen Lächeln verzogen. »Außerdem ist es ja nicht so, als gäbe es für dich keine annehmbare Alternative.«

Neos Augen wurden schmal. »Wovon zur Hölle redest du?«

Ich wappnete mich innerlich gegen den Schmerz, der mich seit dem Gespräch mit Collins immer wieder überrollte. »Ich habe gestern mit deinem ehemaligen Coach gesprochen.«

»Was?«, stieß er irritiert hervor.

»Er konnte dich mobil nicht erreichen. Deshalb hat er es über unseren Festnetzanschluss probiert.« Angespannt grub ich die Finger in den Stoff meiner Jeansshorts. »Er meinte, er erwartet dich in Kürze, damit du deinen neuen Trainerposten antrittst.«

Neos Miene verfinsterte sich. »Soll er warten. Ich will den Job nicht.«

Wie sehr ich mir wünschte, das wäre wahr. Doch man musste schon blind sein, um nicht zu erkennen, wie sehr er es liebte, mit den Kids zu arbeiten. Er brannte dafür, so wie er früher selbst fürs Schwimmen gebrannt hatte. Im Trainerstab des US-Kaders würde er zweifellos viel erreichen. »Du solltest ihn annehmen.«

»Vergiss es.« Abermals schüttelte Neo den Kopf. »Ich mache das nicht. Ich werde hier bei euch bleiben. Genau wie ich es gesagt habe.«

Gott, warum machte er es uns nur so schwer?

»Du hast uns nie etwas versprochen«, erinnerte ich ihn mit einem Hauch von Ungeduld in der Stimme. Ich hielt dieses Gespräch nicht mehr lange durch. »Wir hatten ausgemacht, dass du bis zum Ende des Sommers bleibst, damit du eine Beziehung zu Maila aufbauen kannst, und das hast du getan. Sie wird es verstehen, und ich bin mir sicher, ihr werdet Wege finden, in Kontakt zu bleiben.«

»Und was ist mit uns?«, blaffte Neo.

Auch darüber hatte ich lange nachgedacht. »Wir waren schon einmal an diesem Punkt. Du weißt selbst, dass es nicht viel Sinn hat, an etwas festzuhalten, das sowieso aussichtslos ist.«

Er wich vor mir zurück, als hätte ich ihn geschlagen. Reflexartig wandte er sich ab, und seine Aufmerksamkeit blieb bei den gerahmten Fotos hängen. Schweigend betrachtete er die Aufnahmen, dann sah er mich wieder an. »Wenn die Sache mit Georgie nicht passiert wäre, hättest du einen anderen Grund gefunden, mich loszuwerden, oder?«

Diesmal war ich es, die zusammenfuhr, was Neo offenbar nur noch mehr bestätigte.

»Es spielt überhaupt keine Rolle, was ich sage oder tue«, fuhr er mit unverhohlener Bitterkeit fort. »Du wirst mir niemals vertrauen.«

Mein Mund klappte auf, doch ich wusste nicht, was ich darauf erwidern sollte. Denn er hatte recht.

Seit unserer Versöhnung wandelte ich permanent auf dem schmalen Pfad zwischen der Hoffnung auf eine gemeinsame

Zukunft und der Angst, ihn letztlich doch zu verlieren. Ich wollte nicht darauf warten, bis ich abstürzte. Ich konnte das einfach nicht, auch wenn ich ihn damit verletzte. »Ich habe dir gesagt, dass ich mich nicht auf eine Beziehung einlassen werde.«

»Aber du hast es getan, Hazel.« Langsam kam er auf mich zu, sein Blick brannte sich in meinen. »Du kannst es abstreiten, so viel du willst. Es ändert nicht das Geringste daran, dass wir uns wieder ineinander verliebt haben.«

Mein Herz begann zu rasen. »Das zwischen uns war Sex, Neo. Mehr nicht.«

Er blieb abrupt stehen. »Bullshit«, knurrte er und zeigte auf mich. Seine Hand zitterte. »Du liebst mich.«

Natürlich tat ich das. Aber leider änderte es nichts. Ich würde immer das Mädchen sein, das glücklich und zufrieden in Silver Springs lebte, wohingegen er davon träumte, die Welt zu erobern. Ich konnte ihn nicht an diesen Ort binden – und das wollte ich auch nicht. Trotzdem kostete es mich sämtliche Selbstbeherrschung, seiner stillen Verzweiflung standzuhalten.

Ich sah ihm fest in die Augen. »Es ist vorbei, Neo.«

Enttäuschung und Wut bündelten sich in seinen Augen. »Weißt du was? Mir reicht's! Ich habe versucht, dir klarzumachen, wie viel du mir früher bedeutet hast, wie sehr ich meine Entscheidung von damals bereue und wie sehr ich dich immer noch will. Ich liebe dich seit zehn Jahren, Hazel, und ich werde dich wahrscheinlich auch noch die nächsten zehn Jahre lieben, während du in diesem Camp hockst und dir einredest, du hättest das Richtige getan. Dabei machst du einfach nur denselben beschissenen Fehler wie ich, weil du Angst vor deinen eigenen Gefühlen hast. Wenn es das ist, was du willst, dann gehe ich.« Er warf mir einen derart provokativen Blick zu, dass sich jeder Muskel in mir verkrampfte. Doch in seinen Augen stand pure Qual. »Sag, dass ich meine Sachen packen und verschwinden soll. Dann bin ich in einer Stunde weg.«

Der Raum begann, sich zu drehen, während sich mein Herz und mein Verstand auf das Bitterste bekämpften.

»Sag es, Hazel«, forderte Neo mich heraus. »Oder fang verdammt noch mal endlich an, an uns zu glauben.«

Ein nicht unerheblicher Teil von mir wollte um meinen Schreibtisch herumlaufen, mich in seine Arme werfen und ihn für immer festhalten. Doch der andere Teil fesselte mich an den Boden. Er flüsterte mir ein, dass es keinen Sinn hatte … dass wir sowieso zum Scheitern verurteilt waren … und dass er mir noch einmal das Herz brechen würde …

Lieber entschied ich selbst, wann das hier endete, als plötzlich erneut vor den Scherben meiner zerplatzten Träume zu stehen.

Neo verzog das Gesicht. »Bitte, tu das nicht, Baby.«

Eine Träne rollte über meine Wange. Ich musste es nicht laut aussprechen. Wir wussten beide, wofür ich mich entschieden hatte.

KAPITEL 32

Neo

Das Krachen von Hazels Bürotür in meinem Rücken fühlte sich endgültig an, und ich biss mir so fest auf die Lippen, bis ich Blut schmeckte. Das Brennen hielt mich im Zaum und verhinderte, dass ich etwas Saudämliches tat – wie beispielsweise umzukehren.

Fluchend ging ich ein paar Schritte, nur um gleich darauf gegen die Wand zu treten.

Fuck!

Ich hatte gewusst, dass etwas nicht stimmte. Ich hatte es *gewusst*. Und zwar schon bevor die Situation mit Georgie derart aus dem Ruder gelaufen war.

Ich hatte keinen Schimmer, was ich jetzt tun sollte. Ich wollte Silver Springs nicht verlassen und diese rachsüchtige Göre gewinnen lassen. Aber egal wie scheißwütend ich gerade auf Hazel war, weil sie unsere Beziehung torpedierte, sie hatte recht in Bezug auf die Kids. Wenn ich versuchte, sie auf meine Seite zu ziehen, würden sie bloß misstrauisch werden. Also blieb mir nichts anderes übrig, als darauf zu vertrauen, dass Hazel meinen Arsch irgendwie retten würde.

Aufgebracht stapfte ich den Gang entlang, nur um nach weiteren Schritten von Reed und Quill abgefangen zu werden. Zum Glück befand sich niemand sonst auf der Etage, weshalb wir ungestört reden konnten.

Als Reed meinen finsteren Blick sah, seufzte er. »Sie hat Schluss gemacht, oder?«

Ich lachte schnaubend. »Du kennst deine Schwester gut.«

»Ja.« Reed trat verlegen von einem Fuß auf den anderen. »Wir Dixons neigen zu irrationalen Entscheidungen, wenn wir es mit der Angst zu tun kriegen.«

»Und das ist noch schmeichelhaft ausgedrückt«, murmelte Quill, der mit verschränkten Armen an der Wand lehnte. Er musterte mich sorgenvoll. »Was hast du jetzt vor?«

Im Grunde hatte ich nicht wirklich eine Wahl. »Hazel will, dass ich gehe. Also tue ich das.«

Die Männer tauschten einen raschen Blick.

»Hör mal«, sagte Reed. »Vielleicht sollten wir nichts überstürzen. Ich kann deine Kurse übernehmen, bis wir die Lage unter Kontrolle gekriegt haben. Außerdem spricht Estelle gerade mit Kyra. Die beiden haben ein sehr gutes Verhältnis zueinander. Vielleicht kann das Mädchen dich entlasten.«

Sein Angebot überraschte mich sehr. »Du willst mir helfen, obwohl ich deine Schwester so tief verletzt habe?«

Entschlossen reckte Reed sein Kinn vor. »Ob du es glaubst oder nicht, ja, das will ich.«

»Warum?«, fragte ich argwöhnisch. Vielleicht wollte er mich ja in die Pfanne hauen? Eine bessere Gelegenheit, mich auf Nimmerwiedersehen loszuwerden, würde er jedenfalls nicht kriegen.

Quill verdrehte die Augen. »Weil du Hazel und Maila glücklich machst, du Idiot.«

Nun, das ergab ein bisschen mehr Sinn, wenn man bedachte, dass Reed sich, ohne zu zögern, auf meine Seite geschlagen hatte. »Tja, leider ist deine Schwester überzeugt davon, dass sie ohne mich besser dran ist.«

Reed verpasste mir einen Hieb gegen die Schulter. »Nun, dann müssen wir sie davon überzeugen, dass sie falschliegt.«

Gott! Das war so verdammt verlockend. Aber nach dem ganzen Drama hatte ich schlichtweg keine Kraft mehr, noch länger zu kämpfen. Deshalb winkte ich müde ab. »Ich weiß dein Angebot zu schätzen. Aber ich denke nicht, dass das viel bringt. Hazel war sehr deutlich. Sie will mich nicht länger hier haben und ich …«

»Dad!«

Maila kam die Treppe hochgestürmt, rannte auf mich zu und schlang ihre Arme um mich. Als sie den Kopf in den Nacken legte und mich ansah, schimmerte nackte Furcht in ihren Augen. »Da gibt es ein paar Kinder, die erzählen schreckliche Sachen über dich. Aber ich glaube denen kein Wort.«

Mein Magen zog sich zusammen, während ich ihr sanft über die wilden Locken strich. »Nichts davon ist wahr, Flip. Ich würde niemals ein Mädchen verletzen.«

Sie lächelte zittrig. Dabei bohrten sich kleine Grübchen in ihre Wangen. »Nein, würdest du nie.«

Wir sahen einander in die Augen, und es zerriss mir das Herz, sie enttäuschen zu müssen. »Trotzdem werde ich Silver Springs verlassen.«

»Was?« Maila schüttelte den Kopf, ihre Augen begannen zu glänzen. »Aber du hast doch gar nichts gemacht.«

Ich konnte ihr nicht sagen, dass ihre Mom es so entschieden hatte. Sie würde Hazel dafür hassen. »Es muss leider sein.«

Nun kullerten Tränen aus ihren Augenwinkeln. »Wann kommst du zurück?«

Mit einem traurigen Lächeln wischte ich über ihre Wangen. »Ich weiß es nicht.«

KAPITEL 33

Hazel

»Hazel?«, rief Estelle durch meine Bürotür, bevor sie sie langsam aufschob. Ihr Blick huschte durch den Raum, ehe sie mich auf der Fensterbank entdeckte.

Kraftlos lehnte ich den Kopf gegen die Wand in meinem Rücken. »Ich nehme an, du hast nichts aus Kyra rausgekriegt?«

Enttäuscht verzog sie das Gesicht. »Nein, leider nicht.«

Das hatte ich bereits vermutet. »Und wie ist die Stimmung da draußen?«

»Schlecht.« Estelle kam zu mir und setzte sich zu mir auf die Fensterbank.

Draußen ging bereits die Sonne unter, und Grover war dabei, ein Lagerfeuer aufzuschichten, obwohl ich bezweifelte, dass wir es heute noch anzündeten.

»Neo ist gerade abgereist«, fuhr Estelle fort, woraufhin es erneut in meiner Brust brannte. Meine Freundin legte den Kopf schief. »Hältst du es wirklich für eine gute Idee, ihn gehen zu lassen? Das wirft echt kein gutes Licht auf ihn.«

»Wäre er geblieben, hätten die Kinder ihn nur noch voller Misstrauen betrachtet und sich vielleicht sogar gegen ihn aufgelehnt. Ich wollte nicht, dass er seine Freude am Coaching verliert.« Ich zuckte mit den Schultern. »Außerdem macht Georgie vielleicht den Fehler, sich vor den anderen zu profilieren, wenn sie sich als Siegerin in dieser Farce fühlt.«

Nachdenklich zwirbelte Estelle eine Strähne ihres blonden Haares zwischen den Fingerspitzen. »Da könnte was dran sein.«

Ich schluckte schwer. »Weiß Maila schon Bescheid?«

»Ja«, erwiderte Estelle. »Sie und ein paar andere haben sich auf dem Parkplatz von ihm verabschiedet. Reed kümmert sich um sie.«

Ich war froh darüber, denn im Moment fehlte mir noch die Kraft, meiner Tochter gegenüberzutreten. Dazu war ich noch zu sehr in meinem eigenen Schmerz gefangen.

Neo war fort. Meine schlimmste Angst war knallharte Realität geworden.

Tränen brannten in meinen Augen. Ich wandte mich ab und schaute wieder aus dem Fenster. »Kannst du mir bitte einen Gefallen tun und alle in einer halben Stunde im Speisesaal versammeln? Wir müssen mit den Kids sprechen.«

»Natürlich.« Estelle erhob sich wieder, ging aber nicht weg, sondern schaute besorgt auf mich hinab. »Bist du okay?«

Ich stieß ein raues Lachen aus. »Irgendwann wieder.«

Zumindest hoffte ich es.

Estelle drückte kurz meine Schulter zum Trost, bevor sie mein Büro verließ.

Abermals fluteten Tränen meine Augen. Ich konnte das unglückliche Schluchzen nicht verhindern, das meine Kehle hinaufkroch. Ich tat, was Neo mir prophezeit hatte, und redete mir ein, dass es richtig war. Aber es fühlte sich furchtbar an, und wie damals wollte ich mir einfach die Decke über den Kopf ziehen und weinen.

Ich war jedoch kein Kind mehr. Ich war Mutter und die Leiterin dieses Camps. Ich trug Verantwortung.

Schniefend wischte ich mir über das Gesicht und stand auf. Ich nutzte die verbleibende Zeit, um im Internet die richtige Vorgehensweise in solchen Fällen nachzuschlagen, machte mir Notizen und legte mir eine Strategie zurecht. Anschließend frischte ich kurz mein Make-up auf, damit ich nicht so verheult aussah, und ging in den Speisesaal.

Dort saßen die Kinder bereits gruppenweise an ihren Tischen und tuschelten, während sie immer wieder zu Georgie spähten, die mit gequälter Miene neben Kyra saß. Ich fing Mailas Blick auf, doch anstelle der erwarteten Trauer fand ich in erster Linie Wut. Kurz fürchtete ich, dass sie vielleicht die ganze Wahrheit kannte. Aber als sie Georgie einen mörderischen Blick zuwarf, war klar, wem sie die Schuld an Neos Abreise gab.

Reed stand vor dem leeren Tisch, auf dem Dotty und Gina für gewöhnlich die kalten Büfetts anrichteten. Der Rest des Teams hatte sich an unserem Stammtisch versammelt.

Mit angespannter Miene trat ich neben Reed und wandte mich an die Campgemeinschaft. Meine Hände zitterten so heftig, dass das Papier mit meinen Notizen leise raschelte. Als ich den Blick darauf senkte, verschwammen die Buchstaben vor meinen Augen.

Verdammt! Ich musste mich zusammenreißen.

Mit einem Räuspern hob ich den Kopf. »Ich habe euch alle hierhergebeten, weil ihr vermutlich ein paar Gerüchte gehört habt, zu denen ich gern Stellung beziehen möchte.«

Neben mir straffte Reed die Schultern, eine stumme Bestätigung dafür, dass er immer hinter mir stand.

»Heute, spätnachmittags, kam es zu einer körperlichen Auseinandersetzung zwischen Neo und einer Campteilnehmerin. Aktuell ist es nicht möglich, festzustellen, wer wen attackierte, da sich beide Aussagen widersprechen und es auch keine Zeugen gibt. In Silver Springs nehmen wir Vorwürfe dieser Art sehr ernst. Daher werde ich eine Untersuchung einleiten und einige von euch nach euren Beobachtungen befragen.«

Ein Murmeln ging durch die Menge. Dann wurden Rufe laut.

»Wieso sollte Neo ein Mädchen angreifen?«, rief eine der Jugendlichen, die nicht so viel mit Georgie und Kyra zu tun hatten.

Ein Junge schüttelte skeptisch den Kopf. »Das stimmt doch nie im Leben.«

»Ich glaub das auch nicht«, stimmte sein Kumpel zu.

»Neo hat uns glaubhaft versichert, dass er das Mädchen *nicht* attackiert hat«, mischte Reed sich ein und bezog damit Stellung, obwohl wir als Campleitung eigentlich neutral bleiben sollten. »Trotzdem sind wir gezwungen, ihn zu suspendieren, bis der Sachverhalt geklärt ist.«

Bowie meldete sich. »Aber eine Suspendierung heißt ja nicht, dass er gleich abreisen muss.«

Für einen kurzen Moment war ich völlig fasziniert von der ungeheuren Wandlung dieses Kindes. Anfang des Sommers war er so schüchtern gewesen, dass er kaum ein Wort herausgebracht hatte – und jetzt sprach er vor so einer großen Menge von Kindern.

Maila wurde nun doch vom Kummer überrollt. Hektisch wischte sie sich eine Träne weg, während Bailey einen Arm um sie legte.

»Ich habe Neo angeboten, zu bleiben«, erwiderte Reed und versetzte mir damit einen nicht unerheblichen Schreck. »Aber ihm war wichtig, dass ihr euch hier weiterhin sicher fühlt und die letzten Tage im Camp genießen könnt. Deshalb hat er beschlossen, eher als geplant abzureisen.«

»Aber wir sind extra seinetwegen hergekommen«, rief Chuck entrüstet aus.

Verdammt! Darüber hatte ich gar nicht nachgedacht.

Mein Bruder offenbar schon. »Neo hat mir euren Trainingsplan dagelassen und mich gebeten, ihm eure Schwimmzeiten zu schicken. Er wird sich bei euch melden, wenn ihr das gern möchtet. Außerdem hat er angeboten, die drei verpassten Tage bald in Portland nachzuholen.«

Chuck riss ehrfürchtig die Augen auf. »Er würde echt zu uns kommen?«

Reed lächelte. »Ja.«

Die drei Jungs aus Portland klatschen sich gegenseitig ab. Sie schienen zum Glück zufrieden mit diesem Kompromiss.

Ein anderes Mädchen hob die Hand. »Und was ist mit den anderen Schwimmkursen?«

»Leider können wir dieses Angebot ohne Neo nicht aufrechterhalten«, antwortete Reed bedauernd.

»Aber das ist total unfair«, rief ein Junge und warf seine Arme in die Luft. »Das Rettungsschwimmtraining war supercool. Wir wollten morgen Wiederbelebung üben.«

»Es tut mir leid«, schaltete ich mich nun wieder ein. »Aber wie ich schon sagte, ist es unsere Pflicht, einer solch schwerwiegenden Anschuldigung nachzugehen und …«

»Wer hat diesen Mist überhaupt behauptet?«, rief ein Mädchen empört.

Ein Junge sprang auf und zeigte anklagend auf Georgie. »Sie war das!«

Unzählige Köpfe drehten sich in Georgies Richtung, die wie

eine gefallene Königin ihren Kopf reckte. Sie trug inzwischen ein verhältnismäßig züchtiges Kleid, das ihre Male am Hals trotzdem gut zur Schau stellte. Ihre Unterlippe war geschwollen und blutverkrustet. Ihre roten Augen starrten ziellos ins Nichts.

Sie wirkte traumatisiert – und hätte ich Neo nicht so gut gekannt, wären mir spätestens jetzt leise Zweifel gekommen. Sie mimte das unschuldige Opfer beeindruckend gut.

Abermals ging ein Raunen durch die Menge, als würden die Kinder Georgie plötzlich ganz anders wahrnehmen, und die Stimmung kippte. Immer mehr schüttelten entsetzt ihre Köpfe, als könnten sie nicht fassen, dass Neo zu so etwas fähig war. Andere wirkten verwirrt und wieder andere wütend.

Ich musste sie dringend von diesen Gedanken ablenken. »Wie bereits gesagt, steht im Moment Aussage gegen Aussage. Aber ich versichere euch, wir werden die Wahrheit herausfinden.«

Bei meinem letzten Satz wurden Georgies Augen groß wie Untertassen.

Ich hielt meinen Blick ausschließlich auf sie gerichtet. »Und natürlich werde ich unsere Sicherheitsfirma bitten, mir die Aufnahmen der Überwachungskameras zu senden, die im Verwaltungsgebäude installiert sind.«

Das war ein Bluff. Wir hatten gar kein Geld für Überwachungskameras, geschweige denn für eine Sicherheitsfirma. Aber das wusste ja kaum jemand.

Reed warf mir einen nachdenklichen Blick zu und setzte dann noch eins drauf. »Sobald wir zweifelsfrei wissen, was passiert ist, wird sich ein befreundeter Anwalt von uns einschalten, um gerichtlich gegen den Täter vorzugehen. Hier in Silver Springs dulden wir keine Vergehen dieser Art – weder Körperverletzung noch Verleumdung.«

Im Speisesaal wurde es mucksmäuschenstill, weshalb auch Georgies Keuchen für alle gut zu hören war.

»Möchtest du uns etwas sagen, Georgie?«, fragte ich leise.

Sie biss sich auf die blutige Unterlippe und schüttelte schweigend den Kopf.

Verdammt! Ich hatte so gehofft, sie würde mit der Wahrheit rausrücken, wenn wir ihr ein bisschen Druck machten, auch wenn mir dieses Vorgehen zutiefst widerstrebte.

»In Ordnung«, sagte ich ruhig. »Falls ihr Redebedarf habt: Meine Tür steht euch immer offen. Ihr könnt euch auch gern an eure Betreuer wenden.«

Ich beendete die Versammlung und schickte die Kinder raus ans Seeufer, wo Grover das Lagerfeuer entfachte. Ich bezweifelte, dass der Abend am Ufer so beschwingt verlaufen würde wie sonst. Aber ich hoffte, dass eine vertraute Atmosphäre vielleicht die ein oder andere Zunge lockern würde.

Vielleicht hatte ja irgendjemand mitgekriegt, wie Georgie Neo gefolgt war, oder konnte bezeugen, dass er den Geräteraum noch vor ihr verlassen hatte. Vielleicht hatte Georgie sich vor ihren Zimmergenossinnen damit gebrüstet, ihn verführen zu können, oder später damit angegeben, dass er ihretwegen aus dem Camp flog.

Jeder Hinweis würde helfen, Neo zu entlasten.

Bis dahin konnte ich nur beten, dass Georgie doch noch zur Vernunft kam und ein Geständnis ablegte.

Maila rannte zu mir, sobald sich der Speisesaal leerte. Als ich sie an mich zog, brach sie sofort in Tränen aus.

»Ach, Schatz«, murmelte ich. Es war nicht nötig, ihr zu versichern, dass Neo unschuldig war. Sie wusste es auch so.

»Das ist nicht fair.« Maila hob den Kopf und schaute mich an. »Warum hast du ihm nicht gesagt, dass er bleiben soll?«

Die Frage traf mich nicht unvorbereitet. Schließlich kannte ich unsere Tochter. »Weil Neo ein Angebot von seinem alten Coach bekommen hat. Er wurde als Trainer in den Nationalkader berufen.«

Maila runzelte die Stirn, kommentierte das aber nicht weiter. Stattdessen nuschelte sie nur, sie wollte jetzt auch ans Ufer gehen, und huschte wieder davon.

Verwundert schaute ich ihr hinterher. Irgendwie hatte ich erwartet, dass sie trauriger wäre, wenn ihr Vater uns verließ. Aber vielleicht hatte sie das bei all der Aufregung um Georgie noch gar nicht wirklich begriffen.

Ich ging in die Küche, um mir einen Brownie zu holen, den ich mir heute Abend wohl mehr denn je verdient hatte. Dotty und Gina waren mit den anderen zum Lagerfeuer gegangen, deshalb war der Vorraum leer. Aber als ich um die Ecke bog, lehnte Glen lässig neben dem Kühlschrank.

»Ich dachte mir schon, dass du was zum Naschen brauchst«, sagte er.

»Ja.« Ich öffnete den Kühlschrank und nahm einen gekühlten Brownie von der vorbereiteten Platte. »Möchtest du auch?«

»Nein, danke.« Glen lächelte, doch seine Augen schimmerten voller Bedauern. »Ich weiß, dass ich mich wie ein Idiot aufgeführt habe in den letzten Tagen. Aber fürs Protokoll: Ich glaube ebenfalls an Neos Unschuld.«

Ich nickte, weil ich nicht wusste, was ich sonst dazu sagen sollte. Schließlich änderte es sowieso nichts.

»Kann ich irgendetwas tun, um zu helfen?«, fragte er.

Vorsichtig zupfte ich ein kleines Stück von dem Brownie ab und schob es mir in den Mund. Leider schenkte mir das süße Gebäck nicht den ersehnten Trost. »Ich fürchte nicht. Aber danke für dein Angebot. Das weiß ich zu schätzen, Glen.«

Er musterte mich aufmerksam. »Und willst du über die andere Sache reden?«

»Was meinst du?«, fragte ich irritiert.

»Na ja …« Glen wurde rot. »Ein Vögelchen hat mir ins Ohr gezwitschert, dass du dich von Neo getrennt hast. Ich dachte, vielleicht brauchst du einen Freund.«

Er schien sein Angebot ehrlich zu meinen, ohne Hintergedanken. Aber trotzdem war er der Letzte, mit dem ich über Neo sprechen wollte.

»Tja, da hat sich dein Vögelchen verzwitschert«, sagte ich und wandte mich ab, damit er meinen Kummer nicht bemerkte. »Wir waren nie zusammen.«

***

Zu meiner Erleichterung hielt keines der Kinder Neo für schuldig. Die, die am nächsten Tag zu mir kamen oder mit ihren Betreuern darüber sprachen, machten alle übereinstimmende Aussagen. Manche hatten gesehen, wie Neo ein paar Schwimmutensilien in den Geräteraum trug und Georgie hinter ihm in den Raum schlüpfte. Andere konnten bezeugen, dass er kurz darauf panisch durch den Gang stolperte.

Von Selma erfuhr ich, wie aufgelöst und wütend das Mädchen gewesen war, als es ihr in die Arme gelaufen war. Sie beichtete mir auch etwas niedergeschlagen, dass sie es gewesen war, die daraufhin den Verdacht geäußert hatte, Georgie wäre von jemandem überwältigt worden. Ich nahm an, dass das Mädchen daraufhin spontan beschlossen hatte, Neo anzuprangern, ohne sich der Konsequenzen bewusst zu sein.

Ich wartete zwei Tage darauf, dass sie endlich einknickte und irgendjemandem die Wahrheit gestand. Aber ihre Lippen blieben versiegelt, und meine Hoffnungen, Neos Ruf vollumfänglich wiederherzustellen, schwanden.

Maila ging es überraschend gut angesichts der Tatsache, dass ihr Vater aus heiterem Himmel abgereist war. Ich hatte mich darauf eingestellt, sie zu trösten und gemeinsam mit ihr seinen Verlust zu verwinden. Aber unsere Tochter schwamm lieber im See und arbeitete eine Liste mit Übungen ab, die Neo ihr dagelassen hatte.

So blieb ich mit meinem Schmerz allein. Ich sagte mir, dass ich es überleben würde. Schließlich hatte ich diesen Scheiß schon einmal durchgemacht. Aber trotzdem fühlte es sich diesmal komplett anders an.

Weil *ich* diese Entscheidung getroffen hatte.

Bis zum Abend des großen Abschiedsfestes hatte ich jeglichen Elan verloren. Ich liebte die Sommercamps so sehr. Aber alles war irgendwie anstrengend und nervig geworden, was auch an der nervösen Energie der Kinder lag. Die meisten waren innerlich genauso zerrissen wie ich, was ihre bevorstehende Abreise betraf. Sie freuten sich auf ihre Rückkehr nach Hause und zu ihren Familien, wollten aber auch nicht, dass ihre Zeit hier endete.

»Ist jedes Jahr das Gleiche, hmm?«, sagte Gina, während wir um den Tisch im Besprechungsraum herumstanden und die Abschiedsgeschenke eintüteten. Die Gruppen waren schon vor einer Stunde aufgebrochen, um den Fun-Parcours zu absolvieren, an dem wir alle gemeinschaftlich gearbeitet hatten.

Ohne Neo, obwohl es seine Idee gewesen war.

Ich nickte schwach. »Ja.«

Gina grinste. »Ich werde die kleinen Scheißer vermissen.«

Das entlockte mir nun doch ein Lachen.

»Macht es einen schlechten Menschen aus mir, wenn ich

euch verrate, dass ich nicht alle Kinder vermissen werde?«, fragte Estelle, während sie einen Karton mit Süßigkeiten aufriss.

Wir hatten bei einem Discounter acht Zehner-Sets mit hübschen Bilderrahmen gekauft und in einem Onlineshop wunderschöne Collagen zusammengestellt. Darauf gab es nicht nur atemberaubende Fotos von Silver Springs, sondern auch eine Aufnahme der jeweiligen Stammgruppe und Platz für kleine Botschaften. Die Fotos befanden sich bereits in den Rahmen. Nun fehlten nur noch ein paar Süßigkeiten und die Postkarten-Sets, die wir ebenfalls günstig erhalten hatten. Einfach aus dem Grund, weil Estelles Fotos unglaublich gut und eine perfekte Werbung waren.

»Definitiv nicht.« Gina faltete eine Geschenktüte auf. »Gewisse Personen will ich hier auf keinen Fall noch einmal sehen.« Sie warf ein Bonbon in meine Richtung, das mich jedoch weit verfehlte. »Bei anderen hingegen würde ich es sehr begrüßen.«

Ich konzentrierte mich angestrengt auf meine Hände, weil absolut klar war, von wem sie sprach.

Gina seufzte. »Im Ernst, Hazel. Das ist doch bescheuert! Du liebst diesen Mann, und du vermisst ihn. Das kann jeder sehen. Wieso rufst du ihn nicht einfach an und sagst ihm, dass er seinen Hintern wieder herschwingen soll?«

»Ist ja nicht so, als hätte er es nicht angeboten«, fügte Estelle in beiläufigem Tonfall hinzu.

Ich stöhnte. »Reed hätte euch nie von diesem blöden Zettel erzählen dürfen.«

Es war nur ein einziger Satz gewesen, den Neo in seiner krakeligen Handschrift auf einen Werbeblock von Silver Springs geschrieben hatte:

Sag Bescheid, wenn ich nach Hause kommen kann.

Als mein Bruder ihn mir überreicht hatte, war ich in Tränen ausgebrochen und hatte eine sehr lange Zeit nicht mehr aufgehört zu weinen. Danach war ich viel zu fertig gewesen, um noch irgendwelche klärenden Gespräche zu führen, geschweige denn, dass ich die Kraft gehabt hatte, Georgies Eltern über den Vorfall zu informieren. Das hatte ich erst am nächsten Morgen getan – oder vielmehr versucht. Erreicht hatte ich sie nämlich bis heute nicht.

Ich überlegte, den nächsten Versuch gleich jetzt zu starten, denn selbst das war mir lieber als das Kreuzverhör meiner Freundinnen.

»Neo wartet bestimmt nur auf eine Nachricht von dir«, sagte Estelle und warf mir einen unglücklichen Blick zu. »Mir ging es jedenfalls so, als dein Bruder mich vor dir Tür gesetzt hat. Ich habe jede Sekunde gehofft, er würde sich melden.«

Schon wieder brannten meine Augen, aber seit ich vor Reed komplett die Kontrolle verloren hatte, hatte ich keine Träne mehr vergossen, und dabei sollte es bleiben. Ich schüttelte den Kopf. »Ihn zurückzuholen würde aber nichts ändern. Er *will* diesen Job im US-Kader. Er braucht den Nervenkitzel und den Erfolg. Ich kann ihm das nicht wegnehmen, nur weil ich mit ihm zusammen sein will.«

»Hmm«, brummte Gina. »Aber findest du nicht, dass er das selbst entscheiden sollte?«

Ich lachte auf. »Das hat er doch schon. Ich habe damals den Kürzeren gezogen und …«

Sie warf die Hände in die Höhe. »Herrgott noch mal, Hazel! Jetzt komm endlich darüber hinweg!«

Zorn kochte in mir hoch. »Ich *bin* darüber hinweg. Glaubst du, ich hätte mich sonst noch einmal auf ihn eingelassen?«

»Oh, wir wissen doch beide, dass du Mauern aus Stahl besitzt«, schoss meine verräterische Freundin zurück. »Ich habe dich immer dafür bewundert. Ehrlich! Ich wünschte, ich könnte auch einfach meinen Verstand ausknipsen und das Leben genießen.«

»Warum tust du es dann nicht?«, fragte ich herausfordernd.

»Weil mir das Risiko zu hoch ist.« Gina holte zittrig Luft und fuhr dabei sanft über die Narbe auf ihrer Stirn. »Ich habe schon einmal den Fehler gemacht, mich in den Falschen zu verlieben. Noch einmal wird mir das sicher nicht passieren.«

Schockiert schlug ich mir die Hand vor den Mund.

»Das hat dir dein Freund angetan?«, fragte Estelle bestürzt.

Mit einer ruppigen Geste faltete Gina eine weitere Papiertüte auseinander. »Mein Ehemann.«

Heilige Scheiße!

»Du ... du bist verheiratet?«, stieß ich ungläubig hervor.

Ein bitteres Lächeln umspielte Ginas Mundwinkel. »Soweit es mich betrifft, nicht. Aber technisch gesehen ... ja.«

Sie lebte seit über drei Jahren hier und hatte in all der Zeit keinen einzigen Freund gehabt, obwohl es durchaus Interessenten gegeben hatte. Aber ich wäre nicht im Traum auf die Idee gekommen, dass sie irgendwo einen Ehemann haben könnte. »Was ist passiert?«

Gina winkte ab. »Das ist eine andere Geschichte. Jetzt geht es um dich.«

Von wegen, sie besaß keine Mauern aus Stahl.

Ich wollte protestieren, doch sie sah mich so eindringlich an, dass ich stumm blieb.

»Angst ist etwas Gutes«, sagte sie. »Sie kann dich beschützen und dir manchmal sogar das Leben retten. Aber wenn du zulässt, dass sie dich überwältigt, kann sie auch viel zerstören.«

Estelle nickte zustimmend. »Neo ist einer von den Guten, und er liebt dich. Mach dir das nicht kaputt, nur weil es vielleicht eines Tages schwierig werden könnte. Ihr seid keine Kinder mehr, Hazel. Ihr gestaltet euer Leben, wie es *euch* gefällt.«

Meine Freundinnen sahen mich hoffnungsvoll an. Mir war klar, was sie von mir erwarteten, und der Gedanke ließ mein Herz schneller schlagen. Doch dann schlug die Panik zu. Ich sah mich wieder selbst vor meinem geistigen Auge, sah mich am Tiefpunkt, verzweifelt und gebrochen.

Ich ließ den Kopf hängen. »Ich muss … ich muss noch Geschenkband holen.«

Bevor eine der beiden mich aufhalten konnte, wirbelte ich herum und floh zur Tür hinaus. Ich hörte Gina frustriert schnaufen, aber es war mir egal, dass ich die Geduld meiner Freundinnen überstrapazierte.

Eilig lief ich die Stufen hinauf, um mich in mein Büro zu flüchten, hielt aber abrupt inne, weil Georgie und Kyra in den Sitzsäcken beim Billardtisch herumlümmelten.

»Wieso seid ihr denn hier oben?«, fragte ich verdutzt.

Georgie verdrehte die Augen. »Weil wir keinen Bock auf diesen Kindergarten da unten haben.«

Kyra wirkte so unglücklich, dass arge Zweifel an dieser Aussage in mir aufstiegen. »Eigentlich sollen alle am Fun-Parcours teilnehmen.«

»Ich habe aber keine Lust«, zischte Georgie, während sie gelangweilt auf ihrem Smartphone herumtippte.

Stirnrunzelnd schaute ich zu Kyra, die das Gesicht verzog. »Die anderen haben Georgie aus dem Team geworfen. Sie sagen, sie wollen nichts mit einer Lügnerin zu tun haben.«

»Was soll der Mist, Pink?«, fauchte Georgie.

Kyra zog den Kopf ein. »Sie hätte es doch sowieso erfahren.«

Wir alle hatten so viele Hoffnungen in die Freundschaft der beiden gesetzt, weil sie in vielen Dingen den gleichen Geschmack besaßen. Inzwischen aber war klar, dass die Mädchen grundverschieden waren.

»Ich konnte deine Eltern immer noch nicht erreichen, Georgie«, sagte ich und musterte sie aufmerksam. »Hast du sie gebeten, meine Anrufe zu ignorieren?«

Sie wurde feuerrot. »Wieso sollte ich?«

Ich stemmte die Hände in die Hüften. »Vielleicht, weil du ziemlichen Mist gebaut hast?«

Wut blitzte in ihren Augen auf. »Ich hab nicht gelogen. Der Penner hat mich wirklich begrabscht.«

»Ich glaube dir nicht.«

Das Mädchen war so abgebrüht, dass sie nicht mal nervös wurde. Stattdessen zuckte sie mit den Schultern. »Dein Pech.«

Mein Puls schoss praktisch durch die Decke. »Falsch, Georgie. Es ist vor allem Pech für all jene, denen solch schreckliche Dinge wirklich angetan werden und denen keiner glaubt, weil es Menschen wie dich gibt, die lügen, um einen Vorteil für sich herauszuschlagen. Neo besitzt Anstand und Integrität, was man von dir wahrlich nicht behaupten kann. Ich hoffe sehr, dass du eines Tages begreifst, dass du mit dieser Aktion nicht nur Neos Leben zerstörst, sondern hauptsächlich dir selbst schadest, und all das nur, weil seine Zurückweisung deinen Stolz verletzt hat.«

Die einzige Reaktion auf diese Ansage erhielt ich von Kyra, die mich mit riesigen Augen anstarrte. Georgie hingegen scrollte ungerührt auf ihrem Handy weiter.

Ich hätte mich nur zu gern auf sie gestürzt und ihr mit dem dämlichen Teil eine Kopfnuss verpasst. Leider verstieß das ebenfalls gegen die Regeln.

»Du verdienst bessere Freunde«, sagte ich zu Kyra, die vermutlich aus lauter Solidarität hier oben rumhockte und nicht, weil sie es unbedingt wollte.

Ich holte schnell Geschenkband aus dem Bastelzimmer neben meinem Büro, bevor ich in den Besprechungsraum zurückkehrte. Estelle und Gina hatten inzwischen Verstärkung von Aubrey erhalten. Ich war überrascht, sie hier anzutreffen, zumal sie und Estelle so manche Reibungspunkte hatten. Aber ich wehrte mich auch nicht gegen ihre Hilfe, weil meine Freundinnen mich aufgrund von Aubreys Anwesenheit nicht weiter bedrängten.

Eilig stellten wir die Geschenke für die Kinder und ihre Betreuer fertig und packten alles in größere Kartons, um unsere Präsente komfortabler transportieren zu können.

Als Estelle und Gina vorausgingen, hielt Aubrey mich zurück und lächelte so freundlich, wie ich es nur von ihrem Einstellungsgespräch kannte. »Wir haben noch gar nicht über die nächste Saison geredet.«

Das erklärte ihr plötzliches Engagement.

»Ich habe mir bisher keine Gedanken darüber gemacht«, erklärte ich, was nicht mal gelogen war. »Normalerweise plane ich die Sommercamps erst im Frühjahr.«

»Oh! Das meinte ich nicht.« Eifrig nahm Aubrey eine Kiste. »Ich habe gehört, es wird in diesem Jahr womöglich auch ein Skicamp geben. Da werdet ihr ja sicher auch wieder Unterstützung von meiner Seite brauchen.«

Ich betrachtete sie skeptisch. Diese Frau konnte nicht ernsthaft glauben, dass ich sie auch nur einen Tag länger beschäftigte als vertraglich vereinbart. »Nein, Aubrey. Wir werden bis auf Weiteres keine Ergo mehr anbieten. Daher endet unsere Zusammenarbeit morgen.«

Aubrey blinzelte. »Und nächsten Sommer?«

Ich überlegte, mich herauszureden und sie zu vertrösten. Aber es wäre nicht fair von mir. Deshalb schüttelte ich den Kopf. »Silver Springs kann dir leider keine berufliche Perspektive bieten. Die Stelle war sehr viel teurer, als wir kalkuliert haben.« Was vor allem daran lag, dass Aubrey ihren Vertrag bis zur Schmerzgrenze ausgereizt hatte, obwohl wir sie mehrfach um Zurückhaltung gebeten hatten. »Und wir finden auch, dass du dich nicht so gut ins Team integriert hast, wie wir uns das gewünscht hätten.«

Empört knallte sie den Karton auf den Tisch. »Ich habe mein Bestes gegeben.«

Puh! Dann viel Erfolg im nächsten Job …

Ich griff nach dem Karton, damit wir irgendwie vorankamen. »Wenn du möchtest, stelle ich dir gern ein Empfehlungsschreiben aus.«

Aubrey schnaubte. »Danke, ich verzichte. Aber da es ja nicht unüblich in diesem Camp ist, dass Mitarbeiter nach Lust und Laune abreisen, spricht sicher nichts dagegen, wenn ich mich heute schon verabschiede.«

Wahrscheinlich würde Gina ihr nur zu gern beim Packen helfen, damit sie Gästehaus drei wieder für sich allein hatte. »Das steht dir natürlich frei.«

»Dann sind wir uns ja einig.« Sie reckte ihr Kinn in die Höhe. »Alles Gute für dich, Hazel.«

»Für dich auch, Aubrey.«

Sie machte auf dem Absatz kehrt und stolzierte zur Tür. Dort angekommen hielt sie noch einmal inne und warf mir einen herablassenden Blick zu. »Ich hatte euch gewarnt, dass diesen Mädchen nicht zu trauen ist und dass sie nur Ärger machen würden. Hättet ihr auf mich gehört, könnte deine Tochter jetzt die Zeit mit ihrem Vater am See genießen, anstatt nur noch mit ihm zu telefonieren. Das habt ihr nun davon.«

Aubrey verschwand, während ich ihr wie vom Donner gerührt hinterhersah.

Deshalb hielt sich Mailas Trauer also in Grenzen. Sie stand die ganze Zeit mit Neo in Kontakt. Hinter meinem Rücken! Das durfte doch echt nicht wahr sein.

Ich wollte schon losmarschieren und unsere Tochter zur Rede stellen. Dann kam mir jedoch der Gedanke, dass ihr der Kontakt wahrscheinlich viel besser über ihren Kummer hinweghalf, als ich es je könnte.

Die beiden hatten immer etwas zu besprechen. Was nicht nur an Mailas offenem Wesen lag, sondern auch daran, dass er wahnsinnig viele Fragen stellte. Deshalb beschloss ich, mich nicht einzumischen, und stattdessen meinen Freundinnen zum Ufer zu folgen, wo bereits die erste Gruppe vom Parcours zurückkehrte.

Ein letztes Mal hatten wir alles festlich geschmückt. Bunte Luftballons, Girlanden und Lampions hingen in den Bäumen. Auch der Bootssteg leuchtete in bunten Farben, und auf einem Tisch stand unsere Musikanlage und beschallte mit fröhlichen Songs den gesamten Bereich. Brianna und Quill hatten eine wahnsinnig coole Ausstellung auf die Beine gestellt, die sämtliche Kunstwerke präsentierte, die die Kids in den letzten Wochen angefertigt hatten. Es war eine beeindruckend große Anzahl, und viele Bilder waren sicher zusätzlich zu unserem Abschiedsgeschenk ein schönes Souvenir.

Traditionsgemäß fand die Abschlussshow schon vor dem

Abendessen statt, damit später noch genug Zeit für das eigentliche Fest blieb. Scott platzte beinahe vor Stolz, als seine Gruppe ein wundervolles Stück über Freundschaft aufführte. Auch Jades Tanzacts verliefen reibungslos und wurden mit tosendem Beifall honoriert.

Diesmal war ich nicht mit von der Partie, weil ich Dotty, Gina und Grover half, die liebevoll zubereiteten Speisen auf einem Tisch zu arrangieren. Es gab bunte Salate, Fingerfood und Minipizzen, dazu gebackene Gemüsespieße und geröstetes Knoblauchbrot. Normalerweise wäre mir beim Anblick all dieser Köstlichkeiten das Wasser im Mund zusammengelaufen. Aber heute verspürte ich keinen rechten Appetit.

Bevor Reed schließlich das Partybüfett eröffnete, hielt er eine wunderschöne Rede. Er erinnerte an witzige Momente, die wir gemeinsam erlebt hatten, und sprach von den Herausforderungen, denen sich die Kids tapfer gestellt hatten. Letzteres sagte er vor allem mit einem anerkennenden Blick in Bowies Richtung, dessen Wangen sich daraufhin röteten.

Gemeinsam mit Reed verteilte ich im Anschluss unsere Präsente an die einzelnen Gruppen. Die Kinder freuten sich riesig über die schönen Bilderrahmen und zauberten uns allen ein Lächeln ins Gesicht mit ihrer Reaktion.

Als die Kids gerade zum Büfett stürmen wollten, stand Georgie plötzlich auf. »Ich möchte kurz etwas sagen.«

Ich trat einen Schritt vor, um ihr Einhalt zu gebieten. Immerhin hatte sie mir zuvor deutlich zu verstehen gegeben, dass sie keinerlei Reue empfand. Andererseits hatten sie meine Worte ja vielleicht doch zur Einsicht bewegt.

Sie straffte die Schultern. »Ich weiß, dass mich viele von euch für eine Lügnerin halten. Das hat mich sehr verletzt.« Sie deutete in meine Richtung. »Aber vorhin hat Hazel mir klargemacht, dass es einige gibt, die aus purer Bösartigkeit solche Behauptungen aufstellen, und dass es deshalb vorkommt, dass den *wahren* Opfern nicht mehr geglaubt wird.«

Ich war so schockiert darüber, dass Georgie meine eigenen Worte gegen mich verwendete, dass ich sie im ersten Moment nur mit offenem Mund anstarren konnte.

Unterdessen lächelte das Mädchen gequält. »Deshalb sollt ihr wissen, dass ich nicht sauer auf euch bin. *Ich* kenne die Wahrheit und …«

»Stopp!« Kyra, die neben Georgie im Gras gesessen hatte, sprang auf die Füße. »Jetzt hör endlich auf, so einen Schwachsinn zu erzählen!«

Gemurmel setzte ein, während Georgie feuerrot anlief. Wie es schien, hatte Kyra ihren Plan, Silver Springs als Märtyrerin zu verlassen, gerade zerstört.

»Sollen wir eingreifen?«, flüsterte Reed mir zu.

Langsam schüttelte ich den Kopf. »Kyra wird das Richtige tun.«

Ich glaubte fest daran, denn dieses Mädchen mochte laut und selbstbewusst auftreten, aber eigentlich war sie sanft, sensibel und vor allem unsicher. Sie sehnte sich nach einer Freundin, aber leider hatte Georgie sich als schlechte Kandidatin erwiesen.

»Wie kannst du es wagen, mir in den Rücken zu fallen?«, fauchte Georgie und baute sich vor ihr auf.

Doch diesmal ließ Kyra sich nicht einschüchtern. Trotzig erwiderte sie ihren Blick. »Ich mache das, weil Neo ein netter Kerl ist und so einen Scheiß nicht verdient hat. Du hast behauptet, du würdest ihn mit einem Fingerschnippen ins Bett kriegen, und als du abgeblitzt bist, hast du allen diese Story aufgetischt.«

»Das ist nicht wahr!«, kreischte Georgie. »Du bist bloß eifersüchtig, weil er besessen von mir ist.«

Kyra verdrehte die Augen. »Davon träumst du vielleicht. Er wollte nie was von dir. Außerdem hast du mir selbst erzählt, dass du dich verletzt hast, damit dir alle glauben.« Sie drehte sich um und fing meinen Blick auf. »Georgie lügt. Neo hat sie nur angefasst, um sie auf Abstand zu halten, als sie sich auf ihn gestürzt hat. Ich kann bezeugen, dass der Rest der Geschichte frei erfunden ist.«

Unbändige Erleichterung durchflutete mich. Ich machte mir gar nicht erst die Mühe, sie zu verbergen, sondern lächelte Kyra an. »Danke, dass du uns die Wahrheit gesagt hast.«

Beschämt schlang sie die Arme um ihren Oberkörper. »Tut mir leid, dass ich es nicht früher gemacht habe. Ich wollte es, aber ...«

»Du dumme Bitch!« Georgie stürzte nach vorn, um sich auf Kyra zu werfen, aber Estelle und Quill hatten sich in weiser Voraussicht an die Mädchen herangepirscht und stellten sich ihr rechtzeitig in den Weg.

»Ich denke, diese Party ist für dich vorbei«, sagte Quill so kalt, dass ich eine Gänsehaut bekam.

Diesen Ton hatte ich noch nie von ihm gehört. Selbst Reed wirkte überrascht. Es gab offenbar eine Seite, die unser allzeit gut gelaunter Freund geschickt vor uns verbarg.

Estelle legte einen Arm um Kyra und führte sie sanft von Georgie weg, von der sich nun auch die anderen Kids nach und nach demonstrativ abwandten. Nur Maila starrte sie mit unverhohlener Verachtung an.

»Du bist eine gemeine Schlange«, sagte meine Tochter mit fester Stimme. »Und wenn du jemals wiederkommst, mache ich dir deinen Sommer zur Hölle.«

Das war keine leere Drohung. Maila war äußerst beliebt im Camp und würde das sicher spielend leicht hinkriegen.

»Mir doch egal.« Tränen der Demütigung schimmerten in Georgies Augen und straften ihre Worte Lügen. Dennoch reckte sie trotzig ihr Kinn vor. »Ich will sowieso nie wieder in euer Scheißcamp. Hier ist es einfach nur megaätzend.«

Maila lächelte stoisch, woraufhin auch die anderen Kids lachten.

»Ich kümmere mich um sie«, sagte ich zu meinem Bruder. »Übernimm du die Party.«

»Ja, Boss«, erwiderte er belustigt, bevor ich mich auf den Weg zu Georgie und Quill machte.

Sobald ich bei ihnen ankam, wollte ich am liebsten gleich wieder umdrehen. Denn Georgies aufsässiger Gesichtsausdruck verriet mir, dass dieses Mädchen keinerlei Sinn für Anstand besaß. Ich teilte sie für den Rest des Abends in der Küche ein.

KAPITEL 34

Hazel

In Silver Springs war Ruhe eingekehrt, und ein letztes Mal in diesem Sommer hatte mein Bruder das Lagerfeuer entzündet, um das wir nun mit ein paar unserer Kollegen herumsaßen.

Das Abschiedsfest war ohne weitere Zwischenfälle verlaufen. Die Kinder hatten sich die Bäuche am Büfett vollgeschlagen, sich gegenseitig liebe Grüße auf ihre Bilderrahmen geschrieben und bis in die Nacht hinein getanzt. Heute Morgen hatten wir sie dann allesamt in die Busse gesetzt, oder sie waren von ihren Eltern abgeholt worden. Den restlichen Tag hatten wir damit zugebracht, die Hütten auf Vordermann zu bringen. Jetzt war alles fertig, und wir hatten beschlossen, den Sommer gemeinsam ausklingen zu lassen, bevor auch alle anderen morgen früh abreisten.

Neben Aubrey waren auch Brianna und Scott schon nach Hause gefahren. Dotty und Grover hatten sich bereits in ihr Häuschen zurückgezogen. Und Maila übernachtete bei ihrer Freundin Jessy, weil die beiden unbedingt in Ruhe den Sommer auswerten wollten, bevor am Montag die Schule wieder losging.

Ich mochte es nicht, wenn Maila fort war. Aber natürlich gönnte ich es ihr, denn in diesem Jahr war ihr der Abschied von Bowie, Jonah, Willow und Bailey besonders schwergefallen. Sie alle hatten einander versprochen, in Kontakt zu bleiben und nächsten Sommer zurückzukehren. Ich konnte nur hoffen, dass es klappte, denn diese kleine Clique war wirklich etwas Besonderes gewesen.

Gina, die links neben mir auf einem Baumstamm saß, reichte mir eine Schüssel Popcorn. »Im Großen und Ganzen ist es doch gut gelaufen, oder?«

»Für mich auf jeden Fall«, erwiderte mein Bruder, legte einen Arm um Estelle und küsste sie auf die Schläfe.

Diese lächelte verträumt. »Es wird ganz schön langweilig werden ohne die Kids.«

»Oh, keine Sorge«, erwiderte ich und zwinkerte ihr zu, bevor ich mir eine Handvoll Popcorn krallte und die Schüssel an Selma weitergab. »Wir haben noch genug zu tun.«

Quill reckte sich und zog eine eisgekühlte Flasche aus der Kühlbox neben seinen Füßen. Er hatte sich tierisch auf ein erfrischendes Bier am Lagerfeuer gefreut. »Was ist eigentlich aus dem Sponsor geworden, mit dem Stella und du gesprochen habt?«

Ich zuckte mit den Schultern. »Er wollte sich unser Konzept ansehen und sich melden, wenn es ihm gefällt.«

Wovon ich ehrlich gesagt ausging. Silver Springs hatte auch im Herbst und Winter mehr zu bieten als ein paar zerpflückte Ferienwochen. Wenn es uns gelang, ein paar Schulen von unserem Programm zu überzeugen, war ich ziemlich zuversichtlich, dass das Camp nicht den Großteil des restlichen Jahres leer stehen würde. Aber vorher brauchten wir noch eine sinnvolle Marketingstrategie, Sponsoren und natürlich auch grünes Licht von den zuständigen Departments. Es blieb auf jeden Fall spannend.

»Ich bin erst mal für eine Weile in L.A. beschäftigt«, erklärte Quill. »Aber wenn ihr mich eher braucht, könnt ihr jederzeit mit mir rechnen.«

Reed lächelte. »Wir haben nichts anderes von dir erwartet, mein Freund.«

Grinsend öffnete Quill sein Bier und prostete meinem Bruder zu.

Jade seufzte. »Ich wünschte, ich könnte euch dasselbe Angebot machen. Aber ich habe schon einen Vertrag in der Dance Company in Minneapolis unterschrieben. Mit mir könnt ihr also frühstens im nächsten Sommer planen.«

Das war schade, weil ich Jade wirklich gernhatte und sie, wie Quill, schon eine Weile mit uns zusammenarbeitete. Aber ich verstand natürlich, dass sie nicht auf Abruf bereitstehen konnte. »Wir freuen uns, wenn du nächsten Sommer wieder mit dabei bist.«

»Ich denke, ich werde auch wieder kommen«, verkündete Selma gut gelaunt, bevor sie an ihrer Flasche nippte.

Reed lächelte. »Du hast dich wirklich verdammt gut mit den Mädchen geschlagen.«

Sie rümpfte die Nase. »Das nächste Mal hätte ich trotzdem gern eine jüngere Gruppe. Diese pubertären Biester haben mir manchmal den letzten Nerv geraubt.«

Glen, der mir gegenübersaß und entspannt auf Reeds Gitarre herumzupfte, lachte leise. »Ging mir auch so.«

Ich war überrascht, dass er spontan beschlossen hatte, doch noch länger zu bleiben. Eigentlich hatte ich angenommen, er würde sich sofort auf den Weg nach Kanada machen.

»Ihr habt euch beide super geschlagen«, sagte ich und

grinste. »Als ich einen Sommer lang die Teenies übernommen habe, ist ein regelrechter Wettbewerb entbrannt. Der Betreuer, der damals die Jungs im Auge behalten sollte, hat andauernd gepennt, und ich musste ständig irgendwelche Pärchen aus dem Gestrüpp ziehen. Ich hab wochenlang kaum geschlafen.«

Quill gluckste. »Stimmt, ja. Das war ein Theater.«

Ich warf ein Popcorn nach ihm. »*Du* warst in diesem Jahr für die Jungs zuständig.«

Alle lachten, während Quill zerknirscht das Gesicht verzog. »Jetzt, wo du es sagst, fällt es mir wieder ein.«

Glen verzog schmunzelnd die Lippen. »Tja, dagegen waren meine Jungs handzahm.«

»Wie hast du das angestellt?«, fragte Quill.

Ehrlich gesagt brannte mir diese Frage auch schon seit Wochen unter den Nägeln. In all den Jahren war es noch nicht oft vorgekommen, dass die Jungs *keinen* Versuch unternommen hatten, den Mädels einen nächtlichen Besuch abzustatten.

Glens Mundwinkel zuckten. »Ich habe die Türen und Fenster gelegentlich mit Stolperdraht versehen, wenn ich den Eindruck hatte, dass die Jungs ein bisschen übermütig werden.«

Wir starrten den Survivalcoach entgeistert an.

»Also, das … das ist … ausgesprochen clever«, meinte mein Bruder schließlich, woraufhin wir erneut in Gelächter ausbrachen.

Es war einer jener perfekten Sommerabende, in denen einfach alles stimmte. Die Nachtluft war angenehm kühl nach einem heißen Sommertag, der Silver Lake glitzerte im Mondschein, das Lagerfeuer flackerte gemächlich vor sich hin, die Leute waren entspannt und unterhielten sich gut gelaunt, während eine leise Melodie auf der Gitarre erklang …

Und doch war ich so wahnsinnig unglücklich, dass ich mich immer wieder zur Ordnung rufen musste, um nicht in Tränen auszubrechen.

Ich hasste es, dass Neo nicht hier war.

Ich hasste es, dass uns Hunderte von Meilen trennten.

Und ich hasste es, dass ich ihn vermisste.

Seit seiner Abreise versuchte ich, keinen weiteren Gedanken an ihn zu verschwenden. Aber es war einfach nicht möglich.

Inzwischen dürfte er nach Salt Lake City zurückgekehrt sein, was hieß, dass nun 571 Meilen zwischen uns lagen. Oder er war schon nach Indianapolis gefahren, um ein paar Leute zu treffen. In dem Fall wären es 1654 Meilen.

Ich hatte es gegoogelt.

Mir war klar, dass ich das nicht hätte tun sollen. Es quälte mich nur und führte zu nichts. Aber es gab Momente, in denen ich mich so sehr nach ihm sehnte, dass ich das Gefühl hatte, nicht mehr atmen zu können. Es war auch nicht gerade hilfreich, dass ich inzwischen wusste, dass Maila mehrfach am Tag mit ihm telefonierte.

Reed hatte mir gebeichtet, dass Neo ein nagelneues Handy für sie gekauft und ihn darum gebeten hatte, es ihr zu geben. Als fürsorglicher Onkel hatte Reed das Teil natürlich überprüft und mir versichert, dass Neo bereits alle möglichen Schutzfunktionen aktiviert hatte. Maila benutzte das Handy nur, wenn sie gern mit ihrem Vater sprechen wollte. Das konnte ich ihr natürlich nicht verwehren, nachdem sie so lange auf ihn gewartet hatte.

Ich gab weiter vor, nichts davon zu wissen, obwohl ich mir andauernd auf die Zunge beißen musste, mich nicht beiläufig danach zu erkundigen, wo er war, was er machte, wie es ihm ging und so weiter. Die Fragen hörten einfach nicht auf.

Im Gegenteil.

All diese Dinge nicht zu wissen und wieder keinen Anteil an seinem Leben zu haben, tat viel mehr weh, als ich erwartet hatte. Ich kapierte nicht, wo mein verdammtes Problem lag. Immerhin hatte ich von Anfang an gewusst, wie die Sache zwischen uns enden würde. Ich hatte es ja sogar selbst *entschieden*.

Und trotzdem fühlte es sich falsch an.

Genau wie Neo prophezeit hatte.

Der Rest des Abends zog an mir vorbei, ohne dass ich besonders viel von den Gesprächen mitbekam. Ich vermutete, dass ich an den richtigen Stellen lachte, und hin und wieder warf ich auch einen spöttischen Kommentar ein, weil ich den anderen die Stimmung nicht verderben wollte.

Als das Feuer schließlich erlosch, war es weit nach Mitternacht, und nach den anstrengenden Wochen waren wir alle erschöpft.

»Wann wollt ihr morgen losfahren?«, fragte ich Selma, die angeboten hatte, Jade mitzunehmen, weil Minneapolis ohnehin auf ihrem Weg nach Chicago lag.

Sie winkte ab. »Nicht vor Mittag. Ich will erst mal so richtig herrlich ausschlafen.«

»Klingt nach einem guten Plan«, stimmte Quill ihr zu. Er würde erst nachmittags aufbrechen, genau wie Glen, der vor seiner Survivaltour durch den Yukon noch Freunde in Calgary besuchen wollte.

Ich schnappte mir die leere Kühlbox, um sie schnell ins Verwaltungsgebäude zurückzubringen. Dann lächelte ich in die Runde. »Gut, dann sehen wir uns morgen. Schlaft gut, Leute.«

Beim Laufen merkte ich, dass mir das Bier ganz schön zu Kopf gestiegen war. Ich war nicht so betrunken, dass sich alles drehte, aber es hatte sich eine seltsame Taubheit eingestellt.

Normalerweise mochte ich das Gefühl nicht sonderlich. Heute hieß ich es jedoch willkommen, weil ich dann hoffentlich endlich ein paar Stunden Schlaf bekommen würde. Das hatte ja in letzter Zeit nicht sonderlich gut geklappt.

Ich brachte die leeren Flaschen in den Lagerraum und rieb kurz die Kühlbox ab, ehe ich nach Hause ging. Als ich fast angekommen war, bemerkte ich einen Mann, der dort auf mich wartete.

Mein Herz klopfte schneller, denn im ersten Moment war ich sicher, dass es Neo war. Doch als das Verandalicht ansprang, erkannte ich Glen, der sich lässig am Geländer abstützte.

»Hey«, sagte er mit einem Lächeln, während ich näher kam.

»Hey.« Ich stieg die Stufen hinauf und sah ihn an. »Was machst du hier?«

Verlegen rieb er sich über den Nacken. »Ich war schon fast in meiner Hütte, als mir klar wurde, dass ich es bereuen würde.«

»Glen ...«

»Nein, warte«, unterbrach er mich sanft. »Lass mich ausreden, okay?«

Ich nickte, woraufhin er tief durchatmete.

»Es tut mir leid, dass ich so genervt reagiert habe, weil du nicht mit mir ausgehen wolltest«, sagte er. »Ich dachte, du machst so was nicht, und als ich von deinem Date mit Neo gehört habe, war ich angepisst und verletzt. Das war nicht fair von mir. Schließlich hast du mir nie etwas versprochen.«

Mit einem betrübten Lächeln schaute ich zu ihm auf. »Es tut mir trotzdem leid.«

»Ich weiß.« Hoffnungsvoll trat er einen Schritt auf mich zu und ergriff meine Hand. »Hör zu, ich mag dich, Hazel, und wir hatten eine tolle Zeit zusammen. Also ... wenn du das möchtest, komme ich gern noch mit rein.«

Sein Angebot traf mich vollkommen unvorbereitet. Deshalb starrte ich ihn einige Sekunden lang einfach nur sprachlos an. Mein Blick wanderte über sein attraktives Gesicht, seine breiten Schultern, seine kräftigen Arme.

Glen übertrieb nicht. Wir hatten wirklich eine schöne Zeit zusammen gehabt, und auch wenn sie schon Wochen zurücklag, erinnerte ich mich noch gut daran, wie herrlich entspannt ich mich danach immer gefühlt hatte. Es war ganz anders als bei Neo, der sich mit jedem intimen Moment weiter in mein Herz vorgearbeitet hatte. Mit Neo war es nervenaufreibend, beängstigend und intensiv gewesen.

Mit Glen dagegen … war alles leicht.

Er wusste, was er tat, und er war ein hingebungsvoller Liebhaber, dem viel daran lag, dass seine Partnerinnen ebenfalls auf ihre Kosten kamen. Insofern wäre es sicher nicht zu meinem Nachteil, seiner Einladung zu folgen und mich in selige Stille zu flüchten.

Glen hob die freie Hand und strich mir zärtlich eine Locke hinters Ohr. Sein Blick war voller Sehnsucht und Verlangen, als er mich behutsam zu sich zog. Gleichzeitig beugte er sich zu mir hinab. Sein Atem kitzelte über meine Lippen.

»Mir ist klar, dass ich nicht *er* bin«, raunte er mir zu. »Aber ich kann dafür sorgen, dass du deinen Schmerz vergisst.«

KAPITEL 35

Hazel

Das Licht der aufgehenden Sonne durchdrang mein Schlafzimmer und tauchte alles in weichen Schimmer. Ich lag auf der
Seite, den Blick zum Fenster gerichtet, während ich dem Gewicht nachspürte, das sich hinter mir in die Matratze drückte.
Seine Hitze brannte sich in meinen Rücken, und meine Augen
füllten sich mit Tränen.

Wer immer behauptete, Liebe würde stark machen, hatte
doch keine verdammte Ahnung. Man öffnete sein Herz,
machte sich verwundbar und vergaß sogar seinen Stolz, weil
man sein Vertrauen und seine Hoffnungen auch noch auf jemand anderen setzte als auf sich selbst. Man nahm Enttäu-
schungen in Kauf, wurde verletzlich …

Meine Gefühle überwältigten mich, und ich musste die
Lippen zusammenpressen, um nicht laut aufzuschluchzen.

Er bewegte sich hinter mir, beugte sich vor und fuhr mit seinen Lippen sanft über mein nacktes Schulterblatt. Es war die
einzige Stelle, an der er mich berührte, und all meine Sinne
waren plötzlich darauf konzentriert, weshalb sich das Ganze
noch intensiver anfühlte.

Meine Haut prickelte.

Ich wollte mich umdrehen und ihn küssen. Gleichzeitig fürchtete ich mich jedoch davor, ihm in die Augen zu sehen und ihm meinen Schmerz zu zeigen. Ich wollte nicht, dass er meine Reaktion falsch verstand, und vor allem wollte ich nicht, dass er glaubte, ich würde bereuen, was ich letzte Nacht getan hatte.

Denn so war es nicht.

Er schien zu spüren, dass ich noch einen Moment brauchte, und drängte mich nicht. Stattdessen fuhr er geduldig damit fort, meine Haut mit sanften Küssen zu liebkosen. Er rückte dichter an mich heran und arbeitete sich von meinem Schulterblatt weiter hinauf zu meinem Hals, um an der empfindlichen Stelle unter meinem Ohr zu knabbern.

Ich spürte seine Erektion, die gegen meinen Hintern drückte, und diesmal presste ich die Lippen zusammen, um nicht aufzustöhnen.

Seine Hand wanderte zu meinem Bauch, schob sich unter mein Top und blieb direkt über meinem Herzen liegen. Seine Lippen streiften meine Ohrmuschel.

»Gib zu, dass du mich liebst, Baby.«

Ein Schluchzen brach aus mir heraus, bevor ich es zurückhalten konnte. Ich hatte sogar seine Stimme vermisst. »Ich liebe dich.«

Mit einem erleichterten Seufzen biss er mir in den Nacken. »Das hat verflucht lange gedauert, du stures Weib.«

Ich schniefte lachend. »Es waren gerade mal fünf Tage.«

»Es war eindeutig zu lang«, murmelte er und küsste meinen Nacken. Seine Hand wanderte von meinem Herzen zu meiner Hüfte, und er zog leicht daran, damit ich mich zu ihm umdrehte.

Ich tat ihm den Gefallen und folgte seiner Bewegung, bis wir einander gegenüberlagen. Er hatte den Kopf lässig auf eine Hand gestützt. Seine andere Hand ruhte noch immer unterhalb meines Shirts auf meinem Rücken. In seinen silbergrauen Augen schimmerten Zuneigung und Erleichterung, während er mich aufmerksam betrachtete.

Mir war klar, dass er gern wissen wollte, was mich dazu bewogen hatte, meine Meinung zu ändern. Aber ich wollte jetzt nicht über Glen sprechen oder darüber, dass sich alles in mir gesträubt hatte, sein Angebot anzunehmen. Stattdessen war ich allein in mein Bett gekrochen, hatte bestimmt eine Stunde lang mit mir gerungen und schließlich doch die Worte getippt, die ich ihm schon seit seiner Abreise hatte schicken wollen.

Bitte komm nach Hause.

»Wie konntest du so schnell hier sein?«, fragte ich jetzt, weil eindeutig viel zu wenig Zeit zwischen meiner Nachricht und seiner Ankunft gelegen hatte.

Er grinste. »Ich war schon auf dem Rückweg von Salt Lake City.«

»Was?« Verdattert schüttelte ich den Kopf. »Wieso?«

»Gestern Abend hat Maila mir erzählt, dass es nun sicher nicht mehr lange dauert.« Seine Mundwinkel zuckten. »Sie sagte, du hättest den ganzen Tag nicht aufgehört zu putztanzen, was du fast immer tust, wenn du supergestresst und unglücklich bist. Sie klang sehr zuversichtlich, dass du jetzt endlich einsiehst, dass du mich liebst und mir bald erlauben würdest, zurückzukommen. Also hatte ich schon mal vorsorglich mein Zeug gepackt.«

Meine Augen wurden groß. »Äh, du willst jetzt aber nicht sofort hier einziehen, oder?«

Bevor ich wusste, wie mir geschah, hatte Neo Schwung geholt und sich auf mich gewälzt. Sein Gewicht drückte mich in die Matratze, während er mir zärtlich das Haar aus der Stirn strich.

»Ich will bei euch einziehen«, sagte er und küsste mich auf den linken Mundwinkel. »Ich will jeden Abend neben dir einschlafen.« Als Nächstes küsste er mich auf den rechten Mundwinkel. »Und dich jeden Morgen wachkuscheln.« Es folgte ein Kuss auf die Stirn. »Ich will dich heiraten.« Er küsste mich aufs Kinn. »Ich will unsere Tochter aufwachsen sehen.« Er tupfte einen weiteren Kuss auf meine Nase. »Ich will noch ein Kind mit dir.« Grinsend küsste er mich auf die rechte Wange. »Oder zwei.« Er küsste meine linke Wange. »Ich will mir hier zusammen mit dir ein Leben aufbauen.« Seine Nasenspitze rieb sanft über meine. »Ich will Kinder trainieren und ihnen helfen, Profis zu werden.« Er zog den Kopf zurück und sah mich ernst an. »Und vor allem will ich dich nie wieder verlieren, Hazel.« Sein Lächeln wurde weicher. »Du bestimmst das Tempo. Ich bitte dich nur darum, mir diese Träume nicht zu verwehren.«

Meine Augen füllten sich mit Tränen. »Und was ist mit deinen anderen Träumen?«

»Sie sind mir nicht so wichtig wie das hier«, erklärte er und strich mir mit dem Daumen über die Wange. »Ich weiß, ich habe vor vielen Jahren eine feige Entscheidung getroffen, als ich uns aufgegeben habe. Aber ich schwöre dir, das wird nicht noch einmal passieren. Ich werde immer um dich und Maila kämpfen. Du und unsere Tochter, ihr seid mein größter Traum vom Glück.«

»Neo …« Ich reckte den Kopf, gleichzeitig kam Neo mir entgegen, und unsere Lippen prallten aufeinander. Seine Zunge tauchte tief in mich ein, kostete meinen Geschmack voll aus.

Er stöhnte in meinen Mund. »Verdammt, Baby. Ich hab dich so vermisst.«

»Ich dich auch«, gestand ich, bevor ich seine Lippen erneut einfing. Ich schob die Hände unter sein Shirt, tastete nach seiner erhitzten Haut. »Ich brauche dich.«

»Und ich dich erst.« Neo setzte sich auf, zerrte sich das Shirt vom Körper und machte sich daran, mich von meinem Pyjama zu befreien. »Ich will alles von dir sehen.«

Lust zuckte durch meinen Unterleib, und plötzlich konnte ich es kaum noch erwarten, ihn ganz zu spüren. Zum Glück hatte Neo es genauso eilig wie ich, und schon waren auch seine restlichen Klamotten verschwunden, und er glitt zwischen meine geöffneten Schenkel.

»Also«, raunte er mir zu, während er mich mit seiner Erektion reizte. »Wirst du mich eines Tages bei dir einziehen lassen?«

Ich keuchte. »Ja.«

Meine Antwort schien ihm zu gefallen, denn nun zog er seine Hüfte zurück und drang langsam in mich ein.

Köstliche Schauer durchliefen meinen Körper, während ich mich an seinen Schultern festkrallte. Ich wollte ihn ein weiteres Mal küssen, doch er hob den Kopf und hielt ganz still. Mit einem durchtriebenen Grinsen schaute er auf mich hinab. »Und wirst du mir eines Tages weitere Kinder schenken?«

»Ja«, erwiderte ich und ließ ungeduldig mein Becken kreisen, was eine wundervolle Reibung erzeugte.

Mit einem Stöhnen tauchte Neo tiefer in mich ein. Dann legte er seine Stirn an meine. »Willst du meine Frau werden, Hazel?«

»Ja.« Erschrocken riss ich die Augen auf. »Eines Tages!«

Er lachte leise, während ich ihm empört auf die Schulter schlug.

»Netter Versuch«, sagte ich, obwohl mir die Vorstellung, ihn bald zu heiraten, nicht so viel Angst einjagte, wie ich erwartet hatte. »Aber da wirst du dich schon ein bisschen mehr anstrengen müssen.«

Ehrgeiz blitzte in seinen wunderschönen Augen auf. »Keine Sorge«, versprach er und küsste mich zart. »Das werde ich.«

Diesmal glaubte ich ihm.

EPILOG

Neo

Mein ganzes Leben lang war ich überzeugt davon gewesen, dass jeder selbst über sein Schicksal bestimmte. Aber als ich am Sonntagnachmittag am Ufer des Silver Lake stand, genau an der Stelle, an der Maila all die Jahre auf mich gewartet hatte, den Blick fest auf das Eingangstor gerichtet, da überlegte ich, ob das wirklich stimmte. Schließlich waren es nur eine kleine unscheinbare Anzeige und eine impulsive Entscheidung gewesen, die mich aus meiner Bitterkeit gerissen und hierher zurückgebracht hatten.

Ein Zufall. Perfektes Timing. Glück. Oder vielleicht doch etwas viel Größeres? Ich wusste nur, dass ich mit einem Mal mehr hatte, als ich mir je zu erträumen gewagt hätte.

Mein ganzer Körper summte vor Zufriedenheit, nachdem Hazel und ich uns den ganzen Vormittag geliebt hatten. Als wir es endlich aus dem Bett und zum Brunch geschafft hatten, waren die anderen fast schon fertig mit dem Essen. Aber da zum ersten Mal in diesem Sommer keine Termine anstanden, waren sie einfach sitzen geblieben, und wir hatten uns noch gemütlich unterhalten.

In den nächsten Wochen wollte Reed zusammen mit Grover eines der Gästehäuser renovieren und hatte mich gefragt, ob ich ihnen zur Hand gehen wollte. Natürlich hatte ich erfreut zugestimmt. Zum einen, weil es gut wäre, eine Beschäftigung zu haben, und zum anderen, weil es sicher etwas dauern würde, meine übrigen Pläne in die Tat umzusetzen.

Inzwischen hatte ich ein bisschen recherchiert und herausgefunden, dass es nicht nur in White Oak eine Schwimmhalle gab, sondern auch in Lakewood, was wesentlich näher lag. Dort hatte ich bereits mit dem Hallenwart telefoniert, der völlig aus dem Häuschen gewesen war, als ich ihn fragte, ob die Gemeinde eventuell Interesse an einem neuen Schwimmcoach hatte.

Ich wollte mich nächste Woche mit den Verantwortlichen treffen, war aber recht zuversichtlich, dass ich dort eine oder zwei Mannschaften aufstellen und trainieren konnte.

Coach Collins hatte ich mittlerweile eine Absage erteilt. Erst war er ziemlich enttäuscht gewesen, doch als ich ihm erzählte, was in den letzten Wochen alles passiert war, hatte er laut gelacht und uns alles Gute gewünscht. Zuletzt hatte er gemeint, er freue sich schon darauf, Maila eines Tages persönlich kennenzulernen.

Ich wollte ihr diesbezüglich keinen Druck machen. Nicht so, wie meine Eltern es jahrelang getan und mich dadurch einiger sehr kostbarer Momente beraubt hatten. Meine Mutter hatte seit unserem letzten Gespräch mehrfach versucht, mich zu erreichen. Aber ich hatte ihren Verrat noch nicht überwunden, und es würde wohl auch noch einige Zeit dauern, bis ich wieder mit meinen Eltern sprechen konnte, ohne ihnen die Köpfe abreißen zu wollen.

Nichtsdestotrotz war ich wahnsinnig auf Mailas Reaktion gespannt, wenn ich sie in meine Pläne einweihte. Wir hatten nach meiner Abreise aus Silver Springs jeden Tag stundenlang telefoniert. Aber ich hatte ihr noch nicht verraten, dass ich wieder da war – ich wollte ihr Gesicht sehen.

Zum Glück hatte Hazel es locker genommen, dass Maila jetzt schon ein Handy besaß. Soweit ich wusste, hatte sie mit Bowie, Willow und ihren anderen Freunden Nummern getauscht und wollte bis zu ihrem Wiedersehen im nächsten Sommer mit ihnen in Kontakt bleiben. Ich hoffte, dass es klappte.

Allerdings wurde ich nun langsam ungeduldig. Laut Hazel hätte Jessys Mom Maila schon vor zehn Minuten in Silver Springs absetzen sollen.

Wo blieb sie nur?

Ich wollte gerade mein Handy aus der Tasche ziehen, als ich endlich einen Motor, gefolgt von Türenschlagen hörte. Plötzlich waren meine Hände ganz schwitzig vor Nervosität, und ich krallte die Finger tiefer in das zerschlissene Plüschtier, das ich festhielt. Es war so klein, dass es fast in meiner Hand verschwand.

Ich hatte lange überlegt, ob ich Maila etwas Neues kaufen sollte, mich aber letztlich dagegen entschieden. Mr. Frog war seit meinem vierten Geburtstag mein Lieblingskuscheltier und mein treuster Gefährte. Er hatte lange Zeit in meinem Kleiderschrank auf seinen Einsatz gewartet. Heute trug er zur Feier des Tages eine blaue Schleife.

Endlich kam Maila in Sicht. Sie rannte über den Versammlungsplatz in Richtung ihres Zuhauses. Dann entdeckte sie mich und blieb abrupt stehen. Ihre Augen wurden groß. Etliche Emotionen huschten über ihr Gesicht: Überraschung, Freude, Zuneigung.

Und dann Gewissheit.

Meine Kehle schnürte sich zu. Gleichzeitig brach eine Mischung aus Lachen und Schluchzen aus ihr hervor, und sie lief mir entgegen.

Obwohl sich meine Knie wie Wackelpudding anfühlten, setzte ich mich ebenfalls in Bewegung. Kurz bevor ich sie erreichte, sprang sie hoch und warf sich in meine Arme.

Eine Träne stahl sich aus meinem Augenwinkel, während ich meinen kleinen Wildfang fest an mich drückte. Es waren nur ein paar Tage gewesen, aber ich hatte sie schrecklich vermisst.

»Hey, Flip«, murmelte ich mit heiserer Stimme.

Sie schniefte leise. »Hi, Daddy.«

Einen Moment lang stand ich einfach nur da und genoss die Nähe zu meiner Tochter. Dann lehnte sie sich zurück und schaute mich fast schon vorwurfsvoll an. »Warum hast du mir nicht gesagt, dass du wieder da bist?«

»Ich wollte dich überraschen.«

»Hat geklappt.« Obwohl sie grinste, lag da unverkennbar ein Hauch von Angst in ihren silbergrauen Augen. »Und jetzt gehst du wirklich nie mehr weg?«

»Nie mehr«, versprach ich und drückte ihr einen Kuss auf das verwuschelte Haar, bevor ich sie wieder runterließ. »Also, ich hab dir jemanden mitgebracht. Das ist Mr. Frog.«

Ihr Blick flog zu meiner Hand, und ein Kichern platzte aus ihr heraus. »Oh, wow, der ist echt … alt.«

Ich lachte leise. »Stimmt.«

»Er sieht aus, als wäre er ziemlich rumgekommen.«

»Das ist er«, bestätigte ich und zwinkerte ihr zu. »Er war bei jedem meiner Wettkämpfe dabei und hat mir Glück gebracht.«

Zugegeben, er hatte hauptsächlich in meiner Sporttasche gelegen. Trotzdem hatte er mich bis zu meiner Knieverletzung überallhin begleitet.

Strahlend nahm Maila ihn entgegen und drückte ihn an ihre Brust. »Danke.«

Ich nickte stumm. Meine Tochter mit Mr. Frog im Arm zu sehen, erfüllte mich mit so viel Glück, dass ich schlichtweg keine Worte fand.

Mailas Blick glitt an mir vorbei. »Hey, Mom!«

Ich drehte den Kopf und entdeckte Hazel auf der Veranda. Sie hatte einen Arm um den Eckbalken gelegt und schaute zu uns herüber. Offenbar war sie schon eine Weile fertig mit duschen und beobachtete uns. Sie trug ein hübsches Sommerkleid und hatte ihr feuchtes Haar mit einer Klammer zusammengesteckt. Ein stilles Lächeln lag auf ihren Lippen.

Maila rannte zu ihr, um sie ebenfalls zu begrüßen. Ich wollte ihr gerade folgen, als Reed und Estelle aus dem Nachbarbungalow traten.

»Da seid ihr ja«, sagte Reed. »Quill fährt jetzt.«

Natürlich begleiteten wir die beiden zum Parkplatz, auf dem Quill gerade seinen SUV belud. Als er den Kofferraum schloss, kam Gina hinzu.

Hazel war die Erste, die Quill umarmte. »Ich werde dich vermissen, du Nervensäge.«

»Ich dich auch, Sturkopf.« Grinsend zwickte er Hazel in die Nase, bevor er Maila mit einem geräuschvollen *Uff* hochhob. »Du hast meine Nummer, Flipper. Ruf mich an, wenn dich deine Eltern nerven.«

Glucksend schmatzte Maila ihm einen Kuss auf die Wange. »Mach ich!«

»Jederzeit«, betonte Quill, stellte sie wieder auf den Boden und strubbelte ihr durch die Haare. Anschließend gab er mir die Hand. »Pass gut auf meine Mädels auf, Mann.«

Streng genommen waren sie jetzt *meine* Mädels. Aber ich

wollte nicht kleinlich sein. Quill war ein feiner Kerl, der es ehrlich gut mit ihnen meinte. Daher lächelte ich nur. »Das werde ich.«

Er nickte, als hätte er keinerlei Zweifel daran.

Nachdem Quill sich auch von Reed und Estelle mit einer festen Umarmung verabschiedet hatte, ging er zu Gina. Sie umarmte er allerdings nicht, sondern tauschte einen seltsamen Handschlag mit ihr aus, den ich häufiger bei kleinen Kindern gesehen hatte.

»Gute Reise«, sagte Gina, während sie ihre Hände in die hinteren Taschen ihrer Jeansshorts schob.

Quill trat einen Schritt zurück, ohne sie aus den Augen zu lassen. »Wir sehen uns spätestens nächsten Sommer, okay?«

Ihre Wangen wurden ein bisschen dunkler. »Okay.«

Kurz fragte ich mich, ob ich der Einzige war, dem auffiel, dass es da seltsame Schwingungen zwischen den beiden gab, während sie sich gegenseitig fixierten. Doch dann bemerkte ich, dass auch Estelle die Stirn runzelte und die zwei nachdenklich beobachtete.

Ich tauschte einen Blick mit Hazel, die jedoch nur milde lächelte, als würde sie sich diesbezüglich keinerlei Gedanken machen.

»Also dann, Leute«, sagte Quill, stieg in seinen SUV und winkte lässig aus dem Seitenfenster, während er Gas gab. »Es war mir wie immer ein Fest.«

Sobald der SUV aus unserem Sichtfeld verschwunden war, lehnte Hazel sich mit einem betrübten Seufzen an mich. »Tja. Das war's fürs Erste.«

»Sei nicht traurig, Schwesterchen«, erwiderte Reed schmunzelnd. »Ein bisschen Erholung wird uns allen guttun.«

Estelle schenkte ihr ein zuversichtliches Lächeln. »Außerdem ist Silver Springs sicher im Handumdrehen wieder voll mit neuen Leuten.«

»Und mit neuen Dramen«, ergänzte Gina trocken.

Ich drückte Hazel einen Kuss auf die Schläfe. »Und mit neuen Happy Ends.«

»O ja«, stimmte Maila fröhlich zu.

Zwar hatten wir unseres bereits gefunden, aber mir fielen spontan mindestens zwei Leute ein, denen ich es ebenfalls von Herzen wünschte. Insofern war ich sehr gespannt, was die Zukunft bringen würde.

TRIGGERWARNUNG

(ACHTUNG: SPOILER!)

Dieses Buch enthält potenziell triggernde Inhalte zu folgenden Themen: Alkoholmissbrauch, Nötigung, sexuelle Belästigung, Verleumdung.

DANKSAGUNG

Ich danke von Herzen meinem Mann und meinen Kindern, die mich jeden Tag aufs Neue inspirieren. Mika, Ben und Bel – ihr seid mein ganzes Glück. Danke für eure Unterstützung und Geduld, für euren Rückhalt und eure Liebe.

Mama, Mopi und Sanni – ich bin so froh, dass ich euch habe. Danke, dass ihr immer für mich da seid, sogar dann, wenn ich mit meinen Gedanken ganz woanders bin.

Ganz besonders möchte ich mich auch bei meiner Lektorin Laura Lichtenwalter und dem Team des Penguin Verlags bedanken, die Silver Springs ein tolles Verlagszuhause gegeben haben.

Ich danke außerdem meinem Agenten Niclas für sein Engagement und seine Zuversicht.

Und natürlich sende ich allen Leser:innen ein riesiges Dankeschön, dass ihr den Sommer mit Hazel und Neo verbracht habt. Ich hoffe, ihr hattet eine unvergessliche Zeit in Silver Springs.

In Liebe,
Eure Polly

Nur ein Lächeln von ihm bringt sie um den Verstand

Die Weltenbummlerin May liebt es, frei und unabhängig zu sein. Doch dann muss sie plötzlich die Vormundschaft für ihre beiden kleinen Nichten übernehmen. Als sie in Colorado ankommt, nimmt sie die Idylle der Kleinstadt Goodville kaum wahr, denn die Bewohner begegnen ihr mit Misstrauen, und Cathy und Lilly öffnen sich ihr nur langsam. Es schmerzt May zu sehen, wie vertraut die beiden dagegen mit Cole, einem guten Freund der Familie, umgehen. Cole möchte unbedingt selbst für die Mädchen sorgen und ihm scheint jedes Mittel recht, um sein Ziel zu erreichen – während es May immer schwerer fällt, gegen seinen Charme und die spürbare Anziehungskraft zwischen ihnen anzukämpfen …